KB050863

소금 비늘

소금 비늘

조선희 장편소설

네오픽션

차례

"할머니, 우리도 영혼을 가질 수 있나요?"

"그럼, 진정으로 사랑해주는 사람을 만나면 영혼을 갖게 되지.

자, 이런 이야기는 그만하자.

오늘 저녁에 멋진 무도회가 있잖니?"

백어도

윤달 초아흐레였다. 윤달의 묘지 이장이 자손의 번창을 도모한다고 해서 정한 날짜는 아니었다. 이장하기로 결정한 후 최대한 빠른 날짜를 잡다 보니 이날이었다.

별어마을 사람들은 수년 전부터 백어도에 있는 남정심의 무덤을 육지로 이장하는 일에 대해 별러왔다. 남정심의 남편 최동수는 감옥에 있었으므로 올 수 없었다. 그래서 예전에 최동수와 조업했던 장곡도를 비롯해 별어마을 남자들 몇몇이 이장을 거들 일손으로 나섰다.

백어도는 별어마을에서 배를 타고 네 시간가량 달려야 도달할 수 있는 곳이다. 가는 뱃길도 그리 만만치 않다. 백어도가 속한 무인도군은 예로부터 숱한 미신을 품은 사고 다발 지역이었다. 사고의 대부분은 지리적 장애나 기상학적 변덕, 제대로 관리하지 못한 선박의 상태나 개인의 실수 등과 같은 분명한 원인이 있었다. 그럼에도 별어마을 사람들은 사고가 나면 습관적으로 그 지역에서 전해져오는 모호한 이야기 한 자락을 보태곤 했다.

그들은 어릴 때부터 듣고 자란 이야기를 전부 사실로 믿지는 않았다. 하지만 완전히 무시하지도 못했다. 그들에게는 늘 보이지 않는 사고의 원인이 따로 있었다. 무언가를 지키지 않았거나 무언가를 봤거나 무언가를 노하게 했거나.

이날 별어마을 남자들은 한사코 여자들의 손을 거절했다. 굳이 망자의 시신을 여자들에게 보여줄 필요는 없었다. 보아봤자 괜히 꿈자리만 뒤숭숭할 테니까. 남자들은 관도 없이 누운 남정심의 시신이 어떤 모습을 하고 있을지 전혀 가늠할 수 없었다. 염분이 많은 바닷바람은 벽과 지붕을 훼손시키고 색을 벗겨낸다. 습기는 부패를 가속화시킨다. 남자들은 생각했다. 부디 뼈는 씻을 수 있는 상태로 남아 있기를.

백어도는 바위섬이라 파낼 흙이 없었다. 그래서 남정심의 시신은 솟아오른 바위 사이의 움푹한 장소에 뉘었다. 사람들은 그 위에 큰 돌을 얹고 주변에 작은 돌을 꼼꼼하게 쌓아 올려 봉분 형태의 돌무덤을 만들었다. 멀리 서 보면 백어도 꼭대기에 작은 바위 봉우리가 새로 하나 더 생긴 것 같았다.

모진 바닷바람 속에서 남정심의 시신에 마지막으로 손을 댄 것은 아들 순하였다. 그는 어머니가 동쪽을 바라보도록 고개를 돌려주었다. 그녀의 유언이었다.

"좁은 상자 속에 나를 넣어 흙에 묻지 마라. 죽은 후에는 백어도 바위 꼭대기에서 매일 해가 뜨는 것을 보게 해다오."

딸 순주는 굳은 얼굴로 구경꾼처럼 그저 그 곁에 서 있었다. 순주는 한마디도 하지 않았다. 그날 그녀는 내내 소리 없이 눈물만 흘렸다.

남정심의 묘는 남해 섬 지역에서 간혹 행해지는 초분* 을 따른 것이 아니었다. 최동수는 조업을 나가 건 나가지 않건 집에 들어오는 일이 드물었다. 순주와 순하도 늘 집을 떠날 궁리만 했다. 남정심은 자신이 죽은 뒤에 가족이 뿔뿔이 흩어져 남처럼 살게 될 것을 걱정했다. 그녀는 1년에 한 번만이라도 가족이 한자리에 모이기를 바랐다.

* 섬에서는 고기잡이 나간 상주가 임종을 지키지 못하는 경우가 다반사라 임시로 초분을 만들었다. 육체와 영혼이 분리되는 3년이 지나면 뼈를 씻어 땅에 묻는 이중 장례 풍속이다.

그래서 유언의 마지막에 이렇게 덧붙였다.

"기일이 아니어도 괜찮고 명절이 아니어도 상관없다. 어느 날이 되었건 1년에 한 번은 다 함께 배를 타고 백어도에서 기다리는 나를 보러 와다오. 오지 않으면 내가 너희를 찾아 뭍으로 나갈 거다."

남정심은 삐쩍 말라 초췌해진 얼굴로 방바닥에 피를 왈칵왈칵 쏟아내며 죽음이 휘저어 혼탁해진 눈동자에 남편과 아들의 얼굴을 담아두려 애를 쓰다가 숨을 거뒀다. 그녀의 눈동자에는 증오와 사랑이 철저히 분리된 채 공존했다. 증오는 남편을 향한 것이었고 사랑은 아들에게 남긴 것이었다.

유언을 지키려면 가족은 날을 정하여 함께 배를 타야 한다. 혹여 백어도를 오가는 중에 다툼이 일어도 바다 한복판에서 멋대로 자리를 박차고 나갈 수 없으니 그날 하루만큼은 서로를 참아주며 시간을 보내야 하는 것이다.

순주는 어릴 때부터 짠 내 나는 초라한 고향 마을을 싫어했다. 그녀는 고등학교를 졸업하자마자 서울로 가는 여정에 올랐고 그 초입에서 원하지 않는 임신을 했고 다행히 씨를 뿌린 남자가 책임을 지겠다고 하여 살림을 차렸다.

순하는 어머니가 죽지 않았다면 별어마을을 떠나지 않을 수도 있었다. 물론 그에게도 도시에 대한 왕성한 호기심이 있었다. 그래도 어머니가 있었다면 결국은 돌아와 별어마을에 눌러살며 어부가 되었을 것이다. 그의 고등학교 졸업식이 있던 날 아침 밥상머리에서 어머니가 그리 참혹하게 죽지만 않았더라면 말이다.

사실 남정심은 이렇게 차갑고 습하고 높은 곳에 눕고 싶지 않았다. 생전에 그녀는 멀리서 백어도를 바라보기만 해도 이가 딱딱 부딪칠 정도로 한기를 느꼈다. 그러나 가족은 마지막까지 그녀의 희생을 필요로 했다. 어쩔 수 없이 남정심은 제 몸을 제물로 삼았다. 그녀의 무덤을 두고 둘러선 가족의 시선이 한 줌 햇볕보다 따뜻하게 느껴질 것을 알기에 참아보기로 한 것이다.

남정심은 가족을 얻기 위해 소중한 것을 버렸고 많은 것을 숨겼다. 그녀는 죽어가면서도 자신의 선택이 헛되지 않았음을 믿으려 했다. 그러려면 그녀가 죽은 뒤에도 가족은 단단한 결속을 이루고 있어야 했다. 그녀의 살과 피가 되어 가끔씩 그녀의 이야기를 입에 올리며 그녀가 이 세상에서 살다 간 흔적을 남겨야 하는 것이다.

이듬해 남정심의 첫 기일을 맞았다. 아내를 죽인 살인범 최동수는 감옥에서 나올 수 없었고 백어도로 들어가려던 남매는 폭설과 강풍으로 발이 묶였다.

"어떡해, 순하야. 우리가 보러 가지 않으면 엄마가 우리를 찾아 뭍으로 나온다 했는데……."

순주는 밤새 겁에 질린 채 오들오들 떨었다. 그녀는 피범벅이 되어 죽어가던 남정심의 끔찍했던 상황을 보지 못했다. 연락을 받고 순주가 도착했을 때 남정심은 그저 잠이 든 듯 누워 있었다. 그럼에도 순주는 죽은 사람을 보고 몹시 충격을 받았다.

두려워하는 여섯 살 위의 누나와 달리 순하는 어머니의 방문을 기대했다. 그는 요동치는 밤바다에 시선을 둔 채 귀를 기울였다. 어머니라면 백어도와 별어마을을 가로막은 저 바다의 사나운 파도와 거친 바람 정도는 거뜬히 헤치고 건너올 수 있으리라. 산 자라면 풍랑이 두렵겠으나 어머니는 이미 죽었으니 두려울 것이 없지 않은가.

어머니는 생전에 그보다 더한 고난도 버티며 살아냈다. 그 고난이 얼마나 독했는지 근육은 허물어지고 이는 모두 빠져버릴 지경에 이르렀다. 이제 어머니는 고통과 죽음의 표적이었던 무거운 육신에서 벗어났다. 살아 있을 때와는 비할 수 없을 만큼 가뿐해진 것이다.

아침이 되어 눈이 그치고 바람이 잠잠해지자 순주는 시댁에 맡겨둔 아이가 걱정된다며 서둘러 별어마을을 떠났다. 할 수 없이 순하는 장곡도에게 부탁해 혼자 백어도에 다녀왔다. 원래는 아버지의 배였고 나중에는 그의 배가 될 예정이었지만 결국은 장곡도의 소유가 된 배를 타고. 아버지 최동수가 조업에 싫증을 낸 후부터 내내 놀고 있던 배였다. 순하는 언젠가 아버지가 정신을 차리고 다시 조업에 나설 거라 생각했지만 이제 그런 일은 영영 불가능했다.

어머니의 장례를 치른 후 순하는 별어마을을 떠나기로 결심했다. 돈이 필요했고 배를 팔아야 했다. 늘 살림이 쪼들리는 순주에게도 얼마간 보탬이 될 터였다. 순하는 장곡도에게 시세보다 싸게 넘기며 부탁했다.

"대신 매년 한 번은 그 배로 저를 백어도까지 데려다주시면 좋겠어요."

장곡도는 그러마 했고 덧붙여 말했다.

"너만 원하면 이 배는 언제든 탈 수 있다. 물론 나와 조업하는 것도 환영이고."

이듬해, 순주는 둘째 아이를 임신하여 별어마을에 내려오지 못했다. 순하는 다시 혼자 어머니의 무덤을 찾았다. 3년째 되던 해에 순주는 말했다.

"당분간은 무리야. 애들은 너무 어리고 별어마을은 너무 멀어. 엄마도 자식 키워봤으니까 내 입장 이해해줄 거야."

남정심의 유언은 지켜지지 못했다. 애초에 그녀가 백

어도에 묻히고자 했던 목적이 틀어진 것이다. 4년째 되던 해에 별어마을 사람 중 하나가 조업을 끝내고 집으로 돌아가던 길에 백어도 꼭대기에 있는 남정심의 돌무덤 위에 뭔가 허여스레한 사람의 형태가 앉아 있는 것을 보고 기겁했다.

"3년이면 영혼과 육신이 분리된다고 했어. 그러니까 그 혼백은 가도 벌써 갔어야 한다는 거지. 뭔가 할 말이 있는 거야. 그래서 여태 못 가고 거기 들러붙어 있는 거지."

이후 수년간 별어마을 사람들은 순하에게 이장을 권했다. 촌민들이 이웃의 무덤 자리에 그토록 집요하게 매달린 것은 그들 삶의 터전에서 맞닥뜨리게 된 불길함이 무서워서였다. 이 일에 관해 아무도 최동수의 의견을 묻지 않았다. 감옥까지 면회를 갈 여유도 없었을뿐더러 이 모든 일의 원흉인 최동수는 어차피 정신이 온전치 않았다. 별어마을 사람들은 오직 순하를 다그쳤다. 순하는 이장을 원하지 않았지만 완고한 벽촌 집단의 고집을 끝내 이길 수 없었다.

쌓인 돌을 걷어내고 마침내 뚜껑돌을 들어냈을 때 남자들의 눈이 휘둥그레졌다. 수의는 썩을 대로 썩어 검푸르죽죽한 흔적만 간신히 남아 있었다. 나신을 드러낸 망자의 전신은 흰 비늘 같은 것이 잔뜩 달라붙어 하얬다.

남정심의 두 무릎은 피부에 돋아난 흰 비늘들에 의해 하나로 붙어버렸고, 열 개의 발가락 역시 부채꼴 모양으로 퍼지며 자란 흰 비늘들에 뒤덮여 마치 물고기의 꼬리지느러미처럼 보였다. 뺨과 목덜미, 가슴을 감싼 흰 비늘들은 팔을 타고 손톱 끝까지 자라 있었다. 옅은 햇빛이 닿자 흰 비늘들은 이내 투명해지며 눈부신 빛을 뿌렸다.

너무도 기이한 모습이라 다들 입을 다물지 못했다. 순하 역시 자신의 눈을 믿을 수가 없었다. 그가 기억하고 있던 8년 전 어머니의 모습이 아니었다. 죽으면 모습이 변한다. 물론 살아 있어도 세월이 지나면 변하기 마련이다. 그러나 늙어가는 것과 변신은 다른 것이다. 뼈만이라도 건사할 수 있기를 바랐던 남자들은 놀랐다. 시신의 형태가 요상하게 변한 것도 괴이한데 거기에 더해 부패조차 일어나지 않은 것이다. 남자들은 고개를 갸웃거렸다. 우리가 그렇게 무덤 돌을 잘 쌓았던가. 어찌 이리 공기 한 줌 새어들지 못하도록 완벽하게 밀봉을 했을까. 우리에게 그런 도깨비 같은 재주가 있었던가. 대체 무덤 돌을 쌓을 때 우리가 무슨 짓을 했지. 하지만 수의는 모두 썩어버리지 않았나.

그러니까 무덤 돌을 어찌 쌓은 때문이 아니다. 그들이 모르는 사이에 시신에 무슨 일이 생긴 것이다. 시신은 피를 쏙 빼낸 미라처럼 창백했지만 생전의 얼굴 그대로였다. 비늘빛을 머금은 남정심의 얼굴은 언뜻 표정을 짓는 것처럼 보였다. 아름다웠다. 그들은 더더욱 두려움에 휩싸였다.

"어째 여자들을 데려오면 안 될 것 같더라니……."

"암만해도 백어 귀신이 쓰인 게 틀림없어."

"그럼 저거 혹시 백어의 비늘일까?"

"모르지. 나도 말로만 들었을 뿐 한 번도 본 적 없어."

백어도라는 이름이 붙은 것은 백어의 전설 때문이다. 사람만큼 큰 흰 물고기. 백어는 인어를 가리켰다.

동서와 남북의 길이가 채 100미터도 되지 않는 이 바위 무인도에는 지름이 2미터 남짓한 웅덩이가 하나 있었다. 겉보기에는 웅덩이지만 바닥이 수중동굴을 통해 바다로 이어져 있어 사실상 밑 빠진 우물이나 다름없었다. 수심이 깊어 웅덩이의 물색은 새까맸다. 때문에 높은 곳에서 내려다보면 크고 검은 외눈이 박혀 있는 것 같았다. 웅덩이는 백어도의 눈이자 배꼽이었다. 신기하게도 바다와 이어진 웅덩이의 물은 민물이었다. 바닷물이 올라오는 중에 어디선가 성분이 바뀌는 것이다.

더 희한한 것은 민물인데도 옛날에는 웅덩이 가장자리에 소금이 붙었다고 전해졌다. 그 소금은 수중동굴을 통해 올라온 백어가 사람으로 모습을 바꾸면서 떨어져 나간 비늘이라 했다. 물론 현대에 와서 증거를 상실한 대부분의 전설과 마찬가지로 백어의 비늘이라는 그 소금 역시 이제는 볼 수 없었다. 단지 전설 속의 소금으로만 남았다. 이 전설에 등장하는 다른 소재들 역시 상징적 의미로만 해석될 뿐이었다. 백어도의 웅덩이는 백어가 사람으로 태어나기 전에 머무는 자궁 속의 양수이고 수중 동굴은 탯줄이다. 그리고 그 탯줄로 연결된 바다는 모체, 즉 백어의 어머니다.

이장을 돕기 위해 따라나섰던 순하의 동네 친구 박중산이 휴대전화를 꺼내 들고 그 광경을 찍기 시작했다. 찰칵찰칵 소리에 넋 놓고 있던 순하가 중산에게 달려들었다. 순하는 그에게서 휴대전화를 빼앗아 바다에 던져버렸다. 순식간에 벌어진 일이었다. 엉겁결에 당한 중산이 순하의 멱살을 잡았다.

"야 이 미친 새끼야, 말로 하면 될 것을 왜 남의 휴대전화를 내버리고 지랄이야."

하지만 순하는 중산마저 바다로 집어던질 기세였다.

"그만해. 이러다 사고 치겠다."

같은 동네 친구인 칠현과 동일이 달려들어 둘을 떼어냈다. 그사이 별어마을 남자들은 슬금슬금 남정심의 시신 곁으로 모여들었다.

"놔!"

순하가 그를 잡고 있던 칠현의 손을 뿌리치고 남자들 앞을 가로막아 섰다. 그는 그들을 거칠게 뒤로 밀쳐내며 소리쳤다.

"다들 저리 가요. 가까이 오지 말라고요."

남자들이 마지못해 뒤로 물러섰다. 순하는 후회와 분노의 숨을 삼키며 말했다.

"안 할래요."

"이장을 안 하겠다고?"

"안 해요."

"예까지 와서?"

"어머니의 유언을 지켜야겠어요."

"여기가 편했다면 어머니가 무덤 밖으로 나왔겠어?"

"무덤 위에 있었던 것이 어머니라고 누가 확신할 수 있는데요?"

"본 사람이 있어."

"그래서요? 본 사람들 중에 누가 해코지라도 당했어요? 그런 사람 있었냐고요."

남자들은 입을 다물고 서로를 쳐다보았다.

"마을 어른들 종용에 어쩔 수 없이 여기까지 오게 되

었지만 전 처음부터 내키지 않았어요. 어머니는 여기 묻히기를 원하셨어요. 그럴 만한 이유가 있었던 거죠."

그러니까 무덤을 열지 말았어야 했어. 순하는 후회했다.

"이장하지 않겠어요. 못 해요."

순하가 완강히 버티자 그들은 돌아서서 자기들끼리 머리를 맞대고 의논하기 시작했다. 순하의 반대 때문이 아니었다. 그들 역시 저 괴이한 시신의 자리를 옮기는 것에 대해 새삼 의구심이 들었다. 어쩌면 순하의 말이 옳을지도 몰랐다. 망자의 유언을 어기고 괜한 짓을 벌여 더 불길한 일이 생길 수도 있었다.

새로 마련한 무덤 자리는 별어마을의 양지바른 뒷산이었다. 그들이 좋다고 정한 자리였지만 망자의 마음에 들지는 알 수 없었다. 이장 후에도 여전히 무덤 위에 뭔가 올라앉아 있는 것을 보게 된다면? 여하간 호상은 아니지 않았나. 원한이 많은 시신이다. 굳이 그런 무덤을 마을 가까이 들일 필요가 있을까. 차라리 지금처럼 뚝 떨어진 곳에 두는 것이 나을지도 모르겠다. 순하의 말대로 누가 해코지를 당한 것도 아닌데.

해코지라는 말이 나온 김에 곰곰 따져보니 백어도에 무덤이 생긴 이후로는 별어마을에 이렇다 할 사고가 한 번도 없었다는 것을 깨달았다. 생각이 여기에 미치자 그토록 두려웠던 대상이 갑자기 떠받들어 지켜야 할 신줏단지로 바뀌었다. 그들은 의견을 모았다. 장곡도가 말했다.

"아무래도 우리가 좀 성급했던 것 같구나. 네 말대로 다시 덮는 것이 좋겠다. 자, 해 떨어지기 전에 마칠 수 있도록 다들 서두릅시다."

장곡도가 손뼉을 치며 사람들을 다그쳤다.

"아뇨."

순하는 무덤 앞으로 나서며 말했다.

"다들 그냥 계세요. 저 혼자 해요."

순하는 제 뒤에 있는 어머니를 힐끔 보았다. 그는 동네 남자들에게 더는 어머니의 나신을 보이고 싶지 않았다.

"우리보고 구경만 하라고? 순하야."

장곡도가 한 걸음 다가서며 뭐라 말을 꺼내려 하자 순하는 소리쳤다.

"싫어요. 물러서요."

칠현이 말했다.

"야, 고집부리지 마. 뚜껑돌은 어쩔래? 그거 너무 무거워서 너 혼자 못 들어."

"저 새끼 맘대로 하라 해. 돌에 깔려 죽든 말든."

중산이 빈정거렸다. 그는 휴대전화를 잃은 울분으로 아직 씩씩대고 있었다. 동일이 중산을 툭 치며 고개를 저었다. 중산은 짜증 난다는 듯 시선을 돌렸다. 동일은 혼란스러워하는 순하를 향해 말했다.

"정신 차려. 우릴 밤새 이 섬에 세워둘 생각이야? 너 혼자 할 수 있는 일이 아니야."

동일과 칠현의 말이 옳았다. 순하는 그들의 도움이 필요했다. 그는 입고 있던 점퍼를 벗었다. 그러곤 돌아서서 어머니의 시신 곁으로 다가섰다.

어머니는 생전에 순하가 한 번도 본 적 없는 신비스러운 표정을 짓고 있었다. 가만히 보고 있자니 금방이라도 눈을 뜨고 일어날 것만 같았다. 갓 잡은 물고기의 젖은 비늘빛을 온몸에 휘감은 어머니가 몸을 펄떡이며 하늘로 솟구쳤다가 저 바다로 뛰어든다면 그때야말로 영원한 작별이었다. 순하는 이 광경이 죽을 때까지 잊히지 않을 것을 알았다. 그는 어머니의 시신에 점퍼를 덮어주었다. 그러고는 어머니의 손을 가만히 잡았다. 차갑고 단단한 비늘의 촉감이 전해졌다. 날이 바짝 선 비늘은 마치 잘 벼려놓은 칼날 같았다. 아차, 하는 순간에 그의 손가락이 베였다. 선홍색의 뜨거운 피가 비늘을 타고 번졌다.

백어일지도 모를 시신의 몸에 손을 댄 순하가 피를 흘리자 그들은 다시 겁을 집어먹었다. 다들 은연중 마음 한구석에 저 시신에 붙어 있는 비늘을 갖고자 하는 욕심이 있었다. 누가 알겠는가. 저것이 진짜 백어의 비늘일지. 그러나 백어의 비늘은 백어가 주는 것이다. 백어의 비늘을 훔치면 불운을 당한다. 그들은 너무 오래되어 잊고 있던 금기를 떠올리곤 욕심을 버렸다. 비늘을 떨어내고 사람이 된 백어는 죽으면 태생이었던 백어의 모습으로 다시 돌아간다. 그렇다면 남정심은 백어였을까? 그들은 생전의 남정심을 떠올려보지만 여전히 긴가민가했다.

남정심은 다시 돌로 덮였다. 처음과 달리 남자들의 손은 세심하고 침착하지 못했다. 엉기성기 쌓여가는 돌 틈으로 축축하고 소금기 가득한 바닷바람과 희미한 햇빛이 스며들었다. 그 틈으로 남정심은 아들이 떠나는 것을 보았다.

한마리

사람들은 그녀를 화가 한마리라고 불렀다. 사람들은 물고기도 그렇게 불렀다. 갈치 한 마리, 고등어 한 마리, 꽁치 한 마리……. 용보는 마리의 이름을 부르지 않았다. 그냥 야! 있잖아, 어이! 따위로 불렀다. 마리는 매번 제 이름을 불러달라고 했지만 용보는 모른 척했다. 아내의 말을 고분고분 다 들어주면 어쩐지 하늘이 무너질 것 같은 기분이 들었기 때문이다. 그래서 그는 마리가 "밥 먹을까?" 하고 물으면 "응, 먹자"가 아니라 "그럼 안 먹냐?" 하고 다소 삐뚤어진 반문으로 대답하기 일쑤였다. 말본새는 그랬지만 마리를 좋아하지 않아서 그런 건 아니었다.

용보는 마리를 보고 한눈에 반했다. 아청색을 띠는 신

비로운 눈동자. 한여름 뜨거운 햇빛도 순식간에 빨아들이는 서늘한 시선. 희게 빛나는 피부. 고개를 돌릴 때마다 해초처럼 살랑이며 구불거리는 암갈색 머리칼. 그 머리칼은 햇빛을 받으면 암녹색으로도 변했다. 아름답고 비밀스러웠다.

동경은 결핍에서 비롯된다. 절대 자신과 어울리지 않을 것 같은 대상. 영원히 손을 넣을 수 없는 것 같은 이상. 그 우아하고 매혹적인 무지개에 홀려 용보는 용감해졌다. 그는 마리의 마음을 얻기 위해 몇 번이고 무리한 시도를 했다. 굳이 그럴 필요가 없었다는 것은 나중에 알았다.

용보는 마리와 사귀기 시작한 지 한 달쯤 됐을 때 차를 뽑았다. 슬슬 차가 있어야겠다고 생각하던 참이었는데 여자친구까지 생기자 될 대로 되라는 심정으로 저질렀다. 통장에 잔고는 없었지만 매달 월급이 들어오니 할부로 구입하면 될 거라 여겼다. 거기에 자동차 영업직을 뛰는 대학 동창 박정구의 압박도 있었다.

“하나 팔아주라, 인마. 다 그렇게 돕고 사는 거지.”

“돈 없어.”

“알아. 그래도 팔아주라. 그게 의리지.”

결국 용보는 의리가 아니라 이렇게 닥친 김이 아니면 언제 차를 굴려보나 싶어 구입하고 말았다. 정구는 용보의 새 차를 끌고 울산에서 서울까지 직접 운전해 왔다. 그 때 용보는 마리와 광화문광장에서 아이스크림을 먹고 있었다. 그는 정구의 급작스러운 전화를 받고 광화문 삼거리에서 차와 차 열쇠를 넘겨받았다. 용보는 황당한 얼굴로 따졌다.

"이걸 여기까지 끌고 오면 어쩌라는 거야?"

"서울에 일 보러 오는 김에 겸사겸사 가져왔어. 물건 받았으니까 여기 서명해라."

용보는 얼떨떨한 얼굴로 정구가 내미는 서류에 서명했다.

"그럼 나 먼저 갈게. 다른 약속이 있어서. 나중에 통화하자."

"야 야, 그냥 가버리면 나 이거 어떡해?"

용보는 난감한 표정으로 방금 배달받은 자기 차를 가리켰다.

"면허 있잖아."

"면허만 있다니까."

"면허 있으니까 운전해. 제수씨, 또 봅시다."

정구는 바쁘다며 서둘러 택시를 잡아타고 가버렸다. 어쩔 수 없이 용보는 일단 마리를 조수석에 태우고 시동을 걸었다. 바퀴가 미끄러지듯 앞으로 굴러갔다. 그는 홍분했다.

“나 운전에 소질 있나 봐.”

5분도 지나지 않아 용보는 기어이 사고를 내고 말았다. 그는 종로 방향으로 신호 대기 중이었는데 거기서 문득 청계로 쪽으로 가고 싶어졌다. 옆 차선이 비어 있었다. 용보는 그 자리에서 차를 돌렸다. 그 순간 뒤에서 달려오던 택시가 용보의 차를 들이박았다. 낡은 택시의 범퍼가 떨어져 나갔다.

용보의 새 차는 순식간에 한쪽 허리가 잘록해졌다. 조수석의 차문이 찌그러져 열리지 않았다. 마리는 안전벨트를 하고 있었지만 머리를 창에 심하게 부딪혔다. 충격이 너무 커서 아픔은 조금 후에 찾아왔다. 사고 난 차는 바로 공장으로 들어갔다. 택시가 좀 더 밀고 들어왔다면 마리는 크게 다쳤을 것이다. 용보는 마리에게 미안했다. 하지만 그보다는 새 차가 순식간에 헌 차가 된 것이 더 속상했다. 그래서 들었지만 잊었다. 쾅, 하고 차가 부딪히는 순간 마리가 끼이익, 하고 돌고래처럼 내질렀던 괴상한 비명을.

두어 달 후, 용보는 어느 커다란 무덤 앞에서 마리에게 청혼했다. 권율 장군의 묘라는 것은 나중에 알았다. 지나다가 그럴듯한 장소 같아서 충동적으로 차를 세웠다. 카페나 길거리에서 말하는 것보다는 나을 듯했다. 당연히 준비한 반지나 선물은 없었다. 청혼의 말은 단순했다.

우리, 결혼하자!

하지만 그 말을 입 밖으로 내뱉는 것이 쉽지 않았다. 그는 먼 산을 바라보았고 뒤돌아 권율 장군의 묘를 쳐다보았고 조금 머뭇거리다가 땅바닥을 내려다보았다. 보아야 할 곳이 거기가 아니라는 것은 그도 알고 있었다. 하지만 어쩌랴, 어색한 걸. 그만큼 두 사람은 아직 서로 친하지 않았다. 그래도 그는 빨리 매듭짓고 싶었다.

"우리, 결혼하자!"

"땅바닥에게 묻고 있는 거야?"

"바보냐? 딱 보면 모르겠어? 너한테 묻고 있잖아."

"그럼 날 봐야지."

"안 본다고 안 들리냐?"

용보는 툴툴거리며 고개를 들고 마리를 보았다. 그제야 둘의 시선이 만났다. 마리의 새하얀 피부가 햇빛이 떨어지는 백사장의 모래처럼 반짝였다. 용보는 눈이 부셨다. 그는 햇빛 때문이라고 생각했다가 사랑에 빠져 눈에 콩깍지가 낀 조화라고 단정했다. 이렇게 동화 같은 장면을 실제로 볼 줄이야. 꼭 뭐에 홀린 것 같았다. 마리가 말했다.

"결혼식에 올 가족이나 친척이 없어."

일단 승낙이었다.

"아무도?"

"아무도."

"부모님이나 형제자매가 없어?"

그러고 보니 마리로부터 가족 이야기를 들은 적이 없었다. 왜 그 사실을 진작 깨닫지 못했지? 정말 홀리긴 홀린 모양이다.

"있는데 아주 멀리 살아. 그러니까 없는 셈 치자."

"무슨 그런 말을 하냐. 어디 사시는데? 해외야? 너 교포였어?"

"그렇다고 해두면 안 될까."

"그렇다고 해두는 건 또 뭐야. 결혼하기로 했으면 가족사 같은 건 공개해야지."

마리는 잠시 망설이다가 대답했다.

"그들은 바다 밑에 있어."

"바다 밑?"

깜짝 놀란 용보가 조심스레 말했다.

"큰 사고가 있었구나. 그럼 다 돌아가신 거야?"

시신을 찾지 못했다면 죽은 것이 확실하다.

"어쩌면 살아 계실지도 모르고. 너무 오래 만나질 못해서 모르겠어."

"죽고 사는 걸로 농담하지 마. 가족이 물고기냐?"

용보는 잔뜩 굳었던 표정을 풀며 말했다.

"됐고, 무슨 사연인지 털어놔봐. 너 혹시 가족과 절연했어? 소식 끊고 사냐고."

마리는 묵묵부답이었다. 아무리 다그쳐도 입을 열지 않았다. 용보로서는 도리가 없었다. 무슨 사정인지는 모르겠지만 그 때문에 마리와 헤어지고 싶지 않았다. 그가 결혼하려는 사람은 마리이지 마리의 가족이 아니다. 그 사람들이 없으면 어떠랴. 어쩌면 잘된 일일지도 몰랐다. 그들이 용보를 알고 나면 이 결혼을 반대할 수도 있었다. 용보는 집안도 학벌도 직업도 변변치 않을뿐더러 아직 경제적으로도 결혼할 준비가 되어 있지 않았다.

그는 서른한 살 한창 나이의 건강한 신체 말고는 아무것도 가진 것이 없었다. 아버지는 그가 중학교 1학년 때 돌아가셨다. 나이 차가 나는 두 형들은 일찌감치 독립해 나갔고 그네들 살기도 바빴다. 그래서 어머니가 막노동으로 그를 키웠다. 어머니는 넉넉하지 못한 살림을 꾸리느라 힘겨웠으나 막내인 용보만큼은 부족함 없이 키우기로 마음먹었다. 용보는 유명 브랜드의 옷과 신발만 고집했고 식성도 까다로웠지만 어머니는 그가 원하는 대로 맞춰주었다.

그는 지방에서 대학을 다니는 동안 성적 장학금은 언감생심 꿈도 꿔본 적 없다. 아르바이트는 두어 번 시도해보았는데 너무 힘들고 기분이 상해 첫날 모두 그만뒀다. 이후 오직 어머니가 주는 용돈으로만 살았다. 그는 거친 일을 해본 적이 없는 자신의 예쁜 손가락이 자랑이었다. 또한 귀하게 대접받으며 자랐다는 자부심이 있었다.

졸업 후, 그는 서울로 올라와 구직 활동을 시작했다. 서류에서만 백만 번쯤 떨어진 후에 영세한 화장품 회사의 영업직으로 들어갔다. 그렇게 시작한 직장 생활이 이제 5개월 차였다. 학자금 대출, 방세와 카드값, 식비와 교통비, 그 밖의 기타 등등 지출은 끝도 없었다. 그를 키우는 데 전부를 쓴 어머니에게조차 용돈을 보내줄 형편이 되지 않았다. 물론 어머니도 그의 결혼에 1원 한 푼 보태줄 처지는 아니었다.

아무것도 좋아질 것처럼 보이지 않았지만 그래도 그는 누구에게나 일생에 한 번은 찾아온다는 운을 기다렸다. 어느 날 갑자기 먼 친척이 등장해 그에게 일확천금은 아니더라도 적당한 액수의 돈을 물려줄 수도 있다는 기대를 품고 살았다. 그나마 다행인 것은 그런 생각을 하며 사는 자신이 얼마나 한심한 인간인지 스스로 알고 있다는 것이다. 나 같아도 나 같은 놈에게는 딸을 주지 않을 거야. 마리는 예쁘고 똑똑하고 돈도 제법 버는 재능 있는 화가였다. 그런 여자가 자신처럼 별 볼 일 없는 남자와 결혼하는 것은 한참 밑지는 손해였다. 그래서 그는 마리에게 묻지 않을 수 없었다.

"나 같은 놈이랑 결혼해도 괜찮겠어?"

"네가 어때서?"

"나보다 나은 조건을 가진 남자들이 널렸어."

"너도 괜찮아. 나쁜 사람 아니잖아. 그거면 돼."

물론 나쁜 사람은 아니었다. 하지만 이 사회에서 용보만큼 나쁘지 않은 사람은 쌔고 쌨다. 그는 그 사실을 알면서도 으쓱해졌다.

"정말 괜찮겠어?"

"내 소금만 손대지 마. 그럼 괜찮을 거야."

"소금?"

마리는 가방에서 조개껍데기처럼 생긴 하얀 조각 하나를 꺼내 내밀었다.

"이게 뭐야?"

"내 소금."

"이게 소금이라고?"

용보는 조개껍데기처럼 생긴 희고 단단한 그것을 이리저리 만져보았다.

"암염인가? 근데 원래 이렇게 생긴 거야, 아님 일부러 요런 모양으로 다듬은 거야? 좀 위험해 보이는데."

반원을 그리는 흰 조개껍데기의 가장자리가 예리했다. 햇빛이 닿자 흰 조개껍데기는 유리처럼 투명해지며 영롱하게 반짝였다. 용보의 눈이 커졌다.

"이야, 신기하네. 이거 꼭 보석 같다. 맞다, 소금이 다이아몬드랑 결정 구조가 같다고 그랬는데."

"너 줄게."

"왜 주는데?"

"증표야."

마리는 용보를 물끄러미 보았다. 용보의 눈에 그 모습은 꼭 저도 뭔가 받고 싶다는 것처럼 보였다. 그제야 생각났다. 아, 반지를 준비했어야 했구나. 에이, 안 주고 안 받는 걸로 하자.

"소금이 무슨 증표야? 필요 없어."

용보가 돌려주려고 하자 마리는 고개를 저었다.

"그건 코델리아의 소금이야."

"코델리아의 소금? 뭐야 그게?"

"코델리아는 리어왕의 셋째 딸이야."

마리의 장황한 설명이 시작되었다.

"브리튼의 리어왕은 딸들에게 아버지를 얼마나 사랑하

느냐고 물었어. 첫째 딸 고너릴과 둘째 딸 리건은 우주와 보석만큼 사랑한다고 했지. 하지만 셋째 딸 코델리아는 드릴 말이 없다고 대답했어. 그건 그저 도리일 뿐, 더구나 결혼을 하면 아버지를 온전히 사랑할 수 없으며 그 사랑의 절반은 남편의 것이라고도 했지. 노한 리어왕은 코델리아를 왕국에서 쫓아냈어. 코델리아의 구혼자들은 지참금이 없는 그녀와 결혼하기를 원하지 않았지. 하지만 진심으로 코델리아를 사랑했던 프랑스 왕이 그녀를 데려갔어."

"또, 또 이야기가 삼천포로 빠진다. 네가 빨강머리 앤이냐? 입으로 장황하게 글 옮길 생각 하지 말고 요점만 말해."

"결국 아버지를 위해 돌아와서 죽음을 당하는 것은 코델리아였어. 리어왕은 끔찍한 후회와 고통에 빠졌지. 대가를 치른 거야."

"하고 싶은 말이 뭐야?"

"도리. 그 소금은 내가 너에게 주는 도리야. 마땅히 그리해야 하는 것. 치러야 할 대가. 진정한 가치."

"가치가 있다고? 그럼 돈이 돼?"

"돼. 뭍에서는 희귀한 소금이거든."

"정말? 특이하게 생겼지만 그래봤자 그냥 소금인데?"

"옛날에 소금은 화폐 대신이었어."

"그건 옛날이고."

"그림 그릴 때 쓰고 있어."

아! 용보는 그제야 무슨 뜻인지 이해했다. 마리는 그림을 그릴 때 자신만의 방식으로 물감을 만들어 썼다. 용보는 그 비법이 바로 이 소금이라는 것을 알았다. 전문가들은 마리의 그림이 가진 오묘한 빛의 효과에 관심이 많았다.

"그럼 꽤 가지고 있겠네. 어디서 가져오는데?"

"나에게서."

"그러니까 너만 아는 장소란 거지?"

"너한테는 하나밖에 줄 수 없어. 그러니까 나머지 내 소금에는 손대지 않겠다고 맹세해."

용보는 피식 웃었다.

"딸랑 소금 하나 주고 무슨 맹세까지 시키냐."

하지만 마리는 진지했다.

"알았어. 맹세할게."

"만약 오늘의 이 맹세를 깨고 내 소금에 손을 대면 넌 나뿐 아니라 나로 인해 얻은 모든 것을 잃게 될 거야."

"작작 좀 해라. 걱정하지 마. 절대 손대지 않을 테니까. 이런 걸 가져다 내가 어디에 쓰겠냐? 먹을 것도 아니고 그림을 그릴 것도 아닌데."

용보는 맹세의 증표를 주머니에 넣었다. 그는 이 결혼이 일사천리로 진행될 거라 여겼지만 의외의 복병이 등장했다. 용보의 어머니가 이 결혼을 극구 반대했다.

"안 된다. 청화 보살이 그러더라. 니들 사이에 익사귀(溺死鬼)가 붙어 있단다."

익사귀라니……. 용보는 어이가 없었다. 청화 보살은 그의 고향 집 동네 뒷산 암자에 사는 무당이었다. 그녀는 그의 어머니뿐 아니라 그 동네 부녀자들의 정신적 지주였다. 용보는 잔뜩 뿔이 나서 따졌다.

"아 진짜, 엄마 왜 그래? 마리 같은 애가 결혼해주는 것만도 감지덕지인 판에 무슨 그런 미신을 들먹여?"

"어쨌든 이 결혼, 내 눈에 흙이 들어가도 안 된다."

그런데 몇 주가 지나자 그렇게 용보의 속을 끓이던 어머니는 갑자기 말을 뒤집었다. 대신 부적 한 장을 쥐여주었다. 그 부적을 평생 몸에서 떨어뜨리지 않겠다고 맹세하면 결혼을 허락해주겠다나.

"알았어요. 맹세해요."

두 번의 맹세 끝에 마침내 용보는 마리와 결혼했고 이듬해 섬이 태어났다. 셋은 그렇게 5년을 살았다. 별일이 벌어지기도 했지만 대개는 별일 없이 지나갔다. 그가 마리의 스케치북을 열고 그 괴상한 문구와 불길한 그림들을 보기 전까지는.

*

용보는 마리의 스케치북 여백에 쓰여 있는 글을 본 적은 있지만 읽은 적은 없었다. 별 관심도 없었고 원래 글 읽는 것을 싫어했다. 글자만 보면 머리가 아팠다. 학교 다닐 때부터 교과서는 말할 것도 없고 책만 집어 들었다 하면 잠이 쏟아져 늘 세 쪽을 넘기지 못했다. 그는 카탈로그나 전자 제품 매뉴얼의 빼곡한 글자를 차근차근 읽어나가는 것도 금세 진력을 냈다. 자막을 따라 읽는 것도 버거워 영화도 한국 영화만 봤다. 대학을 졸업한 후에는 아예 책과는 거리를 두고 살았다. 책이 그토록 가까이 있었음에도.

그 책들은 모두 마리의 것이었다. 마리는 책벌레였다. 기이할 정도로 읽는 것에 집착했다. 마리의 모든 지식은 책에서 나왔고 지금도 책에서 구하는 중이었다. 집 안은 늘 책밭이었다. 이사할 때마다 인부들은 마리에게 감탄과 불만을 섞어 말했다.

"남편분께서 책이 엄청 많네요. 근데 다 읽은 책들은 좀 버리세요."

그때마다 마리는 의아한 표정을 짓곤 했다. 다 읽은 책을 다 쓴 물건처럼 버리라는 말 때문이 아니었다. 왜 자신의 책을 무조건 용보의 책으로 여기느냐는 것이었다. 집 안을 어지럽히는 책들에 대해 용보는 별 불만이 없었다. 책들은 마리를 통해 그를 즐겁게 해주었다.

농담 따먹기로 시간 보내는 것이 취미인 그가 농담이라곤 전혀 할 줄 모르는 마리에게 빠져들었던 것은 그녀가 책에서 가져와 쓰는 진지한 문어체 문구들이 농담보다 우습게 들렸기 때문이다. 마리는 찻물이 졸아들면 "우물쭈물하다가 내 이럴 줄 알았지" 하고 버나드 쇼의 말을 빌렸고 배가 아프면 "배 속이 불타는 것 같아" 하고 펄벅의 『대지』에 등장하는 오란처럼 말했다.

책이 사람을 매력적으로 만들어준다는 것을 용보도 모르지 않았다. 그도 할 수만 있다면 책을 통해 매력적인 사람이 되고 싶었다. 하지만 그는 책과 어울리는 법을 알지 못했다. 그런 그가 책도 아닌 스케치북 귀퉁이에 끼적여놓은 글을 읽게 된 것은 오로지 섬 때문이었다. 그는 요 며칠간 섬이 마리의 스케치북을 골똘히 들여다보고 있는 것을 보았다. 습작용 스케치북에는 그림들뿐 아니라 여기저기 메모들이 많았다.

아직 글을 깨치지 못한 어린 딸은 그림보다 글자에 호기심을 보였다. 아이는 그 글자들 속에 미지의 세계가 숨어 있다는 것을 알아챈 듯 초롱초롱 눈을 빛냈다.

"섬아, 뭐 해?"

"엄마가 무슨 생각을 하는지 보고 있어."

"궁금하면 엄마한테 직접 물어봐."

"그건 보는 것이 아니라 듣는 거야."

생각을 보는 것과 듣는 것이 어떻게 다른 거지? 용보는 한 번도 그런 생각을 해본 적이 없었다.

"그게 그거야. 같은 거라고."

"듣는 건 내가 본 게 아니야."

섬은 제법 진지하게 반박했다. 용보는 마리를 쏙 빼닮은 그 모습이 조금 웃겼다.

"그래서? 그렇게 보니까 엄마가 무슨 생각을 하는지 보여?"

"안 보여. 나 글자 못 읽어. 이거 읽으면 보일 것 같은데."

섬은 고개를 저으며 낙담한 표정을 지었다. 그때 용보는 문득 깨달았다. 늘 마리를 보고 있지만 그 역시 마리가 무슨 생각을 하며 사는지 전혀 모른다는 것을. 마리의 어떤 면은 여전히 수수께끼였다. 지금까지 용보는 그것이 여자와 남자의 타고난 이질성이라 여기며 대수롭지 않게 생각했다. 애초에 남자들은 이런 면이 있고 여자들은 저런 면이 있는 것이다. 그래서 남자는 남자고 여자는 여자가 아닌가. 때문에 몰라도 어쩔 수 없다고 생각했다. 아마 평생 모른 채로 살다가 죽는 남자들이 대부분일 것이다.

"이리 줘봐. 아빠가 읽어줄게."

섬에게 들려줄 만한 내용이 아니라는 것을 깨달았지만 그냥 읽었다. 어차피 섬은 이해하지 못할 테니까.

그 아이, 사랑을 얻어 사람이 되고 싶었지만 결국 물거품이 되어 공기와 함께 가버린 그 십대 여자아이. 그때 나이가 열다섯 살이었어.

열다섯 살이 아니라 서른다섯 살이었다면 아마 생각을 바꿔 왕자를 찔렀을지도 모르겠어. 그랬다면 인어로 다시 돌아갔겠지.

돌아가서 다시 시작하면 돼. 서른다섯 살은 다시 시작하기에 그리 늦은 나이가 아니거든. 물론 다시 시작하기엔 열다섯 살이 훨씬 유리해. 하지만 열다섯 살은 전부를 걸 수 있는 나이고, 서른다섯 살은 전부를 걸지 않는 나이지.

그러니까 그때 그 여자아이는 열다섯 살이었기 때문에 겁없이 잘 알지도 못하는 선망의 대상을 위해 자신을 버릴 수 있었던 거야.

알아, 이 이야기가 세이렌의 전설에서 만들어진 동화에 불과하다는 것을. 하지만 모든 이야기는 눈곱만큼일지라도 사실에서 시작되는 법이야. 그러니까 이제 그 눈곱에 대해 이야기해줄게.

사람들이 말하기를 영혼은 사람에게만 있다고 해. 사람을 제외한 다른 생물들에게 깃들어 있는 것은 영(靈)뿐, 혼(魂)은 없대. 때문에 사람의 것은 영혼이고 우리의 것은 영(靈)과 정(精)이 결합한 정령(精靈)이야.

그러니까 인어가 사람이 되려면, 혹은 사람으로라도 환생하려면 먼저 영혼을 얻어야 해. 그 영혼을 얻는 데는 조건이 있어.

사랑, 모든 저주를 풀 마법의 열쇠.

그래서 사람이 되고자 하는 모든 이야기는 사랑을 얻거나 얻지 못하는 것으로 끝나. 그 아이는 얻지 못했어. 공기와 함께 기약 없이 떠돌던 그 아이는 훗날 후회한다고 말했지.

하지만 삶은 미래를 볼 수 없어. 그저 소망하는 바가 미래가 되기를 바랄 뿐…….

이게 무슨 오글거리는 소리야? 도저히 더는 못 읽겠다. 용보는 섬에게 다른 그림책을 쥐여서 방으로 들여보낸 후 마리를 불렀다. 스폰지밥이 그려진 양말을 신은 마리가 안방에서 나왔다. 그녀가 걸을 때마다 스폰지밥의 입이 웃을까 말까 애매한 표정을 지었다.

스폰지밥은 해면동물이다. 안 그래도 온 집 안이 해산물로 도배되어 있어 가끔 용보는 자신이 용궁에서 살고 있는 게 아닌가 하는 착각마저 들었다. 그는 방금 읽은 부분이 펼쳐진 채로 스케치북을 마리의 발밑에 던지며 짜증을 냈다.

"야, 넌 무슨 인생 넋두리를 이런 데다 해?"

마리는 제 발밑에 던져진 스케치북을 집어 들었다. 용보가 뭘 읽었는지 확인한 마리가 말했다.

"섬이 궁금하다고 해서."

"뭐가?"

"물거품이 된 후 인어공주는 어떻게 됐느냐고."

"물거품이 돼서 공기랑 떠돈다며? 그건 죽었다는 거야. 근데 무슨 다음 이야기가 있어?"

"죽지 않았어. 인어공주는 공기와 이야기를 나눠. 그건 자신을 타자와 구분해 인식하고 있다는 뜻이야. 자신이 누군지도 알고 있고 감정도 그대로 남아 있어. 그런 감정엔 대개 집착과 후회가 있지."

"그게 다 무슨 소용이야. 그래봤자 몸이 없잖아, 몸이!"

그는 소리쳤다. 왜 이리 흥분하고 있는지 그도 알 수 없었다. 자격지심일지도 모르겠지만 그는 분명 마리의 글에서 후회를 보았다. 아니, 후회라고 쓰여 있었다.

"몸이 없는 것과 무슨 상관이지? 생각한다. 고로 나는 존재한다면서?"

마리는 차분하게 되물었다. 학교 다닐 때 용보도 들어본 말이었다. 아무 생각 없이 들었다. 지금도 그런 말은 중요하다는 생각이 들지 않았다.

"그래서 후회해?"

"뭘?"

"그거 네 이야기 아니야?"

"왜 그런 생각을 했지?"

마리의 표정이 진지해졌다. 용보는 말문이 막혔다. 그러니까, 내가 왜 그런 멍청한 생각을 했지? 그의 원인 모를 짜증이 그제야 사그라졌다. 결혼 전에는 비밀스러운 마력으로 그를 끌어당기던 마리의 아청색 눈동자가 요즘 들어서는 당최 속내를 알 수 없는 낯설음으로 문득문득 그를 두렵게 만들었다. 그는 한풀 꺾인 어조로 말했다.

"모르겠어. 그냥 네가 나랑 결혼한 걸 후회하는가 싶어서."

용보는 말을 뱉고서야 확실히 깨달았다. 진짜 자격지

심이네. 한심하군.

"내가 너 말고 누구랑 결혼할 수 있었겠어?"

"정말이지?"

"응."

그게 후회하지 않는다는 대답은 아니었다. 하지만 용보는 더 묻고 싶지 않았다.

"근데 이런 걸 섬이 어떻게 알아들어? 동화는 말이야. 남자와 여자가 결혼해서 행복하게 잘 살았다로 끝나야 해. 거기서부터 시작되는 다음 이야기는 어림없는 어른들의 이야기니까. 진짜 현실이지. 애들 때 기억이야 얼마든지 저 좋을 대로 이야기를 지어내서 보태고 뺄 수 있겠지만 말이야."

마리의 해박한 구문 사용을 지적인 대화의 증거로 여겼던 용보는 결혼하고 나서야 마리의 과거 기억들조차 모두 그런 식으로 인용된 것임을 알아차렸다. 고의로 보이진 않았다. 트라우마로 인해 기억이 묻힌 것 같았다. 마리는 제 가족이 바다 밑에서 살고 있다고 여겼다. 어쩌면 마리는 끔찍한 사고를 겪은 후 자기방어를 위해 그들의 죽음을 망각 속에 묻은 것인지도 모른다. 그녀의 유년기와 함께. 그래서 오래전에 죽은 가족이 여전히 어딘가 먼 곳에서 살고 있다고 믿는 것이다. 그러려면 어딘가 먼 그곳은 실제로는 갈 수 없는 곳이어야만 한다. 죽음을 확인할 수 없는 곳. 바다가 설정된 이유다.

"이딴 쓸데없는 이야기 만들 시간 있으면 더 늦기 전에 병원이나 가봐. 너도 이제 제대로 된 기억을 찾아야지."

"내 기억은 고장 난 데가 없어."

"그럼 너와 네 가족에게 무슨 일이 있었는지 솔직히 말해봐."

"말하면 믿어줄래?"

마리의 얼굴에 희미한 미소가 어렸다. 잔뜩 찌푸린 용보의 이맛살도 덩달아 풀렸다.

"당연하지."

마리는 제 스케치북을 가리켰다.

"여기에 있어."

용보는 두 손 들었다. 방금 읽은 것만으로도 충분했다.

"됐다. 안 봐도 훤하다. 보나마나 또 여기저기서 주워온 문장으로 때워 붙인 누더기 같은 헛소리만 잔뜩 적혀 있을 것이 뻔한데."

그는 고개를 절레절레 흔들며 소파로 돌아가 TV리모컨을 집어 들었다.

살인 도구

순하는 가방을 열었다. 신문지에 돌돌 말아둔 단단한 그것들이 손에 잡혔다. 피부에 닿는 감촉만으로도 눈이 부셨다. 어머니의 몸을 바위인 줄 알고 달라붙은 굴이나 전복 같은 것이 아니었다. 그것은 어머니의 일부분이었다. 죽은 어머니의 몸에서 새로운 세포가 자라난 것이다. 어머니는 무엇이 되어가고 있던 중이었을까. 사람들은 이것을 보고 백어의 존재를 의심했다. 어머니가 백어였을까. 그는 시신의 괴이한 변형에 대해 알려지는 것을 원치 않았다. 그날 이장을 위해 백어도에 모였던 별어마을 남자들도 그의 손을 들어주었다.

"그래요. 괴이한 일은 괴이한 대로 덮읍시다. 괜한 소문

나서 외지 사람들이 관심 가지면 시끄럽고 복잡해져요."

그들은 소금 바람에 뻣뻣해진 머리카락을 쓸어넘기며 서로를 향해 눈빛을 다졌다.

"그게 좋겠어요. 자 자, 우린 아무것도 보지 않은 거요. 특히 집에서 기다리는 여자들에게는 암말 맙시다. 다들 비밀 지켜요."

그들은 생각했다. 우리 중 누구도 시신에 붙은 하얀 비늘에 손을 대지 않았지만 또 누가 알겠는가. 말이 씨가 되어 불운이 따르게 될지. 불운이 우릴 건드린 것도 아닌데 굳이 우리가 먼저 불운을 자극할 필요는 없다. 백어도 무덤 위에 모습을 드러냈던 그 허연 것이 무엇이든 저 좋을 대로 살라고 하자. 그게 남정심이라면 더더욱 그 편이 낫다. 남정심은 애초에 백어도에 묻히고 싶어 했으니 이대로 둔다 해도 별 불만 없을 것이다. 그렇게 그들은 아무 일도 없었다는 듯 각자의 입에 지퍼를 채우고 헤어졌다. 이장 비용으로 걷은 돈은 별어마을의 다른 공동 사업에 쓰기로 했고 순하는 중산에게 사과하고 휴대전화값을 변상했다.

순하는 신문지를 펼쳤다. 백색의 크고 작은 조각들이 모두 여덟 개. 그는 고개를 갸웃거렸다. 이상한데? 분명 열 개였는데? 가방을 다시 뒤져봐도 나머지 두 개를 찾을 수 없었다. 아마 고향 집에서 짐을 싸다가 떨어뜨린 모양이다. 그는 조각들을 식탁 위에 흩뜨려둔 채 맥주를 찾았다. 가슴 속이 타는 듯 뜨거웠다.

백어도에서 그가 어머니의 손을 잡았을 때, 그 날카로운 비늘에 손가락을 베였을 때, 아들의 뜨거운 피에 반응한 듯 어머니의 손등에 자라 있던 비늘들이 툭툭 끊어지며 손바닥 위에 떨어졌다. 어머니의 몸에 돋아난 이 하얀 비늘을 어디서 처음 보았는지 그는 생생하게 기억했다. 아버지의 손에 쥐어져 있었다. 어머니의 몸 위에 올라탄 채 아버지는 그것으로 어머니의 팔을 긋고 가슴을 찌르고 목을 벴다.

그는 마시던 맥주 캔을 내려놓고 유리컵에 수돗물을 채웠다. 그러곤 잠깐 망설이다가 비늘 한 개를 집어 컵에 떨어뜨렸다. 투명한 물속에서 예리하게 날을 세운 비늘이 반짝이며 기포를 뿜었다. 작은 물방울이 고운 빛을 뿌리며 퍼져나갔다. 비늘이 녹고 있었다. 틀림없는 소금이었다.

휴대전화가 울렸다. 순주 누나였다.

“이장은 잘됐어?”

“안 했어.”

“왜?”

"아무래도 어머니의 유언을 지켜야 할 것 같아서."

"별어마을 사람들이 순순히 물러나? 너, 그 사람들 못 이겨서 내려갔던 거잖아."

"내가 이겼어."

"재주 좋네. 근데 이장도 나쁘진 않은데. 유언의 요지는 거기 묻어달라는 것이 아니라 주기적으로 찾아와달라는 뜻이었으니까."

"하지만……."

"난 상관없어. 너 좋을 대로 해. 네 엄마잖아."

순주는 유언의 의도를 정확하게 짚어냈다. 순하는 어머니가 거기 묻으라니 묻었고 매년 한 번은 오라니 갔었지만 순주는 어머니가 왜 거기 묻으라고 했는지 왜 매년 한 번은 오라고 했는지 그 이유에 대해 생각했다. 그들 남매는 늘 그랬다. 순주는 생각을 했고 순하는 행동을 했다. 그는 누나가 어머니의 마음을 그런 식으로 헤아려주는 것에 고마움을 느꼈다. 어머니를 항상 엄마라고 다정하게 불렀던 것은 누나였다. 그는 한 번도 어머니를 엄마라고 불러본 적이 없었다.

사실 어머니는 그리 다정하지 않았다. 타고난 성품이 그러했다. 진심을 다해 어머니에게 정을 들인 쪽은 누나였다. 누나가 내놓은 정에 어머니도 정이 들었다. 그래서 그는 누나에게 어머니를 보러 가자고 굳이 강요하지 않았다. 누나는 어머니를 싫어해서 가지 않는 것이 아니었다. 누나는 그저 자기 아이들을 돌봐야 했고, 별어마을에 다시 발을 들여놓고 싶지 않았고, 아버지에게 살해당한 어머니가 원귀가 되었을까 봐 두려워하고 있을 뿐이었다. 그는 누나의 처지와 심정을 이해했다.

"그래도 말이야. 내 생각엔 그러지 말구."

순주의 목소리가 수화기 너머에서 다시 말을 이었다. 그는 누나의 목소리에서 조심스러운 관심을 읽었다. 그녀는 두려움과 애정 사이에서 해결점을 찾으려 했다.

"그냥 화장해서 너나 내가 사는 데서 가까운 납골당에 모시는 건 어떨까 싶어. 그럼 나도 종종 가볼 수 있을 테고."

"안 돼, 화장은 절대 안 돼!"

순하는 저도 모르게 언성을 높였다. 그건 안 될 말이었다. 물로 돌려보내야 마땅할 어머니의 몸을 불로 녹여 없앤다는 것이 너무도 처참하게 느껴졌다.

"깜짝이야. 왜 갑자기 소리를 지르고 그러니?"

"미안해. 나도 모르게……."

"화났니? 네가 자지러지는 것을 보니 내가 아주 못할 소리를 했나 보다. 그냥 한번 생각해보라는 거지 당장 어쩌자는 건 아니었어. 그건 그렇고, 넌 요즘 뭐 하니? 그림은 안 그려?”

“이젠 안 그려. 그럴 여유도 없고.”

“아깝네. 너 정말 그림 하나는 잘 그렸는데.”

하지만 아버지는 순하가 그림을 그리고 있으면 화를 내곤 했다.

“쓰잘데기없는 짓 그만하고 전복이든 진주든 뭐라도 주워 와. 아님 공부를 하든가.”

아버지가 알지 못했을 뿐 순하의 어머니도 그림을 잘 그렸다. 순주는 순하의 그림을 볼 때마다 부러워하며 말했다. 넌 좋겠다. 뭐든 엄마를 닮아서.

“나 잠수도 잘했어.”

순하가 말했다.

“맞다. 네가 별어마을에서 잠수 시간이 제일 길었지. 화가 아니면 세계 최고의 잠수부가 될 줄 알았는데.”

“먹고살려면 뭐든 해야지. 이 일도 나쁘지 않아.”

그는 지방에 있는 오래된 아파트 단지에서 설비기사로 일했다. 고향을 떠나기 전에 그는 별어마을 최고의 해남으로 불렸다. 십대의 여름날을 그는 친구들과 내내 바다에서 보냈다. 바닷바람은 짰고 햇볕은 뜨거웠다. 모두들 새까맣게 타서 등과 어깨의 피부 껍질이 바슬바슬 일어났다. 그럼에도 순하를 따라 다들 홀린 듯 바다를 찾았다. 숨 오래 참기 시합에서는 언제나 순하가 일등이었다. 그는 더 오래 숨을 참을 수 있었지만 마지막으로 버티던 친구가 물 밖으로 고개를 내밀면 이삼 초가량 기다렸다가 따라 나갔다. 계속 물속에 들어앉아 있었더니 죽은 줄 알고 친구들이 난리를 피웠다. 그는 가끔 혼자서 자신을 시험해보곤 했다. 두어 시간은 너끈히 숨을 참을 수 있었다. 고요 속에서 폐가 닫혔다. 심장이 아주 천천히 뛰었다. 어쩐지 졸음이 쏟아져 물속에서 까무룩 잠이 든 적도 있었다. 수면 아래로 더 깊이 내려가면 그의 폐는 무의식적으로도 숨을 쉬지 않았다. 몸이 알아서 적응했다.

그러나 아가미가 달린 물고기처럼 영원히 물속에 머물 수는 없었다. 그는 자신이 가진 기이한 능력에 대해 곧 나름의 이유를 찾았다. 그는 고래처럼 혈액과 근육에 산소를 많이 저장할 수 있도록 타고난 것이다. 고래는 혈액에 헤모글로빈이 많아 많은 양의 산소를 운반할 수 있다. 때문에 한 번 호흡하면 오랫동안 잠수가 가능하다. 또 근육에 미오글로빈이 있어 산소를 저장할 수 있다. 아가미를 가진 물고기의 살은 하얗다. 하지만 고래는 헤모글로빈과 미오글로빈에 철분이 많이 있어 붉은색을 띠기 때문에 뭍의 포유류들처럼 근육이 붉다. 그러니까 나는 고래 같은 것이지, 하고 결론을 냈지만 사실 그것만으로는 충분한 설명이 되지 않았다. 그래서 나머지는 누나의 말대로 어머니를 닮은 탓이라고 돌려야 했다. 어머니도 다른 해녀들과는 달랐다.

수화기 너머에서 순주는 아무 말도 하지 않았다. 그녀는 언젠가 끔찍하게 싫은 아버지가 죽고 나면 고향집을 다시 찾을 날이 있으리라 여겼다. 하지만 이제 고향집은 그녀에게 잔인한 기억으로 남았다. 아버지가 엄마를 죽인 곳으로. 동생도 그 무시무시했던 기억에서 벗어나고자 고향집을 떠났다. 바다로부터 오는 모든 것들이 그 참혹했던 기억을 상기시킬까 봐 동생은 그토록 좋아하던 바다를 등지고 최대한 멀리 도망쳤다. 아버지만 아니었으면 동생은 별어마을에 남았을 것이다. 어부가 되어 저녁엔 투망을 아침엔 양망을 하러 바다로 나갔겠지. 가을에는 삼치를 잡고 봄에는 멸치를 잡고 때로는 바닷속을 누비며 전복을 땄겠지. 엄마처럼. 엄마도 동생처럼 오래 잠수를 했다. 우리는 행복할 수 있었다. 하지만 아버지가 모두 망쳤다.

"넌 정말 엄마를 쏙 빼닮았어."

"그래서 누나가 날 좋아하는 거잖아."

"그만 끊자."

순주는 이제 순하의 농담을 견디지 못했다. 순하 앞에서 그녀는 약간의 미소조차 가책을 느꼈다. 아버지가 동생의 엄마를 죽인 것이 마치 자신의 잘못인 것처럼 여겨졌기 때문이다. 엄마는 달라도 아버지는 둘의 아버지였다. 그런데도 순주에게 순하는 오직 엄마의 아들로만 보였다.

비늘 모양의 소금은 물속에서 완전히 녹아버렸다. 소금이 녹은 물은 온통 빛 알갱이들로 가득했다. 찬란하게 부서진 빛이 유리컵 속에 갇혀 떠돌았다. 그때 본 것과 똑같았다. 순하는 주먹을 불끈 쥐었다. 심장이 두근거리며 피를 뿜어냈다. 죽어라 봉해두었던 기억이 고스란히 되살아났다. 핏물 웅덩이 위에서 물고기처럼 몸을 뒤척이며 끼이익 끼이익 괴상한 소리를 내지르던 어머니. 먼 곳에서 들썩이던 차가운 파도 소리. 정신이 쏘옥 뽑혀 나간 듯 텅 비어버린 아버지의 눈동자에는 공포가 가득했다.

*

"순주는 어디 있어?"

최동수는 길 잃은 아이처럼 눈동자를 불안하게 굴리며 딸을 찾았다.

"누나는 바빠서 못 왔어요. 다음에 시간 내겠다고 했어요."

"거짓말, 거짓말이야."

면회실 유리벽 너머에서 최동수는 고개를 저으며 찡얼거렸다. 순주는 별어마을을 떠난 이후 한 번도 아버지를 보러 온 적이 없었다. 순주는 저주했다. 아버지는 그때 죽었어야 했다고. 하지만 그때 아버지가 죽었다면 지금 순주에게 순하는 없었다.

최동수는 1976년 겨울에 죽었어야 했다. 그는 열두 살 때부터 배를 탔다. 그런데 그날따라 재수가 없었던지 발을 헛디뎌 바다로 떨어졌다. 동짓달 차가운 바닷물이 그를 한입에 삼켜버렸다. 그믐밤이라 바다는 온통 캄캄했고 사람은 도무지 떠오르지를 않았다. 함께 조업에 나섰던 장곡도와 동료들이 발을 동동 구르며 신고했다. 나흘간 수색이 계속되었으나 최동수의 시신은 발견되지 않았다.

그의 실종을 두고 어린 순주를 어떻게 할 것인지 말이 오갔다. 마땅한 친척이 나설 때까지 잠시 장곡도가 맡기로 했다. 장곡도가 최동수의 집으로 가서 순주의 짐을 챙기고 있는데 술에 잔뜩 취한 최동수가 콧노래를 부르며 갓 스물을 넘긴 듯 보이는 젊은 여자의 손을 잡고 대문을 들어섰다. 반갑고 놀라운 것도 잠시, 화가 잔뜩 난 장곡도가 다그쳤다.

"어떻게 된 거야?"

"기억이 안 나."

최동수는 혀 꼬부라진 소리로 말했다.

"물귀신 된 줄 알고 난리가 났는데 여태 어디서 술 처먹고 자빠져 있다가 이제 나타나는 거냐고?"

"기억이 안 난다니까."

최동수는 지난 며칠간의 행적에 대해서 모르쇠로 일관했다.

"여잔 누구야?"

"정심이, 남정심!"

최동수는 순주를 낳고 산욕으로 죽은 전처의 이름을 댔다. 장곡도는 최동수가 술이 깨기를 기다렸다. 하지만 술이 깬 후에도 최동수의 대답은 달라지지 않았다. 별어 마을 사람들이 돌아가며 여자에게 물었다. 대체 어떻게 된 일이냐고. 처자는 누구며 최동수는 어찌 만났느냐고. 여자는 그저 바다만 가리켰다. 사람들은 그 바다에 길게 뻗어 있는 곶 너머 다른 마을을 생각했다. 물살에 쓸려 가다 어디 어선에 구조된 모양이네. 이 여자는 거기 어디 술집에서 눈이 맞았겠지. 암만 봐도 물질하는 여자는 아니었다. 밭일도 해본 적 없는 여자였다. 아기처럼 말랑한 손바닥에는 굳은살이라곤 없었다. 얼굴은 자그마하니 예뻤고 화장기 없는 맨 피부는 뽀얬다.

그런데 두고 보니 세상물정 모르는 데다가 말하는 것도 어눌했다. 말귀도 제대로 알아듣지 못해 처음엔 다들 귀머거리인 줄 알았다. 하지만 여자는 주변 사람들의 말을 금방 따라 배웠다. 사람들은 감탄했다. 거참, 돌고래처럼 잘도 따라 하네. 최동수는 그 젊은 여자와 살림을 차렸다. 그 여자는 죽을 때까지 남정심으로 불렸다. 별어마을 사람들은 이제 순주의 생모가 아닌 그 여자를 남정심으로 기억했다.

최동수의 누렇고 탁한 눈동자가 순하를 쳐다보았다. 모호하고 흐릿했던 초점이 바로잡혔다. 어디를 보는지 알 수 없던 최동수의 시선이 지금 명확하게 순하를 향해 있었다. 순주의 안부를 물을 정도로 정신이 또렷했다. 물어보려면 지금 물어봐야 했다.

"왜 그랬어요?"

"뭘 말이냐?"

순하는 주머니에서 종이 뭉치를 펼치고 소금 비늘을 꺼내 최동수의 눈앞에 들이밀었다.

"이거 뭔지 기억나죠?"

최동수는 눈을 찡그리며 입을 다물었다. 손가락을 꿈지럭거리며 입술을 깨물었다. 초조하고 불안한 듯 최동수의 눈동자가 숨을 곳을 찾아 동동거렸다. 순하는 이런 식으로 아버지를 다그치고 싶진 않았다. 아버지에게도 악몽 같은 순간이었을 테니까. 그러나 그는 확인해야 했다.

"아버지, 이거 뭐예요? 그때 이거 어디서 났던 거예요?"

그때 순하는 자기 방에서 교복을 입고 있던 중이었다. 밥상이 뒤집어지는 소리에 달려갔더니 아버지가 어머니를 깔고 앉아 살인귀처럼 이것을 휘두르고 있었다. 간신히 아버지를 떼어냈다. 어머니는 아직 숨이 붙어 있었다. 신고를 했고 경황없는 와중에 아버지의 손에 들린 그 하얗고 날카로운 것을 빼앗아 숨길 곳을 찾았다. 부엌 가스레인지 위에서 김을 뿍뿍 내뱉고 있는 주전자가 보였다. 주전자 뚜껑을 열고 끓는 물속에 그것을 넣었다. 어머니는 구조대가 도착하기 전에 숨이 끊어졌다. 경찰이 도착하고 아버지가 끌려 나갈 때 순하는 어머니의 피로 흠뻑 젖은 교복을 입은 채 벽에 딱 붙어 서서 숨도 제대로 쉬지 못했다. 그의 삶이 산산조각이 나던 순간이었다.

아버지는 사지를 버르적거리며 술에 절어 고부라진 혀로 떠들어댔다. 저년이 먼저 날 죽이려고 했어. 그래서 내가 죽였어. 자백이었다. 살인 도구는 끝내 발견되지 않았다. 나중에 순하가 주전자 뚜껑을 열었을 때 안에는 물러진 보리차 알갱이들뿐이었다. 물을 비우고 휘저어보았지만 아무것도 나오지 않았다. 피 묻은 살인 도구는 뜨거운 물에 녹아 찬란한 빛이 되어버렸다.

최동수의 목구멍에서 어 어, 하는 괴상한 소리가 올라왔다. 그는 갑자기 머릿속에 장애가 생긴 듯 고개를 휘휘저어대더니 이내 눈빛이 흐려졌다. 또 정신이 나가버렸어. 순하는 얼른 소금 비늘을 다시 종이에 싸서 주머니에 넣었다. 최동수가 자리에서 벌떡 일어나더니 몸을 안절부절 흔들었다. 면회실 구석에 앉아 있던 입회인이 고개를 들고 쳐다보았다. 순하가 설명했다.

"괜찮습니다. 그냥 잠깐 일어서신 겁니다."

입회인은 최동수의 상태를 알고 있었다. 살인이 있기 전날부터 최동수는 내내 술을 마셨고 아침에도 술이 깨지 않았다. 그는 술김에 정신이 나가 아내를 죽였다. 평소에도 술만 들어가면 엉망진창이 되었고 자신이 한 일을 제대로 기억하지 못했다. 하지만 이 안에서 알코올중독 치료 과정을 거쳤다. 술은 이제 입에 댈 수도 없었고 대지도 않는다. 하지만 술과 상관없이 그의 정신은 여전히 오락가락했다.

"앉아요, 아버지. 좀 앉으시라고요!"

순하의 단호한 목소리에 최동수는 겁에 질린 얼굴로 눈을 끔뻑이며 얌전히 아들 앞에 앉았다.

"아버지, 부탁이니까 정신 차리고 뭐든 말해봐요. 아버진 기억을 잃은 것이 아니라 기억하고 싶지 않은 거예요."

최동수는 울 것 같은 표정으로 고개를 저었다.

"제발 비겁하게 굴지 말고 말해요."

최동수는 가끔 제정신으로 돌아오긴 했지만 거의 대부분 정신을 놓은 상태로 지냈다. 관계자들의 보고서는 최동수의 병인이 심리적 가책에 있다고 설명했다. 멀쩡한 정신 상태에서는 아내를 죽인 기억이 떠오르기 때문에 정신을 버리지 않고는 견딜 수 없다. 즉, 그의 머릿속에서는 극히 짧은 순간을 제외하고는 언제나 그날의 살인이 되풀이되고 있는 것이다. 그러므로 차라리 머리를 텅 비워 아무것도 떠올리지 못하는 쪽으로 달아난 것이다.

"제가 좀 전에 보여드린 거, 그게 뭔지 아버지는 알아요. 어디서 났어요?"

최동수는 고개를 설레설레 저으며 중얼거렸다.

"몰라, 나는 몰라. 저승길 가고 있는데 하얀 손이 나를 잡았어. 백어가 바다 위로 솟아올랐지. 젠장, 눈이 부셔서 머리가 깨지는 줄 알았어……."

"정말 백어를 봤어요?"

"응."

최동수는 말 잘 듣는 어린애처럼 고개를 끄덕였다.

"어디서요?"

최동수는 대답 대신 갑자기 얼굴을 유리벽에 들이댔다. 그의 주름지고 처진 뺨이 짓눌리며 얼굴이 일그러졌다. 그는 불안한 눈동자를 좌우로 굴리며 속삭이기 시작했다.

"백어가 날 죽이려 했어. 백어가 날 죽이려 했다니까. 사람들은 몰라. 나도 말할 수 없었지. 아니, 말하지 않았어. 내게서 백어를 뺏어 갈까 봐. 백어가 날 죽이려 했어, 정말이야. 그래서 내가 백어를 죽였어."

더듬거리던 최동수의 말이 점점 빨라졌다. 순하는 냉랭한 시선으로 고개를 저었다.

"아뇨. 아버진 백어가 아니라 어머니를 죽였어요."

"아냐, 백어야. 백어를 죽였어."

"그 백어가 어머니였어요?"

"무서웠어. 무서워서 그랬다구. 무서워서……."

공허했던 최동수의 눈동자가 그날 그 순간처럼 공포로 가득했다.

무서웠다고? 어머니가? 순하의 마음속에서 작은 분노가 일었다. 무서웠던 것은 우리였어. 당신을 뺀 우리 세계는 평온했다고. 그 평온함의 중심에는 어머니가 있었지. 어머니는 한 번도 당신을 죽이려 한 적이 없었어. 그러나 당신은 술에 취하면 어머니를 죽일 것처럼 때리곤 했지. 당신은 어머니에게 숱한 잘못을 저질렀지만 어머니는 참아냈어. 만약 어머니가 당신을 죽이려 했다면 그건 더는 참아낼 수 없는 잘못을 당신이 저질렀기 때문이야.

순하는 그것이 무엇인지 알아야 했다. 무엇이 그 순하고 순했던 어머니의 인내심을 기어이 무너뜨리고 말았는지.

"말해줘요, 아버지. 대체 어머니한테 무슨 짓을 했어요?"

"내가 아니라 그년이야."

최동수가 눈을 부릅뜨며 순하를 노려보았다.

"그년이 나빠! 그년이 날 나쁜 놈으로 만들었어."

"아버지!"

"훔쳤어. 내가 훔쳤다구."

"뭐라고요?"

"백어의 비늘은 백어가 처음 한 번만 주는 거야. 그것만 행운이고 나머지는 전부 불운을 가져오지. 백어의 비늘을 훔치면 어떻게 되는 줄 알아? 화가 난 백어가 자기 비늘로 소금 도둑의 목을 뎅강 잘라. 내 목이 잘리게 생겼는데 어떡해. 살려면 내가 먼저 백어의 목을 잘라야지."

*

갈증 때문에 용보는 잠에서 깼다. 머리가 지끈거렸다. 어제 회식에서 술을 너무 많이 마셨다. 그는 옆에서 자고 있는 마리를 보았다. 꼭 죽어 있는 것 같았다. 그는 마리의 코 밑에 가만히 손가락을 대보았다. 호흡의 감촉이 전해지지 않았다. 뭔가 이상한데? 마리의 가슴에 귀를 대보았다. 심장 뛰는 소리도 들리지 않았다. 뭐야? 얼른 목덜미에 손을 대자 온기가 전해졌다. 그제야 안도감이 찾아왔다. 젠장, 내가 지금 뭘 하고 있는 거야? 주방으로 가서 냉장고를 열고 물병을 꺼내 주둥이에 입을 대고 마셨다. 좀 전에 자신이 한 행동이 우스꽝스럽게 느껴졌다.

마리의 스케치북이 식탁 위에 펼쳐져 있었다. 섬이 잠자리에 들기 전에 스케치북을 열었다 닫았다 하더니 그대로 두고 간 모양이었다. 어지간히 읽어보고 싶었나 보네. 그런 호기심과 집념이라면 글자는 금방 익히겠어.

인어들의 전설에 이런 말이 전해져.

읽으려 하지 않았지만 그만 첫 문장이 눈에 쏙 들어와버렸다. 또 인어냐. 잠은 이미 달아났다. 그는 스케치북을 들고 거실 구석에 놓여 있는 흔들의자에 앉아 독서등을 켰다. 마리가 주로 앉아서 책을 읽는 자리였다. 고개를 돌리면 창밖 저 아래로 달리는 차량과 오가는 사람들이 한눈에 보였다. 바람 부는 날에는 나무들이 쏴쏴 소리를 내며 흔들렸고 비가 오는 날이면 물에 젖은 그림처럼 세상이 흐릿해졌다. 가끔 마리는 책을 읽다 말고 두 손을 유리창에 딱 붙인 채 하염없이 밖을 구경했다. 마치 어항 속에 갇힌 조개처럼.

물 아래 세계가 있고 물 위 세계가 있다. 물속 세계가 있고 물 밖 세계가 있다. 서로 다른 세계로 건너간 자, 그것을 얻을 수 있다.

그것? 그것이 뭔데? 죽는 거 말고는 없는데? 사람은 물에 빠지면 죽고 물고기는 물 밖으로 나오면 죽지.

어릴 땐 그 전설을 믿었어. 진실을 몰랐거든. 그 전설의 결말은 우리에게 전해지지 않았어. 그래서 우리는 모험을 할 수 밖에 없었지.

우리는 고래와 아주 흡사해. 온혈동물이고 아가미 대신 폐로 호흡하지. 자궁이 있고 출산한 후에는 젖을 먹여 키워. 배꼽이 있고 젖꼭지도 있어. 우리는 포유류의 생태 습성을 가졌어.

어떤 인간 사회는 일부다처이고 어떤 인간 사회는 일부일처인 것처럼 수염고래들은 일부일처고 이빨고래들은 일부다처야. 또 돌고래처럼 물에 빠진 사람을 구해주는 습성도 있지.

대개 물고기의 꼬리지느러미는 수직으로 달려 있어 좌우로 흔들며 유영하는데 고래는 수평으로 달려 있어 상하로 움직여. 수면 밖으로 나와 숨을 쉬어야 하기 때문에 바다를 오르내리는 쪽으로 발달한 거야.

우리에겐 지느러미가 없어. 대신 심해의 수압을 견디기 위해 홍게처럼 단단한 껍질로 뒤덮여 있지. 그래도 우리의 다리는 고래의 꼬리지느러미가 하는 동작을 능숙하게 할 수 있어. 우리도 고래처럼 수면 위로 올라가 숨을 쉬어야 하거든.

그러니까 사실 바다에서의 우리는 동화 속 그 여자아이처럼 생기지 않았다는 거야. 또한 열다섯 살 생일을 맞이해서가 아니라 숨을 쉬러 올라간 것이고.

다시 그 여자아이 이야기로 돌아가볼까.

그날 날씨가 좋지 않았어. 파도가 커지고 배가 기울면서 왕자가 바다로 떨어졌지. 늘 멀리서 바라보기만 하던 것이 손에 닿았을 때 여자아이는 전설의 구문을 떠올렸어.

서로 다른 세계로 건너간 자, 그것을 얻을 수 있다.

물론 왕자가 그것을 얻기 위해 자발적으로 물 아래 세계에 뛰어든 것은 아니야. 하지만 여자아이는 하필 자신이 있던 곳에서 사고가 일어난 게 운명이라 여겼지. 여자아이는 용감하게 물을 박차고 왕자가 사는 뭍의 세상으로 건너갔어.

그는 여자아이가 처음 본 남자였어. 여자아이는 그에게서 그것을, 뭍에서는 사랑이라고 부르는 것을 얻고자 했지. 뭍의 사람들은 사랑하는 사람을 향해 이렇게 말하거든. 내 영혼의 반쪽을 찾았다고.

아, 사랑, 그렇지. 이건 그냥 이야기고 이런 이야기들의 동기와 결말은 언제나 사랑이지.

그런데 이야기는 우리의 소망과 다르게 흘러갔어. 나야, 내가 바로 널 살렸어, 하고 외친들 그게 무슨 소용이겠어. 상대를 구해줬다고 다 사랑에 빠져야 하는 건 아니지. 은혜와 사랑은 다른 거니까.

사실 은혜가 사랑보다 더 의리 있는 결속이야. 은혜는 의지로 지킬 수 있지만 사랑은 변심에 걸리면 끝장이거든. 그래도 반드시 사랑이어야만 한다니 어쩔 수 없지.

입장 바꿔 생각해보면 이해할 수 있는 상황이야. 내가 뭍으로 기어올라가 제대로 걷지도 못하고 흙에 파묻혀 버르적거리고 있는데 어떤 남자가 날 일으켜줘. 그렇다고 내가 그 남자를 그 자리에서 무작정 단박에 사랑할 수는 없는 거니까.

어쨌든 그때 그 여자아이는 자기 입장이 이러저러하다 설명할 수 있는 처지가 아니었어. 아직 뭍의 말을 할 수 없었으니까. 당연히 왕자가 하는 말도 알아들을 수 없었지. 뭍의 사람들처럼 소리 내는 법을 익히는 데는 시간이 걸렸어. 그사이 왕자는 딴 여자랑 결혼했지.

왕자의 사랑을 얻지 못한 채 물거품이 된 여자아이는 공기를 따라 떠돌다가 가끔 바람을 좇아 왕자를 보러 갔어. 다른 마음은 없었어. 그냥 어찌 사나 궁금했을 뿐이야.

왕자는 그다지 행복해 보이지 않았어. 그 여자는 왕자와 결혼해 아이를 셋이나 낳았지. 신경질이 늘었고 몸은 불어나 있었어. 매일 쏟아내는 잔소리가 쉴 틈이 없었지.

왕자는 가끔 아내가 벙어리였으면 좋겠다고 생각했어. 그 여자아이 생각이 났을지도 몰라. 사는 게 벌받는 것 같다고도 말했어. 여자아이를 버린 가책이었을까. 왕자는 좀 지쳐 보였지만 살집이 두둑했고 건조하지만 바쁜 일상을 보내고 있었어. 그럭저럭 잘 사는 것처럼 보였지만 후회하고 있었지. 뭘 후회하는지도 모른 채 말이야.

여자아이는 문득 억울하다는 생각이 들었어. 왕자와 그 여자의 행복을 위해 치른 자신의 죽음이 멍청하고 무의미한 짓이었다는 것을 깨달았지. 여자아이도 후회했어. 이럴 줄 알았으면 그를 죽일 것을 그랬다고. 자신의 희생이 그에게 벌이 될 줄 알았다면 차라리 죽일 것을.

나도 후회해. 그러지 말았어야 했다고. 이제 와서 이리 말한들 무슨 소용일까.

잘못했어, 내가 잘못했어…….

마지막 구절이 가슴에 꽂혔다. 나도 후회해. 여기서 나는 마리였다. 대체 뭘 후회한다는 거야? 뭘 잘못했다는 거냐고? 용보는 기분이 나빠졌다. 그는 스케치북을 내려놓고 일어나 소파 위에 아무렇게나 벗어놓은 셔츠를 뒤져 담배를 꺼내 물었다. 스케치북의 다음 장을 넘겼다. 그의 입술에 달라붙어 있던 담배가 툭 떨어졌다.

마리의 그림이 독서등의 조명 아래에서 섬뜩한 빛을 뿌렸다. 그는 일순 공포를 느꼈다. 그를 겁먹게 한 것은 춤을 추는 반인반어의 흉측한 괴물이었다.

*

"여보, 석구 좀 어떻게 해봐. 대체 초저녁부터 왜 저렇게 짖어대는 거야?"

"내비둬. 그러다 말겠지."

시큰둥한 남편의 반응에 동일의 형수는 입을 비죽 내밀며 막달의 무거운 몸을 이끌고 마당으로 내려섰다. 그녀는 내내 바다 쪽을 향해 짖어대는 석구의 목줄을 제 쪽으로 잡아끌고는 이마 언저리를 쓸며 살살 달랬다. 하지만 개는 낑낑거리며 도무지 진정하지 못했다.

"아이구 착하지, 우리 석구, 왜 그래? 응? 어디 누가 왔어?"

그녀는 혹시나 해서 몸을 일으켜 낮은 담장 밖을 살펴보았지만 아무도 보이지 않았다.

"근데 너, 왜 이렇게 떨어? 어디 아파? 어? 밥을 하나도 안 먹었네."

아까 부어둔 사료가 전혀 줄지 않았다.

"입맛이 없어? 국에 밥 말아줘?"

잠시 그녀의 품에 머리를 대고 낑낑거리던 개가 이내 고개를 바짝 들고 다시 바다를 향해 짖어대기 시작했다. 시끄러워 뒤지겠네. 동일은 당장이라도 저 개새끼의 목구멍을 지져버리고 싶은 잔인한 충동을 꾹꾹 누르고 있었다. 평소에는 이렇게까지 예민하지 않았는데 오늘따라 개 짖는 소리가 묘하게 거슬렸다.

석구는 동일의 형수가 결혼하면서 데려온 자식 같은 개였다. 형수가 그리 예뻐하니 석구는 제 서열이 동일보다

위라고 여겼다. 그래서 동일의 형이 동생의 머리라도 쓰다듬을라치면 미친 듯이 짖어대며 시샘을 부렸다. 그때마다 동일의 형은 보란 듯 눈썹을 일그러뜨리며 못마땅한 어조로 석구를 나무랐다.

"질투하지 마. 내 동생이야."

개 짖는 소리가 영 그치지 않자 동일의 형이 방에서 나와 마루에 우뚝 섰다. 그는 예의 그 표정으로 석구를 향해 소리쳤다.

"조용히 안 해? 너 왜 그러는지 내가 모를 줄 알아? 이번엔 곧 태어날 우리 아기를 질투하는 거잖아."

"아니거든."

동일의 형수는 서운한 표정으로 석구를 감싸며 남편을 째려보았다.

"아니긴, 그놈이 원래 한 질투 하는 놈이잖아."

"이번엔 아니야. 우리 석구가 동생을 얼마나 예뻐하는데. 봐!"

영리하고 눈치가 빤한 석구는 마치 그 말을 알아들은 듯 주둥이를 그녀의 배에 대고 사랑스럽게 비벼댔다. 하지만 곧 다시 불안한 듯 바다를 향해 컹컹 짖어댔다.

"대체 그쪽에 뭐가 있는데 자꾸 짖어대?"

별어마을로 온 지 얼마 되지 않은 동일의 형수는 영문

을 모르겠다는 듯 중얼거렸다. 동일의 형은 개가 짖어대는 바다 쪽으로 시선을 돌렸다가 동일과 눈이 마주쳤다. 형제는 약속이나 한 듯 고개를 저었다. 그쪽에 뭐가 있느냐면 백어도가 있다. 개는 내내 백어도가 있는 방향을 향해 짖고 있었다. 뭐가 잘못된 거지? 잘못될 게 뭐 있어? 전부 원상복구하고 왔잖아. 형제는 무언의 대화를 눈짓으로 나눴다.

"여보, 아무래도 이상해. 바다에서 뭔가 오고 있는 게 아닐까."

"오긴 뭐가 와. 해 다 졌는데. 얼른 들어와."

"하지만……."

"짖다가 지치면 저도 그만두겠지. 들어와, 빨리."

동일의 형이 손짓했다. 그녀는 마지못해 남편을 따라 들어갔고 이내 방문이 닫혔다. 동일도 냉큼 제 방문을 닫고 이부자리 속으로 파고들었다. 게임이나 해볼까 휴대전화를 집어든 동일은 집중하지 못하고 곧 내려놨다. 백어도 이장을 돕기 위해 따라나섰다가 베인 손바닥의 상처가 욱신거렸다. 대강 붙여둔 밴드를 슬쩍 떼보니 깊게 베인 살이 전혀 붙지 않았다. 이런 상처는 대개 며칠이 지나면 절로 붙는다. 한데 이 상처는 벌건 속살을 드러낸 채 도무지 아물지를 않았다.

설마 백어가 준 상처라서? 제길, 무슨 미친 소리야. 백어도에서 순하와 중산이 한판 붙었을 때 사람들이 그 둘을 뜯어말리는 사이 동일은 아무도 모르게 시신의 발 언저리에 슬그머니 손을 뻗었다. 날이 바짝 선 소금 비늘은 거의 칼날에 가까웠다. 온전한 형태를 얻으려면 칼날을 잡고 몸에 붙어 있는 아래쪽을 부러뜨려야 했다. 조심한다고 했는데 마음이 급했던지 그만 손바닥에 날이 스치면서 베였다. 피가 떨어지기 직전에 손수건으로 재빨리 싸매고 소금 비늘 하나를 챙겼다. 그냥 살짝 스쳤다고 생각했는데 집에 와서 보니 상처가 꽤 깊었다. 그게 벌써 일주일 전이었다. 아무래도 상처가 덧난 모양이다.

됐어. 그냥 병원 가서 꿰매면 돼. 불을 끄고 누웠다. 석구는 지치지도 않고 어두운 밤바다를 향해 줄기차게 짖어댔다. 미친 개새끼. 시끄러워서 잠이 오지 않았다. 이리저리 뒤척이던 동일은 갑자기 석구가 더는 짖지 않는다는 것을 깨달았다. 동일은 밖으로 나왔다. 풀린 목줄만 남아 있을 뿐 석구는 없었다. 형수한테 말해야 하나? 근데 한밤중에 형 부부의 방문까지 열어가면서 굳이 그런 보고를 할 필요가 있을까. 에라 모르겠다. 그냥 모른 척 들어가서 자자. 알아서 돌아오겠지.

아닐 수도 있었다. 내내 바다 쪽을 향해 짖어대던 석구의 상태로 보아 아무래도 그쪽으로 갔지 싶었다. 가봐야 바다뿐이다. 그럼 정말 백어도를 향해 짖은 걸까. 백어도의 무덤이 무너지기라도 했나. 그렇다고 해도 그걸 석구가 어떻게 알고? 제 아무리 신묘한 짐승이라도 배편으로 네 시간 이상 떨어진 망망대해 한복판에 있는 손바닥만 한 섬에서 벌어진 일을 어찌 알 수 있어. 그냥 그 개새끼가 정신이 나간 거지.

정신이 나갔다면 바다에 빠져 죽지 말라는 법도 없었다. 그럼 형수는 미친 듯이 처울 거고, 형이 힘들어진다. 곧 태어날 조카에게도 안 좋을 테고. 귀찮더라도 찾아봐야 했다.

"이놈의 개새끼가 진짜 가지가지 한다."

동일은 툴툴거리며 슬리퍼를 꿰어 신고 골목 밖으로 나갔다.

"석구야! 야 이 개자식아, 어디 있어?"

동일은 언덕길을 따라 내려가며 석구가 짖어대던 바다 쪽을 살폈다. 멀리 어둠 속에서 희끗한 것이 이리저리 움직이는 것이 보였다.

"멀리도 갔네."

행여 놓칠까 싶어 눈도 떼지 않고 달려갔는데 막상 그 앞에 당도하니 그 희끗한 것은 바다 위에 둥둥 떠서 버둥거리고 있었다. 너무 어두워서 석구인지 아닌지 확인할 수 없었다. 하지만 석구가 아니면 뭐겠나. 저게 진짜 돌았네. 동일은 욕지기를 내뱉으며 바다로 뛰어들었다. 석구를 향해 헤엄쳐나가던 동일은 곧 목표물을 놓쳤다. 온통 캄캄한 어둠 속에서 사방을 둘러보던 동일의 눈앞에 저만치 다시 희끗한 것이 쓱 나타났다.

그쪽으로 가려던 동일은 멈칫했다. 그건 석구가 아니라 그를 향해 흔드는 하얀 손이었다. 자지러지게 놀란 동일의 심장이 벌떡벌떡 뛰었다. 한참을 저어대던 하얀 손이 수면 아래로 사라졌다. 갑자기 시간이 멈춘 것처럼 파도와 물살이 잠잠해졌다. 일순 수면 아래에서 사람의 형상이 쑥 올라왔다. 동일은 숨을 삼켰다.

어…… 어머니? 엄밀히 말하면 그건 그가 알고 있던 순하의 어머니가 아니었다. 무덤에서 보았던 그 모습의 어머니였다. 사람들이 백어라고 말했던. 하지만 그날 본 것처럼 희고 눈부시고 아름답지 않았다. 피부를 한 꺼풀 벗겨놓은 듯 불그레한 색을 띤 기형의 반인반어. 백어도의 무덤이 진짜 무너졌나 봐. 그렇다고 죽은 어머니가 살아 돌아와? 그것도 백어가 되어서? 동일은 혼란스러웠다. 어머니가 손을 내밀었다. 희미하게 웃는 것처럼 보이던 불그레한 그 얼굴이 조금씩 일그러졌다.

"소금 도둑……."

바람 소리인지 파도 소리인지 아니면 스스로 상상한 소리인지 알 수 없는 소리가 머릿속을 파고들었다. 백어가 주는 첫 번째 비늘은 행운이고 나머지는 모두 불운이다. 백어는 그에게 비늘을 준 적이 없었다. 그러니 그가 가진 비늘은 불운이었다. 동일은 허겁지겁 몸을 돌려 뭍을 향해 헤엄을 치기 시작했다. 백어가 수면 아래로 잠겨들었다. 동일의 머리가 바닷속으로 박혀들었다.

이튿날 새벽, 동일의 형과 형수는 목줄이 풀린 석구가 짖어대는 소리를 따라 바닷가로 내려왔다가 동일을 발견했다. 바위 사이에 고인 바닷물에 고개를 처박은 채 엎드려 있는 시신. 얼굴은 육식 물고기들에게 뜯어 먹힌 것처럼 너덜너덜했고 오른 손바닥은 거의 잘라질 정도로 깊게 베여 있었다. 동일의 형은 아연실색했다. 손바닥에 밴드를 몇 개 붙이고 있긴 했는데, 그게 이렇게 큰 상처인 줄 몰랐던 것이다.

*

결혼식 날, 마리의 가족은 오지 않았다. 하객도 없었다. 용보의 하객들도 그리 많은 축은 아니었다. 친구들을 제외하고 친척들은 모두 시골에서 상경해야 했기 때문에 버스 두 대분만큼의 인원으로 제한되었다. 단출한 결혼식이었다. 모두 아는 얼굴뿐이라 그 여자가 용보의 눈에 더 잘 띄었을지도 모른다. 그 여자의 시선은 오직 마리만을 좇았다. 분명 마리 쪽 사람인데 가족도 친구도 아닌 척 멀찍이 서 있었다. 몇 번 용보와 눈이 마주치자 여자는 서둘러 식장을 빠져나가려 했다. 그는 여자를 따라가 다짜고짜 물었다.

"왜 그냥 가세요?"

"네?"

"마리의 친구분 아니세요?"

용보의 저돌적인 태도에 여자는 당황한 얼굴로 엉겁결에 대답했다.

"어, 친구라기보다는…… 그냥 고등학교 때 좀 알고 지냈어요."

"잘됐네요. 마리 쪽 하객이 아무도 없어서 좀 그랬는데. 마리는 보고 가시는 거예요?"

여자는 난처한 얼굴로 말했다.

"죄송해요. 사정이 있어서 제가 지금은 마리 앞에 나설 수가 없어요. 아니, 나서고 싶지 않아요. 그러니까 마리에게는 말하지 말아줘요."

"하지만 여기까지 와서 그냥 가시는 건 좀…… 마리가 이미 봤을 수도 있는데요."

"못 봤을 거예요. 저하고 한 번도 눈이 마주치지 않았거든요. 그저 궁금해서 와봤을 뿐이에요. 그게 다예요."

그게 다가 아니라는 것을 용보는 직감했다. 뭔가 있었다. 여자는 잠시 망설이더니 입을 뗐다.

"만약에……."

"네?"

"그러니까 만약인데요. 혹시라도 나중에 무슨 일이 생기면 저한테 전화 주시겠어요? 제 번호 알려드릴게요."

마리 쪽 사람의 연락처를 가지고 있어서 나쁠 것은 없었다. 용보는 휴대전화를 꺼내 여자가 부르는 전화번호를 저장했다.

"근데 나중에 무슨 일이 생기는데요?"

여자는 대답 대신 물었다.

"마리에 대해 잘 아세요?"

"글쎄요, 어디까지요? 사람을 바닥까지 알 수는 없는 거니까요."

"그렇죠. 그럼 전 이만 가볼게요."

말을 꺼내놓고 여자는 아니다 싶었던지 서둘러 인사를 했다.

"잠깐만요, 성함이?"

"강두영이에요."

용보는 그 여자를 기어이 커피숍에 잡아 앉히고 짧은 시간 동안 몇 가지 이야기를 얻어들었다. 여자의 불안한 태도에 비해 딱히 별 내용은 없었다. 수상쩍은 것은 이야기의 내용이 아니라 여자가 내보인 이중성이었다. 여자는 마리를 두려워하는 동시에 그리워했다.

강두영의 말에 의하면 고등학교 때 마리는 학교 담장에 어마어마한 낙서를 했다. 그게 교장의 마음을 사로잡았다. 낙서의 재료는 페인트나 물감이 아니라 물이었다. 마리는 길이 10여 미터, 높이 1.5미터 남짓한 공간에 물을 찍어 그림을 그렸다. 물이 마르자 빛이 남았고 그 빛은 한 폭의 정경을 만들어냈다. 빛은 시간이 지난 후에도 사라지지 않았다.

그 빛의 산란이 교장이 품고 있던 기억과 정서를 온통 흔들어놨다. 늙은 여인은 빛의 일렁임 속에서 흐르는 물을 보았다. 밀집된 빛의 다양한 형상들은 그녀가 알지 못하는 새로운 생물들의 모습을 보여주었다. 심장이 두근거렸다. 어머니 배 속에서 어린 발가락을 꿈지럭거리며 양수를 헤엄치던 때로 돌아간 듯했다. 따뜻한 물이 늙은 여인의 메마르고 건조한 몸을 적셨다. 교장은 남몰래 눈물을 훔친 후 이런 짓을 벌인 범인을 잡으라고 했다. 마리는 순순히 자백했다.

교장은 그녀를 칭찬했다.

"정말 대단한 상상력을 가졌구나."

마리는 고개를 저었다.

"상상이 아니에요. 봤어요. 전 바다에서 태어났거든요."

"알아. 우리 학교엔 너처럼 바다가 고향인 아이들이 대부분이지. 하지만 그 애들은 이런 그림을 그리지 못해. 너에겐 재능이 있어."

학교에서 바다가 멀지 않았다. 학생들의 가정은 대부분 바다가 생계의 터전이었다. 교장은 마리의 말을 지극히 현실적으로 받아들였다. 그래서 마리가 보았다는 것이 바다가 아니라 바닷속이라는 사실을 간과했다.

바다가 있는 풍경과 바닷속 풍경은 다르다. 바다가 있는 풍경은 바다 밖에서 보는 풍경이다. 바닷속으로 들어가면 바다가 있는 풍경은 보이지 않는다. 교장은 그 차이를 깨닫지 못했다. 그녀는 다만 자신의 심장을 뛰게 만든 고혹적인 심해의 풍경에, 아니 늙어 죽은 줄로만 알았던 심장이 소녀처럼 설레는 것에 흥분했다.

"근데 정말 물로만 그린 거니? 물은 마르면 아무것도 남지 않아."

"소금 때문일 거예요."

"소금? 그럼 바닷물로 그렸다는 거니? 그래서 바닷물이 마르고 남은 소금 결정이 햇빛에 반사된 거라고?"

"아마도요."

마리는 더 설명하지 않고 얼버무렸다.

"그런 이야긴 처음 들어본다. 어떠니, 물감이나 페인트로 그려보는 건?"

마리는 졸업할 때까지 체육관과 식당과 화장실 등을 바다로 변신시켰다. 책벌레였지만 교과 공부를 거의 따라갈 수 없었던 마리는 졸업 후 대학에 진학하는 대신 교장과 미술 선생의 소개로 자발적 환경예술센터에 들어갔다. 센터는 환경 보존과 생태 보호 운동에 목적을 둔 화가들로 이루어진 단체였다. 그들은 재능 있는 아이들에게 그림을 가르쳤고 마리도 이곳에서 그림을 배웠다. 그러나 그들 중에 누구도 마리처럼 바다를 그릴 수 있는 화가는 없었다. 마리는 무대와 공연장, 공공건물의 벽과 야외 광장에 그림을 그리기 시작했다. 이어 전국의 몇몇 동네에 바다를 들여놨고 몇 군데 공공장소를 신세계로 바꿔놓았다. 센터를 나왔을 때 마리는 꽤 이름이 알려진 거리 예술가로 성공해 있었다.

"그 재능이면 사실 대학에 갈 수도 있었어요. 마리가 전혀 생각이 없었던 거죠."

"아마도 경제적인 문제 때문이었겠죠."

"아뇨, 제가 알기로는 마리를 돌봐주는 부자 친척이 있었어요."

"친척이요? 마리에겐 친척이 없어요."

용보가 딱 잘라 말하자 두영은 고개를 끄덕였다.

"그래요, 어쩌면 친척이 아니라 마리의 재능을 알아본 후원자였을지도 모르겠네요."

후원자라는 어감이 수상쩍게 들렸다. 두영과 헤어진 후 용보는 고개를 갸웃거렸다. 마리 앞에 나서기를 극도로 꺼리는 친구가 굳이 결혼식 날 나타나서 오해의 소지가 다분한 과거 이야기를 늘어놓고 갔다. 몹시 심란해졌다. 설마 이게 목적이었나? 아니겠지. 무슨 원수가 졌다고. 마리에게 물어볼까 했지만 그만뒀다. 말해줄 것 같았으면 벌써 말해줬을 것이다. 근데 왜 말을 해주지 않았지? 점점 더 의심스러워졌다. 후원자에게서 완전히 독립해서 연을 끊었다면 굳이 말할 필요는 없겠지. 근데 연을 왜 끊어? 무슨 일이 있었기에? 아, 미치겠네. 어쨌거나 이제 와서 확실하지도 않은 문제로 결혼을 파토 낼 수는 없었다. 그냥 덮었다.

섬을 낳은 후, 마리는 야외 작업을 그만뒀다. 마리는 이제 섬을 위해 그림을 그렸다. 집 안 벽과 천장, 책상과 냉장고에 바다를 그렸다. 온갖 물고기와 해초들이 그들과 함께 살았다. 섬은 마리의 그림을 좋아했다. 엄마의 그림을 통해 아이는 엄마의 마음을 들여다보는 것 같았다. 가끔은 그림에 귀를 대고 있었다. 엄마의 심장 소리가 들린다고 말했다. 용보는 행복을 느꼈다. 마리는 그가 어릴 때 그려보던 바로 그런 엄마였다. 함께 그림을 그리고 아름다운 음악을 듣고 책을 읽어주는. 용보의 엄마는 책이나 그림과는 거리가 멀었다. 일찍 남편을 잃은 그녀는 아들들을 키우기 위해 억척스럽게 돈을 벌어야 했고 집에 돌아와서도 쉴 틈이 없었다. 그녀는 자기 뒤만 졸졸 따라다니는 어린 용보를 향해 말했다.

"일하는 데 거치적거려. 들어가서 책을 보든가 공부를 하든가."

용보의 엄마는 아들과 함께하는 법을 몰랐다. 용보는 늘 그게 불만이었다. 그래서 마리가 거리와 광장에 바다 그리는 일을 그만두고 엄마가 되어 섬을 품고 있는 것을 말리지 않았다. 마리의 그림은 가족을 이어주는 아름다운 배경이었다. 그런데 지금 용보의 눈앞에 펼쳐진 마리의 그림은 암울하고 끔찍하고 흉측했다. 햇빛이 그물처럼 드리워진 수면은 까마득하게 멀었고 바다 밑은 어둡고 깊고 무거웠다. 부옇게 흩어지는 머린 스노 때문에 심해는 한밤의 설경처럼 보였다.

인어는 사람처럼 두 발로 섰다. 인어의 두 다리는 가시처럼 돋아난 날카로운 비늘들로 뒤덮였다. 두 발에 붙은 커다란 비늘들은 부채꼴로 펼쳐져 있어 흡사 꼬리지느러미를 달고 있는 것처럼 보였다. 하지만 그는 열 개의 발가락을 모두 셀 수 있었다. 사람과 물고기, 그리고 갑각류처럼 보이는 생물이 합체된 그 기이한 모습에 그는 등골이 서늘해졌다.

인어는 춤을 추고 있었다. 뜨거운 불판 위에서 고통에 겨워 발을 떼는 것처럼 다리의 모양이 뒤틀렸다. 그러나 인어의 표정은 담담했다. 입은 꾹 다물렸고 눈동자가 있어야 할 자리는 두 개의 검은 구멍으로 텅 비었다. 그런데 이 인어는 어딘가 마리를 닮았다. 빛을 머금은 창백한 피부, 갈조류처럼 보이는 구불거리는 머리칼. 기분이 나빠진 용보는 서둘러 스케치북의 다음 장을 넘겼다. 암호처럼 보이는 마리 특유의 삐뚤삐뚤한 글자들이 빼곡했다. 다시 한 장을 넘기자 두 번째 인어가 등장했다.

인어는 새까만 웅덩이 곁에서 몸을 뒤척이고 있었다. 햇볕에 바짝 말라 초췌하기 짝이 없는 피부는 화상 환자처럼 얼룩덜룩했고 사방에는 흰 비늘들이 떨어져 있었다. 다음 장을 넘기는 그의 손이 부들부들 떨렸다. 다시 삐뚤삐뚤한 마리의 글자들이 나타났다. 그는 일단 세 번째 인어의 그림을 찾아 스케치북을 펄럭펄럭 넘겼다. 세 번째 인어는 눈물을 흘린 듯 뺨에 허연 소금 자국이 남은 해골 같은 얼굴로 두 손에 모아 담은 흰 비늘들을 들여다보고 있었다. 그 옆에 마리가 끼적거린 글자들이 보였다.

인어의 흰 비늘이 붉은 석양의 빛을 발할 때…….

그는 더 읽지 않고 다음 인어 그림을 보기 위해 스케치북을 넘겼다. 네 번째 인어는 아궁이처럼 보이는 구멍 속에 새카맣게 탄 모습으로 구겨져 있었다. 다섯 번째 인어는 목이 절반쯤 잘렸다. 여섯 번째 인어는 앞에 등장하는 인어들과는 완전히 다른 모습으로 변신했다. 등줄기에 칼날처럼 곧게 선 날카로운 비늘들, 뱀의 아가리처럼 크게 벌어진 입에는 남자의 머리가 물려 있었다. 물결처럼 흐트러진 인어의 암갈색 머리카락은 온통 새하얀 몸체와 대비되어 기괴함을 자아냈다.

남자는 아직 죽지 않았다. 남자의 코에서 공기방울이 흘러나오고 있었다. 남자는 살려달라는 듯 용보를 향해 눈알을 굴렸다. 너무도 생생한 장면이었다. 찬바람 한 줄기가 그의 심장 속으로 스며들었다. 용보는 움찔 놀라며 스케치북의 다음 장을 넘겼다. 그는 계속해서 또 다른 인어의 그림을 찾았지만 그것이 마지막이었다. 대체 이게 다 뭐야? 무슨 생각으로 이런 끔찍한 그림을 그린 거지? 용보는 스케치북에서 시선을 돌렸다.

거실 벽은 마리가 그린 따뜻하고 아름다운 바다로 일렁였다. 귀여운 볼을 가진 물고기들, 화려한 산호들, 어둠 속에서 바다는 별빛을 품은 듯 반짝였다. 갑각류가 벗어놓은 허물들조차 고혹적으로 보였다. 그러나 마리의 습작용 스케치북에 담겨 있는 인어들은 달랐다. 용보는 스케치북의 앞 장을 넘겨 여섯 번째 인어의 그림을 응시했다. 기다렸다는 듯 여섯 번째 인어의 머리가 그를 보고 고개를 움직였다. 인어는 물고 있던 남자의 머리를 씹었다. 와작와작. 남자는 더 많은 공기방울들을 뿜으며 죽어갔다. 공기방울들은 곧 핏방울로 바뀌었다. 젠장. 그는 화들짝 놀라 스케치북을 덮었다. 완벽한 착시였다. 그림의 색이 바뀌거나 움직이는 것처럼 보이는 것은 마리의 소금이 만든 빛 때문이었다. 빛은 끊임없이 움직였고 어떤 조명이냐에 따라 색을 바꿨다.

마리의 동료들은 이 신기한 빛의 재료가 바닷물이라

는 것까지는 알지만 그 이상은 알지 못했다. 마리의 그림이 가진 빛의 비밀을 아는 것은 오직 용보뿐이었다. 그 빛은 낮에는 찬란하고 투명한 빛을 머금었고 해가 지면 밤의 전조인 석양의 붉은빛을 품었다. 그러고 보니 마리의 소금이 이 그림에 나오는 인어의 흰 비늘과 모양이 비슷하네. 게다가 인어의 흰 비늘이 붉은 석양의 빛을 어쩌고 하는 구절도 있었잖아? 그는 그 문구를 찾아 스케치북을 다시 앞으로 몇 장 더 넘겼다.

인어의 흰 비늘이 붉은 석양의 빛을 발할 때, 정신을 똑바로 차리고 보아라. 오래전에 죽은 그림자들이 돌아와 너의 진실을 알려줄 것이다.

흰 비늘 세 개가 모이면 짝을 이루나 온전한 빛이 아니다. 온전하지 않은 빛에는 진실과 거짓이 뒤섞여 있다. 섣불리 시험하지 마라. 거짓이 진실이 되어버리면 헤어날 수 없게 된다. 온전한 진실의 수는 사백아흔…….

마지막 문장이 완성되지 못한 채 끝났다. 하지만 이 스케치북 어딘가에 이어지는 문장이 있을 것이다. 그는 호기심이 일었지만 스케치북을 덮었다. 사백아흔…… 하고 이어지는 다음 숫자가 무엇이든 간에 어차피 그는 무슨 뜻인지 알 수 없을 것이다. 정 알고 싶다면 마리에게 물어야 하는데 그 입에서 또 무슨 횡설수설을 듣게 될 줄 알고. 때론 아는 게 병이다. 특히 아내의 마음은 파면 팔수록 함정이 될 수 있다. 그러니까 이딴 흉측한 그림을 왜 그렸는지, 이 수수께끼 같은 글들에는 무슨 의미가 있는지 묻지 말자. 결혼식 날 강두영이 놓고 간 수상쩍은 말도 그리 덮은 덕에 여태 잘 살지 않았던가.

소금 도둑

항구 뒷골목에 있는 대폿집의 구석 자리에서 중산은 칠현에게 주머니 속에 든 것을 은밀히 내보였다.

"어때? 당기지 않냐?"

"뭔데 그게?"

칠현은 쳐다보지도 않은 채 소주병을 따며 건성으로 대꾸했다. 칠현의 무관심에 중산은 주머니 속에 든 것을 꺼내 그의 눈앞에 디밀었다. 칠현은 움찔 놀라며 겁에 질린 얼굴로 소리쳤다.

"너 미쳤어?"

그들이 앉은 자리의 유리창이 덜컹덜컹 흔들렸다. 거친 바닷바람이 골목을 휘돌아 용케 그들이 있는 곳을 찾아냈다.

"조용히 해."

중산은 주변의 시선을 경계하며 얼른 그것을 주머니에 다시 집어넣었다. 그러고는 한껏 목소리를 낮춰 말했다.

"큰돈이 될 거야. 틀림없는 백어의 비늘이라구."

"순하 어머니가 진짜 백어란 소리야?"

"거기까진 내가 모르겠구. 암튼 이게 물에 녹는 걸 확인했어. 덕분에 조금 작아져버리긴 했지만. 이거 진짜 소금이야."

"도대체 어떻게 된 거야? 그날 순하는 우리가 제 엄마 쳐다보는 것도 싫어서 아주 눈에 쌍심지를 켜고 있었는데, 이게 언제 네 손으로 들어갔어?"

"보니까 순하 그 자식은 제 엄마 손에서 왕창 뜯어내 제 주머니에 쑤셔 넣던걸."

"아니야, 내가 봤어. 순하의 것은 순하 어머니가 직접 쥐여준 거야."

"죽은 사람이 뭘 쥐여줘?"

중산은 시답잖다는 듯 비웃었다. 칠현은 여전히 사색이 된 얼굴로 다그쳤다.

"어떻게 된 건지 말하라니까."

"그날 백어도에서 돌아와 다들 한잔 걸쳤잖아. 순하가

좀 많이 마셨지. 하긴 그런 괴상한 것을 봤는데 지가 안 마시고 배기겠어. 그 자식 정신이 한참 먼 산 갔을 때 슬쩍했지."

"훔쳤다고? 이게 진짜 백어의 비늘이면 넌 감당할 수 없는 불운을 안게 될 거야. 가뜩이나 동일이 죽어서 그날 백어도 다녀온 사람들 전부 몸 사리는 판에. 어쩌면 동일이 백어의 비늘에 손을 댔을지도 몰라."

"헛소리. 동일이 죽은 건 백어의 비늘과 아무 상관 없어."

중산은 칠현의 앞에 있는 잔에 소주를 따르고 제 잔도 채웠다.

"너도 봤잖아. 손이 거의 잘려 있었던 거. 마치 백어의 비늘을 쥐었던 것처럼 말이야."

칠현은 어깨를 떨었다.

"그런 식으로 가져다 붙일 것 같으면 동일이 얼굴 엉망된 건 어떻게 설명할래?"

"그건……."

"거봐, 걔가 왜 그렇게 됐는지는 경찰이 설명해줄 거야. 뭐 어때. 순하도 가졌는데 나라고 좀 가지면 안 돼?"

"어른들이 조심하라고 했어. 지금이라도 순하에게 돌려줘. 그럼 괜찮을지도 몰라."

"괜찮고 자시고 할 게 뭐 있냐. 이런 거 아니어도 세상에 널린 게 불운인데."

"그러니까 불운인 거 뻔히 알면서 왜 훔쳤냐고."

"됐다. 뭔 말이 통해야 말이지."

중산은 제 잔의 술을 한 입에 털어 넣고 다시 채웠다.

"그러지 말고 순하에게 돌려줘."

"오지랖 떨지 마. 네가 이래라저래라 할 게 아니야. 당해도 내가 당해."

중산이 짜증을 냈지만 칠현은 제 일처럼 사정했다.

"중산아, 그러다 큰일 나."

"야, 너 자꾸 모자라게 굴래. 아무것도 모르는 놈한테 무슨 좋은 소리 듣겠다고 내가 굳이 그런 짓을 해야 하는데? 너, 그날 못 봤어? 순하가 내 폰을 바다에 던져버렸어. 그러곤 죽이겠다고 나한테 덤벼들었잖아."

"나라도 그랬을 거야. 생각해봐, 암만 시신이라도 울 엄마가 그러고 다 드러내놓고 누워 있는데 친구 놈이 폰을 들이대면 가만 못 있지."

"시끄럽고. 동참할 건지 그거나 말해."

"뭘?"

"백어도의 그 무덤 말이야. 털자!"

"뭐어?"

칠현은 눈을 동그랗게 뜬 채 고개를 저었다.

"싫어."

"진짜 큰돈 될 건데."

"그렇다고 친구 어머니 무덤을 터냐? 사람이 할 짓이 아니야. 들키면?"

"들키긴 왜 들켜. 다시는 그 무덤 열어볼 것도 아닌데. 설사 열어봤다 해도 알아볼 수 없을걸."

칠현은 머뭇거렸다. 중산의 눈이 게슴츠레해졌다. 술 때문이 아니었다. 음모가 그를 취하게 만들었다.

"딱 한 번이면 돼. 순하는 서울서 떵떵거리며 잘살잖아. 걔가 무슨 돈이 있어? 다 이것 때문이지."

"순하는 서울에서 살지 않아. 순주 누나가 서울에서 살지."

"어쨌든 여길 떴잖아. 돈이 있으니까 집도 얻은 거고."

"둘 다 그리 잘사는 것 같진 않았어. 그리고 순하가 가진 돈은 장씨 아저씨께 배를 팔아 마련한 거야. 거저나 다름없는 헐값에 넘겼다더라. 그나마도 장례 치르고 순주 누나와 갈랐기 때문에 얼마 안 된다고 했어."

"너, 자꾸 딴죽 걸래? 평생 이 구질구질한 촌구석에서 썩을 거냐? 한몫 잡을 수 있는 마지막 기회야. 거긴 지도가 필요 없는 보물섬이라구. 더도 말고 한 번이면 돼."

한 번, 그 한 번으로 인생이 바뀔 수만 있다면…… 혹하는 마음이 드는 건 사실이었다. 생전에 순하 어머니는 말수가 적고 무뚝뚝한 계모였지만 순주 누나에게 참 잘했다. 순하의 친구인 우리에게도. 죽어 모습이 백어로 바뀌었지만 그건 자연의 섭리일 테다. 어머니가 진짜 백어라면 말이다. 그러니까 어머니에게는 어떤 악의도 없는 것이다. 어머니는 순하에게 소금 비늘을 주었다. 그건 분명 돈이 되는 것이다. 우리가 손을 내밀었어도 줬을까. 칠현은 소주 한 모금을 입에 물고 오만상을 쓰며 한참을 생각한 끝에 마지못해 고개를 끄덕였다.

"진짜 딱 한 번이다."

"좋아, 이따 밤 10시에 부두로 나와. 배 대고 기다릴 테니까."

"근데 우리 둘이서 그 뚜껑돌을 들 수 있을까?"

"장비 챙겨 갈 거니까 그런 건 나한테 맡기고 넌 들어가서 미리 한숨 자둬. 오늘 밤은 꼬박 새워야 할 테니까."

중산은 칠현의 어깨를 툭 치며 자리에서 일어섰다. 그는 주머니에 든 소금 비늘을 꺼내 칠현에게 내밀며 말했다.

"이건 너 줄게. 동업 기념이다."

"몇 개나 훔친 거야?"

"두 개. 오늘 밤이 지나면 우린 이런 걸 셀 수 없이 많이 갖게 될 거야."

엉겁결에 칠현은 중산이 내민 백어의 비늘을 받아들고 집으로 돌아갔다. 그러나 막상 약속 시간이 되자 칠현은 중산에게 문자 한 통만 덩그러니 보내고 감감무소식이었다.

—나 못 가. 할머니가 자꾸 이상한 소릴 하신다. 찜찜하니까 너도 오늘은 나가지 마. 다른 날로 잡자.

뭔 소리야? 겁나니까 할머니 핑계를 대고 빠지겠다는 거잖아. 중산은 칠현에게 전화를 걸었다. 받지 않았다. 방금 문자를 보내놓고 전화를 받지 않는 것은 고의였다. 칠현은 대놓고 거절을 못 하는 성격이었다. 그래서 중산이 그에게 함께 일을 도모하자고 했던 것이다. 중산은 칠현이 전화를 받지 않는 이유를 알 것 같았다. 통화를 하면 칠현은 또다시 중산을 이기지 못하고 나오게 될 것을 아는 것이다. 그래서 일부러 피하는 것이다. 쫄보 새끼, 다른 날 좋아하시네. 나중에 배 아파서 뒤집어지라지. 이미 결심을 끝낸 중산은 혼자 배를 출발시켰다. 부두의 불빛이 아득하게 멀어졌다. 보름달이 훤하게 뜬 것이 하늘도 맑았다. 징조도 예감도 좋았다. 중산은 저절로 콧노래가 나왔다.

*

양망을 나갔다가 돌아온 별어마을 사람들이 중산의 배가 좌초되어 단고바위들 사이에 걸려 있는 것을 발견하고 해경에 신고했다. 중산의 시신은 수색 작업 끝에 한 시간 만에 찾아냈다. 시신은 하룻밤 만에 얼굴도 알아볼 수 없을 정도로 훼손되었다. 그리고 오른쪽 손목이 반쯤 잘려 있었다.

"대체 무슨 일을 당한 거지?"

인양 작업을 했던 잠수부는 끔찍하다는 듯 얼굴을 찌푸렸다. 출항 허가 없이 나간 중산의 배는 구조 요청도 하지 않았다. 칠현이 눈물을 줄줄 흘리며 증언했다.

"어젯밤에 저랑 백어도에 가자고 했거든요. 근데 갑자기 우리 할머니가 좀 이상해지셔서 제가 나갈 수가 없었어요. 그래서 다른 날 가자고 중산에게 문자를 했더니 중산이 저한테 전화를 했어요. 근데 안 받았어요. 통화하기 싫었거든요. 저는 중산을 이길 수가 없어요. 제가 그래요. 어릴 적부터 친구들이 하자는 대로 다 했거든요."

"난데없이 그 밤에 왜 갑자기 백어도를 가려고 했습니까?"

칠현은 경찰의 질문을 받고 순간 가슴이 철렁 내려앉

았다. 난데없이. 그 말이 그의 심장을 툭 건드렸다. 백어의 비늘을 훔치면 백어에게 죽는다. 중산이 난데없이 한밤중에 바다로 나가겠다고 고집을 부린 것은 백어가 불러냈기 때문이다. 백어도. 죽어 백어가 된 순하의 어머니가 묻힌 곳.

"모…… 몰라요."

"모르다니요? 무슨 계획이 있었으니 같이 가자고 말을 꺼낸 게 아닙니까?"

"그냥, 낚시…… 하러 가자고……."

"백어도 가는 물길이 암초가 많아 위험하다는 거 아시잖습니까? 특히 박중산 씨의 배가 걸린 단고바위 지점은 사고 다발 지역입니다. 근데 출항 허가도 없이 나갔어요. 무슨 다른 이유가 있었던 것은 아닙니까?"

"그러니까……."

칠현은 뭐라 대답해야 할지 몰라 주변으로 시선을 돌렸다. 모여서 칠현의 말을 듣고 있던 별어마을 사람들 중, 백어도에서 남정심의 시신을 보았던 남자들이 특히 의심스러운 얼굴로 칠현을 쳐다보고 있었다. 칠현의 얼굴이 벌게졌다. 그는 차마 친구 어머니 무덤을 열려고 했다는 말을 할 수 없었다. 사실을 말하면 경찰은 왜 그 무덤을 열려고 했는지 물을 것이다. 그날 거기서 본 것은 비밀이었다. 그렇게 약속했다. 다른 건 몰라도 그건 절대 말하면 안 돼. 하지만 칠현은 누군가와의 대화에서 이겨본 적이 없었다. 이렇게 추궁을 당하면 기어이 입을 열고 말 것이다. 그때 장곡도가 나섰다.

"낚시 가려고 했던 게 맞습니다. 거기가 물살이 세서 큰 것들이 잡혀요. 제 아버지가 죽은 이후 중산이 밤낚시 손님들을 백어도로 실어날랐어요. 부자가 모두 그쪽 뱃길에는 워낙 노련했거든요. 여태 한 번도 이런 일이 없었는데 도대체 어떻게 이런 사고가 일어났는지……."

장곡도의 말대로 중산은 젊은 나이였지만 능숙한 뱃사람이었다. 그의 아버지 박이순 역시 타고난 뱃사람이었다. 부자는 별어마을에서 사고 다발 지역을 가장 빈번하게 오갔지만 늘 무사했다. 박이순은 바다가 아니라 술 때문에 죽었다. 하지만 장곡도뿐 아니라 그날 백어도에서 같은 것을 목격했던 별어마을 남자들은 모두 중산의 일을 정상적인 사고로 보지 않았다. 시신의 상태가 앞서 죽은 동일의 것과 같았다. 얼굴이 완전히 훼손되고 손바닥과 손목이 날카로운 것에 베여 거의 잘려 나가기 직전이었다. 우연일 수가 없었다.

동일이 몰래 백어의 비늘에 손을 댔나? 중산이 그날 휴대전화로 백어의 사진을 찍은 것이 백어의 노함을 부른 걸까? 그렇지 않고서는 이런 사달이 날 수가 없었다.

중산이 배를 얼마나 잘 다루는데, 그쪽 바닷길은 눈 감고도 다니는 놈이 아닌가. 게다가 지난밤은 둥그런 보름달이 휘영청 밝기도 밝았지. 그러니까 필시 불운이 덮친 것이다. 이제 그들은 그날 본 것이 백어라고 확신했다. 모두의 등골이 서늘해지는 순간이었다.

"아이고, 이놈아! 중산일 끝까지 잡았어야지. 어째 너만 살아…… 남편 잃고 아들 잃고 나는 이제 어쩌란 말이냐."

아무것도 모르는 중산의 어머니가 칠현을 잡고 늘어졌다. 칠현은 끝까지 말리지 못한 자기 탓이라며 중산의 어머니가 퍼붓는 원망을 고스란히 받아주었다.

경찰이 가고 반쯤 넋이 나간 중산의 어머니가 여자들의 부축을 받으며 집으로 돌아갔다. 그제야 장곡도는 칠현에게 다가가 넌지시 물었다.

"동일이나 중산이 혹 백어의 비늘을 가지고 있던?"

"예? 그게……."

칠현은 울 것 같은 얼굴로 머뭇거리며 말했다.

"동일은 모르겠고요. 중산은 순하에게서 훔친 것을 두 개 가지고 있었어요."

칠현의 입술이 파르르 떨렸다. 장곡도도 그날 남정심의

손등에 붙어 있던 흰 비늘들이 순하의 손에 떨어지는 것을 보았다.

"중산이하고 둘이서 무덤을 열려고 했냐?"

"전 말렸어요. 안 된다고 했는데, 중산이 말을 듣지 않았어요. 진짜예요."

"알았다. 그럼 중산이 갖고 있던 백어의 비늘은 지금 어디 있냐?"

"저한테 하나 줬고 다른 하나는 중산이 가졌어요. 그러니까 이게 개들 손을 자른 거죠?"

필시 동일도 이걸 갖고 있었던 것이다. 칠현은 확신했다. 그는 벌벌 떨리는 손으로 주머니 속에 담고 있던 것을 내놓으며 말했다.

"중산이 줬어요. 그러니까 전 훔친 게 아니에요. 그렇죠, 아저씨?"

장곡도는 칠현의 손에 놓여 있는 백어의 비늘을 흘낏 보더니 말했다.

"그래도 불운이다. 버려라. 그리고 이 백어의 비늘 이야기는 아무한테도 하지 마라. 순하에게도."

"하지만 순하는 알아야 하잖아요. 이 소금 비늘이 무슨 짓을 했는지. 순하도 이걸 갖고 있어요."

"그건 네가 상관할 바 아니야. 싫다는 순하를 억지로

불러들여 이장을 강요한 건 우리야. 이미 끔찍한 일을 겪고 여길 떠났는데 다시 이런 일로 마음고생시키고 싶지 않다."

"자기 엄마를 살인자라고 생각할까요?"

칠현은 조심스럽게 물었다

"순하 어머니는 피해자야."

무언가에 목이 베인 그녀는 엄청난 피를 흘리며 죽었고 범행 도구는 아직도 밝혀지지 않았다. 범행 도구가 소금 비늘이라면 감쪽같이 사라진 이유가 설명된다. 물에 녹아버린 것이다.

"백어잖아요."

"백어인지 아닌지 누가 장담할 수 있어? 게다가 이미 죽었잖아."

"아저씨 말대로 우리가 무덤을 팠고 동일과 중산이 소금 비늘을 훔쳤어요. 어머니가 백어 귀신이 되어서……."

"시끄러워."

장곡도가 버럭 화를 내자 칠현은 잠시 입을 다물었다.

"결국 알게 될 거예요."

"그렇겠지. 그때까지는 입 다물어라."

장곡도는 아무것도 보지 못했다는 듯 돌아서서 걸어갔다. 그는 자신의 등짝에 아무런 표정도 드러나 있지 않기를 바랐다. 제길, 대체 뭐가 어떻게 돌아가고 있는 거야? 왜 하필 중산이냐고? 그는 백어에 대해 부정하려 했다. 그러나 그의 두 친구인 최동수와 박이순은 이미 진실을 알고 있었을지도 모른다는 생각이 들었다. 그놈들 입이 무거웠구먼. 그래도 나한테는 말해줄 법도 했는데. 이제 장곡도에게 진실을 말해줄 사람은 없었다. 백어의 불운에 걸려든 최동수는 정신이 나갔고 박이순은 13년 전에 죽었다. 장곡도는 박이순이 생전에 술만 취하면 입에 담던 이야기를 떠올렸다.

"1995년 동짓달 그믐밤에 내가 서울서 온 낚시 손님을 백어도까지 태워다 줬거든. 밤낚시를 하기엔 좋지 않은 날이었어. 한데도 바득바득 가겠다는 거야. 아버지가 열서너 살쯤 되는 아들을 데리고 나섰는데 자식 앞에서 체면을 구기고 싶지 않았나 봐. 내가 아침에 출발하자고 설득했는데 그 아버지가 워낙 고집불통이라 말이 안 통하는 거야. 게다가 내 주머니에 계속 돈을 찔러 넣어주는데 뭐 별수 있나. 백어도에 부자를 내려주고 아침에 다시 데리러 갔는데 월척을 낚았더라고. 얼마나 큰지 거의 사람만 했어. 워낙 큰 놈이라 어디 담을 데가 마땅치 않아 그냥 방수포에 둘둘 싸서 묶어놨더라고. 그때까지도 살아있었어. 계속 꿈틀댔거든. 근데 뭘 낚았는지 죽어도 보여주지를 않는 거야. 옮길 때에도 그 아버지가 나한테는 손도 대지 못하게 하고 아들한테만 거들게 했지. 사람만 한 물고기. 나중에 그게 백어일 수도 있지 싶은 생각이 자꾸 드는데 정말 돌겠더라고. 그 사람들이 정말 백어를 낚았을까? 그 백어가 그때 자길 구해주지 않았다고 날 원망할까? 설마 그 일로 백어의 불운이 나한테 떨어지는 건 아니겠지?"

장곡도는 박이순의 아들 박중산이 비록 옛날 옛적 이야기라고는 하나 하필 백어 출몰지로 전해지는 단고바위들 사이에서 죽은 것이 마음에 걸렸다.

칠현은 망설이지 않고 소금 비늘을 바다에 던졌다. 공중에 뜬 소금 비늘이 하얗게 반짝이는 빛이 되어 바다로 떨어졌다. 칠현은 속으로 외쳤다. 불운아! 멀리 가버려라. 그는 돌아서서 집으로 가며 생각했다. 만약 어젯밤 치매기가 있는 할머니가 고구마를 구워달라며 잡지 않았으면 어쩔 뻔했나. 할머니가 한사코 그의 등에 찰싹 달라붙어 업어달라 조르지 않았더라면 어찌 됐을까. 그의 등에 업힌 할머니는 곡을 하듯 밤새 징징거렸다.

"아이고, 아까워라. 한숨이 모자라서 기어이 가게 생겼으니. 아이고, 아까워라. 젊은 것이 어쩔까, 어쩔까."

중산이 죽을 것을 알고 하신 말씀일까. 칠현은 생각할

수록 소름이 끼쳤다. 그런데 중산이 가지고 있던 소금 비늘은 어떻게 됐을까. 보나마나 행운의 부적인 양 몸에 지니고 있었을 텐데 그의 주머니에서는 발견되지 않았다. 동일에게서도 소금 비늘은 나오지 않았다. 그들의 소금 비늘은 아마도 백어가 다시 가져갔으리라. 그러자고 바다로 꼬여낸 것이 아니겠나. 칠현은 백어의 비늘을 훔치지 않았다. 그것은 중산이 준 것이다. 하지만 백어가 준 것이 아니니 미련 없이 버려야 했다. 가지고 있으면 결국 다음번에 바다로 불려 나가 얼굴이 뜯기고 손이 잘릴 시신은 그가 될 테니. 이제 백어의 비늘이 없는데도 칠현의 손은 여전히 떨었다.

*

용보는 커피를 홀짝이며 사무실에 앉아 부정적인 기분을 떨쳐버리려 애를 썼다. 마리는 바다 그림만 그렸다. 그래서 바다 작가로 불렸다. 바다에 대한 그녀의 집착은 아마도 가족 문제에서 기인했을 것이다. 가족을 모두 바다에 가둬버리고 과거의 기억은 어디선가 들은 이야기들로 꾸며댔다. 진짜 제대로 치료를 받게 해야 하나. 용보는 심란해졌다.

마리는 가끔 망망대해를 항해하다가 익사한 뱃사람처럼 이야기하곤 했다. 까마득하게 펼쳐진 검은 바다와 깨진 유리 조각처럼 흩뿌려진 하늘의 별들, 일출과 일몰, 풍랑과 가라앉은 배 그리고 그 배 안에 있던 크고 검은 물건에 대해서 말해주었다. 턱에 숨 쉬는 작은 구멍이 있고 입을 벌리면 희고 검은 이빨이 여든여덟 개나 붙어 있는 그 물건은 물살이 강해질 때면 낯설고 아름다운 소리로 울었다. 마리가 딱딱한 고래라고 불렀던 그 물건은 피아노였다. 숨 쉬는 작은 구멍은 열쇠구멍이었고 여든여덟 개의 이빨은 건반이었다. 그 이야기를 들었을 때 용보는 한심하다는 듯 말했다.

"그런 건 네가 직접 본 것일 수가 없어. 자꾸 그런 식으로 어디 책이나 영화에서 본 것을 네 경험과 기억이라고 주장하면 결국 넌 정신병자가 되는 거야."

"정말 내가 봤어."

"너, 어릴 때 배 타본 적 있어?"

"아니."

"바다에 빠져 죽을 뻔했던 적은?"

"없어."

"거봐. 그러니까 그 이야긴 네가 겪은 게 아니라고."

"내가 거짓말을 하고 있다는 말이야?"

"착각하지 말란 소리야."

"나는 사실을 말했어. 네가 믿지 않고 있는 거야."

"믿을 수 있는 이야기를 해야지. 말이 안 되잖아."

"당연한 이야기는 누구라도 믿어. 진짜 믿는다는 것은 그 이야기가 설사 믿을 수 없는 이야기처럼 보일지라도 믿는 거야."

"입장 바꿔놓고 생각해봐. 실은 내가 보름달이 뜨면 변신을 하는 늑대 인간이야, 하면 너는 믿겠냐?"

"믿어."

용보한테 있어 그가 아는 상식에서 벗어난 이야기는 꾸며낸 것이었다. 뒤집어 말하면 아는 것이 늘어나는 만큼 꾸며낸 것처럼 들리는 이야기 역시 진실에 가까워질 수 있다는 뜻이었다. 그러나 용보는 지금 그가 가진 상식만으로도 세상 모든 것을 설명하는 데 충분하다고 여겼다. 도대체 어디서부터 이 문제를 풀어나가야 하는 거지? 아, 머리 복잡해. 배 속에서 꼬르륵 소리가 들렸다. 시계를 보았다. 6시. 자리에서 일어났다. 팀장이 물었다.

"왜?"

"퇴근하려고요."

"뭘 했다고 벌써 퇴근이야?"

유도 선수처럼 체격이 크고 얼굴이 네모난 사십대 중

반의 팀장이 못마땅한 눈빛을 드러냈다.

"죄송합니다. 약속이 있어서요."

용보는 뒤통수가 따가웠지만 무시하고 사무실을 빠져 나왔다. 차를 빼서 지하주차장을 나오니 그사이 비가 쏟아지고 있었다. 어젯밤에 마리가 오늘 비가 올 거라며 우산을 챙기라고 말했던 것이 생각났다. 마리는 일기예보를 확인하지 않고도 하늘의 색깔과 공기 냄새만으로 다음 날 날씨를 맞혔다. 무릎관절의 통증으로 날씨를 예보하는 할머니들처럼.

신호 대기에 걸렸을 때 용보는 버스 정류장에 서 있는 한 남자를 보았다. 왜 갑자기 그 남자가 눈에 들어왔는지 알 수 없었다. 흰 운동화와 흰 가방 때문일까. 남자의 흰색이 어두침침하고 흐릿한 빗속에서 묘하게 도드라져 보였다. 남자는 우산도 없이 그대로 비를 맞고 있었다. 남자는 선글라스를 썼고 귀에는 이어폰을 꼈다. 거칠고 붉은 손가락에는 검정 비닐봉지가 쥐어져 있었다. 용보는 혼잣말로 그에게 농담을 건넸다.

"이봐, 코에도 뭐 하나 걸어줘야지."

그 순간 마치 그 말을 들은 듯 남자가 용보 쪽으로 고개를 돌렸다. 용보는 움찔했다. 선글라스 때문에 그가 정말 자기를 보는지는 알 수 없었다. 어쨌든 남자의 시선은 그를 향해 3초쯤 머물렀다. 용보는 기이한 기분에 사로잡혔다. 그는 방랑자처럼 거리 한복판에 서 있는 저 생면부지의 남자에게서 보이지 않는 인연을 느꼈다. 먼 곳에서 모호하게 어른거리는 운명의 그림자 같은 것. 그것은 마리를 처음 보았을 때처럼 설명할 수 없는 예감이었다. 그는 낯선 남자에게서 마리와 비슷한 무언가를 느끼고 몹시 불쾌해졌다.

와이퍼가 쓱쓱 움직이는 사이 남자가 사라졌다. 아니다. 버스가 왔고 남자는 버스를 타고 가버렸다. 신호등 불빛이 초록색으로 바뀌었다. 차들이 다시 굴러가기 시작했다. 용보는 생각했다. 신경 쓰지 말자. 전부 별거 아니니까. 그냥 지금껏 살던 대로 살면 되는 거야.

*

순하는 검정 비닐봉지를 식탁 위에 던져놓고 물이 뚝뚝 흐르는 젖은 상의를 벗어 욕조에 걸쳐놓았다. 그러곤 세면대 앞에 서서 정성 들여 손을 씻기 시작했다. 그가 하는 일은 늘 손을 더럽혔다. 손을 자주 씻는 만큼 로션을 챙겨 발라야 했지만 신경 쓰지 않았다. 생각해보면 별어 마을에 살 때에도 딱히 손이 호강했던 적은 없었다. 그는 거울에 비친 자신의 모습을 보았다. 아직 선글라스를 끼고 있었다. 어머니를 닮은 코와 구불거리는 머리칼. 별어마을을 떠난 이후로는 바다에 들어간 적이 없지만 여전히 수영 선수처럼 잘 다져진 근육들. 거친 손을 제외하고는 나무랄 데 없었다.

오늘 비번이라 아침 일찍 순하는 누나를 만나러 서울을 다녀왔다. 출발할 때까지만 해도 흐리긴 했지만 간간이 해가 들락날락했다. 비 냄새를 맡았지만 비 예보가 없었기에 순하는 우산을 챙기지 않았다. 다음부터는 타인이 내놓은 결과보다는 자신의 직감을 따르기로 했다. 집으로 돌아오는 길에 그는 버스 정류장에서 낯선 목소리를 들었다.

이봐, 코에도 뭐 하나 걸어줘야지.

그는 원래 귀가 밝았다. 하지만 그가 주로 듣는 소리는 사람이 내는 소리가 아니라 먼바다에서 올라오는 소리였다. 그런데 오늘은 자동차와 빗소리가 뒤섞인 거리의 소음을 뚫고 그 목소리가 쏜살같이 날아와 그의 귀에 꽂혔었다.

손의 물기를 닦고 식탁 위에 놓아둔 비닐봉지를 열었다. 말린 바나나 칩을 입에 넣고 씹으며 창가로 다가섰다. 그는 비가 오면 선글라스를 꼈다. 뿌연 하늘이 안개

낀 바다처럼 보이는 게 꼴 보기 싫어서였다. 바다는 별어 마을을 떠올리게 했다.

고향 집 안방 바닥에는 죽은 어머니가 남긴 핏자국이 여전히 남아 있었다. 일부러 씻어내지 않았다. 언제라도 집에 돌아가 피로 얼룩진 그 자리에 몸을 뉘이면 어머니의 심장 소리를 들을 수 있을 것 같았기 때문이다. 그는 좋았던 기억만을 생각하려 했다. 하지만 악몽은 밤마다 그를 찾아왔다. 이토록 견디기 힘든 것을 누나는 겪지 않아 다행이다. 누나는 어머니가 남긴 핏자국에 대해 알지 못했다. 그는 보물이 숨겨진 표식이라도 되는 것처럼 그 자리에 오래된 반닫이를 옮겨 가려두었다.

"난 큰물에서 살 거야. 꼭 서울에서 자리를 잡을 거라구."

바다보다 더 큰물은 없었다. 서울이 왜 바다보다 더 큰물인지 순하는 이해할 수 없었다. 어쨌든 누나는 서울에서 자리를 잡았다. 그를 배웅하기 위해 따라 나온 매형이 아쉬워하며 말린 바나나 칩 한 봉지를 사주었다.

"가면서 출출할 때 먹어. 스트레스 해소에 좋대. 우울증에도 좋고. 행복한 호르몬이 나오게 해준다니까."

매형은 그가 겪은 일에 대해 한 번도 물어본 적이 없었다. 그저 이런 식으로 매번 뭔가를 손에 쥐여주며 같은 대사를 읊었다. 매형과 헤어지고부터 비가 추적추적 내리기 시작했다. 순하는 슬금슬금 옷을 적시는 빗줄기를 무시했다. 축축함이 불편한 적은 없었다. 누나는 아버지 같은 비린내 나는 생선잡이와는 죽어도 결혼하지 않겠다고 마음먹었다. 그러려면 무조건 바다에서 멀리 떨어진 곳으로 가야 했다. 서울 사람인 매형에게서는 비린내가 나지 않았지만 날고기 냄새가 났다. 그는 육류 가공 공장에서 일했다.

매형과 달리 누나는 그가 찾아오는 것을 달가워하지 않았다. 그러나 그는 가족이 못 견디게 그리워지면 누나를 보러 가야 했다. 비록 누나가 그의 기대만큼 따뜻하게 맞아주지 않더라도 그것이 진심이 아니라는 것을 알기 때문이다. 그렇지 않다면 지난날 누나는 왜 그를 위해 그런 일들을 했겠는가. 어머니가 물질을 나가면 누나는 배고픈 어린 동생을 위해 생선을 구웠다. 또 늘 다리가 아픈 어머니를 위해 항각구 뿌리를 달였다.

그는 누나가 내뱉는 삐뚤어진 말들이 마음 깊은 곳에서 올라오는 도중 고의로 변질된 것임을 알아챘다. 누나가 숨긴 그곳은 오래전에 이미 그의 마음 깊은 곳과 닿아 있었다. 그곳은 그가 종종 숨어들던 바닷속과 닮았다. 고요하고 무겁고 적막했다. 그곳이 그리울 때면 순하는 너무 멀리 있는 어머니의 무덤과 별어마을의 바다 대신 버스를 타고 누나를 찾아갔다. 왁자한 개구쟁이 조카들에게 선물을 안겨주는 재미도 쏠쏠했다. 사내아이 둘을 상대하느라 누나의 짜증은 언제나 타이머가 망가진 시한폭탄이었다. 그래도 그는 어딘가 갈 곳이 있다는 것만으로 덜 방황했다.

아버지는 주는 재미를 몰랐다. 그는 오직 받는 것에서만 만족을 느꼈다. 순하는 한 번도 아버지에게서 용돈을 받아본 적이 없었다. 그는 가끔 생각했다. 어머니는 왜 아버지 같은 남자와 결혼했을까. 누나처럼 다른 곳으로 갈 수도 있었는데. 바다를 떠날 수 없었다면 어촌의 다른 남자를 택할 수도 있었다. 그런데도 굳이 아버지여야만 했던 이유는 무엇이었을까. 아버지는 어머니를 백어라고 말했다. 아버지는 백어의 존재를 믿었음에도 전해지는 금기를 어겼다. 어머니의 소금을 훔친 것이다. 그로 인한 불운 때문에 순하의 삶이 한순간에 엉망진창이 되어버렸다. 어머니는 살해당했고 아버지는 감옥에 갔고 하나뿐인 누나는 웃음을 거두고 그를 멀리했다.

정말 이 모든 것이 백어의 비늘이 가져온 불운 때문일까. 제정신이 아닌 아버지의 말을 어디까지 믿어야 할지 그는 알 수 없었다. 아버지는 어릴 때부터 백어의 전설에 대해 들으며 자랐다. 전설이 그의 현실로 스며들어 뒤죽박죽이 되는 것이 그리 이상할 것도 없는 상황이다. 하지만 어머니가 쥐여준 백어의 비늘은 아버지의 말이 거짓이 아니라는 것을 증명했다.

어머니는 글을 읽지 못했다. 그게 부끄럽다고 생각하지는 않았다. 별어마을의 나이 많은 할머니들 대부분은 문맹이었다. 다만 어머니는 그렇게 늙지 않았는데 왜 글을 배우지 못했는지 궁금했다.

"어머니는 어릴 때 학교에 다니지 않았어요?"

"응."

"그럼 뭐 했어요?"

"바다를 돌아다녔지."

"그래서 글자는 모르고 바다만 잘 아는 거예요?"

"응. 바다에서는 글자를 몰라도 소리가 모든 것을 알려주거든. 위험, 안정, 먹이, 다가오는 다른 물고기들."

"바닷속에서는 소리를 낼 수 없어요. 물이 막고 있거든요."

"아니, 물은 공기보다 소리를 더 빨리 전해줘. 하지만 사람들은 그 소리를 들을 수 없지. 그들의 귀는 공기가 전해주는 소리만 들을 수 있거든."

그는 어머니에게서 글자 대신 바다를 배웠다. 그가 글

자를 익힌 후에는 어머니에게 글자를 가르쳐주었다. 가끔 어머니는 글자에 귀를 기울인 채 글자가 내는 소리를 들으려 했다. 자라면서 그는 어머니가 마을의 다른 여자들과 조금 다르게 생겼다는 것을 알았다. 어머니의 구불거리는 머리칼은 말리지 않은 푸른 미역색이었고 눈동자는 깊은 심해에서 빛나는 별 같았다. 곧고 오뚝한 콧대에 콧구멍은 좁고 가늘었다. 피부는 늘 희미한 빛을 머금고 있었는데 그 빛은 가끔 그에게 한낮의 눈부심과 저녁의 불그레한 그림자를 오가며 모호한 환상을 불러일으켰다. 이제 순하는 그 빛의 정체를 알 것 같았다. 백어의 비늘이 떨어진 흔적이었다. 혹은 새로운 백어의 비늘이 싹을 틔우면서 엿보인 광채였다. 무엇이 되었건 그것은 백어의 비늘이 지닌 빛이었고 그러므로 어머니는 백어였다.

그는 마른 옷으로 갈아입은 후 냉장고를 열었다. 저녁거리를 만들려고 했지만 마땅한 재료가 없었다. 그는 다시 비가 쏟아지는 밖으로 나갔다. 기껏 갈아입은 옷이 젖었지만 상관하지 않았다. 우산을 드는 대신 선글라스를 낀 그를 보고 사람들이 흘낏거렸다. 그는 신경 쓰지 않고 귀에 이어폰을 꽂았다. 음악이 세상의 소음을 덮었다. 그는 정적을 원했지만 한 가지 소리 정도는 견딜 수 있었다. 다행히 그 한 가지 소리는 정적의 황홀함보다 더한 황홀함으로 그를 이끌었다. 마트로 향하던 그는 문득 걸음을 멈추고 선글라스를 벗었다.

집채만 한 파도가 그를 덮치기 직전이었다. 파도가 움직였다. 젖은 벽에 어린 빛 때문이었다. 파도 끝에서 튀어오르는 흰 포말이 수천 개의 작은 손처럼 보였다. 다시 보니 수천 마리의 하얀 물고기들이 튀어오르고 있는 것처럼 보이기도 했다. 정신이 아득해졌다. 그는 놀라운 마음으로 눈앞에 펼쳐진 수수께끼에 임했다. 이 빛은 오직 백어의 비늘을 통해서만 볼 수 있는 것이다. 백어의 비늘빛을 본 적이 없는 사람은 보아도 알 수 없다. 누군가 백어의 비늘을 가진 사람이 또 있다. 그 누군가는 어디서 백어의 비늘을 얻었을까?

*

저녁을 먹은 지 채 두 시간도 지나지 않아 용보는 허기를 느꼈다. 목구멍까지 차오르도록 먹었던 밥은 거짓말처럼 사라져 그의 배 속은 다시 텅 빈 주머니가 되었다. 라면을 끓이려고 주방으로 들어갔다. 그는 원래 요리에 대한 꿈이 있었다. 정확히 말하면 식당 주인이 되고 싶었다. 그의 머릿속에 있는 그림은 근사한 레스토랑을 차리고 요리사를 고용하고 외제차를 모는 것이었다. 그러나 그의 집은 그에게 식당을 차려주고 요리사를 고용해줄 돈이 없었다. 그래서 포기했다.

별 재주도 없었고 딱히 공부를 잘하는 편도 아니라 그냥 남들처럼 대학 입시를 치렀고 어찌어찌 골라 지방 대학의 아랍어과에 입학했다. 아랍어과를 졸업한 지금 그는 아랍어라곤 열두 문장밖에 할 줄 몰랐다. 당신들에게 평화가 있기를, 아침에 말하는 안녕하세요, 저녁에 말하는 안녕하세요, 안녕히 계세요, 안녕히 주무세요, 고마워요, 괜찮아요, 어서 오세요, 미안해요, 남자가 말하는 사랑해요, 여자가 말하는 사랑해요 그리고 신의 뜻이라면. 그중 고마워요와 미안해요란 말은 아랍어는 물론이고 한국어로도 거의 사용해본 적이 없었다. 용보는 그 두 가지 말은 굳이 할 필요가 없는 말이라고 생각했다. 특히 가까운 사이일수록 하지 않아도 그냥 그렇겠거니 알아줘야 하는 것이다.

라면을 꺼내려고 싱크대 위 수납장을 열었다. 맨 아래 칸 티백 차 봉지들이 늘어서 있는 뒤로 아무런 무늬와 표식이 없는 네모난 청색 양철통 하나가 보였다. 늘 보던 것이었다. 평소에는 그저 뭔가 담겨 있겠거니 생각하고 그냥 지나쳤다. 그런데 오늘은 갑자기 그 안에 뭐가 들어 있는지 궁금해졌다. 그는 양철통을 꺼내 들고 뚜껑을 열었다. 날카롭게 날이 선 흰 조개껍데기들이 3분의 2 정도 들어 있었다. 마리의 소금이었다. 마리가 그림을 그릴 때 사용하는 소금.

"손대지 마!"

어느새 다가왔는지 마리가 그의 뒤에서 쳐다보고 있었다.

"깜짝이야!"

"내 소금이야."

마리의 차가운 눈동자가 그를 노려보았다. 어쩐지 마리의 주변으로 거뭇하게 그림자가 내려앉은 듯 어두워지더니 공기마저 음울해졌다. 뭐야, 이 서늘한 분위기는? 그의 등골을 따라 식은땀 한 방울이 미끄러졌다. 그렇게 째려보지 마. 그러다 눈알 빠지겠다. 그는 문득 마리의 스케치북에서 봤던 인어들의 그림이 떠올랐다. 그 인어들은 어딘가 마리를 닮았었다. 그는 왜 갑자기 마리에게서 두려움을 느꼈는지 깨달았다.

"알았어. 누가 뭐래? 되게 예민하게 구네. 나도 하나 있어. 옛날에 네가 준 거. 그때도 말했지만 이딴 걸 내가 어디에 쓴다고 탐을 내겠냐. 그냥 뭔가 싶어 열어본 것뿐이야."

갑자기 라면을 먹고 싶다는 생각이 뚝 떨어졌다. 그는 양철통의 뚜껑을 덮어 제자리에 두고 주방을 나왔다. 마리는 방으로 들어가 일찍 잠자리에 들었다. 용보는 거실에서 혼자 텔레비전을 보는 중이었다. 그는 결혼 전부터 늦게까지 텔레비전을 보다가 잠드는 버릇이 있었다. 케이블 뉴스에서 사건 사고 소식을 전했다.

"어젯밤 남해 먼바다에서 어선 한 척이 좌초되었습니다. 경찰은 하루 만에 발견된 시신의 훼손 상태가 심한 것에 의문을 제기했습니다. 피해자는 백어도로 가던 중 사고를 당한 것으로 추정되고 있습니다. 경찰은 평소 피해자 박 씨가 육지의 밤낚시 손님을 백어도까지 실어날랐다는 주변 사람들의 진술을 확보했으나 석연치 않은 반응입니다. 경찰은 피해자가 출항 신고를 하지 않은 점으로 미루어 다른 목적이 있었을 것으로 의심하고 백어도로 가고자 한 경위를 조사 중에 있습니다. 백어도는 예전에 백어석, 즉 백어의 몸에서만 자란다는 비늘 모양의 소금이 나던 곳으로 알려져 있습니다. 이 지역에서 백어는 인어를 가리키는 말입니다. 따라서 백어석은 전설의 소금으로 전해지고 있습니다. 그러나 남아 있는 기록으로 미루어보아 백어가 인어가 아니라 다른 물고기를 가리킬

경우 백어석의 존재는 실재했을 가능성도 있습니다. 만약 백어석이 발견된다면 부르는 것이 값일 정도로 높은 가격에 거래된다는 점에서 경찰은 피해자 박 씨가 백어석을 얻기 위해 무모한 시도를 한 것은 아닌지 수사 중입니다.”

백어석? 비늘 모양의 소금?

비늘과 소금이라는 말에 용보는 양철통에 들어 있던 소금이 퍼뜩 떠올랐다. 그러고 보니 그 소금은 확실히 조개 모양이라기보다는 비늘 모양이었다. 실재한다면 부르는 게 값일 정도로 높은 가격에 거래된단 말이지. 마리도 그런 말을 했다. 뭍에서는 희귀한 소금이라고. 그는 휴대전화를 집어 들고 백어석을 검색했다.

어석염(魚石鹽) 혹은 어염석(魚鹽石)이라고 한다. 산호, 진주와 더불어 바다의 삼대보주로 일컬어진다. 고대 중국에서 산호는 수명을 연장시켜주는 효과가 있고, 이탈리아에서는 악마의 눈으로부터 보호하는 부적으로 붉은 산호를 착용했다. 그러나 백어석의 운은 지닌 사람의 의지에 달려 있다고 한다. 주성분이 탄산칼슘 96퍼센트인 산호는 손톱보다 조금 강한 정도의 경도를 지니고 있어 흠집이 쉽게 생기지만 백어석은 다이아몬드와 같은 강도를 자랑한다고 전해진다. 그러나 소금이기 때문에 민물에 닿으면 녹아버리는 단점이 있다.

민가의 구비전설에 따르면 어부가 그물에 걸린 백어를 놓아주니 백어가 고맙다며 자신의 비늘을 하나 뜯어 주었다. 비늘은 낮에는 해를 닮은 빛을, 밤에는 달을 닮은 빛을 뿌렸다. 하는 일마다 잘 풀리니 어부는 모두 백어의 비늘이 가져다준 행운이라 여겼다. 어느 날 어부의 아내가 그 귀한 비늘을 닦는다고 물에 씻었다가 그만 녹아 없어졌다. 어부는 그 비늘을 다시 얻기 위해 백어를 찾아 바다로 나갔다. 이후 어부는 뭍으로 돌아오지 않았다.

조개의 외투막에 모래나 이물질이 들어가 자극을 받으면 진주질이 분비되어 진주가 만들어지듯 백어석은 백어라 불리는 특정 물고기의 몸에 붙어 생기는 물질로 여겨진다. 남해 일부 지역에서 백어는 인어를 가리키는 말이나 실제로 백어가 어떤 물고기인지는 아직 밝혀지지 않았다.

용보는 가슴이 두근거렸다. 이 희귀한 보물을 고작 그림 그리는 데 낭비하고 있다니. 몰라도 어쩌면 그리 모를 수가 있나. 아니지. 저도 귀하다고 말한 걸 보면 알지만 상관하지 않았던 것이다. 하긴 제 그림의 비법이 밝혀지는 건데. 그나저나 마리는 그 소금을 어디서 그렇게 많이 구했을까? 당장 마리를 깨워 묻고 싶었지만 일단 참고 주방으로 가서 양철통을 꺼냈다. 제일 작은 비늘 하나를 꺼내 물컵에 집어넣었다. 컵 속에서 포말이 일었다. 흰 비늘이 완전히 투명해지면서 오묘한 빛을 끝도 없이 뿌렸다. 형형한 빛으로 흩어지는 물거품. 빛나는 기포들이 눈물처럼 흩어졌다. 역시 소금이다.

눈물과 소금이라. 그러고 보니 마리의 스케치북에 눈물을 흘린 것처럼 뺨에 허옇게 소금 자국이 그어져 있던 인어가 있었다. 그 인어의 모아 쥔 양손에는 소금 비늘이 담겼다. 그리고 그런 구절이 있었다. 인어의 흰 비늘이 붉은 석양의 빛을 발할 때, 정신을 똑바로 차리고 보라는. 그는 거실 벽을 가득 메우고 있는 마리의 바다를 보았다. 저 바다는 밤이 되면 조명을 켜지 않은 상태에서 은은한 붉은빛을 뿌렸다. 물감이 낮과 밤에 따라 다른 빛을 내는 것이다. 그는 집 안의 전등을 모두 껐다.

양철통에 담긴 흰 소금 비늘에서 석양의 찬란하고 붉은빛이 배어 나오기 시작했다. 백어석이 분명했다. 남해의 어느 지역에서는 백어가 인어라고 했다. 그렇다면 마리가 그린 인어 그림은 필시 백어석과 관련이 있는 것이다. 그는 마리의 스케치북을 찾았다. 그가 마리와 그녀의 가족에게 무슨 일이 있었는지 물었을 때 마리는 제 스케치북을 가리키며 말했다. 여기에 있어. 마리는 사실을 말했지만 그는 무시했다. 그가 읽지 않고 덮어버린 그 스케치북 속에 마리가 백어석을 갖게 된 경위라든가 혹은 가족과 백어석에 얽힌 사연이 적혀 있는 것이다.

늘 식탁이나 소파 위, 혹은 거실 탁자 위에 놓여 있었는데 오늘따라 보이지 않았다. 나중에 다시 찾아보기로 하고 일단 양철통에서 백어석 몇 개를 집어낸 후 뚜껑을 닫았다. 그 순간 그는 이상한 예감에 사로잡혔다. 갑자기 까마득한 벼랑 끝에 서 있는 것 같은 아찔함. 한 걸음만 나서면 추락할 것 같은 공포감. 왜 그런 기분이 들었는지 깨달았다. 마리가 처음 그에게 백어석을 주면서 했던 말 때문이었다. 약속을 깨고 내 소금에 손을 대면 넌 나뿐 아니라 나로 인해 얻은 모든 것을 잃게 될 거야. 농담처럼 흘려들었던 말이었는데 새삼 찜찜했다.

됐어. 그냥 소금 덩이 몇 개잖아. 그때나 지금이나 용보는 이런 일로 마리와의 결혼 생활이 끝날 거라고 생각하지 않았다. 게다가 마리의 소금은 아직 넉넉히 남아 있었다. 어쩌면 이런 통이 몇 개 더 있을지도 몰랐다. 마리는 이런 귀한 걸 그냥 물감에 풀어 쓰면서 낭비했다. 하지만 그의 손에서는 좀 더 유용하게 쓰일 것이다.

염린등

용보는 준희의 집에 들어서면서 다소 주눅이 들었다. 버스가 다니지 않는 부자 동네의 언덕길. 높은 담장. 바위와 수목이 풍경을 이룬 정원. 그는 죽어도 오르지 못할 나무 위의 저택이었다. 젠장, 누군 부모 잘 만나서. 용보는 속으로 그 말을 삼켰다.

대학 시절 그는 준희를 부러워한 적이 없었다. 하지만 졸업 후에 준희가 유명 기업체 대표의 아들이라는 사실을 알고 한동안 분노했다. 똑같이 지방대를 나왔는데 몇 년이 지나자 누구는 유학을 다녀와 아버지의 회사를 물려받아 오너가 되고, 누구는 성격 더러운 상사의 비위를 맞추며 아등바등 살고 있다. 같은 물에서 어울릴 때는 너나 나나 동류인 줄 알았다. 그런데 물 밖을 나오자마자 신분이 갈렸다. 그 불공평함이 오로지 타고난 것 때문이라는 생각에 용보는 자신의 부모를 원망했다.

"집 좋다."

시샘을 누른 용보의 인사에 준희는 웃음기 없는 얼굴로 대꾸했다.

"우리 집은 처음이지?"

용보는 준희가 권하는 대로 크고 낡은 소파에 엉덩이를 묻었다. 집의 외관은 영화 속에서 뽑아낸 듯 밝고 세련된 현대식 가옥이었으나 실내의 가구들은 하나같이 오래 묵은 것들이었다. 벽에 걸린 서화나 기이한 형태의 나무 조각과 수석, 장서들 때문에 집 안 분위기는 고즈넉하고 고풍스러웠다.

거실 탁자 위에는 어두운 동굴 한 조각을 뚝 떼어 온 듯 묵직해 보이는 소금 등이 놓여 있었다. 소금 광석을 캐내어 속에 구멍을 뚫고 전구를 넣어 만든 것이다. 빛을 발하지 않는 소금 등은 서리가 맺힌 얼음 바위를 닮았다. 하지만 저 소금 등 안에 불을 밝히면 세상에서 가장 아름다운 빛이 생겨난다. 소금 등이 음이온을 발생하는 것으로 밝혀지면서 요 몇 년 사이 수요가 크게 늘었다. 덕분에 준희의 회사 매출도 덩달아 뛰었다.

준희의 집안은 누대로 소금 장사를 했다. 부지런했던 준희의 아버지 황덕재와 조부 황기욱은 일찌감치 세계 곳곳에 있는 암염 생산지로 진출하여 그들의 사업장을 일궈놓았다. 황덕재가 가업을 물려받았을 즈음에는 규모가 제법 커져서 호염상회라는 옛날 간판을 떼고 한빛제염이라는 중견 기업체로 성장했다. 한빛제염은 식품 분야뿐 아니라 목욕 소금, 소금 비누, 소금 벽돌, 소금 등과 같은 소금을 이용한 각종 자연 친화적 제품들을 선도했다.

"당연하지. 네가 학교 다니는 내내 정체를 숨겼잖아. 서울에서 왔다는 말도 하지 않았고."

"서울에서 간 게 아니니까. 부모님은 사업 때문에 서울에 계셨지만 난 태어난 본가에서 쭉 할머니와 살았어."

"네 부모님도 참 이상하다. 다들 자식 학교는 서울로 보내려고 안달인데. 하긴 딱히 욕심 부릴 이유가 없었겠지. 어차피 유학 가고 회사 물려받으면 되는 거니까."

"꼭 그런 건 아니야. 좀 복잡한 사정이 있었어."

대학교 2학년을 마치고 준희는 입대했다. 군복무를 마친 동기들이 하나둘 복학했지만 준희는 다시 학교로 돌아오지 않았다. 나중에 정구로부터 준희의 유학 소식을 들은 그는 비웃었다.

"제까짓 게 무슨 유학이야? 걔네 집이나 우리 집이나,

지 머리나 내 머리나. 그냥 부모 등골 빼먹는 짓이지, 안 그래?"

그때까지만 해도 용보는 준희가 자신과 비슷한 부류인 줄로만 알았다. 정구가 말했다.

"아니야. 나도 이번에 들었는데, 준희 그 자식 완전 수재래. 고등학교 땐 모의고사 만점으로 전국 일등도 몇 번 했고, 영어랑 프랑스어는 거의 모국어 수준이란다. 어릴 때 미국이랑 유럽에서 좀 살았대. 중학교 때도 해외에서 학교 다녔고. 걔네 집 거의 준재벌이야."

그 복잡한 사정이 뭔지 이제 와서 새삼스럽게 물어보고 싶은 생각은 없었다. 그만큼 친하지도 않았고. 무슨 사정이 됐든 용보는 여전히 준희에게 철저히 속았다는 배신감을 지울 수 없었다.

"근데 이렇게 아침 일찍 무슨 일이야?"

7시가 조금 넘은 시각이었다. 준희는 조깅을 나가려던 차림으로 용보를 맞았다. 지난밤 용보는 잠을 설쳤다. 마음이 조급하여 더는 기다리지 못하고 새벽에 집을 나섰다. 준희는 소금을 다루는 사람이다. 그동안 수많은 소금을 보아왔을 테니 틀림없이 알아볼 것이고 그 가치도 매겨줄 수 있을 것이다. 용보는 백어석 하나를 꺼내 탁자 위에 척하니 올려놓으며 말했다.

"이거 뭔지 아냐?"

준희는 대답 대신 백어석을 집어 들었다. 감정을 잘 드러내지 않는 준희의 눈빛이 흔들렸다. 두려움과 설렘이 또렷이 느껴졌다. 용보는 갑자기 불안해졌다. 설렘은 공감했다. 그런데 두려움은 뭐란 말인가. 정원으로 나 있는 거실 통유리창을 통해 아침 햇살이 스며들기 시작했다. 준희의 손에 잡힌 백어석이 서서히 빛으로 녹아들었다.

"백어석이네."

준희는 담담한 어조로 말했다. 좀 전에 그의 눈빛을 스친 두려움과 설렘은 사라졌다.

"확실해? 백어석은 전설로만 전해지는 소금이라던데?"

"어릴 때 본 적이 있어. 백어석의 실재 유무에 말이 많은 건 그만큼 희귀한 소금이기 때문이야."

"그럼 이거 꽤 비싸겠네."

"글쎄."

돈 이야기가 나오자 준희는 의외로 시큰둥한 반응을 보이며 백어석을 내려놓았다. 하지만 그의 시선은 여전히 백어석에 머물렀다. 용보는 조바심이 났다. 분명 탐을 내는 것 같은데 무슨 꿍꿍이지? 가격 흥정이라도 하려는 건가. 원래 머리가 좋은 놈이다. 경영자 수업도 마쳤으니 장사 수완에는 도가 텄을 테지. 그래도 친구를 상대로 이건 좀 아니지 않나. 하지만 어쩌랴. 아쉬운 쪽은 용보였다. 용보는 슬쩍 눈치를 보며 입을 뗐다.

"이걸로 소금 등을 만들면 근사할 것 같은데. 전구 없이도 스스로 빛을 발하잖아. 이게 또 밤에는 색이 바뀌더라고. 아주 황홀한 붉은빛을 내더라니까. 생각해봐. 전설의 소금으로 만든 등이야. 희소가치로 따지자면 틀림없이 고액의 물건이 될 거라고. 상품성이 있다니까."

준희의 눈매가 가늘어졌다. 용보는 준희가 자신의 아이디어에 혹했다고 확신했다.

"이걸 얼마나 더 가지고 있지?"

"이것까지 일곱 개."

"그중 하나는 마리가 준 것일 테고 나머지는 어디서 났지?"

"그냥 집에 좀 있더라고. 근데 마리가 이걸 내게 하나 줬다는 건 어떻게 알아? 마리가 말했어?"

"걔가 가진 거라곤 그것뿐이니까."

"그럼 넌 마리에게 이 백어석이 있다는 것을 이미 알고 있었던 거야?"

"중요한 건 그게 아니야. 그러니까 그 하나를 뺀 나머지는 모두 훔친 게 된다는 거지."

준희의 미간이 어두워졌다.

"야, 그렇게 말하지 마라. 부부 사이에 훔치고 자시고 할 게 뭐 있냐. 마리의 것이 내 것이고 내 것이 마리의 것이지."

"다른 건 모르겠지만 백어석은 마리의 것이야. 마리가 분명히 그렇게 못 박았을 텐데."

준희는 탐탁지 않은 기색을 드러내며 말했다. 용보는 갑자기 기분이 나빠졌다. 예전에 준희가 마리와 얼마나 친했든 간에 이제 마리의 남편은 용보였다. 용보는 준희가 그 사실을 무시하고 있다고 느꼈다.

"그거야 결혼하기 전이고."

"그래서 이제 결혼했으니까 무효라고? 그게 결혼을 받아들이는 마리의 조건이었던 것으로 아는데. 그러니 그 조건이 지켜져야만 결혼이 유지되는 거 아닌가."

준희의 지적에 용보는 정신이 퍼뜩 들었다. 가족도 친구도 친척도 없는 마리에 대해 그나마 잘 아는 사람은 준희였다. 준희가 마리를 용보에게 소개해주었다. 날씨가 화창했던 5월의 어느 날 준희가 대뜸 용보에게 전화를 걸었다. 그때 용보는 여자친구가 없었다. 가뜩이나 휴일에 집에서 뒹구는 것을 끔찍하게 지루해하던 터라 좋다구나 하고 나갔다. 마리를 만난 용보는 한눈에 반했고 그날로 연애 시작을 선포했다.

준희는 어떤 반응도 보이지 않았다. 제가 소개해줬으면 최소한 잘해보라는 말 정도는 나왔어야 했다. 용보는 준희의 침묵에 의심이 들었다. 용보는 마리에 대한 준희의 감정이 궁금했지만 대놓고 물어본 적은 없었다. 하지만 마리의 바닷속 가족에 대해서는 물어보았다. 그때 준희는 말했다. 그런 걸 왜 나한테 물어? 마리가 말해주지 않았다면 나도 말해줄 수 없지. 적어도 알고는 있다는 뜻이다. 준희는 용보와 마리의 결혼 주선자였지만 용보는 언제나 그가 껄끄러웠다. 과거는 과거고 부부간의 일은 부부가 해결할 문제였다. 그와 마리의 일이다. 그건 그렇고, 소금에 미친 놈이 마리에게 백어석이 있다는 것을 알면서 여태 탐내지 않았다? 혹 말로만 전설의 소금이지 실상은 그다지 가치가 없는 건가? 용보는 마음이 달았다.

"딴소리하지 말고 가격이나 대봐."

"지금 가격이 문제가 아니야. 네가 자기 소금에 손댄 것을 알면 마리가 어떻게 나올지 생각해봤어?"

"고작해야 소금 덩이 몇 개잖아. 이런 걸로 마리와 나 사이가 어떻게 되진 않아. 뭐 어떻게 된다 해도 네가 상관할 바는 아니고. 그런 건 내가 알아서 할 테니까 넌 그냥 이 소금 가격만 쳐줘."

용보가 완강하게 고집을 부리자 준희는 결국 도리 없

다는 듯 말했다.

"놓고 가. 원하는 액수와 계좌번호 찍어주고."

"원하는 액수라면 내가 부르는 대로 쳐주겠다는 거야?"

"그래."

준희는 경직된 얼굴로 대답했다.

"하지만 내가 적정 가격을 모르는데."

"그럼 내가 적정 가격에 조금 더 얹어줄게. 대신 내게 백어석을 팔았다는 이야기는 아무에게도 하지 마. 특히 마리에게는."

"그거야 당연한 거고. 근데 왜 갑자기 마음을 바꾼 거야?"

"내가 뭐라고 해도 넌 훔친 백어석들을 절대 제자리에 가져다놓지 않을 거니까. 여기서 내가 거절하면 넌 다른 판로를 찾으려 들 테지. 그럼 백어석의 존재가 세상에 드러나게 될 거고 결국은 마리도 알게 돼."

"고맙다. 내 입장을 헤아려줘서."

용보는 일곱 개의 백어석을 모두 내놓고 자리에서 일어섰다.

"잠깐 기다려. 너에게 해줄 중요한 이야기가 아직 남았어."

"뭔데?"

"백어석의 빛을 오래 들여다보지 마."

"왜?"

"아까 백어석으로 소금 등을 만들면 어떠냐고 말했지. 백어석은 사람을 홀려. 그러니까 그런 건 만들어서도 팔아서도 안 되는 거야."

"어떻게 홀린다는 건데?"

"정확하게는 나도 설명하기 어려워. 하지만 이상한 것을 보게 될 거야. 그러니까 조심해."

"알았어."

용보는 건성으로 대답하며 돌아섰다. 그가 신이 나서 대문을 나서는 것을 바라보며 준희는 눈썹을 찌푸렸다. 모르는 것이 약이라 했다. 어쩌면 이렇게 되지 않을 수도 있다고 생각했다. 하지만 이제는 돌이킬 수 없게 되었다.

*

준희는 용보가 놓고 간 일곱 개의 백어석을 가지고 서재로 들어갔다. 용보가 한번 손을 대기 시작했으니 이제 곧 다시 욕심을 낼 것이다. 그러곤 자신이 무슨 짓을 하는지도 모른 채 바닥이 보일 때까지 백어석을 훔쳐내겠지. 벽장문을 열었다. 오래된 책과 박스들이 차곡차곡 쌓인 사이로 준희는 한 걸음 발을 들였다. 그만 알아볼 수 있는 이음새의 특정 부분에 카드를 끼워 넣자 달칵 소리와 함께 왼쪽 벽이 뒤로 밀리며 네 평 남짓한 공간이 나타났다. 벽장문을 통해 들어갈 수 있도록 설계된 이 비밀의 방은 창문이나 다른 출입구가 없어 밖에서 보면 존재하지 않는 장소였다. 좁은 탁자 위에는 미완성의 백어석 소금등, 즉 세상에서는 이미 사라져 전설이 되어버린 염린등(鹽鱗燈)이 날을 바짝 세운 채 불그레한 빛을 뿌렸다.

바깥세상은 아침이었다. 열린 벽장문 사이로 한 뼘가량의 햇빛이 비스듬히 스며들었다. 하지만 빛은 비밀의 방문을 넘지 못하고 숨만 죽인 채 그저 엿볼 뿐이었다. 이 작은 공간에 갇힌 이후로 백어의 비늘은 시간을 혼동한 채 늘 이렇게 밤만을 기억했다. 첩첩의 산들이 혹은 겹겹의 꽃잎들이 에워싼 듯한 형세의 염린등은 옛날 향로의 모습을 닮았다. 염린등의 상부는 아직 다물어지지 않은 채 위로 열려 있었다.

보통의 소금 등은 암염 덩어리를 통째로 가공하여 속에 구멍을 뚫고 전구를 집어넣지만 염린등은 퍼즐을 맞추듯 백어석을 하나씩 정교하게 겹쳐 쌓아 올라가며 마지막에 천장을 덮는 방법으로 만들어졌다. 이 염린등은 누대에 걸쳐 만들어진 것으로 이제 완성을 눈앞에 두었다. 그의 예측대로 용보가 백어석을 몇 번 더 가져와준다면 곧 완벽한 등의 모습을 갖추게 될 것이다. 하지만 그 전에 용보가 죽을 수도 있었다. 그걸 어떻게 말해주지. 말해준다 해도 믿지 않을 것이다.

준희는 서가로 눈을 돌렸다. 거기에는 그의 집안에서 전해 내려오는 『황씨염상파록(黃氏鹽商波錄)』의 복사본들이 꽂혀 있었다. 소실된 몇 권을 제외하고 원본 전권은 본가에서 보관 중이었다. 습기에 약한 고서를 보존하기 위해 본가에서는 계절마다 온갖 노고를 아끼지 않았다. 이 기록들은 소금과 미곡을 다뤘던 그의 선조들이 남긴 장사 일지였다. 또한 그들이 염상의 일을 하며 보고 듣고 겪은 여러 가지 사건과 경험들을 적었다. 특히 지금은 백어석이라 불리는 염린, 즉 소금 비늘에 대한 상세한 내용이 담겼다. 『황씨염상파록』뿐 아니라 옛 기록에서는 백어나 백어석에 대한 명칭을 발견할 수 없고 모두 교어, 인어, 염린으로 나와 있다. 1542년 중종 37년 음력 6월에 다음과 같은 기록이 있다.

대망리에 사는 어부가 비늘 모양의 소금 하나를 들고 와서 사주기를 청하였다. 암염 덩어리가 스스로 빛깔을 바꾸는 것이 기이하여 쌀 반 섬을 내주고 사들였다.

음력 8월의 기록에 이 어부는 다시 등장한다.

두어 달 전에 염린을 판 어부가 다시 찾아왔다. 어부는 이전의 것과 크기는 다르고 모양이 같은 염린을 다섯 개 더 내놓았다. 사들인 염린을 모두 늘어놓고 보니 날카로운 날의 반대편은 모양이 오목하게 굽어 각기 다른 염린과 아귀를 맞추더라. 더 많은 염린을 얻어 종내에는 어떤 모양을 이룰 것인지 알고자 대망리의 어부를 수소문하라 일렀다.

엿새 후에 어부를 찾았다기에 서둘러 달려갔더니 염린에 베이고 찔려 죽었더라. 범인은 도망간 어부의 아내이며 어부는 목이 반쯤 잘려 나갔다고 하였다.

이때부터 염린을 찾아 모으기 시작했던 황씨 염상들은 이후 수백 년에 걸쳐 이와 비슷한 사례들을 보고 듣게 된다. 1842년 헌종 8년의 기록에서 마침내 황씨 염상들은 다음과 같은 결론을 내리고 이를 경계하라 이른다.

교어와 혼인한 남자는 모두 살해당했다. 그들 중 염린을 탐하지 않은 이는 한 명도 없었던 것이다.

1651년 효종 2년 『황씨염상파록』에 남아 있는 다음 기록은 『해동야언』의 일부를 필사한 것이다.

해녀는 제주로 쫓겨난 폐주(廢主)에게 스스로 빛을 발하는 염린등을 선물했다. 등창으로 고생하던 폐주는 밤마다 잠을 이루지 못했으나 염린등을 얻은 후부터는 상태가 호전되고 혈색도 좋아졌다.

이를 기이하게 여긴 폐주는 늘 곁에 염린등을 두었는데, 어느 날부터인가 매일 밤마다 염린등 옆에 한 여인이 오도카니 앉아 있는 것을 보게 되었다. 귀신처럼 풀어 내린 머리카락은 젖은 미역처럼 방바닥에 늘어져 있는 데다가, 한여름이었는데도 오슬오슬 한기가 드는 것이 암만해도 사람 같지 않아 폐주는 물었다. 네가 누구냐? 여인은 대답 대신 수그리고 있던 고개를 들고 폐주를 물끄러미 바라보았다.

여인의 눈동자는 밤바다처럼 깊고 어두웠으며 알 수 없는 빛이 떠돌았다. 암갈색과 암녹색이 뒤섞인 머리칼 사이에 맺힌 물방울들이 염린등의 오묘한 빛과 함께 끊임없이 스러지고 살아났다.

일장춘몽 같았던 폐주의 지나간 시절이 그 빛과 함께 떠오르고 가라앉았다. 폐주는 시절을 함께했던 이들이 사무치게 그리워져 눈물이 쏟아졌다. 폐주가 낯모르는 여인 앞에서 한참을 울고 있는데 문득 여인이 일어나 밖으로 나갔다. 폐주도 여인을 따라 허겁지겁 일어섰다. 여인이 한 걸음 걸을 때마다 물고기의 꼬리가 수면을 치듯 찰박찰박 소리가 났다.

폐주는 이튿날 새벽 바닷가에서 발견되었다. 지키는 이들 중 누구도 그가 밖으로 나가는 것을 보지 못했다. 이 일은 매일 밤마다 반복되었다. 폐주는 밤이 되면 여인을 따라 바닷가를 헤매었고 낮이면 정신이 반쯤 나간 채로 염린등을 들여다보며 숫자를 셌다. 사람들은 폐주가 염린등의 빛에 홀렸다고 수군거렸다.

어느 날 폐주가 자고 일어났더니 염린등이 사라졌다. 폐주는 한탄하였다. 진실의 수를 모두 세었건만 등이 사라져 기어이 진실을 볼 수 없게 되었구나. 이후로 폐주는 두 번 다시 그 여인을 보지 못했으며 염린등의 행방도 묘연했다.

폐주는 광해군이다. 그는 18년간의 제주도 유배 생활을 초연하게 보냈으며 인조 19년인 1641년에 67세로 죽었다. 이 내용의 출전인 『해동야언』은 지금 남아 있지 않지만 미상인 작자는 광해군과 거의 동시대 사람으로 보인다. 기록이 세세한 것으로 보아 아마도 가까이에서 지켜보았던 측근일 확률이 높았다. 따라서 효종 때 사람인 『황씨염상파록』의 작성자는 당시 실재했던 『해동야언』의 기록을 확인했을 것이다. 염린등에 대한 기록은

200년 후인 1861년 철종 때에 다시 등장한다.

군기시(軍器寺) 별파진(別破陣) 허윤기의 집안에 대대로 전해 내려오는 염린등이 있었다. 그것은 마치 물고기의 비늘을 붙여놓은 것처럼 생겼다고 한다. 내가 보러 갔을 때는 불길하다 하여 이미 강에 던져버린 후였다. 조금만 일찍 당도했더라면 좋았을 것을, 땅을 치며 안타까워했다.

버린 이유를 물으니 염린등의 빛을 오래 바라보면 홀리기 때문이라고 답했다. 어찌 홀리느냐 물었더니 죽은 사람이 돌아온 것을 보게 되었다고 하였다. 그러고는 두려워하며 말하기를, 염린의 빛이 알려주는 진실은 모르는 것이 낫소, 라고 했다.

그 진실이 무엇이냐고 묻자 허윤기는 고개를 저었다. 내가 다시 조르자 그는 마지못해 입을 뗐다. 사람마다 진실이 다르오. 정신을 똑바로 차리는 순간 정신을 잃게 될 것이오. 무슨 뜻인지 알 수 없어 내가 더 자세히 들려달라 했더니 허윤기는 무서운 얼굴로 그만 돌아가라며 나를 쫓아냈다.

이 염린등이 폐주에게서 사라진 염린등과 같은 것인지는 확실치 않다. 다만 염린등의 빛을 오래 가까이 두고 바라본 사람은 기이한 체험을 하게 된다는 것만 이 기록을 통해 확인할 수 있다. 허윤기는 망자를 보았으나 폐주가 본 여인은 망자가 아니라 낯선 여인이었다. 사람마다 보는 이가 다른 것이다.

어떤 사람들은 아는 것만으로는 만족하지 못한다. 황씨 염상들이 그러했다. 그들은 염린등의 비밀을 풀고자 오랜 세월 공을 들였다. 그들의 유산이 이제 준희에게로 물려졌다. 하지만 염린등을 완성하는 진실의 수는 여전히 알아내지 못했다. 그 수는 언제나 사백아흔에서 끝났다. 어찌해도 사백아흔 다음 숫자를 셀 기회는 주어지지 않았다.

준희는 염린등의 남은 빈자리를 헤아려보았다. 백어석의 크기가 제각각이라 앞으로 몇 개가 더 들어갈지는 그도 알 수 없었다. 진실은 사람마다 다르다고 하였다. 준희는 완성된 염린등이 자신에게 보여줄 진실이 궁금했다. 정신을 똑바로 차리는 순간 정신을 잃게 될 것이라는 경고는 그에게 전혀 위협이 되지 않았다. 그는 이미 염린의 빛에 홀릴 대로 홀렸다. 하지만 한 번도 환영과 현실을 구분하지 못한 적은 없었다. 정신을 단단히 움켜잡고 있는 이상 그 경고는 아무것도 아니었다. 다만 준희는 불운이 담긴 소금 비늘을 원하지 않았다. 불운 없이 소금 비늘을 얻는 방법은 따로 있었다.

*

용보는 마리의 얼굴을 볼 때마다 약간의 가책을 느꼈지만 이내 떨쳐냈다. 더위가 성큼 다가서자 마리는 선풍기를 꺼내 닦고 있었다. 돌아앉은 마리의 굽은 등이 어딘가 기형적으로 보였다.

"야, 허리 좀 똑바로 펴라."

마리가 하던 일을 멈추고 돌아보았다. 그녀의 시선이 콕 박히자 용보는 갑자기 마음속이 저려왔다. 더러워진 물티슈를 든 채 마리가 말했다.

"장 파울이 그랬지. 마비 상태에서 벗어나 사방에서 몰려드는 것들을 향하여 정신의 문을 활짝 열었다."

"뭔 소리냐?"

용보는 가슴이 철렁했다. 정신의 문을 활짝 열었다는 소리가 마치 다 알고 있다는 소리로 들렸던 것이다.

"약을 먹고 깨어났더니 다른 세상에 와 있더란 말이지. 하지만 달라진 것은 세상이 아니라 나였던 거야."

또 시작이군. 아니면 떠보고 있는 건가. 지레 제 발이 저린 용보는 짜증을 냈다.

"그놈의 잠꼬대 같은 소리로 사람 놀래지 좀 마."

"놀랐어?"

마리는 고개를 비스듬히 기울이며 그를 보았다. 용보는 흠칫 놀랐다. 희미한 빛이 감도는 마리의 하얀 얼굴이 어딘가 사람 같지 않아 보였다. 새삼스럽기는. 마리는 원래 저랬다. 가끔 낮에 취한 빛처럼 흐리멍덩하게 굴었고, 빛에 취한 밤처럼 알쏭달쏭한 표정으로 어디선가 읽은 것들을 떠들어대곤 했다. 한때 그는 그런 마리의 모습에 홀랑 빠졌더랬다.

"우리 어디 바람이라도 쐬러 갈래? 수족관 어때? 물고기 보러 갈까? 우리 섬이 물 좋아하잖아. 아니다. 섬이 데리고 그냥 수영장으로 가자."

용보는 요즘 수영과 골프에 재미를 붙였다. 새벽엔 스포츠센터로 주말엔 필드로 나갔다. 준희는 용보가 생각했던 것보다 훨씬 높게 백어석의 값을 쳐주었다. 용보는 통장에 찍힌 액수를 보고 흥분했다. 한 이삼 년은 놀고먹어도 되겠다.

한편으로는 지나친 감이 있어 의심스러웠다. 준희가 그의 쥐꼬리만 한 벌이를 동정해서 보태준 게 아닌가 싶었다. 하지만 너그럽게 불쾌한 마음을 밀어냈다. 아무려면 어때. 이제 나도 남들처럼 하고 싶은 거 다 하고 가고 싶은 데 다 가면서 즐기고 살 거야. 그의 신나는 제안에 섬은 하품을 했고 마리는 하품하는 섬을 보았다. 들뜬 용보가 외쳤다.

“뭐 해, 얼른 준비해. 벌써 2시가 넘었어. 서두르지 않으면 얼마 못 놀고 나와야 한단 말이야.”

용보는 섬을 어린이 풀에 두고 어른 풀로 들어가 한참을 즐겼다. 그러다가 섬을 너무 오래 혼자 뒀다는 생각이 들었다. 그는 섬을 찾으러 어린이 풀로 갔지만 모습이 보이지 않았다. 풀마다 콩나물시루처럼 사람들이 바글바글했다. 알록달록한 수영복들이 마치 색색의 종이 가루를 풀어놓은 것 같았다.

어디 있겠지. 그는 애써 마음을 가라앉히고 둘러보았다. 섬의 몸에 끼워준 노란색 오리 튜브를 찾았지만 그건 흔하디흔한 것이라 여기저기 비슷한 것들이 눈에 띄어 오히려 방해만 되었다. 일단 마리에게는 알리지 않기로 했다. 그는 오후 낮잠 시간을 놓쳐 잠이 하나 가득인 섬과 미열이 있어 외출을 내켜하지 않는 마리를 억지로 데리고 나가면서 큰소리쳤었다.

“넌 그냥 책이나 보면서 그늘에서 쉬어. 섬은 내가 데리고 놀 테니까.”

마리는 용보가 시키는 대로 멀찍이 떨어진 그늘에 앉아 두 사람이 벗어놓고 간 옷을 지키며 책을 읽고 있었다. 책에 집중하느라 용보가 섬을 찾아 분주하게 쏘다니고 있는 것을 눈치채지 못했다. 차라리 다행이었다. 용보는 마리에게 섬을 잃어버렸다고 호들갑 떨고 싶지 않았다.

어디 있겠지. 용보는 다시 반복해서 자신을 안심시켰다. 그의 바람대로 섬은 반드시 어디 있어야만 했다. 하지만 섬은 어디에도 없었다. 용보는 심장이 꼭꼭 저며지는 느낌이었다. 안전 요원이 휴식 호루라기를 불었다. 사람들이 망태로 건져낸 건더기처럼 풀을 빠져나갔다. 몇몇 남은 사람들을 향해 안전 요원이 다시 호루라기를 삑삑 불어댔다. 그제야 마리가 고개를 들고 타월을 집어 들었다. 이제 용보는 마리에게 사태를 알려야 했다. 그때 갑자기 열두어 살가량의 남자아이가 놀란 목소리로 외쳤다.

"여기 물속에 죽은 여자애가 있어요!"

남자아이는 수심 2미터가 넘는 깊은 쪽 풀을 가리켰다. 용보는 생각할 겨를 없이 그쪽으로 달려갔다.

반대편에 있던 안전 요원이 풀로 뛰어들었다. 안전 요원보다 용보가 빨랐다. 죽은 듯 눈을 감은 섬의 몸은 풀장 바닥에 닿을 듯 말 듯 잠겨 있었다. 용보가 섬을 물 밖으로 끌어내 바닥에 눕혔다. 아이는 하얗고 차가웠다.

"숨을 쉬지 않아요!"

용보는 어찌할 바를 모르고 외쳤다.

"비켜요."

가무잡잡하게 그을린 이십대 중반의 안전 요원이 용보를 밀어내고 인공호흡을 시작했다.

"섬아, 섬아! 정신 차려, 섬아!"

용보는 고래고래 소리를 질렀다. 죽었을 리가 없어. 이렇게 죽는 건 말이 안 되지. 심장이 벌떡벌떡 뛰었다. 세상에서 가장 크고 잔인한 공포가 그를 덮쳤다. 섬이 천천히 눈을 떴다. 용보는 안전 요원을 밀치며 허겁지겁 섬을 끌어안았다.

"괜찮아?"

섬은 물을 토해내지도 기침을 하지도 않았다. 섬은 그저 길게 하품을 하며 모여든 사람들을 의아하게 바라보았다. 용보는 헐떡이며 아이를 나무랐다.

"너 도대체 왜 어른 풀에 있는 거야? 아빠가 분명 어린이 풀에서 얌전히 놀고 있으라 했지?"

"어린이 풀 재미없어. 그래서 아빠한테 가려고 했는데 사람이 너무 많아서 잃어버렸어."

"튜브는 어쨌어? 튜브라도 끼고 있었으면 됐잖아."

"답답해서 벗었어."

"이 바보야, 튜브를 안 끼고 있으니까 물에 빠졌지."

"아냐, 난 물에 빠지지 않았어. 그냥 너무 졸려서 잠깐 잔 거야."

"그러니까 그게 물에 빠져서 정신을 잃은 거라구."

"아니라니까."

섬이 완강하게 부인하자 이를 지켜보던 안전 요원이 웃으며 말했다.

"어쨌거나 괜찮은 것 같네요. 빨리 발견해서 다행이에요. 죄송합니다. 아이가 어른 풀에 들어가는 것을 제가 놓쳤나 봐요. 꼬마야, 다음엔 절대 어른 풀에 함부로 들어가면 안 돼, 알았지?"

그제야 용보는 정신을 차리고 안전 요원에게 고맙다는 인사를 했다. 섬은 아무 일도 없었다는 듯 일어나서 엄마를 부르며 마리에게로 달려갔다. 마리는 달려오는 아이를 번쩍 안아 들고 뺨을 비볐다. 마리로부터 아이를 제대로 돌보지 않았다는 질책을 받을까 봐 용보는 선수를 쳤다.

"야, 넌 엄마가 돼서 애가 그 지경을 당했는데 어떻게 흥분도 안 하냐? 다른 엄마 같았으면 울고불고 기절하기 일보 직전이었을 텐데, 엉?"

마리가 이렇다 할 대꾸를 하지 않자 용보는 슬그머니 눈치가 보였다.

"화났냐? 너 걱정할까 봐 말도 못 하고 혼자 반 시간 넘게 찾아다녔어. 진짜 속이 꺼멓게 타들어갔다니까."

가만, 뭔가 이상한데? 그럼 섬이 대체 물속에 얼마나 있었던 거지? 용보는 섬에게 물었다.

"섬아, 너 언제부터 물속에 있었어?"

"계속."

"계속이라니?"

"아빠 가고 계속."

"그럼 처음부터 어른 풀로 왔단 말이야?"

"응."

"거의 한 시간을 물속에 있었다고? 그게 말이 돼?"

"응."

섬은 고개를 끄덕였다. 용보는 어이가 없다는 듯 마리에게 말했다.

"쟤 거짓말한다."

"거짓말 아니야."

"이상하잖아."

"이상하지 않아."

"어째서 이상하지 않아? 아이가 한 시간이나 물속에 있었는데 그게 전혀 이상하지 않다구?"

마리는 대답 대신 그저 섬을 보며 웃었다. 섬도 웃었다. 웃는 얼굴이 닮았다. 미역처럼 구불거리는 저 암갈색과 암녹색이 뒤섞인 머리칼의 빛깔도, 햇빛 아래에서 아청색으로 반짝이는 눈동자도, 희게 빛나는 피부까지 모두. 그는 문득 마리와 섬이 낯설게 느껴졌다. 둘은 분명 같은 종류인데 나는? 아무래도 섬은 마리를 너무 많이 닮았다. 그는 갑자기 그 둘에게서 뚝 떼어져 먼 곳으로 튕겨나간 보풀 같은 기분이 들었다.

*

"언제까지 거기 앉아서 점심때 뭐 먹을까만 궁리하고 있을 거예요? 나가서 일 봐요. 오늘은 바로 퇴근하지 말고 꼭 사무실에 다시 들러서 보고서 마무리해놓고. 알았어요?"

팀장은 꼭 집어 이용보 씨, 하고 부르지 않았다. 그러나 아직까지 책상 앞에 앉아 있는 사람은 용보뿐이었다. 그러니까 용보에게 하는 말이었다. 날이 너무 더웠다. 용보는 사무실을 나가기 싫었다. 오늘 오전 중에 돌아봐야 할 점포가 여섯 군데나 됐지만 그는 점심으로 뭘 먹을까만 생각하는 중이었다. 팀장이 어떻게 내 머릿속을 들여다봤을까. 망할 자식.

요즘 들어 용보는 팀장의 계속되는 지적과 잔소리에

증오가 극한으로 치닫는 중이었다. 저 새끼 목소리 좀 안 듣고 살고 싶다. 출근길에 교통사고나 나라. 계단에서 굴러떨어져라. 그냥 확 엘리베이터에 갇혀 질식사해라. 용보가 주물에 침을 꽂듯 밤낮으로 그렇게 기원하던 어느 날, 팀장이 말했다.

"주제 파악 못 하고 밤낮 남 탓만 하는 놈이 뒤에서 입만 시끄럽지. 그러다 지가 먼저 굴러떨어지는 수가 있어."

팀장의 시선이 정확히 용보에게 꽂혔다. 뭘 알고 그러는 건지 아니면 그냥 넘겨짚은 건지. 그는 피식피식 웃고 있었다. 용보는 수치심을 느꼈다. 더러워서 못 해먹겠다. 이까짓 코딱지만 한 회사 때려치우고 만다. 용보는 마음속 은밀한 곳에서 빛나는 그것을 떠올렸다.

"난 너만 믿어."

용보는 어둠 속에서 배시시 웃었다. 그가 깊은 신뢰를 내보인 것은 백어석이었다. 그는 매일 밤마다 마리가 잠들면 주방으로 가서 몰래 양철통을 열어보았다. 소금 비늘의 빛을 물끄러미 들여다보노라면 치유의 힘을 느낄 수 있었다.

"이게 전부일 리가 없어. 이 통이 비면 마리가 또 채워 넣을 테니까. 그렇담 이 통은 화수분이지."

그는 신이 났다. 너무 흥분했는지 실수로 뚜껑이 열린 양철통을 툭 치고 말았다. 양철통이 식탁 아래로 떨어지면서 내용물이 전부 쏟아졌다. 바닥에 흩어진 백어석들이 그를 향해 반짝이는 붉은 날을 세웠다. 그는 탐욕에 취한 듯 불그레한 눈으로 바닥에 주저앉아 백어석을 주워 담으며 숫자를 세기 시작했다.

"하나, 둘, 셋, 넷, 다섯, 여섯…….

통에 백어석을 모두 주워 담은 그는 싱긋 웃더니 통을 엎었다. 그러곤 처음부터 다시 세었다. 그 짓을 날이 샐 때까지 하고 또 했다. 암만 세어도 질리지 않았다. 백어석의 색이 붉은 노을빛에서 투명한 물빛으로 바뀌기 시작하자 비로소 정신을 차린 그는 서둘러 소금통의 뚜껑을 닫았다. 그러나 이내 미련을 버리지 못하고 다시 뚜껑을 열었다. 그는 조심스레 통 안으로 손을 밀어 넣었다. 잡히는 대로 백어석 몇 개를 집어냈다. 그다지 줄어든 것처럼 보이지 않았다. 그는 안심하고 소금통을 제자리에 넣어둔 뒤 주방을 나왔다.

용보는 자신이 달라졌다는 것을 깨닫지 못했다. 그에게 보물 항아리가 생겼다. 그것만 생각하면 세상에 두려울 것이 없었다. 마리는 아직 아무것도 모르고 있는 듯했다. 알게 된다 한들 어쩔 건데. 그림에 녹여 쓰는 것보다 훨씬 더 큰돈을 벌어다 주면 저도 찍소리 못 하겠지. 회사에 출근해 사표를 냈다. 그만두면서도 끝내 팀장에게 너 때문에 그만두는 거다, 하고 큰소리 한번 치지 못했다. 아무렴 어때. 이제 다시는 그놈 얼굴 보지 않고 살 건데, 그럼 된 거지.

환영

얼큰하게 취한 형일은 갈지자로 걸음을 내디뎠다. 땅이 파도처럼 울렁였다.

"석구야, 석구야!"

형일은 골목길을 올라가며 혀 꼬부라진 소리로 텅 빈 집에 남은 유일한 식구의 이름을 연신 불러댔다. 석구는 기척도 내지 않았다. 동일이 죽은 그날 이후부터 석구는 몇 달째 제 집에서 나오지 않았다. 동일의 시신을 처음 발견한 건 석구였다. 녀석도 충격을 받은 것이리라. 시샘과 질투를 부린 만큼 저에게도 동일의 빈자리는 크겠지.

그때 갑자기 석구가 컹컹 짖어댔다.

응?

웬 여자가 그의 집 대문 앞에 기둥처럼 서 있었다. 친정에 갔던 아내가 돌아온 건가. 석구가 그나마 반응을 보이는 건 아내였다. 하지만 아내는 혼자 남은 그를 걱정해 석구를 두고 갔다.

반가운 마음에 걸음을 서두르려다 문득 가슴이 철렁했다. 왼쪽으로 어깨가 기울어진 저 뒷모습이 어쩐지 낯이 익었다. 술이 확 깼다. 형일은 후들거리는 다리를 바로 세웠다. 그렇지, 아내일 리가 없지. 동일의 죽음으로 놀란 아내는 예정일보다 일찍 출산을 했다. 예쁜 아들이었다. 산후조리를 끝내고 이제 그만 집으로 돌아오겠다는 아내를 형일은 극구 말렸다. 왜냐하면 바로 이런 일이 생길까 봐 두려웠기 때문이다.

얼마 전부터 별어마을 사람들이 형일의 집 앞에 서 있는 남정심을 보았다. 어떤 날은 새벽녘에, 또 어떤 날은 해질녘에. 아마도 오늘처럼 한밤중에도 있었을 것이다. 백어도 무덤 위에 앉아 있던 남정심이 바다를 건너 뭍으로 나왔다. 사정을 모르는 여자들이 말했다. 그러게 거기까지 가서 왜 이장을 안 했어? 그런데 정심이 왜 아들인 순하의 집이 아니라 형일의 집으로 갔지? 아들의 집이 비었다는 것을 알고 아들 친구의 집으로 갔나? 하지만 동일은 죽었다.

아들에게 전할 말이 있으면 아들 꿈에 나타나던가. 아니면 중산도 죽었으니 칠현의 집으로 가야지. 그러고 보니 중산도 죽고 동일도 죽고. 별어마을 여자들이 슬금슬금 눈치를 챘다. 둘 다 이장에 따라 나섰던 애들이다. 아무래도 이장하려던 날 무슨 일이 있었던 게 틀림없다. 그러니 도로 덮었지. 여자들이 암만 캐물어도 남자들은 입을 꾹 다물었다. 닦달하자 화를 냈고 그래도 다그치자 모두들 약속이나 한 듯 이렇게 말했다. 죽어도 말 못 해. 아니, 죽지 않으려고 말 안 하는 거야. 내가 중산이 동일이처럼 죽었으면 좋겠어? 여자들은 더 묻지 못했다.

여자들 모르게 남자들은 형일을 의심했다. 형일은 극구 부인했다. 훔친 적 없어요. 손도 대지 않았다고요. 동일이 죽은 이유는 하나뿐이다. 그날 거기서 소금 비늘을 훔쳤기 때문이다. 멍청한 자식. 맘 같아선 백어도로 달려가 그 무덤을 파헤치고 그 시신에 난도질이라도 하고 싶었지만 태어날 아이를 위해 참았다. 동생에게 죽도록 미안했지만 아이에게 떨어질 불운이 두려웠다.

부모님이 일찍 돌아가셨기 때문에 결혼하기 전까지 형일에게 식구라곤 동일뿐이었다. 크게 내색한 적은 없지만 속으로 애지중지하던 동생이었다. 아내도 이를 잘 알고 챙겼다. 그러니 석구가 그리 질투를 한 것이다. 동일이 성격이 데면데면해서 형수에게 딱히 살가운 말을 한 적은 없어도 속으로는 정이 깊었다. 동일은 오매불망 조카를 기다렸다. 동네에 아주 소문이 났다. 아직 태어나지도 않은 조카 자랑을 하도 해대서 다들 재수 없다고 한마디씩 했다.

그렇게 온 식구가 기다리던 아기가 태어났는데, 새 식구가 생겼는데 엉망진창이 되어버렸다. 이게 다 저 여자 때문이다. 동일이 죽던 날 석구가 백어도를 향해 미친 듯이 짖어댔던 건 저 여자 때문이었다. 석구는 그때 멀리서 오고 있는 불운을 알았다. 이렇듯 불운이 문 앞을 지키고 있는데 어찌 아내와 아들을 돌아오라 할 수 있나. 중산이 죽었을 때도 소금 비늘은 발견되지 않았다. 그러니 동일의 것도 가져갔다고 여겼다. 그러자고 둘을 바다로 꼬여낸 것이 아닌가. 하지만 저 여자가 저기 서 있는 것은 동일이 훔쳤던 소금 비늘이 아직 여기 있다는 뜻이다.

형일은 뒷문을 통해 집으로 들어가 동일의 방을 다시 뒤지고 또 뒤졌다. 이부자리를 털고 장롱 바닥을 훑고 장판까지 샅샅이 들추어보았다. 소금 비늘은 어디에도 없었다. 진짜 훔친 거 맞아? 잘못 안 거 아냐? 형일은 울컥했다. 동생이 죽었을 때 벽을 보고 이미 마르도록 눈물을 흘렸다. 그런데도 동생을 생각할 때마다 눈물은 끝도 없이 차올랐다. 형일은 밖으로 뛰쳐나가 소리쳤다.

"없어요. 못 찾겠다고요. 그러니까 그냥 가요. 제발, 그냥 가요. 여기 백날 서 있어봐야 없다고요."

남정심은 생전의 초췌한 모습으로 그저 물끄러미 형일을 바라보기만 했다. 그녀는 형일이 백어도의 무덤에서 보았던 아름답고 빛나는 바다의 존재가 아니라 뭍의 고난한 생을 살아낸 그저 평범한 늙은 여인의 모습을 하고 있었다. 불운이고 뭐고 더는 두렵지 않아졌다. 형일은 어릴 때 자기 어머니에게 그랬듯 마구 원망하고 화를 냈다.

"갠 그냥 태어날 조카에게 뭐라도 해주고 싶어서 그랬던 거예요. 우리 형편이 넉넉지 않으니까…… 그냥 돈이 없어서……."

형일은 줄줄 흘러내리는 눈물을 손등으로 훔쳐냈다.

"동일이 뭘 그렇게 잘못했다고. 아니, 어머니 물건을 훔친 건 잘못인데…… 그래도 순하 생각해서 좀 봐줄 수도 있었잖아요. 됐어요, 가요."

형일은 흐느끼며 바닥에 주저앉았다.

"제발 그냥 가라고요. 동일이 데려갔으면 됐잖아요. 어머니가 거기 계속 그러고 서 있으면 내 식구들이 돌아올 수 없어요. 행여 여기에 불운 뿌릴 생각일랑 하지 마세요. 그럼 나도 가만 안 있을 거야. 순하부터 죽여버릴 테니까."

희붐한 새벽녘 정신이 들었을 때 형일은 차가운 마당에 누워 있었다. 팔다리가 뻣뻣했다. 엊그제까지 여름이었던 날씨가 며칠 사이 아침저녁으로 쌀쌀해지더니 어느새 겨울 초입에 접어들었다. 그의 곁에 몸을 붙이고 있던 석구가 벌떡 일어나 축축한 혀로 얼굴을 핥아댔다.

"석구 네가 밤새 날 지켰구나. 너 아니었으면 입 돌아갈 뻔했다."

형일은 석구를 쓰다듬으며 몸을 일으켰다. 지난밤의 일이 어렴풋이 떠올랐다. 엄청 마시고 잔뜩 취한 터라 그게 꿈을 꾼 것인지 실제인지 잠시 분간이 되지 않았다. 그때 석구의 집 안에서 뭔가 반짝이는 것이 보였다. 가만히 들여다보니 소금 비늘이었다. 형일이 석구를 돌아보았다.

"이거 네가 물어다 놓은 거야?"

석구가 경계심을 드러낸 채 으르렁거렸다.

"이제 보니 동일이 손에 쥐여 있는 것을 네가 가져갔구나. 왜? 네가 우리 대신 저 불운을 다 뒤집어쓰려고?"

석구가 왜 제 집에 꼼짝 않고 틀어박혀 있었는지 이제 알았다. 누가 저 물건에 손을 댈까 봐 제가 밑에 깔고 앉은 채 지키고 있었던 것이다. 석구가 컹컹 짖었다.

"알았어."

형일 역시 그 물건에는 손도 대기 싫었다. 그래서 그냥 녹을 때까지 계속 물을 부었다. 석구의 집이 물바다가 되었다. 석구가 낑낑거렸다.

"괜찮아. 저거 다 녹으면 이 집은 태워버리고 새 집 지어줄게."

백어도가 있는 곳에서 한바탕 돌풍이 불어들었다.

*

주식은 생각처럼 쉽지 않았다. 물론 초반에는 부지런히 사고팔아 소액의 시세 차익을 얻었다. 그러나 얼마 지나지 않아 두둑했던 밑천은 바닥을 보였고 그가 어찌해볼 새도 없이 주머니는 거덜이 났다. 그곳은 모래 무지처럼 모든 것을 빨아들였다. 가진 것도 할 일도 갈 곳도 없어진 그는 새벽까지 텔레비전을 보다가 잠이 들었고 오후 3시나 되어야 간신히 일어나는 생활을 반복했다. 무더운 여름과 있는 둥 마는 둥 했던 가을이 지나고 11월로 접어든 어느 날, 느직하게 일어난 그는 욕실에서 찬물로 세수를 한 후 거울을 보았다.

시체처럼 껍데기만 남은 자신의 모습이 보였다. 내가 지금 뭘 하고 있는 걸까. 꼭 뭐에 홀린 것 같아. 하지만 여기서 멈출 수는 없잖아. 여기가 인생의 끝이 아니니 어디로든 가야만 했다. 그리고 그렇게 계속 가려면 돈이 필요했다. 그는 욕실을 나와 주방으로 갔다. 다 잘될 거야. 나에겐 보물 항아리가 있거든. 그는 거리낌 없이 소금통의 뚜껑을 열었다. 처음이 어려웠을 뿐 이젠 별 감흥이 없었다. 감정뿐 아니라 신체의 감각도 둔해졌다. 한 줌 집어 든 백어석의 날에 손가락이 베이는 것을 눈으로 보면서도 전혀 아픔을 느끼지 못했다. 생채기에서 배어난 피가 흰 소금 조각을 붉게 물들였다. 그는 소금통 안을 들여다보며 가늠해보았다.

암만해도 줄어든 표가 나는 것 같았다. 백어석을 가져간 대신 큰돈을 만들어서 보란 듯 마리에게 안겨줄 생각이었다. 하지만 실패했으니 마리는 소금이 없어진 것을 모르는 편이 좋다. 어쩌지? 그는 움켜쥔 것을 조금 놓았다. 그러자 이번엔 손에 남은 것이 너무 적어 보였다. 그는 놓았던 것을 다시 집었다. 줄어든 표가 확연했다. 그렇게 백어석을 놓았다 쥐었다 몇 번 반복하다 보니 어느 정도에서 줄어들어 보였는지 전혀 분간할 수 없어졌다. 에라, 모르겠다. 그는 손에 쥔 백어석을 주머니에 쑤셔 넣었다. 준희에게 백어석을 넘기자마자 용보는 은행으로 달려갔다. 그는 마치 무엇에 홀린 듯 창구에 대고 말했다.

"전부 현금으로 줘요."

용보는 준비해 간 가방에 5만 원권 지폐 다발을 차곡차곡 담았다. 그에게 돈은 늘 눈으로 확인한 후 쥐도 새도 모르게 사라지는 숫자로만 존재했다. 한 번쯤은 물질의 감촉과 중량을 느껴보고 싶었다. 그는 내내 가방을 노리는 누군가를 의식하며 초조하게 집으로 돌아왔다. 그는 지폐 가방을 어디에 둘까 생각하다가 베란다로 가지고 나갔다. 베란다 구석에 절대 열어볼 일이 없는 낡은 서랍장이 있었다. 고향집 그의 방에 있던 물건이었는데 어머니가 신혼 세간에 보태라며 굳이 올려 보낸 것이었다. 구질구질하다며 내다 버리겠다는 그에게 어머니는 당부하고 또 당부했다.

"액막이다. 청화 보살이 그러는데 집에 두면 네 가족을 살릴 거라고 하더구나."

때문에 여태 이러지도 저러지도 못한 채 방치해뒀다. 그는 지폐 가방을 맨 아래 서랍 속에 넣어두었다. 매일 밤 마리가 잠들고 나면 그는 베란다로 나가 돈을 셌다. 세고 또 세고. 담배를 피워 문 그의 입은 다물어질 줄 몰랐다. 영혼이 꽉 찬 느낌이었다. 어딜 가도 누구 앞에서도 당당할 수 있었다.

그 행복은 며칠 가지 못했다. 제대로 끄지 않고 버린 담배꽁초에서 살아난 불이 서랍장에 옮겨붙었다. 베란다

유리창 밖으로 연기가 새어 나가고 불꽃이 타오르는 것을 발견한 누군가의 신고로 소방관들이 들이닥쳤다. 용보는 자욱한 연기 속에서 말 그대로 자다가 날벼락을 맞은 얼굴로 그들을 맞았다. 불길은 베란다를 넘어 거실까지 침입하지는 못했다. 초기 진화에 성공한 이유는 불길이 낡은 서랍장을 태우느라 소방관들이 출동할 때까지 시간을 벌어준 덕이었다. 소방관들 중 한 사람이 진심 어린 얼굴로 말했다.

"얼마나 다행입니까."

어머니의 말이 옳았다. 낡은 서랍장이 가족의 목숨을 구했고 집이 홀랑 타는 것을 막아주었다. 그러나 용보가 감추어두었던 돈은 서랍장과 함께 시커먼 재로 변했다. 통장에서 숫자로 존재하다가 사라진 것보다 더 나쁜 상황이었다. 한 치 앞을 알 수 없어 재미있는 것이 인생이 아니다. 한 치 앞을 알 수 없어 약 오르고 죽을 맛인 것이 인생이다. 용보는 돈을 그냥 은행에 고이 모셔둘 것을 그랬다고 후회하고 또 후회하고, 자다가도 벌떡 일어나 가슴을 두드리며 원통해했다. 그의 영혼을 꽉 채웠던 바람이 빠져나갔다. 용보는 쭈글쭈글해진 제 영혼의 주름을 만질 수 있을 것 같았다. 비참했다.

마리의 소금통에 또다시 손을 대면 이번에야말로 들

킬 것이다. 어쩌면 이미 눈치챘을지도 모른다. 그렇다 해도 끝까지 모르는 일이라고 발뺌해야 한다. 남편의 대부분은 아내에게 이런저런 사소한 거짓말을 한다. 그건 일상적이고 평범한 삶의 일부다. 그들이 거짓말을 하는 이유는 오직 하나다. 아내에게 쓸데없는 걱정을 시키지 않기 위해서. 다들 그러고 사는데 나 혼자 굳이 결백할 까닭은 없지. 남들처럼 살아야 정상적인 삶인 거잖아. 그런데 기분은 그렇지 않았다. 그의 삶이 뭔가 이상한 방향으로 접어들고 있었다. 걸음을 옮기면 옮길수록 점점 더 깊은 수렁으로 빠져드는 것 같았다. 이제라도 발을 빼야 하는데 어찌 된 일인지 도무지 걸음을 멈출 수가 없었다. 여기서 멈추기엔 너무 아까웠다. 마리의 소금통에는 아직 백어석이 남아 있었다.

용보는 마리에게 미안하기보다는 화가 났다. 집에 돈이 되는 물건이 있는데 자기 마음대로 쓸 수 없기 때문이었다. 답답해서 미칠 지경이었다. 그의 머릿속은 온통 마리의 소금통에 대한 집착으로 사나웠다. 젠장, 난 나쁜 놈이 아니야. 결혼할 때 마리도 그랬어. 난 나쁜 사람이 아니라고, 그거면 된다고. 그래, 솔직히 세상에 나쁜 놈이 얼마나 많은데, 도박하고 술 마시고 마누라 패고. 난 그런 놈은 아니잖아. 난 그냥 마누라의 소금이 조금 필요한 것뿐이야. 그는 있는 대로 볼륨을 키워놓은 텔레비전 앞에서 자신의 욕망을 정당하게 포장하느라 여념이 없었다. 그때 자기 방에서 그림을 그리던 섬이 슬그머니 문틈으로 고개를 내밀고 말했다.

"아빠, 텔레비전 소리가 시끄러워."

"닥치고 들어가. 네가 더 시끄러우니까."

"나는 시끄럽지 않았는데?"

섬은 천진한 눈망울을 굴리며 고개를 갸웃거렸다.

"이게 어디서 말대꾸야. 아빠가 시끄럽다잖아. 계속 그렇게 시끄럽게 할래, 엉?"

"나는 시끄럽게 안 했어."

섬이 우물거리며 말했다.

"이게 그래도 계속 시끄럽게 하지. 시끄러우니까 나가!"

그가 버럭 소리치자 섬은 겁에 질렸다. 도와줄 사람은 엄마뿐이었지만 마리는 외출하고 없었다.

"당장 나가. 꺼지라고."

그가 고함을 치며 손가락질을 하자 섬은 머뭇거리다가 현관문을 열고 밖으로 나갔다. 그는 아이가 어디로 가는지 신경 쓰지 않았다. 밖은 진눈깨비가 내렸고 찬 바람이 강하게 휘몰아쳤다. 창밖으로 요동치는 바람 소리를 들으면서도 그는 아이가 점퍼도 걸치지 않고 나간 것을 알아차리지 못했다. 그는 아이에게 윽박을 질러 기어이 내쫓고도 분이 풀리지 않는지 정신 나간 사람처럼 씩씩거리며 중얼거렸다.

"네까짓 게 뭔데 나한테 이래라저래라 하는 거야, 엉? 네까짓 게 뭔데……."

*

함박눈이 펑펑 내렸다. 그래서 그날은 더더욱 잊히지 않는 날이 되었다. 용보는 종일 소파에 찰싹 달라붙어 텔레비전을 보면서 같은 질문만 해댔다.

"정말 비상금 없어?"

그는 마리가 백어석을 내놓을 때까지 들볶을 작정이었다. 암만해도 대놓고 내놓으라는 말은 입에서 떨어지질 않았다.

"없어."

"에이, 없기는. 돈 되는 물건 있잖아."

"돈 되는 물건?"

그는 리모컨을 쥔 손으로 제 어깨를 툭툭 치며 말했다.

"응, 그래서 말인데, 네 피아노 팔았어. 이따 오후에 사람들이 가지러 올 거야."

마리의 아청색 눈동자 주변으로 가느다란 실핏줄이 올라왔다. 그는 마리가 어떤 눈으로 자신을 보고 있는지 알지 못했다. 그의 시선은 텔레비전 화면에 고정되어 있었다.

"어차피 넌 피아노 칠 줄 모르잖아. 칠 줄도 모르는 피아노 가지고 있으면 뭐 하냐. 내가 나중에 돈 벌어서 새로 사줄게. 설마하니 내가 천년만년 이렇게 놀고 있겠냐."

"안 돼!"

마리의 입에서 비명 같은 한마디가 터져 나왔다. 칼날이 유리를 긋는 듯 자지러지는 고음이었다. 처음 들어보는 해괴한 소리에 그는 움찔하며 마리를 보았다. 마리는 재빨리 고개를 돌렸다. 그 찰나의 순간에 그는 방금 들은 마리의 목소리만큼이나 이상한 것을 보았다. 마리의 두 눈이 있어야 할 자리가 뻥 뚫린 구멍뿐이었다. 방금 뭐였지? 그는 벌떡 일어나 앉으며 마리의 어깨를 잡아 돌려세웠다. 그새 마리의 눈은 벌겋게 충혈되어 있었다. 잘못 봤나?

"왜? 울려고?"

그는 침착해지려고 노력했다.

"뭐 그런 걸로 눈물을 짜냐. 나중에 사준다잖아."

"싫어."

"너도 참 답답하다. 그거 가지고 있으면 뭐 할 건데? 고물 되면 값도 안 쳐준단 말이야."

"내 거야."

"집에 돈이 없다니까. 나도 없고 너도 없으니 뭐라도 팔아야지. 다음엔 피아노가 아니라 다른 걸 팔아야 할지도 몰라."

"내 잘못이 아니야."

"그래, 네 잘못이 아니야. 다 내 잘못이야. 그래서 어쩌라고? 내 차도 팔았잖아."

"판 게 아니라 버린 거잖아. 술 먹고 운전하다가 사고 내서……."

"그래, 똥차 돼서 폐차시켰다. 아, 됐구. 가족인데 네 물건 내 물건이 어딨냐. 급하면 있는 대로 끌어다 쓰는 거지. 피아노 팔기 싫으면 다른 거 내놔봐. 그럼 되잖아."

마리가 끔찍하게 아끼는 피아노였다. 그러니까 이쯤 되면 피아노 대신 백어석이라도 내놓지 않을까 기대했다. 그러나 마리는 그저 입술만 깨물고 있었다.

"됐어, 없으면 말구."

용보는 다시 텔레비전으로 시선을 돌렸다. 예능 프로그램 채널을 찾아 볼륨을 올렸다. 그러곤 곧 키득거리기 시작했다. 마리는 거실 한쪽에 놓여 있는 피아노 앞으로 다가가 뚜껑을 열고 열쇠구멍 바로 위에 있는 흰 건반에 손가락을 얹었다. 매끄럽고 서늘한 감촉이 전해졌다. 엄지 끝으로 열쇠구멍을 천천히 더듬었다. 마리는 오래된 옛날 피아노가 가진 이 열쇠구멍이 좋았다. 그 작은 열쇠구멍에 귀를 대고 있노라면 고래가 숨을 쉬는 소리를 들을 수 있었다.

마리는 그 열쇠구멍에 꼭 맞는 열쇠도 가졌다. 열쇠는 크고 무겁고 고풍스러웠다. 마치 동화 속에 등장하는 보물 상자를 여는 열쇠처럼 생겼다. 하지만 평소에 피아노를 잠가두지 않기 때문에 그 열쇠를 사용하는 일은 없었다. 마리는 건반을 눌러 음이 통통거리며 울려 나오는 소리를 듣고 싶었다. 용보가 마리를 힐끔 쳐다보았다. 그는 피아노 소리를 좋아하지 않았다. 섬이 피아노를 치면 시끄러워했다. 용보는 짜증을 내며 말했다.

"지금 시위하는 거야? 청승맞게 그러고 있지 마. 금방 새걸로 다시 사준다니까. 나 텔레비전 좀 보게 어디든 들어가 있지. 그러고 있는 거 보기 싫으니까."

오후 3시쯤 들이닥친 인부들이 거실 바닥에 부직포를 깔았다. 인부들은 집 안에 들어서자마자 펼쳐진 바닷속 풍경에 감탄했다. 피아노는 사냥꾼들에게 사로잡힌 고래 같았다. 작은 숨구멍을 달고 있는 크고 검은 피아노가 실려 나가는 동안 마리는 창을 등진 채 꼼짝 않고 서서 그 광경을 지켜보았다.

섬이 마리의 손을 잡은 채 소리 없이 눈물을 뚝뚝 흘렸다. 피아노를 실어낸 후 그들은 용보에게 피아노값을 치렀고 용보는 그 돈을 제 주머니에 넣었다. 돈을 마리에게 줄 이유는 없었다. 마리에게는 나중에 새 피아노를 사줄 거니까. 섬까지 나와서 울고 있는 것을 보니 용보는 부아가 치밀었다. 모녀가 작당을 하여 그를 죄인으로 만들고 있었다. 내가 뭘 그렇게 잘못했는데? 이까짓 고물 피아노, 새것으로 사준다는데 웬 궁상이야.

"그만하지. 네가 그러고 있으니까 섬도 내가 나쁘다고 생각하잖아."

"나는 섬에게 아무 말 하지 않았어. 섬도 너에게 아무 말 하지 않았고."

"말하지 않는다고 몰라? 네가 화를 내니까 섬도 내가 잘못했다고 여기는 거야."

"난 화를 내고 있는 게 아니야. 실망한 거지. 넌 날 속였어."

"속인 게 아니라 미리 말을 하지 않은 거야."

"내게 먼저 허락을 구했어야 했어."

"그게 뭐? 살다 보면 그럴 수도 있지."

"내게 미안하다고 말해."

"미안하지 않아."

그 말은 그의 잘못을 인정하는 것이었다. 그를 바라보는 마리의 아청색 눈동자가 꿈틀거렸다. 서늘하게 빛나는 청금석의 홍채 속에서 새까만 동공이 벌레의 주둥이처럼 커질 듯 말 듯 벌렁벌렁 움직이는 것이 훤하게 보였다. 그는 뭔가 기묘하다는 생각이 들었다. 사람의 동공은 원래 빛을 받아들이는 양에 따라 커지거나 작아지는 것이 정상이다. 하지만 작정하고 들여다보지 않는 이상 그런 세세한 것은 눈에 들어오지 않는다. 그런데 지금 이 순간 그의 눈에는 기이하게 움직이는 칠흑 같은 두 개의 작은 원만이 보였다. 그는 가슴이 답답해졌다. 숨이 잘 쉬어지지 않았다. 시선으로도 사람을 질식시킬 수 있는 것일까.

"그렇게 쳐다보면 어쩌라고. 그냥 그러려니 넘어가 좀 제발!"

그는 버럭 화를 냈다. 화들짝 놀란 섬이 마리의 손을 꾹 움켜잡으며 슬픈 듯 중얼거렸다.

"엄마, 고래가 가버렸어."

"그럼 우리 다른 고래를 보러 갈까?"

마리의 물음에 섬은 고개를 끄덕였다. 마리는 한쪽 무릎을 굽혀 앉으며 아이와 눈높이를 맞췄다. 그러곤 아이를 품에 꼭 안아주었다.

"니들 그만 좀 해라."

마리의 가슴에 얼굴을 묻은 채 섬이 고개를 돌려 용보를 보았다. 용보는 저를 바라보는 아이의 깊고 어두운 눈동자가 거슬렸다.

"뭘 봐?"

용보의 비틀린 어조에 움찔한 섬이 엄마 품에서 벗어나 방으로 냉큼 달아났다. 마리가 일어서며 말했다.

"집에 가고 싶어."

"이게 점점…… 미쳤냐? 너, 지금 집에 있잖아. 아, 혹시 이 집 말고 다른 집 가진 거 있어? 그럼 너 혼자 쥐고 있지 말고 내놔봐."

"그런 거 없어. 그냥 돌아가고 싶다고."

사람들은 가끔 과거의 어느 시점으로 돌아가고 싶어 한다. 용보에게는 돌아가고 싶은 시간이 없었다. 그저 남들 하는 것을 따라가기 바빴던 그에게 과거는 불확실한 미래를 두고 불안에 떨며 보낸 고된 시간이었다. 돌아가고 싶다니, 대체 다들 왜 그런 부질없는 말을 하는 거지? 그렇게 말해봐야 어차피 돌아갈 수 없다는 것을 알면서.

"너, 바보냐? 한번 태어나면 못 돌아가. 시간은 절대 거꾸로 돌아가지 않거든. 그러니까 넌 평생 죽을 때까지 이 세상에서 살아야 한다구."

"평생 죽을 때까지? 그럼 죽으면 돌아갈 수 있어?"

마리는 그를 돌아보지 않은 채 물었다. 마리의 시선은 창밖으로 펼쳐진 하늘 저편 먼 곳에 있었다. 그는 마리의 뒤통수에 대고 버럭버럭 화를 냈다.

"그래서? 한번 죽어볼라구? 정신 차려. 죽는 게 뭐 그리 쉬운 줄 알아?"

"착각하지 마. 난 죽지 않기 위해 네가 상상도 할 수 없는 긴 여행을 했어. 아주 어렵고 위험했지. 그러니까 아는 척 떠들지 말라고."

"뭐?"

"시끄러워. 거칠고 울퉁불퉁한 네 목소리."

"야, 너 말이면 다야?"

"내가 하는 말이 어차피 너희의 말이지."

마리의 차갑고 서늘한 어조에 용보는 갑절로 흥분해 버렸다.

"에이 씨, 또 뭔 소리야? 아무튼 너한테 돌아갈 집이 어딨어? 너, 친정 없잖아. 네 부모가 죽었든 너랑 의절했든 다시는 만나지 않을 거면 없는 거야. 너, 부모 없어. 그러니까 죽으나 사나 여기가 네 집이라구."

젠장, 내가 지금 무슨 소릴 하고 있는 거야. 좀 심했나?

그제야 용보는 날뛰던 숨을 고르며 마구잡이로 내뱉은 말을 후회했다. 마리는 더는 대꾸하지 않았다. 여전히 돌아서 있는 마리는 그가 손을 뻗으면 닿을 곳에 있었지만 없는 것처럼 느껴졌다. 마치 공기 같았다.

용보는 담배를 꺼내 물며 베란다로 나갔다. 무심히 시선을 내리자 아직 트럭에 실리지 못한 검은 피아노가 흩날리는 흰 눈 속에 홀로 버려져 있는 것이 보였다. 선명하리만치 대비되는 흑백의 조화 속에서 그는 머린 스노가 가득한 깊은 바닷속에 가라앉은 크고 검은 고래 한 마리를 떠올렸다. 마리의 말이 맞을 것이다. 엄마, 고래가 가버렸어. 섬은 그를 원망한 것이 아니라 고래가 떠난 것을 슬퍼했다. 뭔가 잘못됐다. 그런데도 제어가 되지 않았다. 그만 멈춰야 하는데 어디서 어떻게 멈춰야 하는지 모르겠다. 제발, 더는 내가 아무 짓도 하지 않게 해줘. 돌아보니 마리는 거실에 없었다. 어디로 갔지? 그는 문득 저 고래처럼 어느 날 갑자기 마리가 이 집을 떠나 멀리 가버릴 것만 같은 불길한 예감에 휩싸였다.

*

크고 검은 피아노가 있던 자리는 하얗게 비었다. 천장

과 거실 벽을 뒤덮은 바닷속 풍경에서 고래가 있던 자리는 공허함으로 남았다. 마리는 그 자리에 아무것도 그리지 않았다. 고래 대신 마리가 텅 비어버린 그 자리를 잠깐씩 차지했다. 그녀는 벽을 마주한 채 그저 서 있었다. 뭐 하냐고 물으면 생각을 하고 있다고 대답했다. 무슨 생각을 하는지는 말해주지 않았다. 자꾸 뒤통수만 보여주는 마리 때문에 용보는 불안했다. 저러다 말겠지 하며 애써 모른 척했다. 그래, 눈도 마주치기 싫다 이거지. 맘대로 해. 언제까지 삐져 있을 수는 없을 테니까. 며칠 후, 마리가 말했다. 이번엔 뒤통수로 그를 보지 않았다.

"나, 벽화 작업 시작해."

용보의 심장이 툭 내려앉았다. 마리가 다시 거리로 나가 그림을 그린다. 소금통을 열어봤을까. 백어석이 없어진 것을 알아차렸을까. 그를 향한 마리의 시선에서 아직까지 그런 의혹은 느껴지지 않았다.

"잘됐네."

그는 짐짓 아무렇지도 않은 듯 말했다.

"내일 아침에 떠나."

"떠나다니?"

용보는 정신이 번쩍 났다.

"작업 장소가 서울이 아니야."

"지금 무슨 소릴 하는 거야? 그럼 하지 마."
"우리 이제 돈 없어."
"돈이 없긴 왜 없어? 네가 가지고 있는……."
"내가 가지고 있는?"
"아니야."
"내가 뭘 가지고 있어?"
"아니라고. 기다려봐. 일자리 알아보는 중이야."
거짓말이었다. 그는 아무것도 하지 않았다. 그가 구직에서 완전히 손을 놓은 이유는 기어이 얻게 될 백어석 때문이었다. 그러나 그의 입에서 백어석이란 말이 먼저 나오는 일은 없어야 했다. 그 말이 나오는 순간 끝까지 부정할 수도 있는 그의 도둑질이 들통날 테니까.
마리가 말했다.
"이미 결정된 일이야. 두어 달 정도 걸릴 거야."
"그런 일을 나하고 상의도 하지 않고 결정해?"
"너도 나와 상의하지 않고 많은 일을 결정했어."
용보는 할 말이 없었다. 그 많은 일 중에서 마리가 가장 마음에 담고 있는 것은 피아노를 팔아버린 것이리라. 이런 식으로 복수하겠단 말이지.
"섬은 내가 데려갈게."
"섬까지?"

"그럼 네가 데리고 있을래?"

마리 없이 섬을 나 혼자서? 그건 무리였다. 섬은 요즘 그를 피했다. 아이는 그를 무서워했다. 하지만 그는 아이가 일방적으로 자기를 미워하고 있다고 여겼다. 몇 번 목소리 높인 것을 가지고 그러는 모양인데 그게 뭐 대수냐 싶었다. 내 새끼 내 맘대로 혼내지도 못하면 부모도 아니지. 어쨌든 아이는 엄마의 손을 더 탄다. 하지만 이대로 둘을 보내도 되는 걸까. 그는 갑자기 불안해졌다.

"선금 받은 거 모두 네 통장으로 보냈어. 밀린 월세와 세금은 처리했고 나머지는 네가 정리해."

마리는 그가 어질러놓은 것들을 수습했다. 그리고 이제 돈을 벌기 위해 거리로 나설 참이다. 그럼에도 그는 마리의 처사가 괘씸했다. 이렇게 나오면 안 되지. 백어석을 내놓으면 한 방에 해결되는 거잖아. 네 그림보다 그걸 더 비싸게 쳐준다고. 하지만 백어석을 내놓으라는 말만큼은 죽어도 입에서 떨어지질 않았다.

평소보다 일찍 잠자리에 든 탓인지 한밤중에 용보는 문득 깼다. 마리는 곁에 없었다. 어디선가 훌쩍이는 소리가 들려왔다. 왜 우는데? 설마 나랑 헤어져 살기 싫어서? 아님 일하러 가기 싫어서? 뭐가 됐든 안 하면 되잖아. 그냥 백어석이나 몇 개 팔면 될 것을. 침대에서 몸을 일으킨 그는 거실로 나가려고 방문을 열다가 흠칫 놀랐다. 한 뼘쯤 열린 방문 앞에서 그대로 멈춰 선 채 그는 거실을 가로질러 주방 쪽 어둠을 건너다보았다.

식탁 다리 사이로 바닥에 주저앉아 있는 마리의 모습이 보였다. 그 앞에 뚜껑이 열린 소금통이 나동그라져 있었다. 마리는 백어석을 손에 쥔 채 울고 있었다. 용보의 가슴이 철렁 내려앉았다. 결국 알아버렸네. 어떡하지? 지금이라도 솔직히 털어놔? 아냐. 모른 척하기로 했음 그냥 그렇게 밀고 나가야지. 근데 아무리 발뺌을 해도 나 말고는 가져갈 사람이 없는데. 아, 미치겠네. 그는 마리가 눈치채기 전에 방문을 닫으려고 슬그머니 문고리를 당겼다. 갑자기 그의 두 손에 전기가 찌르르 올랐다. 번개라도 맞은 듯 강렬한 자극이 심장을 관통했다. 머릿속이 새까매지면서 빛이 번쩍했다.

그 순간 백어석의 불그레한 빛에 감싸인 마리의 모습이 그가 기억하고 있던 장면과 겹쳐졌다. 마리의 스케치북에 그려진 세 번째 인어. 마리의 그 그림이 지금 그가 보고 있는 장면의 예견화(豫見畵) 같았다. 그때 울고 있는 마리의 등 뒤에서 하얀 그림자가 어른거리더니 조금씩 윤곽을 드러내며 앞으로 몸을 기울였다. 뭐지? 용보는 눈을 끔벅였다. 그 하얀 것은 물고기처럼 바닥을 뒤척이며 기어 나오다가 천천히 고개를 들고 그가 있는 쪽을 바라보았다.

젊은 여자의 얼굴처럼 보였다. 그 여자의 하얀 몸이 마리의 모습을 완전히 가렸다. 여자의 하얀 몸에서 물이 뚝뚝 떨어져 어느새 바닥이 흥건하게 젖었다. 여자가 하얀 몸을 일으켰다. 피부를 뒤덮은 단단한 비늘들이 날을 세우며 빛을 뿌렸다. 그 순간 그는 알아보았다. 그것은 사람이 아니었다. 여자의 얼굴을 한 크고 하얀 괴물이었다. 마리의 스케치북에서 보았던 바로 그 인어. 사람과 물고기와 갑각류의 형상이 합체된 기이한 변형체.

내가 지금 뭘 보고 있는 거지? 그의 등에서 식은땀이 흘러내렸다. 어머니는 둘 사이에 익사귀가 붙어 있다며 결혼을 반대했다. 그가 길길이 날뛰자 아들을 감당할 수 없었던 어머니는 청화 보살에게 대신 말려달라고 부탁했다. 청화 보살이 그에게 직접 전화를 넣었다.

"젖었어. 물이 뚝뚝 떨어져. 물에 빠져 죽은 익사귀가 붙었다니까. 근데 아가씨 쪽에 붙은 건지 너한테 붙은 건지는 모르겠어. 이거 안 돼."

그러곤 얼마 후에 자신의 점사를 뒤집었다.

"딱히 불운이라고는 할 수 없겠어. 일단 행운으로 시작했으니까. 아가씨가 복덩이야. 운이 어떻게 바뀔지는 너하기에 달렸어. 쭉 행운으로 갈 수도 있고 불운으로 바뀔 수도 있단 소리야."

어머니가 믿고 의지하던 청화 보살의 점괘는 어떤 것은 맞혔고 어떤 것은 맞히지 못했다. 미신을 믿지 않는 용보는 순리대로 가는 일은 맞히고 예측이 불가한 일은 맞히지 못할 때가 있는 거라 여겼다. 그런데 지금 그의 생각이 바뀌었다. 그 늙은 여자 보살이 확실히 용했다고. 귀신이고 아니고를 떠나서 뭔가 초자연적인 것을 보긴 봤던 것이다. 그는 깨달았다. 그래, 저건 백어석의 환영이야. 준희가 경고했지. 백어석의 빛을 오래 들여다보지 말라고. 그 빛이 사람을 홀려서 이상한 것을 보게 한다고. 그는 그동안 밤마다 백어석을 세면서 어떤 환영도 본 적이 없었다. 하지만 넋 놓고 소금통을 들여다본 시간이 적지 않으니 이때쯤 환영이 나타날 만도 했다.

거실은 벽면과 천장에 그려진 그림에서 발산되는 불그레한 빛으로 흐르는 물속 같았다. 저 그림들은 모두 백어석을 녹인 물감으로 그린 것이다. 그는 마리가 왜 그런 흉측한 인어 그림을 그렸는지 알 것 같았다. 마리도 백어석의 빛을 오래 들여다봐서 지금 그가 본 것과 같은 환영을 본 것이다. 흉측한 비늘이 다닥다닥 붙은 여자의 하얀 얼굴에 콕 박힌 크고 어두운 눈동자가, 이 세상 어떤 생물의 눈과도 같지 않은 그 이질적인 눈이 그를 노려보고 있었다. 그는 전율을 느끼며 몸을 떨었다.

"저건 진짜가 아니야, 저건 진짜가 아니라구."

그가 저도 모르게 중얼거리는 순간 꼬리지느러미처럼 보이던 하체가 사람의 다리처럼 쩍 벌어졌다. 여자가 벌떡 일어나 곧장 그를 향해 달려왔다. 마룻바닥이 쿵쿵쿵 울렸다. 그는 화들짝 놀라며 방문을 닫으려고 했으나 여자의 머리가 채 닫지 못한 틈을 비집고 들어왔다. 방문 사이에 여자의 머리가 끼었다. 여자가 머리를 이리저리 흔들었다. 그는 문이 더 벌어지지 않도록 안간힘을 썼다. 젖은 미역 같은 여자의 머리칼이 그의 손에 질척거리며 달라붙었다. 여자가 물고기처럼 입을 끔벅거렸다. 까만 구멍 같은 주둥이 속에서 귀를 찢는 높은 소리가 울려 나왔다.

"끼이익! 끼이익!"

소리는 이내 사람의 말로 바뀌었다.

"널 죽여버릴 거야. 네 목을 자르고 네 영혼의 반도 잘라낼 거야. 백어처럼 다시는 아무것으로도 환생하지 못하도록, 세상이 끝나는 날까지 널 이승도 저승도 아닌 곳에서 반쪽짜리 영혼으로 떠돌게 할 거야. 내 소금에 손을 댄 대가를 치르게 할 거야."

백어석의 빛이 환영뿐 아니라 환청도 가져온다고 했던가? 용보는 귀가 찢어질 것 같았다. 절규하는 여자의 하얀 얼굴이 점점 마리의 얼굴을 닮아갔다. 말도 안 돼. 착각이야. 이건 다 꿈같은 거라고. 그는 온 힘을 다해 방문을 밀어냈다. 여자의 얼굴이 연기처럼 스르르 빠져나가며 문이 쾅, 하고 닫혔다. 여자의 젖은 머리칼이 닿았던 손은 축축하고 미끄덩거렸다.

환영이 현실이 되었다. 아니지, 그건 아니지. 그는 제 뺨을 두드렸다. 이용보, 정신 차려. 이러다 미쳐버리면 어쩌려고. 그는 두 손으로 귀를 막고 눈을 질끈 감은 채 이부자리 속으로 기어들어갔다. 심장이 벌렁벌렁 뛰었다. 그는 자신을 진정시켰다. 겁먹지 마. 이건 환영이야. 여기에 속으면 멍청이지. 그는 이불을 머리끝까지 덮어썼다. 어금니가 딱딱 부딪쳤다. 추웠다. 몸이 오들오들 떨렸다. 이불 속이 마치 얼음 속처럼 시리고 차가웠다. 겨울이니까 추운 게 당연하지. 아냐, 이건 그런 추위가 아니야. 그는 갑자기 마리가 무서워졌다. 아니, 백어석이 무서워졌다.

*

잠에서 깬 용보는 허겁지겁 이불을 걷어치우고 방을 뛰쳐나갔다. 마리와 섬은 이미 외출 복장으로 현관 앞에 서 있었다. 용보는 짜증부터 냈다.

"좀 깨우지. 기다려."

세수할 사이도 없이 점퍼를 둘러 입고 맨발에 운동화를 신었다.

"따라 나올 거 없어."

마리는 트렁크를 밀어 현관 밖으로 내놓고 섬을 등 뒤에 둔 채 문 앞을 가로막듯 서서 말했다.

"무슨 소리야? 데려다줄게. 그러려고 어젯밤에 일찍 잤단 말이야."

"그냥 더 자. 나중에 주소 알려줄게."

"야, 너 진짜 이따위로 나올래?"

"데려다주고 너 혼자 돌아가야 하잖아."

"상관없다고."

마리는 대꾸 없이 창백하게 질린 얼굴로 그를 보았다. 용보는 분명하게 느낄 수 있었다. 마리가 그와 같이 가고 싶어 하지 않는다는 것을.

"왜 자꾸 날 떼어놓으려고 해? 너 혹시 무슨 다른 꿍꿍이가 있는 거 아냐? 나한테 뭐 숨기는 거 있어?"

마리는 낮은 한숨을 내쉬었다.

"버스 터미널까지만 배웅해줘."

마리는 마지못해 그의 동행을 허락했다. 대합실에서 그는 끈 떨어진 아이처럼 마리만 졸졸 따라다녔다. 하지만 마리는 이제 그가 없는 시간을 기다리는 듯 먼 곳만 바라보았다. 중요한 것이 손에서 빠져나가고 있었지만 주워 담을 수 있는 상황이 아니었다. 그는 그제야 잘못된 결정을 했다는 것을 깨달았다. 그는 어젯밤에 본 백어의 환영에 대해 생각했다. 어디서부터 환영이었을까? 마리가 엎어진 소금통 앞에서 백어석을 쥔 채 울고 있던 것까지는 현실이었는데……. 마리는 없어진 백어석에 대해 묻지 않았다. 그냥 용서하고 덮어주기로 한 걸까. 그렇게 생각하자 그는 다소 마음이 놓였다.

"커피 마실래?"

마리는 고개를 저었다. 더는 그와 눈도 마주치지 않으려고 했다. 어쩌다 시선이 스칠 때면 적개심 같은 것이 느껴졌다. 그는 갑자기 불안해졌다. 어쩌면 날 용서한 게 아니라 버리기로 한 게 아닐까. 승차 시간이 되자 마리가 자리에서 일어섰다. 용보는 불길한 예감에 사로잡혔다.

"안 되겠다. 그냥 이번 일은 하기 힘들다고 전화해. 네가 못 하겠다면 내가 대신 할게. 우리 그냥 집으로 돌아가자. 암만 생각해도 이건 아닌 것 같아."

"나도 안 되겠어. 지금 나는 옷을 잘못 입은 것 같아."

"그건 또 무슨 소리야? 옷 똑바로 잘 입었어. 그러니까 제발 이런 상황에서 이상한 소리 좀 하지 마."

"좀 더 따뜻한 옷을 입었더라면 좋았을 것을."

마리는 회한이 가득한 어조로 중얼거렸다.

"그렇게 추우면 내 옷 벗어줄게."

용보가 자신의 점퍼를 벗어주려는데 마리는 섬의 손을 잡고 돌아섰다.

"뭐야? 진짜 이대로 가려고? 야, 그냥 집으로 가자니까."

그는 점퍼를 벗다 말고 황급히 마리의 팔을 잡았다. 마리는 그의 손에서 팔을 빼며 말했다.

"늦었어."

그는 멍한 얼굴로 생각했다. 뭐가 늦었다는 걸까. 승차 시간이? 아니면 벽화 작업을 취소하는 것이? 것도 아니면 이 모든 일을 되돌리는 것이? 그는 멀어져가는 마리의 뒷모습을 그저 무기력하게 바라보았다. 섬이 몇 걸음 걸어가다가 돌아보며 손을 흔들었다. 그는 어쩐지 눈물이 날 것 같았다. 마리는 돌아보지 않았다.

"야, 한……."

그는 끝내 마리의 이름을 부르지 못했다. 이름은 평소에 자주 불러줘야 입에 붙는 모양이다. 이름을 불렀더라면 마리가 돌아보았을까. 마리는 언제나 그가 이름을 불러주기를 바랐다.

혼자 텅 빈 집으로 돌아온 용보는 아무것도 먹지 않은 채 내처 자다가 오후 5시가 넘어서야 눈을 떴다. 땀 때문에 시트가 축축했다. 악몽을 꾼 것도 아닌데 심하게 허우적거리다 깨어난 기분이었다. 공기가 찼다. 어딘가 창문을 열어둔 모양이다. 갈증이 났다. 목구멍이 말라붙어 숨을 쉴 때마다 뜨끔거렸다. 도착했겠네. 그는 휴대전화를 집어 들었다. 마리에게 전화를 했지만 연결이 되지 않았다. 배터리가 방전된 것일까, 아님 일부러 꺼놓은 것일까. 머릿속이 들쑤셔놓은 쓰레기통 같았다.

주방으로 들어갔을 때 용보는 개수대 안에서 그을린 스프링과 타다 만 종이 조각들을 보았다. 떠나기 전에 마리가 자신의 스케치북을 태워버린 것이다. 가슴이 덜컥 내려앉았다. 이제 모든 것이 끝났다는 암시 같았다. 그는 살아남은 그림과 글자 조각들을 모아 최대한 이어 붙여 보았지만 빠진 부분이 너무 많았다. 스케치북이 온전하게 그의 손에 쥐어져 있을 때 제대로 읽어둘 것을 그랬다.

인간이 환상을 물거품으로 여기는 것은 그 손에 닿으면 터져버리기 때문이야. 완전히 사라져버리지. 싱싱한 살과 피를 늙히며 속절없이 흐르는 시간처럼.

영혼의 부재로 우리의 세계에는 언제나 현재만이 존재하지. 영원히 지속되는 현재. 그러므로 시간은 언제나 멈춰 있어. 늙지만 늙는 것을 자각하지 못해. 늙음조차 현재이기 때문이지. 그래서 우리는 시간을 세지 않아.

인간의 아이를 낳고 나서 인어는 시간 속에 던져진 것을 깨달을 수 있었다.* 이 문장을 쓴 사람은 우리와 같지 않은데, 어떻게 우리만이 느끼는 이 같은 사실을 알았을까?

항아는 불사약 훔친 것을 후회하리라. 하늘의 달 속에서 밤이면 밤마다…….**

섬을 안아본 후 다시 항해를 한다. 물을 건너 섬들이 모두 끝나는 곳에서 낯선 공기가 우리를 맞는다. 오래된 비늘이 흰 눈처럼 떨어지고 피와 뼈와 눈물이 다시 모여 비늘이 되니 그

* 『폴 오스터의 뉴욕 통신』에서.

** 당나라 시인 이상은의 시 「항아」에서.

비늘이 기어이 너를 죽이고 말 테지…… 부질없는…… 부질없는…… 부질없는데도 또 다른 섬을 향해 나아가는 것은 영원히 살고자 하는 사람의 욕망과 다르지 않다. 그리하여…….

용보의 심장이 쿵쿵 뛰기 시작했다. 눌러놨던 불길한 예감이 무자비하게 쏟아져들었다. '항아는 불사약 훔친 것을 후회하리라. 하늘의 달 속에서 밤이면 밤마다.' 그 구절이 마치 '너는 백어석 훔친 것을 후회하리라. 홀로 남겨진 텅 빈 집에서 밤이면 밤마다'라고 말하는 것 같았다. 그는 마리에게 허겁지겁 다시 전화를 걸었다. 왜 스케치북을 태웠느냐고, 도대체 이 구절들은 무슨 소리냐고 물으려던 것은 절대 아니었다. 그저 지금 당장 마리의 목소리를 들어야 마음이 놓일 것 같았다. 하지만 마리의 휴대전화는 여전히 꺼져 있었다.

그렇게 나랑 이야기하기 싫어? 아냐, 아마 경황이 없어서 배터리가 나간 줄 모르고 있는 거야. 그래, 그런 거야. 그는 애써 자신이 납득할 만한 이유를 대놓고 위안을 구했다. 그는 휴대전화를 놓고 욕실로 들어갔다. 샤워를 하기 위해 물을 틀자 비웃는 물소리가 들렸다. 그 와중에도 배는 고팠다. 라면을 끓이기 위해 봉지를 뜯자 이번엔 부스럭거리는 비웃음 소리가 들렸다. 그는 갑자기 서글

픈 기분이 들었다.

다 끓인 라면 냄비를 들고 텔레비전 앞으로 갔다. 텔레비전을 켜놓고 평소처럼 볼륨을 잔뜩 키웠다. 그럼에도 사방이 너무 고요했다. 그는 멍하니 앉아 생각했다. 도대체 무슨 일이 일어나려는 걸까. 이러고 손놓고 있다가 뭔가 더 나쁜 일이 생겨서 돌이킬 수 없게 되면 어쩌지. 아직 아무런 일도 벌어지지 않았지만 그는 이미 겁을 집어먹었다. 그는 이 모든 불길한 예감이 어디서부터 시작되었는지 정확히 알고 있었다. 마리 몰래 백어석에 손을 댄 순간 성큼 다가선 까닭 모를 공포감. 그는 그것을 무시했다. 그때 그는 행운이 불운으로 바뀌는 장치를 누른 것이다.

바퀴 없는 자동차와 낯선 고래

순하는 휴대전화의 작은 화면을 뚫어져라 쳐다보았다. 한마리. 인물 정보에서 알아낸 것은 이름뿐이었다. 그녀가 그린 벽화들을 찍어 올린 사진들은 많았지만 정작 그녀의 사진은 어디에서도 찾을 수 없었다. 지금은 탈퇴했다고 나와 있지만 자발적 환경예술센터에 오랫동안 몸담고 있었으니 그쪽과는 여전히 인맥이 닿아 있을 것이다. 그래서? 센터를 통해 연락처를 알아내면 그다음엔 어쩔 건데? 아무런 용건이 없었다. 그럼에도 백어석을 가진 그녀를 만나보고 싶었다. 하지만 순하는 결국 마리의 연락처를 얻을 수 없었다. 센터는 그에게 마리와 어떤 관계냐고 물었고 그는 모르는 사람이라고 곧이곧대로 대답했다. 센터는 개인 정보를 함부로 알려줄 수 없다며 전화를 끊었다. 당연한 결과였다. 예전에 알던 사람이라고 거짓말을 할 걸 그랬나. 모르겠다.

그녀의 그림이 가진 빛이 백어석이라는 것을 사람들은 모른다. 그건 아마도 그녀의 비밀일 것이다. 그가 아는 것을 아는 사람이 세상에 있다는 것만으로 순하는 평화를 찾았다. 그가 가진 백어석은 사람을 죽인 살인 도구였지만 그녀의 백어석은 빛을 담은 아름다운 그림이 되었다. 어쩌면 그녀는 그와 비슷하거나 그의 어머니와 같은지도 모른다. 그렇다면 어머니가 가지고 있던 또 다른 비밀들도 알고 있지 않을까. 어머니가 그에게 이야기해주지 못했던 어둡고 고요한 저 아래 세계에 대해. 그리고 상처받고 고통받으면서도 끝끝내 이곳의 불확실한 삶을 감수한 이유를.

*

마리에게 작업을 의뢰한 자발적 환경예술센터가 작업 기간 동안 머물 거주지로 제공한 곳은 엘리베이터가 없는 6층짜리 저층 아파트였다. 해림간(海林間) 9동 603호. 해림간의 뜻이 바다와 숲의 사이를 가리키는 것인지, 바닷속의 숲을 말하는 것인지는 아무도 정확히 알지 못했다. 지은 지 40년이 넘은 해림간 단지는 재개발을 기다리고 있었다. 9동 603호는 센터가 어느 화가로부터 기증받은 것이었는데 딱 이 집만 베란다에 새시가 없었다. 겨울엔 외풍을 감당해야 했지만 대신 여름밤에는 꽤 운치가 있었다. 난간에 몸을 기댄 채 바람을 맞으며 고즈넉한 밤거리를 바라보고 있자면 어느 이름 모를 도시의 여행자가 된 것 같은 기분을 느낄 수 있다.

저층 건물 스물세 동은 잘 가꿔진 수림 사이에 보기 좋은 모양새로 자리했다. 군데군데 조성된 작은 연못 위에 걸려 있는 나무다리들은 지나다닐 때마다 삐걱거리며 고풍스러운 소음을 냈다. 겨울이라 식물들은 옅어진 태양빛을 좇아 신경을 곤두세웠고 바람이 들 때마다 빛에 굶주려 색이 바랜 초목들은 몸을 떨며 자지러졌다. 단지 안쪽에는 실외 수영장이 있었다. 관리사무소의 소홀로 시기를 놓쳤는지 물을 빼지 못한 수영장의 물은 꽝꽝 얼어붙었다. 섬은 그 얼음판을 보자마자 달려들었다가 쭉 미끄러졌다. 한동안 주눅 들어 있던 섬이 오랜만에 큰 소리로 웃었다.

해림간에 도착한 첫날, 섬과 함께 장을 보고 집에 돌아왔을 때 마리는 주머니 속에 넣어둔 휴대전화가 없어진 것을 깨달았다. 북적이는 재래시장의 좁은 통로를 빠져나가는 중에 몸집이 작은 남자가 그녀의 뒤에 찰싹 달라붙었었다. 마리는 그 남자가 길을 재촉하고 있다고 여기고 얼른 비켜주었다. 그때 그 남자가 마리의 코트 주머니에서 휴대전화를 훔쳐낸 것이다.

식사를 마친 후 마리는 짐을 풀고 다시 필요한 물건들을 사러 나갔다. 정신없이 지내는 며칠 동안 마리는 잃어버린 휴대전화에 대해 까맣게 잊었다. 어차피 휴대전화는 더는 그녀에게 필요 없는 물건이었다.

마리는 페인트와 작업 도구들을 챙겨 넣은 트렁크를 끌고 거리로 나왔다. 섬은 마리가 돌아올 때까지 집에서 얌전히 그림을 그리거나 종이접기를 하며 기다릴 것이다. 작업 장소는 해림간 단지에서 도보로 20여 분 거리에 있는 언덕동네 골목길이었다. 버스를 타기엔 애매한 위치라 그냥 걸어가기로 했다. 오전 10시가 조금 넘은 시각, 인적 없는 골목 벽에 거친 바람만이 이리저리 부딪쳤다.

마리는 첫 번째 작업을 해야 할 7미터가량의 담장을 지나 트렁크를 끌고 백여 개의 계단을 힘겹게 올라갔다. 계단을 지나자 그녀의 키 높이 정도 되는 담장이 경사 길을 따라 15미터쯤 이어졌다. 계단과 함께 이 담장도 모두 마리가 작업할 화폭이었다. 마리는 화폭의 가장 높은 곳에 섰다. 이곳 15미터 길이의 담장은 깊고 깊은 해저 밑바닥이 될 것이다. 이곳에서부터 아래로 내려가며 그릴 작정이었다. 백여 개의 계단은 해저동굴이 될 것이다. 저 아래 7미터가량의 담장에서는 수면에 떨어지는 햇빛을 볼 수 있으리라.

물의 높은 곳은 바다의 깊은 곳이 된다. 그 깊은 곳에는 백어들의 무덤이 있다. 소금 비늘을 벗은 백어들이 뭍으로 올라가며 그토록 소망했지만 결코 바뀌지 않았던 운명의 결말이 묻힌 곳. 마리는 트렁크를 열고 바닥에 비닐을 깔았다. 페인트가 바닥에 묻지 않도록 하기 위해서였다. 흰색 페인트를 꺼내고 원하는 색을 만들기 위해 색소들을 배합했다. 몸이 더워지자 마리는 입고 있던 점퍼를 벗었다.

사람의 땀은 마르거나 흘러내리지만 마리의 것은 곧 단단히 굳어 모래알처럼 작고 빛나는 비늘이 될 것이다. 그러므로 일이 끝나면 집에 돌아가 욕조에 몸을 담그고 비늘을 녹여야 했다. 비늘이 계속 자라지 않도록 하려면.

갓 태어난 백어는 고래 새끼나 사람의 아기처럼 반들반들한 피부를 갖고 있다. 사람이 나이를 먹으면 주름이 생기듯 백어는 소금 비늘이 돋아난다. 주름이 사람의 나이를 헤아리듯 소금 비늘의 크기와 개수는 백어가 살아온 시간을 말해준다. 민물에 몸을 담가본 적이 없는 나이 많은 백어들은 온몸에 소금 비늘이 가득하다. 살아 있을 때 소금 비늘은 심해의 수압을 견디게 해주는 신체의 요긴한 일부이지만 죽고 난 후에는 그 무게 때문에 몸이 바닷속 깊은 곳으로 가라앉는다. 육신은 썩어 물거품이 되고 소금 비늘만 남는다. 소금 비늘은 보주(寶珠)가 되어 깊고 깊은 바다 밑바닥을 굴러다니지만 사람들은 그곳이 어디인지 모른다.

"수고하시네요."

지나가던 언덕동네 주민들이 마리의 도구들 옆에 따뜻한 음료수를 두고 갔다. 오후 4시쯤 마리는 작업을 정리하고 트렁크를 챙겨 집으로 향했다. 날씨가 우중충했다. 기어이 쏟아지는 겨울비와 바람. 뭍에는 물결 대신 공기의 흐름이 있다. 그래서 비 오는 바람 속에서 나무가 흔들리는 모습은 신기하리만치 물속과 똑같다. 마리는 진짜 바다를 생각했다.

*

욕조에 몸을 담근 채 졸고 있던 마리는 어디선가 쇠쇠

쇄, 하고 들려오는 소리에 눈을 떴다. 마리는 김이 뿌옇게 낀 샤워박스의 문을 열고 나와 소리가 나는 곳을 찾았다. 욕실 벽 수도관과 연결된 샤워박스의 파이프에서 물이 분사되고 있었다. 파이프를 타고 졸졸 흘러내리는 물의 양이 점점 많아졌다. 그러다가 갑자기 퍽, 하고 파이프의 연결 부위가 떨어져 나가며 세찬 물줄기가 뿜어져 나왔다. 물줄기는 날선 바람처럼 마리의 얼굴을 후려치며 폭포수 같은 물을 쏟아냈다. 순식간에 욕실이 물바다가 되었다. 마리는 서둘러 수도관 파이프의 꼭지를 잠가보려고 했지만 꼼짝도 하지 않았다. 물난리가 난 욕실 상황이 재미있는지 섬이 손뼉을 치며 깔깔 웃었다. 마리는 관리사무소로 달려갔다. 밤 9시가 넘은 시각이었다. 여직원이 책상 앞에 앉아 있다가 마리가 쫄딱 젖은 모습을 보고 놀라 물었다.

"뭐예요? 수도관 터졌어요?"

옆방에서 담소 중이던 남자 둘이 마리를 쳐다보았다. 둘 다 파란색 작업복을 입고 있었는데 한 사람은 이십대 후반의 어깨가 건장한 젊은이였고 다른 한 사람은 오십대 중반의 보통 체격이었다.

"제가 갈게요. 먼저 퇴근하세요."

이십대 후반 쪽이 공구 가방을 들고 마리를 따라 나섰

다. 젊은 설비기사는 먼저 욕실 창을 열고 바닥 하수구를 막고 있는 걸망을 제거해 배수를 시킨 후 공구를 이용해 수도관 파이프의 꼭지를 잠갔다. 그때까지는 그도 별수 없이 뿜어대는 물을 그대로 맞아야 했다. 그는 젖은 소매로 젖은 얼굴을 훔쳤다. 그러곤 제 분에 못 이겨 떨어져 나간 파이프를 살펴보더니 말했다.

"이건 이제 삭아서 쓸 수 없어요. 새 파이프가 있어야겠는데요."

설비기사는 샤워박스를 살펴보고는 말했다.

"이 샤워박스는 세대에서 설치한 것이라 저희 사무실에는 이것과 같은 연결 파이프가 없어요. 파이프를 사다 놓고 연락주시면 언제든 와서 연결해드릴게요."

설비기사는 젖어버린 공구 가방을 챙기며 말했다. 마리는 물었다.

"파이프는 어디서 사지요?"

"단지 뒤쪽으로 나가서 큰길 건너면 있어요. 간판에 수도, 설비, 변기, 기계 뭐 그런 단어들이 한 서른 개쯤 쓰여 있는 곳이에요."

"거기 지금 문 열었을까요?"

"네, 아마도요. 괜찮으시면 지금 저랑 같이 가도 되고요."

"같이 가줘요."

"밖에서 기다릴게요."

설비기사는 소파 위에 앉아 말똥말똥한 눈으로 두 사람을 쳐다보고 있는 섬을 향해 싱긋 웃어주곤 밖으로 나갔다. 마리가 서둘러 옷을 갈아입고 나가보니 설비기사는 계단참에 있는 창문 앞에 서서 등을 돌린 채 밖을 내다보고 있었다. 현관문 열리는 소리를 들은 설비기사가 돌아보았다. 그는 셔츠에 카디건 한 장만 덜렁 걸친 마리를 보고 말했다.

"비가 오고 있어요. 뭔가 더 입어야 할 것 같아요. 따뜻하게요."

따뜻하게. 그 말이 옷보다 더 따뜻하게 마리의 마음을 데웠다. 마리의 아청색 눈동자가 흔들리며 신비스러운 빛들로 차오르는 것을 설비기사는 똑똑히 보았지만 모른 척했다. 마리는 다시 집으로 들어가 점퍼를 걸치고 나왔다. 설비기사가 물었다.

"우산은 아마도 필요 없는 거죠?"

마리는 고개를 끄덕였다.

한적하고 어두컴컴한 도로에서 차들은 띄엄띄엄 다녔지만 대신 속도를 냈다. 마리가 이곳에 내려온 지 며칠이 지나도록 한 번도 눈여겨보지 않았던 점포가 도로 건너편에 있었다. 마리는 신호등이 있는 건널목을 찾았다. 눈치 빠른 설비기사가 두리번거리는 마리를 향해 말했다.

"바닥에 건널목 표시가 그려진 곳이 저 위쪽에 있어요. 그런데 어차피 신호등이 없기 때문에 차들한테 무시당하기는 마찬가지예요. 어디서 건너든 상황은 똑같으니 그냥 절 따라오세요."

그는 곧장 점포를 향해 직진으로 길을 건너려 했다. 멀리서 자동차 불빛이 달려들었다. 그는 차가 오는 쪽을 막아서며 마리에게 손짓했다. 도로 중간에서 그는 다시 반대편 차가 오는 쪽으로 자리를 바꿔 섰다.

그는 마리로선 아무리 봐도 구분할 수 없는 파이프 몇 개를 놓고 세심하게 살펴보더니 한참 흥정한 끝에 기어이 가격을 반으로 깎았다. 점포 주인이 투정부리듯 마리에게 말했다.

"거, 대단한 남자친구 뒀어요."

그만큼 가격을 봐준다는 건 점포 주인과 그가 평소에 허물없이 알고 지내는 사이라는 뜻이었다. 점포 주인의 농담에 그는 정색하며 말했다.

"새로 이사 오신 아파트 주민분이세요."

"아, 난 또……."

점포 주인이 머쓱한 표정으로 말했다.

"제가 좀 오버했네요. 아파트 주민분들 얼굴은 웬만해

서는 다 아는 터라."

할 일을 마친 그는 담담한 표정으로 점포를 나섰다.

"어이, 잠깐."

점포 주인이 뒤따라 나오며 우산을 건넸다.

"하나밖에 없네. 둘이 같이 쓰고 가. 딴 뜻은 없고 진짜 비 맞지 말라고."

그는 손을 저으며 말했다.

"아뇨, 같이 맞고 가는 편이 낫겠어요. 그죠?"

그가 마리를 향해 시선을 주자 마리는 고개를 끄덕였다. 둘은 나란히 건널목을 건너 집으로 돌아왔다. 그는 새 파이프를 연결하고 샤워박스를 제자리에 돌려놓은 후 자신의 공구 가방을 챙겨 들고 다시 빗속으로 나갔다. 걸어가면서 그는 주머니에서 선글라스를 꺼내 꼈다.

*

며칠 후, 마리는 아침 설거지를 하다가 주방 창을 통해 자전거를 타고 출근하는 젊은 설비기사를 보았다. 검은 진 바지와 흰색 터틀넥 니트, 짙은 회색 점퍼를 입은 그는 잠시 핸들을 놓고 두 팔을 벌린 채 바람을 느꼈다. 마치 영화 장면 같았다. 30분쯤 후에 그가 무릎이 나온 낡은 작업복에 공구 가방을 든 설비기사로 변신할 것을 아무도 상상하지 못하리라. 그는 갓 잡은 갈치처럼 빛이 났다. 마리는 눈이 부셨다. 마리가 이마에 손을 대어 그늘을 만드는 사이 그는 단지 내 오솔길로 사라졌다. 마리는 퍼덕거리는 젊음과 고요한 정적이 지배하는 영원하고 오래된 삶을 떠올렸다.

섬의 간식을 준비한 후 마리가 작업 도구를 챙기고 있는데 관리사무소에서 인터폰이 왔다. 어젯밤에 도착한 택배를 맡아두고 있으니 찾아가라는 것이었다. 미리 주문해둔 페인트였다. 워낙 오래된 단지라 각 동마다 경비실이 따로 없어 해림간은 관리사무소가 온갖 일을 떠맡았다. 그냥 세대 현관문 앞에 두고 가면 될 것을 왜 거기로 가져다 놨는지 모르겠다.

마리가 관리사무소에 들어섰을 때 젊은 설비기사는 여직원과 이야기 중이었다. 그는 마리가 들어오는 것을 보고 고개를 끄덕이며 인사했다. 여직원이 마리를 알아보고 구석에 놓여 있는 박스를 가리키며 말했다.

"저기 있어요. 꽤 무겁던데 가져가실 수 있겠어요?"

"이게 왜 이쪽으로 왔을까요? 주소도 정확히 적었는데."

"여기 건물들이 띄엄띄엄 있어서 배달하는 데 시간을 엄청 잡아먹거든요. 그래서 기사분들이 바쁘실 때는 가끔 이렇게 상하지 않는 물건들은 여기 두고 가실 때가 있어요. 여기 주민분들에게는 미리 양해를 구해놓은 터라 603호에서도 조금 번거롭겠지만 이해해주셨으면 좋겠어요. 혹시 불편하시면 603호는 따로 말씀을 드려서……."

"아뇨, 괜찮아요."

마리는 박스를 확인했다. 이걸 어떻게 가져가지. 고민하고 있는데 공구 가방을 어깨에 멘 젊은 설비기사가 쓱 다가왔다.

"제가 옮겨다 드릴게요. 어차피 9동 지나서 가야 하거든요."

그는 박스를 번쩍 들어올리며 말했다.

"고마워요."

둘은 나란히 관리사무소를 나왔다. 그는 걸어가면서 마리에게 자꾸 말을 걸었다.

"단지가 낡아서 늘 손볼 곳이 많아요. 그쪽 집에도 거실 등이 두 개나 나갔던데요."

"두 개인지 어떻게 알았어요?"

욕실 파이프가 터져서 그가 왔던 날, 거실 등은 켜져 있었다. 그리고 그 밝기가 다른 집에 비해 조금 어둡다는 것은 누가 봐도 알 수 있었다. 하지만 불투명한 덮개 유리 안에 있는 아홉 개의 미니 전구 중에서 몇 개의 전구가 나갔는지는 정확하게 알기 어려웠다. 그러므로 그는 틀림없이 눈이 아니라 귀로 들었을 것이다. 끊어진 두 개의 필라멘트가 흔들리는 가느다란 소리를. 마리가 안 것처럼 그도 안 것이다.

"아, 그냥 아무 숫자나 대본 거예요. 두 개가 아닐지도 몰라요."

9동 건물 입구를 지나 계단을 오르며 그는 대답했다. 페인트 상자가 제법 무거웠을 텐데 그는 별로 힘든 기색 없이 가뿐하게 6층에 이르렀다.

"두 개 맞아요."

"역시 그렇죠? 근데 어떻게 알았어요?"

그는 마리를 슬쩍 쳐다보았다.

"당신이 아는 것처럼요."

"나중에 확인해서 두 개가 아니면 우리 둘 다 귀에 문제가 있는 거겠죠?"

그는 스스럼없이 말했고 마리는 웃었다.

"전구 갈아 끼우는 것은 어렵지 않지만 등의 덮개 유리는 꽤 무거워서 혼자 내리면 위험해요. 그러니까 관리실에 부탁하세요."

그는 603호 현관문 앞에 박스를 내려놓으며 말했다.

"그럼, 전 이만 가볼게요."

아주 잠깐 그의 시선이 아직 할 말이 있다는 듯 마리의 주변을 맴돌았지만 곧 돌아서서 빠른 걸음으로 계단을 내려갔다. 마리는 이전에 그를 알았던 것 같은 기분이 들었다. 하지만 모르는 사람이었다. 마리는 곧 깨달았다. 왜 그런 기분이 들었는지. 책에서 보았다. 그는 안나 가발다의 소설에 등장하는 어느 문장에 있었다.

'바퀴 없는 자동차에 딸 카미유를 태우고 동승자를 아주 먼 곳으로 얼마든지 드라이브시킬 수 있는 인물'이라고 묘사되어 있는 남자. 카미유의 아버지.

마리는 현관문을 열고 박스를 안으로 밀어넣었다. 박스 뚜껑을 열고 페인트통을 하나씩 꺼내 신발장 안으로 옮겼다. 빈 박스를 접어 베란다에 내놓기 위해 거실을 지나는데 머리 위에서 공기가 불길하게 움직였다. 마리는 쏟아지는 위태로움을 피해 본능적으로 한 걸음 물러섰다. 그 순간 거실 등의 덮개 유리가 바닥으로 떨어졌다. 요란한 소리와 함께 유리 파편이 사방으로 튀었고 덮개 유리를 지탱하던 묵직한 쇠 장식이 마룻바닥에 깊은 자국을 새겼다.

"엄마!"

"거기 있어."

방에 있던 섬이 놀라서 튀어나오는 것을 마리는 제지

했다. 섬과 마리는 한동안 서로를 바라본 채 그저 멍하니 서 있었다. 조금 후에 초인종과 현관문 두드리는 소리가 번갈아 들렸다. 마리는 잠시 머뭇거리다가 문을 열었다. 공구 가방을 든 그가 거기 서 있었다. 그는 거실 바닥을 뒤덮은 유리 파편을 보았다.

"안 다쳤어요?"

"괜찮아요."

"좀 들어갈게요."

그는 집 안으로 성큼 들어서더니 빗자루를 찾아와 유리 파편을 쓸어 담기 시작했다. 그사이 마리가 물에 적신 걸레를 가져왔다.

"이리 주고 물러나 있어요."

그는 젖은 걸레를 들고 바닥 전체를 꼼꼼히 훑어가며 닦아내기 시작했다. 마리가 물었다.

"어디서 이 소리를 들었죠?"

"수영장요."

보통 사람은 그 거리에서 이 소리를 들을 수 없다. 그도 말해놓고 깨달은 듯 변명 같은 설명을 덧붙였다.

"제가 청각이 좀 남달라서요."

마리가 말했다.

"그리고 숨도 오래 참을 수 있고요?"

그는 걸레질하던 손을 멈추고 고개를 들었다. 천천히 일어나 마리를 정면으로 바라보며 물었다.

"어떻게 알았지요?"

"피부에서 빛이 나요."

"그런 말, 제 어머니 말고 다른 사람에게서 처음 들어봐요."

"내 눈에는 보여요."

그는 기이한 기분에 사로잡혔다. 지금 눈앞에 있는 이 여자의 피부에서도 빛이 났다. 어머니가 살아서도 죽어서도 가지고 있던 그 빛. 그러나 그는 자신에게서는 그와 같은 빛을 본 적이 없었다. 그는 생각했다. 만약 이 여자가 내게서 조금이나마 백어의 비늘빛 흔적을 보았다면 그것은 이 여자가 어머니와 같은 백어의 눈을 갖고 있다는 뜻이다.

며칠 전 마리가 물에 흠뻑 젖은 채 관리사무소에 들어섰던 바로 그날 그 순간, 그는 마리가 품고 있던 백어석의 빛을 알아보았다. 가슴이 울렁였다. 그녀에 대해 알고 싶어서 덥석 따라나섰다. 아무것도 묻지 못했지만 함께 빗속을 걸었던 것만으로도 확신할 수 있었다. 나는 혼자가 아니야. 나 혼자 다르지 않아. 그는 충만감에 휩싸였다. 조류를 따라 움직이는 바다 생물들이 떼를 지어 하나가 되듯 여기서 우리도 언젠가는 이렇게 만나는구나. 이는 운명과도 같은 자연의 섭리일 것이다. 이 세상에 우리는 또 얼마나 더 있을까.

마리가 말했다.

"섬이 당신 같아요. 그 아이 피부에서도 당신 같은 빛이 나요. 그 아이도 숨을 오래 참을 수 있지요. 나 때문이에요. 당신은 누구 때문이지요?"

*

"무슨 생각 해요?"

해림간 관리사무소의 유일한 여직원인 홍아름은 수화기를 내려놓고 순하의 팔꿈치를 툭툭 쳤다. 멍하니 앉아 있던 순하는 얼른 공구 가방을 들고 일어나며 물었다.

"네, 몇 동 몇 호예요? 뭐가 잘못됐대요?"

"우리 엄만데요."

"아."

순하는 맥 빠진 표정으로 가방을 내려놓으며 다시 자리에 앉았다.

"인내심 발휘하며 네, 네 하기에 세대랑 통화하는 줄 알았어요."

"그냥 네, 네만 해야지 안 그러면 잔소리가 천만 배로 불거든요."

어색한 웃음이 사라진 아름의 얼굴은 지쳐 있었다. 아름은 이제 스물네 살이었다.

"커피 줄까요?"

순하가 묻자 아름은 고개를 끄덕였다.

"블랙으로요."

"압니다."

그는 뜨거운 블랙커피를 아름의 책상 위에 놓았다.

"고마워요. 최 기사님이 타주는 커피가 제일 맛있어요."

"그럴 리가요. 누가 타도 같은 맛이 나올 수밖에 없는 봉지 커피인데요."

"그러니까요. 희한하게 최 기사님 손을 타면 맛이 달라진다니까요. 아, 손맛이 아니라 마음 맛인가."

"별 마음 안 담았는데요."

"진짜요? 저한테 애정이 눈곱만큼도 없어요? 난 있는데."

아름은 꽤 서운한 시선으로 순하를 보았다. 순하가 난감한 표정으로 어색해하자 아름은 웃음을 터뜨렸다.

"한솥밥 먹는 동료애요. 또 저한테 말리셨어요. 제가 이 재미로 최 기사님 놀려먹는 거예요."

순하는 살짝 붉어진 얼굴로 화제를 돌렸다.

"근데 9동 603호요."

"얼마 전에 욕실 파이프 터진 집이요?"

따뜻한 커피 한 모금을 삼킨 아름의 표정에 한결 활기가 번졌다.

"엊그제는 거실 등의 유리 덮개가 떨어져 큰일 날 뻔했어요."

"바로 그 아래 사람이 있었어요?"

"네."

헉! 아름이 놀란 입을 쩍 벌리며 뺨을 두 손으로 감쌌다.

"무슨 유령의 집도 아니고, 무섭네요. 그게 사람이 제대로 사는 집이 아니라서 그래요. 9동 603호가 무슨 환경 어쩌고 하는 예술 센터 소유거든요. 작업이 있을 때만 화가들이 돌아가면서 머무니까 아무래도 좀 그렇죠."

"603호 여자분이 화가예요?"

순하가 관심을 보이자 아름은 그가 타준 커피에 대한 보답이라도 하려는 듯 열심히 아는 대로 읊었다.

"네. 그날 최 기사님이 옮겨다 준 그 무거운 상자요, 그거 페인트일걸요. 한마리, 하고 인터넷 치면 나오는 화가예요. 벽화 작업 하러 내려왔대요."

그 여자가 한마리였구나. 어쩐지……. 순하는 마음이 조급해졌다.

"어디서 작업하는데요?"

"요 위 언덕동네 골목요. 별로 멀지 않아요. 그 여자 그림을 찍은 사진이 인터넷에 꽤 있는데 실제로 보면 굉장히 신기하다고 그래서 저도 잠깐 구경 갔었거든요. 그림에 독특한 빛들이 있는데 그것 때문인지 진짜 막 살아 움직이는 것 같더라고요. 물감을 무슨 비법으로 배합해서 쓴다는데……."

순하는 더 참지 못하고 자리에서 벌떡 일어섰다.

"왜 그래요?"

"저, 잠깐 나갔다 올게요."

순하는 작업복을 입은 채 자전거에 올라탔다. 심장이 요동쳤다. 언덕동네 입구에 도착한 그는 자전거를 팽개치듯 버려두고 계단을 뛰어 올라갔다. 눈 내리는 어두운 바다가 저 높은 곳에 있었다. 그녀는 그 바다의 주인처럼 장엄하게 선 채 그를 내려다보았다. 그녀가 있는 그곳은 원시의 자리로 돌아간 모든 생물들의 요람처럼 고요했다. 그가 다가가자 멈춰 있던 물살이 희미한 주름을 그리며 천천히 흐르기 시작했다. 하늘의 별처럼 빛나는 먼지 알갱이들이 물살을 따라 그녀 주변을 맴돌았다. 묶여 있던 시간과 공기가 그의 숨 속으로 들어왔다. 폐를 울리는 가느다란 격함으로 가쁜 숨을 내쉬며 그는 한 번도 본 적 없는 어머니의 오래된 고향을 기억해냈다. 한때 그들의 현실이었으나 이제 꿈이 되어버린 곳. 꿈꾸던 환상이 현실이 되면 두고 온 현실은 다시 꿈이 된다.

*

순하는 여기까지 달려오면서 물어볼 게 많았다. 하지만 그녀의 세상으로 들어서는 순간 더는 아무것도 생각나지 않았다. 그저 제 심장이 쿵쿵 뛰는 소리로 천지가 진동했다. 머리가 아찔하고 귀가 먹먹했다. 마리는 그녀가 그려낸 세계에서 곧 그를 다시 보게 될 줄 예감한 듯 담담한 표정이었다. 서로의 시선이 허공에서 맞물렸다. 순하는 무슨 말이든 하고 싶었다.

"멋지네요."

더 근사한 말을 했어야 했는데.

"당신도 그릴 수 있어요. 나의 섬도 그리니까요. 당신의 어머니도 그렸을 거고요."

"그렸어요. 하지만 이렇게 빛나는 그림이 아니었어요. 내 어머니의 소금은 살인 도구였어요."

"내 소금도 살인 도구였어요."

마리는 자신의 바다를 향해 시선을 돌렸다. 순하의 가슴이 울렁였다. 슬픔이 밀려들었다.

"누가 마리 씨의 소금을 훔쳤군요."

마리는 순하를 돌아보았다. 온갖 빛들이 넘실대는 그녀의 눈동자는 젖어 있었다.

"후회해요. 그러지 말았어야 했어요. 그러지 말았어야 했는데……."

마리는 오래전에 알았던 그 아이를 떠올렸다.

"경혜……."

마리의 입에서 그 아이의 이름이 한숨처럼 새어나왔다. 그날 이후 처음으로 다시 불러보는 이름이었다. 그 아이는 언제나 그녀의 몸속을 떠돌고 있었다. 마리는 그 아이와 함께 했던 마지막 순간을 떠올렸다.

그저 본능이 시키는 대로 움직였다. 예리한 소금 비늘의 날을 푹 찔러 넣고 옆으로 그었다. 등줄기를 당기는 불쾌한 파열음이 있었다. 말랑한 피부가 찢겨져 벌어진 틈으로 새빨간 피가 줄줄 흘러나왔다. 작은 몸뚱이가 헐렁한 콩 자루처럼 풀썩 쓰러졌다.

경혜, 네가 비명 한번 제대로 질러보지 못한 채 그렇듯 속수무책 당할 수밖에 없었던 것은 공포 때문에 정신을 놨기 때문이다. 한편으로는 뭐가 뭔지 알 수 없어 혼란스러운 나머지 환각이라고 여기고 자신을 구경꾼으로 뒀기 때문이다. 어쩌면 최후까지 나를 믿고 있었던 탓일지도. 좁은 고무 대야에 담긴 물속을 이리저리 헤집고 펄떡이며 성질을 내고 있는 물고기를 들여다보며 그 생물이 결코 너를 물 수 없다고 생각하는 것처럼. 물고기가 물을 나오면 죽을 테니까.

평화롭고 고요하고 아름다운 밤이었다. 하늘엔 별빛이 가득했고 수평선은 진줏빛을 띠었다. 너의 손에서도 빛이 어른거렸다. 숨이 끊어져가는 그 순간에도 피범벅이 된 너의 그 작은 손은 악착같이 그 빛을 쥐고 있었다. 너는 뭍으로 끌려 올라온 물고기처럼 입을 뻐끔거렸다. 벌어진 입가에는 피거품이 맺혔고 색이 바랜 튼튼한 치아는 핏빛으로 물들었다. 확장된 동공과 흐릿해진 눈동자로 너는 나를 보고 있었다. 굳어가는 혀로 뭔가 말하고 싶어 했지만 소용없었다.

너의 하얀 입김이 차가운 공기 중으로 흩어졌다. 이윽고 너의 가는 숨이 옅어져 기어이 사라졌다. 이제 너의 숨은 없다. 너의 생도 여기서 멈췄다. 적막이 세계를 덮었다. 뭍으로 올라온 후, 처음으로 고향을 느꼈다. 하지만 바다의 물살처럼 뭍의 공기도 초연하게 흘러갈 뿐이다.

죽은 육신은 제 구성물을 줄줄이 쏟아내면서 손에 쥔

그 빛만은 죽어라 놓지 않았다. 억지로 손가락을 펴자 그제야 떨어져 나왔다. 핏물을 뒤집어쓴 그 빛 덩어리는 뱉어낸 혓바닥처럼 축축했다. 고작 소금 덩이 하나에 이렇게까지 해야겠냐고 원망하고 싶겠지만, 나 역시 너를 원망했다. 너야말로 왜 그랬냐고. 이미 사악한 붉은빛에 취한 너는 내가 알던 네가 아니었다. 그 빛은 언제나 사람을 그렇게 만든다고 했다.

한때 너에게 친밀함을 느꼈다. 너와 말을 섞으며 웃기도 했다. 웃었던가. 그랬을 것이다. 너의 입 모양을 그대로 따라 했으니 아마 똑같은 모습으로 보였을 것이다. 우리는 학습 능력이 뛰어나다. 빨리 배우는 것 또한 생존을 위한 본능이다. 가장 비슷한 모습으로 가장 그럴듯하게 너희 사이에 안착하려는. 그래서 너는 나에게 속았다고 생각할지 모르겠다.

죽이고 싶지 않았다. 이건 물고기를 먹기 위해 죽이는 것과는 전혀 다른 것이다. 하지만 거스를 수 없는 섭리였다. 거대한 파도가 작은 배를 덮칠 때 모든 것이 산산조각이 날 것을 알면서 집어삼키는 것처럼. 파도는 후회하지 않겠지만 나는 후회할 것이다. 그리고 후회했다. 지금도 후회한다.

죽은 너를 거기 둘 수 없어 밖으로 데리고 나가기 위해 일으켜 세웠다. 축 늘어진 몸이 너무 무거웠다. 여긴 부력이 없어 뭘 옮기는 것이 쉽지 않다. 다시 눕히고 팔을 잡아끌었다. 살아 있을 때 가끔 그렇게 너의 팔을 잡고 함께 걷던 생각이 났다.

어두운 밤하늘로 눈발이 날렸다. 따뜻한 곳을 찾아 너를 놓아두고 돌아오는 길 내내 가슴 한편이 시큰거렸다. 내 심장이 언젠가 네가 사줬던 찐빵처럼 말랑말랑해지며 불편한 숨을 내쉬었다. 이런 게 슬픔일까. 이후로 다시는 그 동그랗고 하얀 것을 먹을 수 없었다. 따뜻하고 달콤한 그 맛은 꼭 너 같았다. 그때 너는 좋은 사람이었다. 그러니까 그러지 말았어야 했다. 어쩌면 내가 그러지 말았어야 했던 것이겠지.

"나는 살인자예요. 내가 잘못했어요."

순하는 그녀의 배 속에서부터 올라오는 소리 없는 비명을 들었다. 날카로운 진동이 공기를 흔들었다.

"누구의 잘못도 아니에요."

아버지는 어머니의 목을 찔러 죽였다. 그러지 않았다면 어머니가 아버지의 목을 찔렀겠지.

"아뇨, 내가 잘못했어요."

"그래요, 마리 씨가 잘못했어요. 그리고 그 친구도 잘못했어요. 모두가 잘못했어요."

어머니의 잘못도, 아버지의 잘못도 아니었다. 누구의 잘못도 아니었다. 또한 모두의 잘못이었다.

"나는 또 죽일 거예요. 그런데도 여전히 여기 남아 있어야 할까요. 그렇게 해서라도 삶을 얻어내야 할까요?"

순하는 답을 몰랐다. 마리는 반짝이는 빛에 물든 하얀 두 손으로 얼굴을 가리며 장엄한 세계 앞에서 기어이 울음을 터뜨렸다. 순하는 조심스레 손을 뻗어 미역처럼 구불거리는 그녀의 머리칼을 쓸었다. 그러곤 조용히 안아주었다. 그것 말고는 뭘 해야 할지 알지 못했다.

마리의 혼란을 바라보며 순하는 문득 그런 생각이 들었다. 어쩌면 어머니는 아버지에게 죽어준 것이 아닐까. 죽이고 싶어 죽이는 게 아니다. 소금 도둑을 죽이는 건 백어의 본성이다. 본성을 거스르는 유일한 방법은 아무것도 할 수 없도록 자신을 먼저 죽이는 것이다. 아버지는 어머니를 죽인 대가로 정신의 지옥 속에서 살고 있다. 살아도 죽어도 소금 도둑은 벌을 받는다. 그러니까…….

순하는 말했다.

"죽이지 말아요. 절대로 자기 자신을 죽이지는 말아요."

*

용보는 고지서들을 뜯어보며 투덜거렸다.

"전부 돈 내놓으란 닦달질뿐이네. 마리의 백어석만 있으면 다 해결될 것들인 주제에."

휴대전화가 울렸다. 준희였다. 뭐지? 생전 나한테 먼저 전화하는 법이 없는 놈인데?

"네가 어쩐 일이냐?"

"마리는? 마리는 요즘 어때?"

"뜬금없이 전화해서 왜 갑자기 마리에 대해 묻고 난리야? 걔 여기 없어. 벽화 작업 하러 지방 내려갔어."

전화기 너머에서 잠시 침묵이 흘렀다.

"왜 무슨 일인데?"

"마리가 결국 너한테서 달아났구나."

"달아난 게 아니라 일하러 갔다고."

용보의 짜증 섞인 대꾸에 준희는 한심하다는 듯 혀를 차며 물었다.

"어디로 갔어?"

"그게 너랑 무슨 상관인데?"

"마리, 지금 어디 있냐고!"

발등에 불이라도 떨어진 듯 준희는 다급하고 위태로운

어조로 전화기 너머에서 용보를 다그쳤다.

*

마리는 벽에 등을 기대고 앉아 다리를 주물렀다. 발목이 목각 인형처럼 삐걱거렸다. 날씨는 금방이라도 눈이 쏟아질 듯 어두컴컴했다. 겨울엔 작업 시간이 짧고, 추위 때문에 손이 자주 곱는다. 다행히 마리에게 추위는 별문제가 되지 않았다.

마리가 잠시 일하던 손을 놓자 멀찍이 서 있던 그림자가 천천히 다가왔다. 시간이 지나고 모습이 어떻게 달라진다 해도 마리는 그를 알아볼 수 있었다. 마리가 몸을 일으키려 하자 그가 손을 내밀었다. 마리는 그의 손을 빤히 쳐다보다가 혼자 일어섰다. 준희는 말없이 무안해진 손을 거뒀다.

"여기 어떻게 알았어?"

"용보에게 물었어. 너, 여기 내려온 이후로 전화기가 내내 꺼져 있다고 걱정하더라. 그런데도 여태 한 번도 찾아오지 않았더군. 주소를 알고 있는데 네 얼굴을 보러 오지 못하는 이유는 아마도 죄책감 때문이겠지. 해림간으로 갔더니 모르는 사람이라면서 섬이 내게 문을 열어주지 않더라. 센터에 알아보니까 여기서 작업한다고 해서."

"그래서?"

"같이 밥이나 한 끼 먹으려고."

"밥 한 끼 먹으려고 여기까지 왔다고?"

"응."

"목소리가 두꺼워졌어."

"나이를 먹어서 그래."

마리는 생각했다. 그렇구나. 여기서 저들의 시간은 대략 백여 년이다. 우리는 수염고래처럼 오래 사는데. 그러나 모든 육신의 끝은 같다. 저들의 몸이 썩어 흙으로 스며들 때 우리의 몸은 녹아 물로 스며든다. 하지만 영혼은? 영혼이 없는 우리는 저들처럼 다음을 기약할 수 없다.

"밥 먹고 같이 갈 데가 있어."

"어딜?"

"일단 밥부터 먹자."

마리는 준희의 눈동자 속에서 꿈틀거리는 계략과 음모를 보았다. 이는 모든 것을 아는 자의 특권이다. 모든 것을 아는 자는 이야기의 전개를 바꿀 수 있다. 물론 결말이 어찌될지는 장담할 수 없다. 식사가 끝나자 그는 서둘러 계산을 마친 후 마리를 차에 태웠다. 어딜 가느냐는 마리의 물음에 그는 그저 웃기만 했다. 시내로 들어간 그는 커다란 건물 뒤쪽에 차를 대고 내렸다. 건물을 빙 돌아 앞에 섰을 때 마리는 그가 뭘 하려는지 알았다.

"용보가 네 피아노를 팔았다며? 여기서 네 고래를 다시 골라보자. 내가 사줄게. 용보 대신 내가."

그때 매장에 있던 열 살가량의 여자아이가 어머니와 직원이 보는 앞에서 짧은 소나티네를 치기 시작했다. 피아노 소리가 공기 중을 떠도는 뿌연 먼지를 흔들었다. 작은 진동은 곧 큰 소용돌이를 일으켰다. 마리는 어지럼증을 느꼈다. 그녀는 고개를 저으며 매장을 나왔다. 당황한 준희가 따라 나오며 물었다.

"왜 그래?"

"네가 주는 건 받지 않을 거야."

"난 줘야 해. 진작 줬어야 했는데……."

먼저 배반한 것은 그였다. 이제 와서 후회한다며 이딴 걸 사준들 무슨 소용이 있을까마는.

"이제 상관없어."

"나는 상관있어. 그때 내가 너를……."

그는 목이 메어 잠시 말을 잇지 못했다.

"내가 이기적이었다는 거 알아. 하지만 어쩔 수 없었어. 이것으로 그때 그 일에 대한 보상이 될 수 있을 거라고는 생각하지 않아. 하지만 늘 후회했어. 내 마음도 폭풍을 겪었다고."

준희는 다짐이라도 받으려는 듯 물었다.

"너에게 고래가 생기면 우리는 그때로 돌아갈 수 있게 될 거야, 그렇지?"

마리의 입가에 묘한 미소가 걸렸다. 마리의 마음을 알아챈 준희는 씁쓸한 얼굴로 말했다.

"그때 난 열세 살이었어."

"이듬해에는 열네 살이 되었지. 매해 너는 나이를 먹었어."

"나는 선택할 수 있는 처지가 아니었어. 아버지는 바다에서 나는 것들 중 먹을 수 없는 것은 아예 먹으려는 시도조차 하지 않았지. 나는 아버지가 가르쳐준 것을 절대적으로 믿었어. 그런데 지금은 죽든 말든 한번 먹어나 볼걸 그랬다고 후회해. 겁먹을 필요가 없었는데. 나는 아버지나 할아버지와는 다른 체질일 수도 있으니까."

준희는 일순 북받치는 감정을 짓누르듯 잠깐 말을 멈췄다. 그러곤 냉정하게 말했다.

"이제 와서 열세 살의 그날로 다시 돌아갈 수는 없겠지만, 지금부턴 누구도 내 결정을 막을 수 없어. 그러니까……."

마리는 그의 말이 끝나기 전에 돌아서서 달렸다. 자신

이 어디로 가는지 알지 못한 채 그냥 뛰었다. 그는 마리를 좇아가지 않았다.

이틀 후에 해림간 9동 603호로 피아노가 배달되었을 때 마리는 돌려보내려고 했다. 그들은 난처한 얼굴로 구매자가 취소하지 않으면 가져갈 수 없다고 말했다. 마리는 어쩔 수 없이 그 피아노를 받았다.

마리는 낯선 고래를 탐색하기 시작했다. 고래의 이빨은 방금 새로 붙인 인조 손톱처럼 하얬고 숨구멍은 어디에도 없었다. 크림색 고래에게서 새 가구 냄새가 났다. 마리는 목에 걸고 있던 옛날 피아노의 열쇠를 꺼내 뺨에 대고 비볐다. 차갑고 비릿한 금속 냄새는 죽은 백어들이 남긴 뼈 냄새와 비슷했다.

물고기가 백아흔한 번 몸을 뒤집으면

용보는 현관에 들어서자마자 베란다에 걸린 풍경을 보았다. 투명하게 반짝이는 크리스털 고래들이 크리스털 파라솔 아래에서 허공을 살랑살랑 헤엄치며 아름다운 소리를 뿌렸다.

“뭐야, 이거? 예쁘네. 샀어?”

“준희가 달아줬어.”

그는 거실 구석에 놓여 있는 크림색 업라이트 피아노를 보았다.

“저 피아노는 원래 있던 거야? 완전 새것처럼 보이는데?”

“준희가 사줬어.”

"걔가 너한테 피아노를 왜 사줘?"

"지금 나한테 제일 필요한 거라고 말했어."

"그 자식, 바보 아냐? 넌 피아노를 못 치는데 어떻게 너한테 지금 제일 필요한 게 피아노냐? 너한테 제일 필요한 건……."

"뭔데? 넌 뭘 가져왔는데?"

"그러니까……."

말문이 막혔다. 그는 마리를 위해 아무것도 가져온 것이 없었다. 대신 새 옷을 사 입었고 미용실에 다녀왔다. 마리에게 잘 보이기 위해. 뭔가 사소한 거라도 사올 걸 그랬나? 근데 뭘 사와야 해? 딱히 생각나는 것이 없었다. 그는 언제나 갖고 싶은 것이 많았지만 마리는 없었다. 그나마 피아노가 유일하게 원하는 것이라 해도 그건 지금 당장 그가 사줄 수 있는 물건이 아니었다. 왜 하필 피아노처럼 비싼 물건이야. 그러니까 내가 아무것도 사올 수 없었던 거지. 이게 다 너 때문이야. 준희가 마리를 만나고 돌아온 후에 용보는 그와 바로 통화를 했다. 그때 피아노를 사줬다는 말은 없었다. 어떻게 지내더냐는 용보의 물음에 준희는 담담히 말했다.

"잘 지내고 있어. 아, 그리고 휴대전화를 잃어버렸대. 그래서 내내 연락이 되지 않았던 거야. 너도 참 대단하다. 계속 전화가 안 되면 진작 내려가봤어야지. 말로는 걱정한다면서 어떻게 그렇게 손놓고 있을 수 있냐."

누군 뭐 그러고 싶어서 그랬겠어. 마리에게 잠시 시간을 주려고 그랬던 거지. 그런데 지금 여기서 준희의 흔적을 눈으로 보고 있자니 기분이 묘했다. 용보는 어쩐지 준희가 은근슬쩍 자기 자리를 차지해버린 것 같아 불쾌했다.

용보는 제가 팔아버린 검은 고래 대신 준희가 들어앉힌 크림색 고래를 흘겨보았다. 은은한 광택을 뿌리며 거실을 차지하고 있는 우아하고 쓸모없는 덩어리. 저게 대체 왜 필요한데? 그는 도무지 이해할 수가 없었다. 피아노도 칠 줄 모르는 주제에 피아노를 갖고 있는 것은 그저 허영이고 허세였다. 백번 양보해서 피아노가 마리에게 진짜 필요하다고 해도 그는 여전히 사줄 능력이 없었다. 그의 그런 처지를 뻔히 알면서 마리에게 피아노를 덥석 사준 준희의 처사가 못마땅했다. 하지만 그에게 질투를 느끼게 하려고 고의로 사준 것은 아닐 것이다.

아무래도 준희는 마리의 피아노에 대해 뭔가 알고 있는 것 같았다. 마리와 준희는 옛날부터 둘만 통하는 것이 있었다. 용보는 늘 그게 거슬렸지만 딱히 따져본 적은 없었다. 준희는 입이 무거웠고 용보는 물어보는 것이 껄끄러웠다. 뭘 가져왔느냐고 묻는 마리에게 용보는 결국 아무 말도 할 수 없었다. 마리 역시 그가 뭘 내놓을 거라 기대하는 것 같지 않았다. 용보는 말꼬리를 돌렸다.

"배고파. 밥이나 먹으러 가자."

셋은 저녁을 먹은 후 가까운 유원지에서 시간을 보냈다. 초콜릿과 커다란 뿅 망치와 야광 별을 샀고 사진 몇 장을 찍었다. 용보는 그것이 가족과 보낸 마지막 시간이었다는 것을 알지 못했다. 그날 밤 용보는 오랜만에 마리와 나란히 침대에 누웠다. 그는 천장을 바라본 채 준비해온 말을 꺼냈다.

"나한테 화난 거 알아. 내가 미워서 작업한다는 핑계를 대고 날 떠난 거지?"

"응."

마리는 부정하지 않았다. 아마도 그럴 거라고 예상했던 것과 실제로 진심을 듣는 것은 완전히 달랐다. 그는 고개를 돌려 마리를 보았다. 마리는 눈을 감고 있었다. 그는 가슴이 답답해졌다.

"내가 뭘 그렇게 잘못했는데?"

"내 소금을 훔치면 넌 나뿐 아니라 나와 함께했던 모든 것을 잃게 될 거라고 말했잖아. 난 이제 너와 살 수 없어."

마리는 돌아누우며 그에게서 등을 돌렸다. 용보는 조

금씩 화가 치밀어 올랐다.

“그까짓 소금이 뭐라고 우리가 갈라서야 하는데, 엉? 생각해봐. 내가 그 소금을 왜 가져갔겠어? 돈이 되기 때문이야. 그런데 넌 그걸 움켜쥔 채 절대 내놓지 않았지. 그렇게 손도 못 대게 하니까 몰래 가져갈 수밖에 없었던 거야. 그래도 남겨뒀잖아. 다른 놈 같았으면 아마 통째로 가져갔을걸. 솔직히 나나 되니까 너처럼 이상한 애랑 살아주는 거야, 알아?”

용보는 되는 대로 말을 내뱉었다. 그동안 고심하며 신중하게 골라두었던 말들이 모두 쓸모없어졌다. 사람들은 말했다. 살면서 계획대로 되는 일은 없다. 사람은 계획을 세우는 흉내만 내는 것이지 실제로 그것을 조종하는 것은 다른 어떤 섭리다. 거기엔 찰나의 감정도 포함되는 것이 틀림없었다. 젠장, 이게 아닌데. 그는 제풀에 놀라 입을 다물었다. 난 정말 사과하려고 했는데. 그는 숨을 고르고 헛기침을 하고 기어들어가는 목소리로 물었다.

“그러니까…… 내 말은…… 아무튼 일 끝나면 돌아올 거지?”

“돌아갈 거야, 집으로.”

마리는 벽에다 대고 속삭였다.

“그래, 기다리고 있을게.”

용보는 돌아누운 마리에게 여전히 말하고 싶었다. 네가 가진 백어석을 좀 더 가치 있게 쓰자고. 그러나 한시름 덜어내고 잘 마무리된 것 같은 이 상황에서 다시 백어석에 대한 이야기를 꺼내 마리를 자극할 수 없었다. 어쩌지? 그냥 눈 딱 감고 한 번만 더 훔쳐? 한두 개 정도는 눈치채지 못할 수도 있는데. 그래, 한 번만. 마지막으로 딱 한 번만. 작정을 하자 더는 다른 생각을 할 수 없었다. 그는 마리가 잠들기를 기다렸다가 도둑처럼 온 집 안을 뒤졌다. 이번엔 신발장 안 페인트통들 사이에 있었다.

백어석의 불그레한 빛을 다시 마주하자 머릿속까지 붉어지는 것 같았다. 백어석의 개수는 눈으로 언뜻 세어도 열서너 개 정도밖에 남지 않았다. 여기서 여러 개를 집어 가면 금방 알아차릴 것이다. 하지만 하나 정도 없어진 것은 개수를 착각했다고 여길 수도 있었다. 그는 제일 큰 백어석 한 개를 집어냈다. 예리한 날에 손을 베지 않도록 조심하며 두루마리 휴지에 둘둘 말아 점퍼 안주머니에 밀어넣었다. 그러곤 소금통의 뚜껑을 닫아 제자리에 두고 마리의 곁으로 돌아와 누웠다. 심장이 벌렁벌렁 춤을 췄다. 손과 발이 덜덜 떨렸다. 그는 이불을 끌어당겨 턱 끝까지 덮었다.

마리는 죽은 듯 숨소리조차 없는 깊은 잠에 빠져 있었

다. 고요한 어둠 속에서 그의 숨소리만이 불안하게 헐떡였다. 몸이 점점 움츠러들었다. 그는 마리의 등에 제 몸을 붙였다. 그러고서야 간신히 잠이 들 수 있었다.

잠결에 용보는 눈을 떴다. 사방이 어두컴컴했다. 어디선가 비린내가 났다. 코끝을 스치는 차가운 공기. 축축한 이부자리. 뭐지? 그는 일어나려고 했지만 몸이 움직이질 않았다. 육중한 바윗덩이에 깔린 것 같았다. 그 순간 그는 어둠 속에서 그를 내려다보고 있는 눈동자와 시선이 마주쳤다. 그는 기겁을 하며 숨을 들이켰다. 왜 꼼짝할 수 없었는지 깨달았다. 백어가 그의 몸 위에 올라탄 채 비늘이 덕지덕지 붙은 징그러운 두 다리로 하반신을 단단히 감아 누르고 있었다. 다행히 두 손은 백어에게 잡히지 않았다.

여자의 얼굴을 한 백어가 그를 향해 고개를 숙이며 천천히 입을 벌리자 그 얼굴의 윤곽이 일그러지며 다른 형태로 변하기 시작했다. 더는 사람도 물고기도 아닌 얼굴을 한 불그레한 괴어가 목덜미를 물어뜯을 것처럼 다가오자 그는 몸부림치며 두 팔을 들어 막았다.

괴어가 그의 오른팔을 물었다. 그는 비명을 질렀다. 괴어의 이빨이 송곳처럼 그의 팔에 박혔다. 너무 아파서 차마 그 아가리에서 팔을 빼낼 엄두도 내지 못한 채 그저 흐느꼈다. 이건 현실이 아니야. 백어석의 환영이라고. 그러니까 사라져. 제발 사라져……. 억지로 자기 암시를 하는 그의 눈앞에서 일순 빛이 번쩍였다. 빛의 정체를 본 그는 자지러졌다. 괴어의 흉측한 붉은 손이 반원형의 예리한 칼날을 쥐고 있었다. 괴어의 입에 오른팔이 물린 채 그는 왼손으로 이부자리를 움켜쥐었다. 꼼짝도 할 수 없었다. 그저 그 상태로 죽음이 언제 자신을 베어버릴지 속수무책 기다려야 했다. 공포가 그를 야금야금 먹어치우고 있었다.

쉭, 공기를 가르는 소리와 함께 백어석의 불그레한 칼날이 날아들었다. 빛이 그의 눈을 뜨겁게 찌르며 깊숙이 파고들었다. 뇌가 녹아들면서 머리가 터져버렸다. 죽음과 함께 그는 눈을 번쩍 떴다. 한 치 앞도 보이지 않던 캄캄한 어둠이 걷히고 여명이 창을 어슴푸레하게 비췄다. 온몸이 식은땀으로 젖었다. 심장이 아직도 벌떡벌떡 뛰었다. 오른팔이 욱신거렸다. 그는 허겁지겁 팔을 들어 살폈다. 환영에서처럼 살을 찢고 뼈를 부순 상처는 없었지만 이빨 자국이 남아 있었다. 어떻게 된 거지? 그게 헛것이 아니었나?

"내가 물었어."

그제야 그는 침대 곁에 말뚝처럼 서 있는 마리의 존재

를 깨달았다. 언제부터 나를 보고 있었을까? 왜 나는 마리가 보고 있는 것을 바로 알아채지 못했지? 근데 방금 뭐라고 했더라?

"뭐?"

"내가 물었다고. 다음번엔 네 목을 물어뜯을 거야. 죽고 싶지 않으면 서둘러 내게서 도망쳐."

어쩐지. 깜짝 놀랐잖아. 그래, 그게 진짜일 리가 없지.

"야, 너 돌았냐? 암만 내가 미워도 그렇지 어떻게 자는 사람 팔을 무냐?"

"그러니까 도망쳐."

마리의 눈은 어둡고 잔잔했다. 그녀의 시선은 언제나 낯설었지만 지금처럼 불편하게 느껴진 적은 없었다. 도둑이 제 발 저린 탓이겠지.

"뭘 도망쳐? 씨, 그러니까 살인 욕구가 들 만큼 내가 꼴보기 싫다는 뜻이야? 어젯밤에 우리 이야기 잘 끝난 거 아니었어? 왜 또 갑자기 변덕이야."

마리는 대꾸하지 않았다.

"알았어. 그렇게 날 내쫓고 싶으면 가줄게. 지금 당장 가준다고."

차라리 이렇게 내쫓기는 편이 낫지 싶은 생각이 들었다. 그는 침대에서 기어 나와 욕실로 갔다. 대강 세수를 하고 머리를 빗고 옷을 입고 양말을 신었다. 아직 식은땀이 채 마르지 않은 몸에 점퍼를 걸치면서 지난밤 안주머니에 몰래 넣어둔 백어석이 잘 있는지 확인했다.

가만, 이거 하나 없어진 걸 그새 알았나? 그럴 리가. 알았다 해도 어쩔 거야. 몰라 될 대로 되라지. 이미 그는 백어석에 손을 댔다는 것을 인정했다. 왜 그래야만 했는지도 말해주었다. 그러니까 마리는 그를 이해해야만 했다. 그로서는 어쩔 수 없었다는 것을. 물론 지금도. 그리고 그는 같은 변명을 또 하고 싶지 않았다. 그러려면 가능한 한 빨리 이 집에서 나가는 것이 상책이었다. 그런데 마리가 먼저 나가라니 잘되었다. 지금은 서로 이야기해봐야 감정만 상할 테니까. 현관을 나서며 용보는 마리의 손을 잡았다.

"나중에 다시 이야기하자."

그는 마리의 손이 평소와 달리 몹시 뜨겁다는 것을 알아채지 못했다. 그가 가고 난 후 마리는 침대에 누웠다. 손에 닿는 모든 물건들이 얼음처럼 느껴질 정도로 열이 올랐다. 극심한 두통이 왔고 관절이 끊어질 듯 아팠다. 이가 흔들리고 눈알과 뇌가 퉁퉁 부은 듯 머리 위쪽이 무거웠다. 아프지 않은 곳이 없었지만 진짜 아픈 곳이 어디인지는 알 수 없었다. 마리는 가만히 누운 채 창밖으로 하늘을 보았다. 여긴 물속보다 산소가 더 많은데 어째서 이렇게 숨쉬기가 어려울까. 몸이 점점 바닥으로 가라앉으며 어딘가로 빨려드는 것 같았다. 죽음이 가까워진 백어들이 바다 깊숙이 내려가면서 수면 위의 하늘이 멀어지는 것을 보는 것이 이와 같을까. 마리는 일어나서 신발장 안에 넣어둔 소금통을 꺼냈다. 역시 한 개가 모자란다. 섬이 다가와 물었다.

"아직도 아파?"

"아니, 그냥 물과 공기의 압력 차이 때문이야."

"그게 무슨 말이야?"

"집으로 돌아가고 싶단 뜻이야."

마리는 다시 침대로 돌아와 누웠다. 섬이 마리의 곁에 누웠다. 마리는 섬을 품에 꼭 안은 채 멀리서 다가오는 바람 소리에 귀를 기울이며 꿈을 청했다. 마리는 섬의 귀에 대고 공기처럼 속삭였다.

"내일 다시 어딘가로 떠날 꿈을 꿀 수 있다는 건 좋은 거야. 우린 고인 물에서는 살지 않거든."

*

용보는 꿈을 꿨다. 거대한 돛을 펼친 범선을 타고 항해를 하다가 폭풍을 만났다. 요동치는 배 안에서 그는 미친 듯이 토악질을 해대며 생각했다. 내가 왜 여기 있지? 내가 왜 이런 구닥다리 배를 타고 있는 거야? 풍랑에 흔들리던 배가 완전히 기울었다. 그는 뭐라도 잡고 버텨보려 했지만 순식간에 바다로 떨어졌다. 죽을힘을 다하여 헤엄을 쳐보지만 산더미 같은 파도에 짓눌려 점점 더 깊은 물속으로 밀려들어갔다. 숨이 막혀왔다. 지금 당장 한 숨만 더 들이마실 수 있다면 어떻게든 이 자리를 박차고 수면 위로 올라갈 수 있을 텐데.

그때 희고 커다란 물고기가 우아하게 몸을 흔들며 그에게 다가왔다. 아니다. 물고기가 아니라 사람이다. 하얀 백어석이 잔뜩 달라붙은 여자의 늘씬한 두 다리. 벌거벗은 그 몸을 보며 용보는 그 하얀 여자가 마리라는 것을 알았다. 도와줘. 용보는 마리를 향해 손을 뻗었다. 마리는 유영하며 뒤로 물러났다. 그녀는 용보가 괴로워하는 것을 그저 물끄러미 바라보았다. 그 얼굴에는 어떤 표정도 담겨 있지 않았다. 야, 계속 그렇게 내가 죽어가는 걸 구경만할 셈이야? 숨 좀 나눠달라고. 한숨이면 돼. 내가 죽어가잖아. 너, 진짜 끝까지 이럴래?

그는 숨을 헐떡이며 잠에서 벌떡 깨어났다. 뭐야, 이 희한한 꿈은? 별거 아니라고 생각하려 했지만 찜찜했다.

마지막으로 훔쳐낸 백어석 때문일까 아무래도 마리에게 다시 가봐야겠다.

이튿날 아침 용보는 마리에게 갔다. 가는 내내 정신이 터진 보릿자루처럼 흩어졌다. 초인종을 눌러도 기척이 없었다. 그림 그리러 갔나? 그래도 섬은 두고 나갔을 텐데. 그는 현관문을 두드리며 섬의 이름을 불렀지만 여전히 대답이 없었다. 아무래도 오늘은 섬을 데리고 나간 모양이다. 아니면 어디 맡겼을지도. 젠장, 그는 며칠 전에 여기 왔을 때 뭘 사왔어야 했는지 깨달았다. 휴대전화였다. 그림 그리는 데가 어디라 했더라. 지난번에 그는 백어석 하나를 훔친 죄책감 때문에 서두르느라 마리가 벽화 작업 하는 장소에는 가보지도 못했다. 그는 무작정 택시를 잡아탔다. 택시 운전사는 걸어가는 것이 나을 거라고 말했지만 그는 길을 몰랐다. 택시 운전사는 언덕배기에서 차를 멈추고는 말했다.

"더 들어가면 돌아 나오기 힘들어서요. 저 위쪽으로 계단 보이시죠?"

그는 고개를 끄덕였다. 멀리서도 백어석의 빛을 확연하게 볼 수 있었다. 벽화는 이미 완성되었다. 마리가 벽과 계단에 옮겨다 놓은 바다를 보며 그는 걸음을 옮겼다. 바다는 위로 올라갈수록 깊어졌다. 말로 형용할 수 없는 어둡고 신비로운 색감. 한 번도 본 적 없는 기괴한 형상의 물고기들. 원시의 밤으로 들어가는 입구 같았다. 흰 뼈들의 무덤. 하얀 비늘로 뒤덮인 인어들의 육신. 죽은 육신에서 떨어져 나간 비늘들이 불그레한 빛을 뿌렸다. 그것은 마치 저승길로 인도하는 등불처럼 보였다. 그는 거기 서서 계단 아래쪽을 바라보았다. 벽화의 그림들이 한눈에 들어왔다. 그는 바다의 가장 깊은 곳에 서 있었다.

인어들은 그의 발아래 펼쳐진 수면을 향해 헤엄쳐 가는 중이었다. 수면과 가까워질수록 인어들의 몸은 점점 물거품으로 변하여 흩어졌다. 백어석과 물거품의 빛으로 이루어진 인어들의 유영은 마치 바다가 품은 눈물처럼 보였다. 흐릿하게 빛나는 태양을 향해 필사적으로 헤엄쳐 간 인어들은 모두 공기가 되어 영원히 세상에서 사라졌다. 용보는 멍한 얼굴로 중얼거렸다.

"대체 어딜 간 거야? 일이 끝났으면 집으로 돌아와야지."

그는 다시 택시를 잡아타고 해림간 단지로 돌아와 관리사무소로 갔다.

"9동 603호는 어제 나가셨는데요."

"나가요?"

아름의 얼굴에 대고 용보는 포효하듯 반문했다. 왜 나

한테 난리야? 아름은 기분이 나빴지만 최대한 웃는 얼굴을 유지하며 말했다.

"벽화 작업 끝났잖아요. 몰랐어요? 남편분 되신다면서요?"

미소 띤 표정이 눈에 거슬렸다. 남편이라고 해도 당사자가 말을 안 해주면 모르는 거지. 그는 이 앳된 아가씨가 자기를 비웃고 있단 생각이 들었다. 저쪽에서 파란 작업복을 입은 젊은 설비기사가 자신을 보고 있었다. 용보는 갑자기 창피해졌다. 빌어먹을, 왜 하필 어제야. 하루만 빨랐더라면. 무슨 나쁜 장난질에 걸려든 것 같았다. 용보의 표정이 점점 험악해지자 아름이 조심스레 말했다.

"머리 식히러 어디 여행이라도 가신 게 아닐까요? 한마리 씨 휴대전화가 없어서 미처 연락하지 못하셨을 수도 있어요. 기다리시면……."

"됐고요. 603호 문 좀 열어줘요. 거기 소유주가 센터로 되어 있으니까 여기 열쇠 맡겨뒀을 거 아니에요. 제가 직접 들어가서 좀 봐야겠어요."

"정말 완전히 나가셨어요."

"한 번 더 확인하는 절차라고 생각해주시죠."

아름은 용보가 굶주린 살쾡이 같다는 생각이 들었다. 괜히 자극해서 좋을 게 없는 불편하고 위험한 상대. 그녀는 마지못해 용보에게 열쇠를 내주었다. 열쇠를 받아들고 돌아서서 나가며 용보는 그의 뒤통수에 끈질기게 따라붙는 시선을 느꼈다. 파란 작업복을 입은 젊은 설비기사. 그러고 보니 어디선가 본 듯한 얼굴이었다. 얼른 생각이 나지 않았다. 나를 아는 사람인가, 아님 내가 알던 사람인가. 그러고 보니 저 남자의 시선은 그가 이 관리사무소에 들어와서 9동 603호 화가의 남편이라고 말한 순간부터 끈덕지게 붙어 있었다.

용보가 다시 돌아보는 순간 젊은 설비기사와 눈이 마주쳤다. 설비기사는 고개를 숙여 인사를 하곤 조용히 시선을 돌렸다. 용보는 불쾌했지만 딱히 뭐라고 할 말이 없는지라 일단 관리사무소를 나왔다.

아파트 안에 마리의 물건은 아무것도 남아 있지 않았다. 신발장 안에 있던 소금통도 가져갔다. 그는 서울로 올라가는 길에 센터로 전화를 해서 마리의 일정을 확인했다. 센터는 마리가 계약 기간보다 일찍 작업을 마쳤다고 했다. 그가 지난번에 내려갔을 때 작업은 거의 마무리 단계였다. 이틀 전에 센터는 잔금을 치렀고 그다음 날인 어제 마리는 해림간을 나갔다.

잔금을 받았다고? 그러니까 지금 돈 들고 튄 거야. 난 어쩌라고. 돈 들어갈 때가 태산인데. 넌 너대로 살 테니

난 나대로 살라는 거야 뭐야. 용보는 화가 나서 머리가 터질 것 같았다. 일단 마리를 찾아야 했다. 센터 말고 마리의 행방에 대해 물을 만한 데가 또 어디 있더라. 결혼식 날 보았던 강두영이 생각났다. 그때 그녀는 용보에게 전화번호를 알려주며 석연치 않은 말을 남겼었다. 나중에 무슨 일이 생기면 전화해달라고.

*

"나중에 생길 무슨 일이란 게 이런 거였어요?"

"글쎄요, 너무 걱정하지 말아요. 납치된 것도 아니고 제 발로 간 거잖아요."

두영은 수년 전 그녀가 남겼던 말에 별 의미가 없었다는 듯 담담히 말했다.

"아마 바다로 갔을 거예요."

그래, 바다, 가능성이 있네. 마리가 달리 바다 작가로 불리겠어. 근데 삼면이 바다인 나라잖아.

"어느 바다요?"

"그거야 모르죠. 마리 하면 그냥 바다니까요. 뭐 어쩌면 바다가 아닐 수도 있고요."

이 여자가 진짜.

"이봐요, 강두영 씨. 저 지금 절박하거든요. 제가 지금 어떤 심정으로……."

"알아요. 정말 저한테 전화할 줄 몰랐거든요."

"그러니까 좀 제대로 말해줘요."

"마리는 바다를 떠나서는 살 수 없을 줄 알았어요. 근데 그때 이후로 바다를 등지더군요. 그래도 바다를 보지 않고는 배길 수 없었나 봐요. 도시 한복판에 바다를 옮겨다 놓으며 살았으니까요."

"그때라니요?"

"그때 일은 설명하기 어려워요. 아무 일도 아니라면 아닐 수도 있지만……."

두영은 잠시 말을 흐리곤 용보를 물끄러미 쳐다보더니 물었다.

"6년이나 결혼 생활을 했는데 여전히 마리에 대해 잘 모르죠?"

"다들 그렇죠. 마리도 나에 대해 다는 모를걸요. 두영 씨는 남편에 대해 다 안다고 자부할 수 있어요?"

용보는 반쯤 반박하듯 물었다.

"그래도 허물은 없어지죠. 근데 마리는 점점 낯설게 느껴지지 않던가요? 가끔은 두렵기도 하고요."

"하고 싶은 말이 뭡니까? 무슨 일이 생기면 전화해달라면서요. 그래서 전화한 거예요. 마리에 대해 저한테 뭔가 알려줄 게 있을 줄 알았는데요."

"맞아요. 근데 용보 씨가 어디까지 믿어줄지 모르겠어요."

"지금 제 상태로는 머리가 거꾸로 달린 사람을 봤다고 해도 믿을 수 있을 것 같으니 말해요."

두영은 고개를 끄덕였다.

"저와 경혜는 항구 마을에 살았어요. 어릴 적부터 단짝 친구였죠. 고등학교 때 마리를 알게 되면서 셋이 자주 어울렸어요."

마리에게도 여느 여자애들처럼 친구들과 어울리던 시절이 있었겠지. 한데 그 시절에 대해 한 번도 이야기한 적이 없었다. 왜 그랬을까? 왜 진짜 이야기를 두고 늘 어디선가 가져온 이야기를 했던 걸까.

"그 시절 친구가 진짜 친구죠."

두영은 씁쓸한 표정으로 미간을 찌푸렸다.

"생각해보면 그런 순간이 있었던 것 같기도 하네요. 하지만 지금은……."

더는 친구이고 싶지 않은 어떤 일을 겪은 것이다.

"계속해봐요."

"항구 반대편은 해안 절벽 지대인데 거기 아주 근사한

저택이 한 채 있었어요. 마리의 집이었죠."

"마리의 부모님은요?"

"몰라요. 들은 적도 본 적도 없어요. 하지만 말했다시피 부자 후원자가 있었죠. 가끔 일하는 아줌마가 드나들었을 뿐 마리는 그 크고 좋은 집에 늘 혼자 있었어요. 마리는 부유했고 저와 경혜는 부유한 그 애가 부러웠죠. 거기다가 귀찮게 간섭하고 잔소리하는 부모님도 없었고요."

두영은 잠깐 말을 멈추고 기억을 더듬는 듯 시선을 먼 곳으로 풀었다가 거둬들였다.

"거긴 정말 벽지 어촌이었어요. 해가 지면 두루미가 땅에 내려와 날개를 접고 사람으로 둔갑한다는 이야기가 전해지는 곳이었죠. 10월 하순쯤 찬 바람이 돌기 시작하면 두루미들이 왔거든요."

두루미라면 학을 말하는 것 같은데 그거 천연기념물 아닌가. 그렇담 쉽게 볼 수 있는 새가 아닌데. 용보는 두영도 마리처럼 이야기를 지어내고 있는 건 아닐까 의심이 들었다. 두영이 그의 표정을 읽었다.

"마리 흉내 내고 있는 거 아니에요. 꼭 옛날이야기처럼 들리죠? 그리 오래된 시절도 아닌데 말이에요."

"아, 네."

눈치 하나는 빠르네. 용보는 어색하게 웃어 보였다. 그는 혹 두영이 기분이 상해서 입을 다물면 어쩌나 살짝 걱정했다. 아니나 다를까 그녀가 물었다.

"이야기 그만둘까요."

"아뇨. 계속해주세요."

듣다 보면 뭐라도 나오겠지.

"두루미가 사람으로 변하는 것을 보기 위해 우린 오랫동안 숨어서 지켜보곤 했어요. 그러다가 밀물이 들면 해안가를 따라 물 자락 끝을 동당동당 뛰어다녔죠. 정말 아름다운 곳이었어요. 하지만 지금은 그 풍경을 다시 볼 수 없어요. 도로가 들어서고 개발이 되면서 영원히 사라졌죠. 절벽 위의 저택도 없어졌고 마리도 떠나버렸어요."

두영이 초점에서 벗어나 자신의 추억을 떠드는 동안 커피가 식어버려 용보는 다시 주문했다. 그는 그녀의 이야기에 마리가 다시 등장할 때까지 인내심 있게 기다렸다.

"마리는 말수가 적고 겁이 없었어요. 여름날, 폭풍이 몰아쳐 하늘과 땅의 소리가 덩어리가 되어 덤벼들어도 눈 하나 꿈쩍하지 않았죠. 갠 아무 장비도 없이 바다에 들어가 오랫동안 나오지 않았어요. 바다 밑의 온갖 것들을 집어 왔고 물고기도 곧잘 잡아다 줬죠. 우리가 그 물고기들로 뭘 했느냐면……."

두영이 마른 입술을 살짝 물었다가 놓으며 말했다.

"고양이의 영을 사람에게 옮기는 시골의 미신적 행위가 그곳에도 있었어요. 물고기를 산 채로 잡아 얕은 웅덩이에 가두고 그 웅덩이 주변을 빙빙 돌면서 물고기가 몸을 뒤집는 수를 세는 거예요. 정확히 백아흔한 번째에 물고기와 눈이 마주치면 그 물고기의 영은 사람에게로 옮겨가요. 그렇게 받은 물고기의 영을 통해 바다 밑을 들여다볼 수 있어요. 그러니까……."

두영은 말을 멈추며 새로 가져온 커피 잔을 잡았다. 하지만 마시지는 않았다. 그저 안심하고 잡을 만한 것이 필요한 듯 보였다.

"처음엔 마리가 수중에서 해녀보다 오래 머물고 맨손으로 물고기도 잡는 것이 신기했는데 얼마 안 있어 그게 아주 이상하다는 걸 깨달은 거죠. 마리는 늘 바다 밑을 훤히 들여다보고 있었어요. 우리는 의심했어요. 마리에게 물고기의 영이 붙었을지도 모른다고요. 왜냐하면 물고기를 잡아 웅덩이에 가두고 백아흔한 번을 정확히 세는 것은 언제나 마리뿐이었거든요. 하지만 어쩌면 그 애는 뭔가 다른 것이었을지도 몰라요."

두영은 불안한 듯, 커피 잔을 쥐고 있는 손을 떨었다.

"그게 무슨 말이에요?"

"저녁 바다에서 나올 때 마리는 마치 붉은색 물고기

같았어요. 빛이 났다고요. 걔가 그리는 그림에서 나오는 빛하고 똑같은 빛이요. 아시죠?"

용보의 심장이 두근거렸다.

"마리는 늘 그림을 그리고 있었어요. 저택 벽의 안팎이 마리의 그림들로 가득했죠. 온통 바다 일색의 그림이요. 그 그림들은 밤이면 불그레한 빛을 발하곤 했어요. 그 그림에서 배어 나오는 빛의 비밀에 대해 우리는 알지 못했죠."

누가 엿듣기라고 할까 봐 두려운 듯 그녀는 잠깐씩 주변을 흘끔거렸다.

"그런데 어느 날 경혜가 그림에서 나오는 것과 같은 빛을 내는 어떤 돌에 대해서 말했어요. 경혜가 그 돌을 마리 몰래 집어 와 저에게 보여줬어요. 날을 가진 조개 모양의 흰 돌이었죠."

백어석이다. 용보는 침을 꿀꺽 삼키며 물었다.

"경혜 씨는 지금 어떻게 됐어요?"

"죽었어요. 쓰레기 소각장에서 검게 탄 시신으로 발견됐죠. 목이 반쯤 잘린 채로요."

용보는 마리의 스케치북에서 보았던 네 번째 인어 그림을 떠올렸다. 새까맣게 탄 채 아궁이 속에 구겨져 있던 인어의 시신. 마리의 백어석에 손을 댄 아이가 죽었다.

하지만 그림에서 아궁이 속에 있던 것은 인어였다.

"범인은요?"

"잡히지 않았어요. 하지만 난 경혜의 죽음이 마리와 관련이 있다고 생각해요."

"어째서요?"

"경혜가 돌아온 것을 보았거든요. 불에 타버렸는데 물에 빠져 죽은 것처럼 젖은 몸이었죠."

용보의 표정이 굳었다.

"정말이에요. 죽은 아이가 돌아왔다고요. 내게 말도 걸었어요."

"죽은 경혜 씨가 마리를 범인이라고 하던가요?"

"아뇨, 경혜는 그저 내게 함께 가자고 했어요."

"어딜요?"

"모르죠."

그녀는 알고 싶지 않다는 듯 고개를 저었다. 어리석은 질문이었다. 죽은 자가 함께 가자고 말하는 곳이 어디겠는가.

"경혜는 언제나 그 저택이 마리가 그린 바다 그림으로 불그레한 빛을 발할 때만 나타났어요. 그 사실을 깨닫고 나서부터 전 더는 그곳에 가지 않았죠."

"환영이에요."

용보도 겪어봐서 잘 알고 있다. 왜 하필 죽은 아이가 보였는지는 모르겠지만. 두영이 다 말하지 않았을 뿐 거기엔 그럴 만한 이유가 있을 것이다. 그가 백어석을 훔치고 여자의 얼굴을 한 백어를 본 것처럼.

"확신하세요? 용보 씨도 그런 거 본 적 있어요?"

두영이 꽉 쥐고 있던 컵을 내려놓았다. 그렇다고 대답하면 그녀는 컵 대신 그를 잡으려 들 것 같았다.

"알다시피 마리의 그림이 살아 움직이는 듯 착시를 일으키는 효과가 있잖아요."

"그림이 움직이는 것을 본 게 아니에요. 죽은 경혜가 돌아와 내게 말을 걸었다고요."

"환청이에요."

용보의 단호한 반응에 그녀는 실망한 기색이었다. 하지만 용보는 인정할 수 없었다. 그의 목을 자르고 영혼의 반도 잘라내 이승도 저승도 아닌 곳을 영원히 떠돌게 하겠다는 백어의 저주를 제 귀로 똑똑히 들었음에도.

"현실이 아니에요. 꿈자리는 좀 사납겠지만요."

"그렇게 생각하시는군요."

그녀는 아무에게도 털어놓을 수 없었던 그 이야기를 함께 나눌 동지를 원하는 것 같았다. 하지만 용보는 거기에 맞장구칠 생각이 없었다.

"지금도 죽은 그 친구를 봐요?"

"아뇨."

"거봐요. 그게 그냥 그림이 주는 환영이라니까요."

"그럴지도 모르죠. 시간이 좀 지난 후에 제가 용기를 내어 저택에 한번 찾아갔었는데, 그때 마리는 그림 그리는 데에만 몰두하느라 제가 온 걸 알아차리지 못했어요. 마리는 사방 벽에 그림을 그리며 거의 혼이 나간 사람처럼 중얼거렸죠. 항아는 불사약 훔친 것을 후회하리라. 하늘의 달 속에서 밤이면 밤마다. 그 구절이 지금도 잊히지가 않아요."

용보는 섬뜩했다. 마리가 태워버린 스케치북에서 본 구절이었다.

"겁에 질린 제가 뒷걸음치는 소리를 듣고 그제야 마리가 절 돌아보았죠. 마리는 붉어진 눈으로 제게 말했어요. 무서워하지 마. 넌 내 소금을 훔치지 않았으니까. 마리의 흰 돌이 소금이라는 걸 그때 알았어요. 경혜가 마리의 소금을 몰래 꺼내 왔기 때문에 죽은 것일지도 모른다는 의심을 그때부터 했죠. 만약 용보 씨에게 무슨 일이 생긴다면 그건 마리의 소금 때문이에요."

"왜 결혼식 날엔 그 소금 이야길 하지 않았죠?"

"하려고 갔어요. 그런데 마음이 바뀌었어요. 어쩌면 소금에 대해서 모르고 있을 수도 있다고. 모르면 손댈 일이 없을 거라고 생각했죠. 제가 마리의 소금에 대해 말하면 용보 씨는 그게 뭔지 알려고 할 테고……."

하지만 그때 용보는 이미 마리의 소금에 대해 알고 있었고 마리의 경고도 들었다. 그럼에도 훔쳤다. 두영이 말해줬든 아니든 벌어질 일이었다.

"그런데 지금은 알고 계시네요. 그리고 그게 얼마나 위험한 물건인지도요."

"무슨 소리예요?"

"날을 가진 조개 모양의 흰 돌이라고하자 용보 씨는 바로 경혜의 안부에 대해 물었어요. 뭘 의심한 거죠?"

"아무것도요. 그냥 두영 씨 혼자 절 찾아오셨기에."

"용보 씨, 그거 절대 건드리면 안 돼요."

"건드리면 어떻게 되는데요?"

두영은 대답하지 않았다.

"나도 경혜 씨처럼 죽어요?"

두영은 고개를 끄덕였다. 용보는 어이가 없었다. 그러니까 두영의 말은 마리가 자기 소금을 훔친 친구의 목을 베어 죽인 후 소각장에 던져버렸다는 것이다. 이 여자가 경찰을 호구로 아나. 용보는 헛웃음이 나왔지만 가슴 한편으로는 서늘한 바람이 지나갔다. 마리가 살인을 했을

리 없다. 하지만 백어석의 빛은 사람을 홀린다. 백어석의 환영이 마리를 살인으로 유도했을까. 백어석의 환영이 있은 후 마리는 그를 죽이겠다고 말했다. 다음번엔 네 목을 물어뜯어버릴 거야. 죽고 싶지 않으면 어서 내게서 도망쳐. 그래놓고 마리가 그에게서 도망을 쳤다. 젠장, 이럼 이야기가 맞질 않잖아.

*

순하는 트럭을 몰고 마을 입구로 들어섰다. 간판도 없는 작은 마트 앞을 지나 해안 도로를 따라 천천히 달렸다. 앞쪽에서 낯익은 젊은 여자가 유모차를 밀며 걸어오고 있는 것이 보였다. 그는 트럭을 세우고 차에서 내렸다.

"형수님!"

순하가 알은척을 하며 반갑게 손을 흔들었다. 그녀는 자신을 부른 이가 누군지 알아보자마자 흠칫 놀라며 표정이 어두워졌다.

"웬일이야? 어머니 기일은 아직 남았잖아."

그녀는 억지 미소를 보이며 애써 아무렇지 않은 척 말했다.

"다른 일이 있어서요. 동일이 드디어 삼촌이 됐네요. 근데 왜 나한테 연락 안 했지? 동일이 요즘 뭐 해요?"

"순하야, 너……."

그녀는 우물거렸다.

"조카 얼굴 한번 봐도 될까요?"

순하가 유모차 곁으로 다가서자 그녀는 얼른 유모차 덮개 위로 담요를 펼쳐 가리며 고개를 저었다.

"다음에 봐. 찬 바람 맞으면 감기 들어."

담요만 치워주면 비닐 덮개 안으로 아기 얼굴 정도는 볼 수 있는데. 하지만 분명한 금지였다. 그녀의 행동이 너무 노골적이라서 순하는 몹시 서운했다. 내가 뭘 잘못 했나? 왜 그러시는 거지?

"그럼 나중에 집으로 가서 볼게요. 동일이가 많이 예뻐하죠? 조카 엄청 기다렸거든요."

"소식 못 들었구나. 동일이 죽었어."

순하의 가슴이 철렁 내려앉았다.

"어떻게요?"

"사고라는데 사고 같지가 않아. 그럼 중산이 죽은 것도 모르겠네."

창백해진 순하의 얼굴을 보고 그녀는 혀를 찼다.

"그래서 네가 걔들 장례 때 없었던 거구나."

"연락 못 받았어요."

"일부러 안 불렀나 보네."

"대체 왜요?"

"사람들이 그러더라. 동일이 중산이 둘 다 네 어머니 무덤 이장한다고 할 때 백어도로 따라나섰다가 무슨 불운이 붙어온 것 같다고."

"형수님……."

순하의 목소리가 떨렸다. 뒤통수가 당기면서 몸이 차갑게 식었다.

"미안해. 어쩌면 그 일과는 상관없을지도 모르지. 근데, 둘 다 밤바다에 홀려서 익사했어. 하룻밤 새에 시신의 얼굴은 물고기에게 다 뜯겼고 손은 거의 잘려 나갔어. 세상에……."

다른 말도 있었다. 출산 후 친정에서 반년 가까이 머물렀다. 남편이 자꾸 오지 말란다. 뭐가 있구나 싶었지만 돌아와서야 들었다. 남정심의 귀신이 그녀의 집 앞을 지키고 섰다고. 하지만 그녀는 거기서 입을 다물었다. 하얗게 질려 있는 저 얼굴에 대고 무슨 소릴 더 할 수 있을까. 생각해보면 순하도 가엾고 불쌍한 처지인데. 순하에게 무슨 잘못이 있다고. 남편의 말로는 석구가 어찌어찌 잘 쫓아버렸다고 했다. 왜 하필 그녀의 집인지, 석구가 어찌 했는지는 모르겠지만 그 이후로 마을 사람들도 그녀도 남정심의 귀신은 본 적이 없었다.

"갈게."

나중에 밥 먹으러 오란 말은 없었다. 그건 별어마을 사람들의 입에 붙은 인사말이었다. 순하는 슬퍼졌다.

그날 남자들은 거기서 뭘 봤는지 죽을 때까지 말하지 않기로 맹세했다. 그러니 백어도에 함께 가지 않은 여자들은 어머니의 시신이 백어의 형상으로 변한 것에 대해 알지 못한다. 그럼에도 두려운 것이다.

알겠다. 형수님이 왜 아기를 보여주지 않으려고 하는지. 그날 백어도에서 나한테 붙어왔을지도 모르는 백어의 저주를 두려워하는 거야.

그믐밤 비밀의 광경

용보는 카페 아프리카를 좋아했다. 그에게 일어난 모든 좋은 일의 시작은 마리였다. 그는 카페 아프리카에서 마리를 처음 만났다. 뜨거운 태양 아래 두건을 쓴 여자와 이마를 찌푸린 남자들이 느릿느릿 걷고 있는 열대의 나른한 풍경을 바라보며 그는 눈을 끔벅였다. 그림 속 야자수는 6년 전에 본 이후로 성장을 멈췄다. 더운 나라에서는 뭐든 빨리 자라는 거 아니었나. 그는 갈증을 느끼며 차가운 물 한 컵을 주문했다. 카페 아프리카의 어두침침한 바깥 거리에는 눈발이 날렸다. 카페 아프리카에는 음악이 없었다. 모로코풍의 벽걸이 카펫과 연노랑 등 빛과 속삭거리는 대화와 조심스러운 발걸음 소리뿐이었다. 준희는 다 마신 맥주병을 탁자 위에 놓았다. 그 소리가 제법 커서 용보는 무심결에 고개를 돌렸다가 그와 눈이 마주쳤다. 용보가 물었다.

"한 병 더 할래?"

"됐어."

그는 준희에게 마리의 행방을 물어야 한다는 것이 자존심 상했다. 가뜩이나 해림간 9동 603호 베란다에 매달려 있던 크리스털 고래와 거실 한편을 어색하게 차지하고 있던 크림색 업라이트 피아노 때문에 피해 의식에 절어 있던 터였다.

용보는 슬금슬금 부아가 치밀었다. 제길, 이제 와서 그게 무슨 상관이야. 마리와 결혼한 건 나야. 내가 마리의 남편이라고. 그러니까 내가 승자고 이 이야기의 주인공이야. 용보는 자신이 저지른 오류가 무엇인지 알아야 했다. 두영을 만나고 난 후 그는 잠적해버린 마리에게 생각보다 훨씬 복잡한 비밀이 있음을 알았다. 그래서 만조 때 밀려드는 쓰레기처럼 너저분한 피해 의식에 허우적거리면서도 어쩔 수 없이 준희에게 전화를 했다.

"시간 어때?"

"좀 바쁜데."

"마리 일로 물어볼 게 있어."

"두 시간 후에 아프리카에서 보자."

준희는 마리 일이라고 하자 바로 승낙했다. 바쁘다더니, 마리 일이 아니었으면 틀림없이 거절했을 그의 속내가 전화기 너머에서 분명하게 전해졌다. 불쾌했지만 도리가 없었다.

금사가 수놓인 넥타이와 감색 정장, 고급 모직 코트를 입은 준희 앞에서 용보는 한없이 비참해졌다. 할 수만 있다면 늘어지고 보풀이 가득한 스웨터에 낡은 패딩점퍼를 걸친 이 추레함의 허물을 벗고 쥐구멍에 머리만이라도 숨기고 싶었다.

아프리카는 난방 중이었지만 용보는 한기를 느꼈다. 하지만 속은 까맣게 타들어가는 중이라 연거푸 찬물을 들이켰다. 여유로워 보이고 싶었지만 조급함을 숨길 수 없었다. 안달이 난 용보를 바라보면서 준희는 기다렸다. 제가 불러냈음에도 먼저 아쉬운 소리를 하기 싫어 버티던 용보가 결국 입을 열었다.

"마리가 없어졌어."

"언제? 섬은?"

"섬도 데리고 가버렸어."

준희의 안색이 굳었다.

"몰랐어?"

"몰랐어."

"아니 왜 몰라?"

"너도 몰랐던 걸 내가 어떻게 알아?"

"다른 건 나보다 많이 아는 척하더니."

"너보단 많이 알지만 원래 자주 만나는 사이는 아니었어. 너희 결혼하고 처음 봤던 거야."

"지난번 마리 만났을 때 뭐 없었어? 그 이후엔?"

"그 이후엔 내가 계속 일정이 바빠서 여기 없었어. 오늘도 공항에서 네 연락 받고 바로 온 거야."

"그래도 좀 생각해봐. 뭐 짚이는 거 없어?"

"없어."

준희는 고개를 저었다. 그러나 표정은 이미 남의 일이 아니었다. 좁아진 미간에 묵직한 근심이 어렸다. 쳇, 누가 남편인지 모르겠군. 아주 절망의 나락으로 빠지셨어. 용보는 쓴웃음을 지었다. 묵묵한 얼굴로 입을 다물고 있던 준희가 말했다.

"이게 모두 너 때문이야."

"뭐?"

"네가 마리의 백어석을 훔쳤기 때문이라고."

"그게 뭘? 마누라가 가진 거 좀 나눠 쓴 게 뭐 그리 큰 잘못이라고."

"멍청한 자식!"

"너, 자꾸 말 함부로 할래?"

"됐어. 혹 마리가 집으로 돌아가고 싶다고 말한 적 있어?"

"글쎄, 한 두어 번쯤. 한 번은 창에 대고, 또 한 번은 벽에 대고 그런 말을 했지. 분명히 일 끝나면 집으로 돌아온다고 했는데."

준희는 용보를 빤히 쳐다보다가 나무라는 투로 말했다.

"바보 자식, 거기가 아니야."

"뭐라고?"

"네가 있는 곳이 마리가 돌아가고 싶은 집이라고 생각해?"

용보는 멍해졌다.

"아니면?"

"너에게 돌아가겠다는 것이 아니라 널 떠나서 집으로 돌아가겠다는 거야."

"도대체 무슨 소릴 하는지 모르겠네."

"이제 너도 감 잡았을 텐데."

"무슨 감?"

"됐다. 지난 6년간 몰랐다면 앞으로도 계속 모르고 사는 편이 나아."

"사람 약 올리는 것도 아니고 뭔데? 그냥 말해."

"살면서 알 기회는 얼마든지 있었어. 네가 알려고 들지 않았거나 무시했겠지. 놓친 게 뭔지 생각해봐."

준희는 계산서를 집어 들며 자리에서 일어섰다.

"야, 그냥 가면 어쩌라는 거야?"

준희는 용보를 내려다보며 물었다.

"내가 어떻게 해주길 바라는데?"

"몰라, 뭔가 내가 납득할 만한 이야길 좀 해줘."

"무슨 말을 하건 너에겐 도움이 되지 않을 거야."

"그건 내가 판단해. 그러니까 말해줘. 내가 놓친 것이 뭔데? 난 정말 모르겠어. 그러니까 좀 도와달란 말이야."

준희는 어쩔 수 없다는 듯 다시 자리에 앉았다.

"지금부터 내가 하는 말 허투루 듣지 마."

"응."

"마리는 바다에서 왔어."

뭔가 대단한 것이 나올 줄 알고 바짝 긴장했던 용보의 표정이 그만 무너져 내렸다.

"뭐야? 그 이야기였어?"

"역시 알면서 믿지 않았군."

"말이 말 같아야지. 너 같으면 믿겠냐?"

"내 말 믿어. 네가 훔친 백어석은 백어의 허물이야. 마리의 피와 살이지."

"너, 미쳤냐? 중동 태양에 머리가 구워져 어떻게 된 거 아니냐고."

머리가 어떻게 된 쪽은 용보 자신인 것 같았다. 강두영이 털어놓은 이야기로 그의 머리는 이미 구워질 대로 구워진 터였다. 거기에 준희마저 보태니 용보야말로 미칠 지경이었다. 준희가 말했다.

"마리는 백어야."

강두영도 그렇게 말했다. 어쩌면 그 애는 뭔가 다른 것이었을지도 몰라요.

"말이 되냐? 네가 봤어?"

"봤어."

용보는 말문이 막혔다. 마리가 백어라고? 마리가 사람이 아니라고? 그럼 마리와 나 사이에서 어떻게 아이가 생겨. 그러나 그는 곧 수영장에서의 일이 떠올랐다. 섬은 자신에게 무슨 일이 있었는지 알지 못했고 마리는 지극히 담담했다. 그런 심장 떨어지는 사고를 겪고도 둘은 닮은 얼굴로 웃었다. 설마? 아니야. 이 무슨 미친 생각이야.

준희가 말했다.

"백어가 주는 백어석의 행운은 딱 한 번뿐이야. 마리가 아니었으면 네 삶이 어떻게 굴러갔을지 생각해봐. 너같이 게으르고 생각 없는 놈에게 마리가 지금껏 뭘 어떻게 해주었는지 말이야."

"웃기고 있네. 지금 내 꼴을 봐. 빚더미에 올라 앉아 있어. 엉망진창이라고."

"네가 욕심을 부렸기 때문이야. 네가 빚더미에 오른 건 마리의 백어석에 손을 댄 다음부터야. 훔친 백어석이 널 불운으로 몰고 가기 시작했을 테니까."

"아니, 살다 보면 실패할 수도 있는 거야. 처음부터 다 가진 너는 이해할 수 없겠지만."

"그래서 너에게 양보한 거야."

"뭐?"

"넌 늘 운을 원했지. 노력 없이 뚝 떨어지는 행운. 나에 대해 알고 난 후부터 넌 줄곧 내게 화가 나 있었어. 내가 노력 없이 많은 것을 물려받았기에 불공평하다고 생각했거든."

"그건……."

용보는 한 번도 내색한 적이 없었다. 하지만 준희는 알고 있었던 것이다. 그의 냉랭하고 지적인 눈동자가 용보를 질책하듯 바라보았다.

"그래서 너에게 노력 없이 보물을 얻을 기회를 준 거야. 그 보물을 지키기 위해 어떤 노력이 필요한지 너도 알아야 했거든. 내가 아니었으면 넌 마리를 얻을 수 없었어. 하지만 넌 이제 자격을 잃었으니 난 너에게 양보해준 내 행운을 돌려받을 거야."

"뭐?"

"넌 이제 마리와 끝났다고."

"미친놈, 드라마 찍냐?"

"아직도 이게 현실이 아닌 것 같다면 할 수 없고."

"그러니까 네가 여태 결혼을 미뤘던 게 그런 이유였냐? 마리와 내가 깨질 것을 기다렸냐고!"

"그랬을지도 모르고. 모든 것을 처음으로 되돌려놓을 거야."

"시끄럽고. 마리 어디서 찾을 수 있어?"

"넌 아무것도 하지 마. 마리는 내가 찾아."

"네가 뭔데?"

"그러니까 내가 뭔데 넌 지금 나한테 도움을 구하는 거지?"

주도권이 누구에게 있는지 분명해졌다.

"같이 머리를 맞대는 편이 빨라."

"네 머릿속에 뭐가 있는데? 마리가 자신에 대해 꽤 많이 알려줬지만 넌 여전히 아는 게 없어."

"그렇다고 내가 너보다 마리에 대해 모르겠냐? 일단

경찰에 실종 신고부터 할 거야."

"일을 크게 만들지 마."

"우려하고 있는 게 뭐야?"

"백어에 관한 것이 세상에 알려지길 원하지 않아."

"그따위 백어 이야기 말고 진실을 말해봐. 대체 나한테 마리에 대해 숨기고 있는 게 뭐야?"

"그게 다야. 진실은 이미 말했어. 네가 믿지 않고 있는 것뿐이지."

"마리가 백어란 소린 집어치워."

"한 번도 백어를 본 적이 없어?"

"무슨 소리야?"

"백어석의 환영을 보았을 텐데?"

"네 말대로 그건 그냥 환영일 뿐이야. 어쩌면 꿈이었을지도 모르고. 그러니까 네가 본 것도 틀림없이 그런 것이겠지."

"아니, 내가 본 것은……."

"됐고, 네가 뭘 봤든 관심 없어. 그러니까 네가 본 걸로 날 설득하려고 하지 마. 나도 본 게 있으니까 그게 뭔지 정도는 구분할 수 있다고. 난 마리를 찾을 거야. 그러니까 도와줘."

"마리는 내가 찾을 테니 넌 빠져. 네가 마리와 다시 얼굴을 마주하게 되면 죽어. 살해될 거야."

"뭔 헛소리야?"

"백어는 자기 비늘을 훔친 인간을 죽이려는 본능이 있어. 근데 죽이지 않고 사라졌지. 함께 산 시간의 정 때문인지 섬 때문인지는 모르겠지만 너에게 살 기회를 준 거야. 널 죽이지 않으려고 온 힘을 다해 네게서 떠난 거라고. 그러니까 이쯤에서 지난 일은 모두 털어버리고 새 출발 해."

"무슨 말이 그따위야. 마리가 아무리 나를 죽이고 싶을 정도로 미워하게 됐다고 해도 이런 식으로 끝낼 수는 없어."

"넌 네가 얼마나 심각한 잘못을 저질렀는지 모르는구나."

"물론 내가 잘못했지. 근데 그게 그렇게 큰 잘못은 아니잖아."

"마리에게 너와 한 약속은 목숨이 걸린 문제야. 그 약속 하나에 자신의 전부를 던져야 하니까."

"야, 누가 뱉은 약속 다 지키고 사냐. 그리고 고작 소금이잖아."

"그건 네 생각이고."

"그래서 마누라 소금 좀 훔쳤다고 죽어야 한다는 게

말이 되냐?"

"그만하자. 마리가 백어라는 것을 믿지 않으면 아무것도 받아들일 수 없을 테니까. 믿든 안 믿든 넌 운이 좋은 편이야."

"지금 이 상황이?"

"적어도 네가 죽고 사는 문제를 네 스스로 선택할 수는 있잖아. 그러니 제발 여기서부터는 전해 내려오는 룰에서 벗어나보자. 내가 알기로 드물게 백어가 남자를 놓아주기도 해. 그런데도 남자는 죽자고 백어를 찾으려 들지. 그래서 결국 다 죽는 거야. 하지만 넌 벗어날 수 있다고."

"네가 암만 그딴 소릴 해서 날 따돌리려고 해도 소용없어. 내가 바보냐. 마리를 만나서 내 눈으로 직접 확인하고 물어볼 거야."

용보는 코웃음을 쳤다. 준희는 용보의 입장을 이해했다. 그래, 용보는 겪어보지 못했으니까. 그가 본 것을 보지 못했으니까. 준희도 그날이 될 때까지는 백어의 존재를 완전히 믿지 않았다. 그러니 용보도 제 눈으로 보아야지만 믿을 테지. 하지만 백어를 보면 그는 죽어야 했다. 도리가 없어진 준희는 마음을 다잡고 신중하게 말했다.

"좋아, 그럼 네가 죽지 않을 다른 방법을 알려주지. 방법은 하나뿐이야. 살해되기 전에 네가 먼저 백어를 죽이는 거야, 알겠어? 백어석으로 마리의 목을 베어야 한다고."

"뭐라는 거야? 미친놈!"

"거봐. 도저히 할 수 없겠지? 그러니까 넌 네 살 궁리나 하란 말이야."

*

카 오디오에서 물방울처럼 또그르르 굴러 나온 피아노 소리가 아름다운 화음을 이뤘다. 차에 시선을 빼앗긴 용보의 귀에 피아노의 음률 따위는 들리지 않았다. 누구의 차로 움직일 것이냐는 용보의 물음에 준희는 말했다.

"넌 네 차, 난 내 차."

"곤란한데, 내 차는 지금 공장에 들어가 있거든."

준희는 용보의 차에 무슨 일이 있었는지 묻지 않았다. 어쩌면 이미 거짓말이라는 것을 알고 있을지도 모른다. 준희가 알면서 시침을 떼고 구경하는 것이 어디 하루이틀인가. 그는 학교 다닐 때도 늘 상황에서 한발 빼고 초월한 척 무심하게 굴었다. 아무래도 상관없었다. 차가 없으니 용보는 무조건 준희의 차를 얻어 타야 했다. 게다가 그는 마리를 어디서 찾아야 할지 알 수 없었다. 그러므로 준희의 곁에 붙어 있어야 했다. 컨버터블의 운전석 모양이 낯익었다. 이걸 내가 어디서 봤더라? 내 처지에 이런 차를 타봤던 적은 결단코 없었는데…… 생각났다. 용보의 노트북 바탕화면을 메우고 있던 사진이었다. 옵션까지 해서 2억은 족히 넘는다던가. 용보는 속으로 씁쓸하게 웃었다. 왜 하필 이 차야? 그가 노트북을 펼칠 때마다 외제차를 탄 기분을 느끼고 싶어 고른 그림의 떡이 왜 하필 준희에게는 현실이냐고. 피아노도 이런 식으로 뚝딱 사줬겠지.

"너 말이야, 마리한테 피아노를 사준 진짜 이유가 뭐야?"

"네가 팔아버렸다면서. 마리한테는 피아노가 있어야 해."

"왜?"

"몰라."

준희는 귀찮다는 듯 말했다.

"아니, 넌 알아. 그냥 나한테 말하고 싶지 않은 거지. 그럼 고래는 뭐야?"

"말하고 싶지 않아."

"그래도 난 알아야겠어."

"네가 알아서 유쾌할 내용이 아니야."

"그렇겠지."

준희를 쳐다보는 용보의 눈매가 가늘어졌다.

"그런 눈으로 보지 마. 네가 오해할 거리는 없어."

"근데 왜 나한테 말을 못 해?"

"내가 말을 하든 말든 너와 마리는 끝났어. 그러니까 몰라도 돼."

"누구 마음대로 끝나? 마리의 남편은 나야."

"남편이어서 뭐? 어차피 넌 사줄 수 없었잖아. 아니, 사줄 수 있어도 사주지 않았을 거야. 안 그래? 네 기준에서는 당장 없어도 되는 물건이니까."

"잘난 척하지 마. 나한테도 마리는 늘 최우선이었어."

"그래, 어떤 인간에게 소망은 현실을 뛰어넘지 못하지."

"꼭 그딴 식으로 말해야겠어?"

"이제 와서 뒷북치지 말란 뜻이야. 넌 피아노를 치지 못하는 마리가 왜 그 피아노를 가지고 있었는지, 그것이 마리에게 어떤 의미였는지 물어본 적도 관심을 가져본 적도 없어. 그러니까 피아노에 대해서는 신경 꺼. 내가 사준 것도 어차피 대용품에 불과하니까. 진짜는 열쇠구멍이 있어야 해. 열쇠구멍이 있는 것을 사주고 싶었지만 그건 아주 구식이라서 거기 매장에는 없었어. 구하려면 구할 수도 있었지만 시간이 별로 없었거든."

용보는 시간이 별로 없었다는 말을 바빠서 열쇠구멍

이 달린 피아노를 찾으러 다닐 시간이 없었다는 뜻으로 이해했다. 그러나 준희가 말한 시간은 마리가 곧 떠난다는 의미였다.

"왜 열쇠구멍이 꼭 있어야 하는데?"

"그게 마리의 표식이거든. 자기 것이라는 뜻이야. 열쇠구멍마다 맞는 열쇠가 모두 다르니까."

"도무지 무슨 소린지 모르겠다."

"백어는 뭍으로 올라오면 악기를 하나씩 가져. 수공으로 제작된 악기들은 소리가 모두 다르지. 각각의 다른 소리는 자신을 구분해서 드러내는 수단이야."

"일종의 영역 표시네. 근데 물고기도 그런 거 설정하냐?"

"옛 기록에 그렇게 나와. 뭍으로 올라온 수인(水人)들은 거문고나 해금, 적(笛)과 같은 것에 관심을 보인다. 그들에게 소리는 다양한 전달 효과를 갖는다. 정확히 말하면 소리라기보다는 공기의 진동을 뜻하지."

"그 기록이 사실인지 누가 알겠어? 지어낸 이야기일 수도 있지."

"사람은 평생 아는 것보다 모르는 것이 더 많은 채로 살다가 죽어. 세상엔 우리가 본 것보다 보지 못한 것이 더 많지. 내가 보지 못했다고 없는 것은 아니야."

“그래, 넌 나보다 본 것도 많고 아는 것도 많아서 참 잘났다.”

“잘나서 사업도 잘되고 있지.”

용보의 빈정거림에 준희도 맞받아쳤다. 말 잘하는 똑똑한 놈과 말로 다투다가는 약 올라 죽지 싶어 용보는 화제를 돌렸다.

“요즘엔 뭘 하는데?”

“새로운 소금 광산을 뚫고 있어.”

유럽에서 중동으로 사업을 확장하고 있다는 소문은 들었다. 누구는 그 흔해빠진 해외여행 한 번 못 해봤는데 누구는 허구한 날 비행기를 타지. 것도 일등석으로만. 용보는 갑자기 바람 빠진 풍선처럼 기분이 쭈그러졌다.

둘은 대학에서 아랍어를 공부했다. 용보는 어찌어찌 어렵게 졸업했고 준희는 중퇴했다. 어쨌든 아랍어과가 개설된 대학은 몇 개 되지 않았으므로 용보가 잘만 해뒀더라면 아랍어는 분명 쓸모가 있었다. 하지만 용보는 아랍어가 서투르기만 했다. 오른쪽에서 왼쪽으로 써나가야 하는 글들은 불편하고 어색하기 짝이 없었고 말하고 듣는 것은 그야말로 난공불락의 벽이었다. 우리말을 읽는 것도 딱히 취미가 없는 용보로서는 그야말로 쉬이 배워지지 않는 이질적인 언어였다.

준희의 휴대전화가 울렸다. 용보는 바짝 긴장했다. 마리일까? 그럼 난 또 질투해야 하잖아. 준희가 아랍어와 영어를 섞어가며 통화하는 것을 들으며 용보는 또다시 그와의 거리를 느꼈다. 대학을 다니는 동안 그 수수께끼 같은 언어 앞에서 준희라고 크게 다르지 않았다. 하지만 준희는 이제 그 수수께끼를 모두 풀어내고 승자가 되어 돌아왔다.

용보는 살면서 자신이 뭘 놓쳤는지 깨달았다. 멀리 내다보지도 순간에 성실하지도 않았다. 당장 아랍어를 해서 뭘 하겠어. 내가 과연 해내기나 하겠어. 해낸다 한들 어디에 쓰겠어? 오늘 내 머리 위에 떨어질 벼락만 피하면 되는 거지. 그렇게 어영부영하면서 시간과 함께 모든 것을 흘려보냈다. 뭐라도 차곡차곡 쌓아 저장해뒀어야 했는데. 그는 『바람과 함께 사라지다』의 마지막 장은커녕 첫 장도 읽지 않았지만 내일은 내일의 바람이 불거라고 믿었다. 대개 벼락치기는 바람과 함께 사라지기 마련임에도.

차는 해안 도로를 따라 달렸다. 하늘을 가득 메운 구름이 눈 덮인 설산의 장엄한 광경을 그려냈다. 멀리 수평선 위로 가는 빛의 선들이 하나둘 내려오기 시작했다.

"근데 우리 지금 어디 가는 거야?"

준희는 대답 대신 스웨터의 네크라인에 걸어두었던 선글라스를 꼈다.

"햇빛도 없는데 갑자기 그건 왜 껴? 나하고 눈 마주치는 게 찜찜해? 뭐 켕기는 거라도 있냐고."

"시비 걸지 마."

그 순간 구름이 확 걷히며 찬란하게 쏟아지는 빛이 차창을 덮쳐왔다. 용보는 눈살을 찌푸리며 담배를 꺼내 물었다.

"금연이야."

"너만 참으면 돼."

용보는 무시하고 불을 붙였다. 쓴 연기를 한껏 들이마시자 하릴없이 웃음과 넋두리가 절로 쏟아져 나왔다.

"생각할수록 황당하네. 마누라가 말없이 애를 데리고 잠적을 하다니. 진짜 어이가 없어서."

용보는 다시 담배를 빨았다.

"마리 걔가 좀 이상한 구석이 있어서 적어도 다른 여자들이 하는 짓은 안 할 줄 알았는데 완전 뒤통수 맞은 기분이야. 엄청 배신감 든다고. 너, 그거 아냐? 섬에게 섬이란 이름을 지어주겠다고 바득바득 우길 때 나 정말 미치는 줄 알았어. 이름을 그렇게 멋대로 지으면 어떡해. 평생 불리는 이름인데 제대로 작명해야지. 나는 섬이라는 그 이름 지금도 싫어. 외로운 이름이잖아."

담배를 피우지 않는 준희가 기침을 하며 창문을 열었다. 찬 바람이 실내를 훑고 지나자 용보는 정신이 번쩍 들었다. 조금 미안한 마음이 들었지만 담배를 끄지는 않았다. 준희가 말했다.

"멋대로 지은 거 아냐. 마리가 부르는 그 섬은 백어들이 쉬어 가는 섬이거든. 망망대해를 사는 백어들의 길고 긴 여정 중에 섬이 없으면 백어들은 헤엄을 치다가 지쳐서 죽어버려. 사람들이 사는 세계에서도 그렇잖아. 삶에 지치면 아이를 보지. 거기서 잠깐 자신을 추스르고 다시 용기를 내어 살아가는 거야."

"그놈의 백어 타령, 지치지도 않냐."

"지금이라도 늦지 않았어. 마리가 떠난 건 너를 위해서야. 마리와 다시 만나면 넌 죽어."

"너 그거 협박이거든. 암만 그렇게 떠들어봐라. 나 밀어내고 마리와 뭐 어쩌자는 건지 모르겠지만 꿈 깨. 그런 일은 없어."

용보는 분풀이하듯 담배꽁초를 창밖으로 퉁겨냈다. 아주 작정하고 온갖 미친 소리로 세뇌시키려 드네. 대놓고 남의 마누라를 갖겠다고 하는 너도 미친놈이지만 그 미친놈에게 붙어서 같이 마누라를 찾겠다는 나도 미친놈이다. 근데 어쩔 거야. 다른 방법이 없는데.

"있을 거라고 한 번만 생각해봐."

"싫어."

용보는 고집스럽게 잘라 말했다. 준희는 잠깐 용보를 돌아보더니 다시 앞으로 시선을 돌리며 차분한 어조로 입을 열었다.

"남태평양 군도에는 배 위에서만 생활하는 사람들이 있어. 오랜 세월 그렇게 바다 위에서만 살았던 사람들은 육지에 오르면 어지럼증을 느끼지. 그들은 배에서 태어나 평생을 배 위에서만 생활하기 때문에 흔들리는 세상이 정상이야."

제길, 왜 마리가 책을 읽을 때 늘 앉던 흔들의자가 생각나는 거야. 그 의자에 앉아 창밖을 내다보면 흔들리는 세상이 보였다.

"그들의 발가락은 물갈퀴가 없을 뿐 양서류와 흡사한 모양으로 펼쳐져 있어. 그런 변형이 일어난 것은 오랜 시간 물속을 헤엄치고 바다 밑을 육지처럼 걸어 다니는 생활을 했기 때문이야. 그들은 수중에서 사냥을 해. 육지의 사람들이 숲이나 들에서 사냥을 하듯 말이지. 뛰어난 사냥꾼들은 바다 밑으로 내려가면 심장 박동수가 1분에 30회까지 천천히 느려져."

"뭔 소리를 하려고 그래?"

"들어봐. 인간은 해양 생물에서 육지 생물로 진화했다고 여겨지지만 언젠가 아주 오랜 시간이 지나면 일부는 다시 해양 포유류로 돌아갈 수도 있다는 말이야. 우리가 진화를 통해 어디까지 변신할 수 있을지 그 가능성을 볼 수 있다면 반대로 다른 생물체가 우리처럼 진화하여 변신할 가능성도 있다는 뜻이지."

"그만 좀 해라."

"마리에게 고래가 뭐냐고 물었지?"

"알았어. 계속해봐."

"사람들이 말하는 기록상의 인어와 가장 유사한 생물이 바로 고래야. 6천만 년 전 파피케투스가 진화해서 고래가 되었어. 고래는 한 시간 이상 숨을 멈추고 잠수를 할 수 있지. 고래의 산소 극대화 유전자와 염분 배출 기능은 백어와 아주 유사해."

"염분 배출?"

"백어석은 오직 백어의 몸에서만 만들어져. 사람들은 백어가 어떤 물고기를 가리키는지 알 수 없었어. 인어의 존재를 믿지 않는 사람들은 백어를 잘 알려져 있지 않은 다른 어떤 물고기로 여기기도 했지. 백어석의 성분은 대부분 소금이지만 그중 4퍼센트는 유기물이야. 진주처럼 백어의 체액이 뒤섞여 만들어낸 것이지. 소금 비늘은 민물에서만 녹고 금방 다시 자라나기 때문에 세심한 주의가 필요해."

"난 마리의 몸에서 백어의 비늘 따위 본 적 없어."

"그랬겠지. 마리는 소금 비늘의 흔적을 녹이기 위해서 매일 일정 시간 욕조 물에 몸을 담그고 있었을 거야."

용보는 불안한 듯 자세를 고쳐 앉았다. 준희의 말대로 마리는 욕실에서 문을 잠그고 매일 일정 시간을 보냈다. 가끔 젖은 수건으로 물을 찰싹찰싹 때리는 것 같은 소리가 들리기도 했다. 생각해보니 그 소리는 물고기가 뒤척이는 소리와도 비슷했다.

"중국 기록에서 인어는 교인(鮫人)이라고 칭하는데 교인의 눈물은 진주가 된다고 하지."

"다 지어낸 이야기야. 그런 건 그냥 후대를 향한 광활한 사기극이고 상상과 무식의 소치라고."

"글쎄, 난 아직 밝혀지지 않은 자연의 법칙처럼 우리가 모르고 있는 영역이라고 생각하는데."

그럴지도 모른다고 용보는 생각했다. 바다는 아직 인간에게 완전히 열린 세상이 아니다. 그럼에도 용보는 여전히 백어의 존재를 믿을 수 없었다. 어쩌면 백어석을 훔치면 죽게 된다느니, 백어가 주는 첫 번째 백어석만 행운이고 나머지는 모두 불운이라느니 하는 따위의 옛날이야기 같은 내용 때문에 믿음이 가지 않는 것인지도 몰랐다.

준희가 말했다.

"라 페레그리나."

"그게 뭐야?"

"진주야. 아프리카에서 노예가 처음 발견했지. 노예는 그 진주를 발견하고 자유를 얻었어."

"행운을 주는 보석이다?"

"백어석의 불운에 대해서는 못 믿겠다더니 그건 또 믿어지나 보군."

"작작 좀 해라. 막말로 마누라 금반지 하나 팔아먹었다고 마누라에게 죽임까지 당해야 한다는 게 가당키나 하냐?"

"사람이 되려고 네 손을 잡았어. 소금 비늘 말고는 모든 것을 너에게 줬다고. 그 약속은 너에게 소금 비늘만은 끝까지 지켜달라고 부탁한 거야. 근데 넌 그걸 바닥까지 긁어 갔어."

"더는 못 들어주겠다. 그만해라."

"백어가 있다는 것을 믿어야 해. 그래야 살 수 있어."

"야."

"장봉도나 거문도 같은 서남 해안에서 인어를 잡았다

가 놓아주고 만선했다는 이야기는 너도 들어봤을 거야. 신지끼에 대해서도 들어봤을 거고. 경상남도의 어느 소금 장수가 인어와 교접하고 아들을 얻어 아버지의 묫자리를 지켰다는 이야기도 있지. 인어가 준 토산(土産)을 먹고 3백 년을 넘게 산 낭간의 이야기도 있어. 18세기 보르네오에서는 푸른 눈에 물갈퀴를 가진 인어가 잡혔다고 하지."

"상상이야. 와전된 거고. 콩쥐팥쥐 이야기가 신데렐라 이야기인 것처럼 말이야."

"어떻게 세상 모든 사람들이 비슷한 패턴의 이야기를 동시에 상상해낼 수 있는데?"

"사람이 갖는 상상의 한계가 다 거기서 거기니까."

"그건 인간의 무의식 속에 숨겨져 있을 뿐 애초에 우리 모두 알고 있던 것이기 때문이야. 공기와 물처럼 인류의 원초적 기억이란 말이지. 우리가 아무리 부정하려고 해도 우리의 무의식은 동일한 세계를 공유하고 있어. 그래서 같은 세상을 살고 있는 거야."

"난 그런 데 관심 없어."

용보는 고개를 돌리며 눈을 감았다. 준희도 한때 그와 같았다. 의심하고 또 의심했다. 하지만 백어석의 빛이 만들어낸 환영에 현혹된 것이 아니라 사실을 보았을 때 그는 믿지 않을 수 없었다. 그는 백어가 뭍으로 올라오는 것을 보았다.

*

1995년 12월 22일, 음력으로는 11월 1일이었다. 별어마을에서 가장 노련한 뱃사람인 박이순은 가끔 백어도로 낚시 손님을 태워다 주곤 했다. 하지만 풍랑주의보가 내린 그믐밤은 그도 몸을 사렸다. 백어도까지 가려면 단고바위 형제들을 지나가야 하는데 그곳 여울이 워낙 위험하기 때문이다. 현재 수면 위로 고개를 내민 단고바위는 마흔세 개. 수면 아래에 숨어 있는 암초가 얼마나 되는지는 아무도 몰랐다. 바위와 암초를 두고 엮인 조류는 빠르고 드셌다. 그곳을 지날 때면 깊은 동굴에서 올라오듯 차고 음습한 소리의 공명이 늘 공포를 자아냈다.

거기서 사람이 죽을 때마다 단고바위의 숫자가 하나씩 늘었다. 희한하게도 그때마다 수면 아래 잠겨 있던 암초가 얼굴을 내미는 것이다. 조수(潮水)와는 상관없이 그렇게 한번 얼굴을 내민 암초는 단고바위 형제의 일원이 되었다. 그러니까 여태까지 이곳에서 마흔세 명이 죽었다는 뜻이다. 모두 조업을 나온 어부들이었기 때문에 희생자는 남자들뿐이었다. 남자들만 죽는 곳인 데다가 옛날에는 시신의 대부분이 단고(單袴)*만 입은 채 발견되었기 때문에 단고바위란 이름이 붙었다. 이 단고바위들은 백어들의 사냥터로도 여겨졌다. 이곳에서 발견된 시신들은 어김없이 그 훼손 정도가 심했기 때문이다. 어떤 이는 백어가 뜯어먹은 탓이라고 했고 또 어떤 이는 빠른 물살 때문이라고 했다.

그날 낚시 손님으로 온 부자는 백어도로 가겠다고 했다. 파랑주의보 때문에 배가 뜰 수 없었다. 게다가 그믐밤이 아닌가. 박이순은 고개를 저었다. 재수가 없으면 자신이 마흔네 번째 단고바위 형제가 될 것이기 때문이다.

"못 갑니다. 억만금을 줘도 안 돼요."

황덕재는 돈이 태산도 움직이게 한다는 것을 아는 자였다. 그는 여태 두려운 것 없이 살았다. 있었다 해도 두려움은 집념을 이기지 못했다. 그의 집념은 물려받은 것이었다. 그 집념은 여전히 의혹을 품고 있는 아들 준희에게 대물림될 것이다. 황덕재도 어릴 때 아들과 같은 눈으로 바다를 보았다. 부자는 누대에 걸쳐 이렇게 보여주기를 반복했다. 그는 그의 아버지와, 그의 아버지는 그의

* 한 겹으로 지은 남자 바지.

할아버지와 함께 그곳에서 그들만의 비밀을 보았다. 준희도 그렇게 제 눈으로 보고 나면 믿게 될 것이다. 비밀의 광경을 전수받는 것으로 아들은 아버지에 대한 모든 불만과 의심을 한 번에 씻어낸다. 부자는 서로를 신뢰하게 되고 아들은 오랜 세월 누적되어온 조상들의 집념을 물려받는다. 황덕재는 아들을 다독이며 강조했다.

"백어의 비늘을 훔치지 않고 얻을 수 있는 방법은 이것뿐이다. 그래야 후환이 없어."

박이순은 외지에서 온 부자가 굳이 왜 백어도에서의 겨울 밤낚시를 고집하는지 의심을 품었다. 백어도가 그럴듯한 낚시 자리인 것은 사실이나 꼭 거기여야 할 이유는 없었다. 더구나 백어도는 밤을 새우기에는 위험한 곳이었다. 풀 한 포기 자라지 않는 이 바위섬은 경사가 급하고 자정 무렵부터는 밀물이 들기 시작해 섬의 3분의 2가 바다에 잠겼다.

혹 백어의 전설 때문인가. 박이순은 잠깐 생각했지만 고개를 저었다. 그는 백어의 전설을 알고 있었지만 백어가 실재한다고 믿지 않았다. 물론 백어도의 웅덩이에서 소금 비늘을 본 적도 없었다. 그 이야기는 어릴 때 이부자리 속에서 들었던 도깨비 이야기 같은 것이었다. 보아하니 아버지가 아들에게 뭔가 보여주고 가르치기 위해 고른 장소 같은데 왜 하필 1년 중 가장 물길이 어두운 오늘 같은 그믐밤을 골랐을까. 아들에게 잘난 척하고 싶은 마음이야 그도 백번 이해하지만 그렇다고 목숨까지 거나.

해가 지면서 기적처럼 파랑주의보가 해제됐다. 부자가 다른 배를 찾자 결국 박이순이 나설 수밖에 없었다. 보아하니 죽어도 오늘 밤 백어도로 들어갈 작정인 것 같은데 부르는 거액이 기어이 어느 배든 움직이게 하지 싶었다. 그럴 바에야 제일 솜씨 좋은 그가 나서는 것이 안전했다. 부자는 낚시 도구를 챙겨 백어도에 올랐고 박이순은 아침 7시에 데리러 오겠다고 말한 후 돌아갔다. 박이순의 배가 가버리자 바위섬은 암흑천지로 바뀌었다.

준희는 주변을 둘러보았다. 까마득히 먼 곳에서 등대의 불빛이 하늘의 별만큼 작은 점으로 깜빡였다. 눈이 어둠에 익숙해지기를 잠시 기다린 후 그들은 적당한 장소를 찾아 움직였다. 불을 피우면 안 되는 상황이라 모포를 뒤집어쓴 채 차가운 바위 뒤에 몸을 숨겼다. 그들이 주시하고 있는 것은 섬의 배꼽인 웅덩이였다. 웅덩이의 수면은 멀찍이 떨어져서 바라보아도 어두웠는데 그 어둠이 확연히 드러났다.

사람들은 백어의 전설을 잊었다. 백어의 비늘이 모습을 감췄기 때문이다. 그러나 황덕재는 백어의 비늘을 언제 얻을 수 있는지 알고 있었다. 동짓날이면서 음력으로 그믐이나 초하룻날이고, 시각이 자정이면 삼음(三陰)이 겹쳐 가장 어두운 날이 된다. 삼음이 겹치는 그믐날은 19년에 한 번씩 돌아왔다. 1938년 12월 22일, 1957년 12월 21일, 1976년 12월 21일, 1995년 12월 22일은 모두 음력으로 초하룻날이었다. 1938년의 그날 밤에는 준희의 할아버지와 증조할아버지가 이곳에 있었다. 1957년과 1976년의 그날 밤에는 아버지와 할아버지가 이곳에 있었다. 그들은 모두 백어를 보았지만 모른 척했다. 그들은 백어와 엮이면 살해당한다는 기록을 믿었다. 그들이 원했던 것은 백어가 아니라 백어의 비늘이었다.

자정 무렵부터는 만조가 시작되기 때문에 웅덩이에 찬 민물의 수위도 덩달아 오른다. 밤새 백어가 떨어뜨린 소금 비늘은 이때 하나도 남김없이 모두 녹아버린다. 그래서 그 웅덩이에 전해지고 있는 백어의 비늘 이야기는 전설이 되어버린 것이다. 먼동이 틀 때쯤에야 소금 비늘을 모두 벗은 백어는 바다로 돌아간다. 이미 상당히 물이 차오른 시각이기 때문에 남아 있는 백어의 비늘은 그리 많지 않다. 그러므로 서둘러야 한다.

바다로 나간 백어는 지나가는 배를 흔든다. 갓 비늘을 벗은 백어는 남자의 나이를 세지 못한다. 흔들리는 배에서 자칫 바다로 떨어지는 남자들 중 누구든 처음 본 남자에게 백어는 손을 뻗는다. 그렇게 백어는 자신이 살린 남자를 뭍으로 올려 보내며 따라가는 것이다.

부자는 나란히 앉아 커다란 보온병에 담아 온 진하고 뜨거운 커피를 나눠 마시며 몸을 덥혔다. 백어들은 청각이 예민하기 때문에 지금부터는 대화를 접어야 했다. 그들이 숨 쉬는 소리는 파도와 바람이 감추어줄 것이다. 황덕재는 마지막으로 입을 다물기 전에 준희에게 단단히 주의를 주었다.

"너는 그저 정신을 똑바로 차리고 숫자만 제대로 세라. 알겠지? 오늘 실패하면 다시 19년을 기다려야 해. 그러니 백어가 뒤척이는 것을 끝낼 때까지 단 한순간도 눈을 떼선 안 된다."

준희는 고개를 끄덕였다.

"그럼 잘해보자."

황덕재는 아들의 어깨를 툭 치곤 시계를 보더니 말했다.

"자정까지 아직 10분 정도 남았구나. 미리 소변 좀 봐둬야겠다."

그는 적당한 곳을 찾아 다른 바위 뒤로 몸을 감췄다. 준희는 웅덩이 쪽에 시선을 둔 채 아버지가 돌아오기를 기다렸다. 아버지는 웅덩이 근처로는 절대 내려가지 말라고 했다. 하지만 준희는 웅덩이가 궁금했다. 어둠 속에서 더 검은 어둠으로 도사린 그 구멍이 지속적으로 그를 홀렸다.

준희는 아버지가 사라진 쪽을 흘끔 쳐다보곤 곧장 웅덩이가 있는 곳으로 내려갔다. 웅덩이를 보고 오는 시간은 1분도 걸리지 않을 것이다. 웅덩이에서는 아무런 기미도 없었다. 뭔가 아쉬워진 그는 무릎을 꿇은 채 고개를 숙이고 웅덩이 속을 물끄러미 들여다보았다. 깊고 어두운 저편에서 무엇인가 다가오고 있는 것을 느껴보려고 집중해보았지만 별 감흥이 없었다.

그는 랜턴 불빛을 수면으로 가져갔다. 물살이 흔들렸다. 검은 수면에 비친 얼굴이 흐트러졌다가 다시 잠잠해지는가 싶더니 아득히 저 깊은 곳에서부터 뭔가 꿈틀댔다. 심장이 덜컥 내려앉은 그는 황급히 랜턴을 껐다. 새까만 어둠 속에서 불그레한 작은 빛이 아른아른 움직이더니 순식간에 그를 향해 돌진해왔다. 그의 눈앞으로 빛이 쏜살같이 지나갔다. 그는 너무 놀라 그 자리에 주저앉았다. 넋을 놓은 그의 시선이 수면을 박차고 솟구친 크고 날랜 빛을 따라갔다. 철퍼덕 소리와 함께 다시 수면으로 떨어진 불그레한 빛 덩어리는 순식간에 공중으로 튀어 올랐다가 또다시 물속으로 떨어졌다.

어마어마한 물보라가 일었다. 물벼락을 뒤집어쓴 채 그는 다시 백어를 기다렸다. 온몸이 부들부들 떨렸다. 세 번째로 솟구쳐 오른 백어는 웅덩이 가장자리로 떨어졌다. 백어가 퍼드덕거리며 몸을 뒤척이기 시작했다. 얼이 빠진 그의 입에서 저도 모르게 신음 소리가 새어 나오려는 순간 차갑고 거친 손이 그 입을 틀어막았다. 아버지였다. 그는 아버지의 손에 이끌려 몇 걸음 뒤에 있는 바위 뒤로 간신히 몸을 숨겼다. 그러나 웅덩이의 수면 바로 아래에서 백어가 그 얼굴을 드러내는 순간 준희는 그것을 보았고 백어도 준희의 얼굴을 보았다. 백어는 이미 거기 사람이 있다는 것을 알고 있다. 하지만 백어는 웅덩이를 통해 달아나지 않았다.

황덕재는 난감했다. 그는 백어가 이미 몇 번을 뒤척였는지 놓쳤다. 소변을 보러 가지 말았어야 했다. 준희가 손가락 네 개를 들어 보였다. 백어가 다시 몸을 뒤집고 있었다. 좋아, 다섯! 황덕재는 속으로 숫자를 세면서 아들의 손을 꼭 잡았다. 준희는 아버지의 손에서 뜨거운 맥을 느꼈다. 어쩌면 자신의 박동일지도 몰랐다. 불그레한 빛에 휩싸인 물고기가 몸을 한 번 뒤척일 때마다 조금씩 허물을 벗으며 하얀 나신을 드러냈다. 부자는 눈도 깜빡이지 않은 채 세고 또 셌다. 그러다 까무룩 졸고 말았다.

퍼뜩 눈을 뜬 황덕재는 다시 19년을 기다려야 한다는 사실에 허망함을 감출 수 없었다. 그의 아버지도 할아버지도 사백아흔을 넘기지 못했다. 암만 각오를 다져도 그 숫자에만 오면 여지없이 정신을 놓고 말았다. 그는 아들을 깨웠다.

"어? 어떡해요."

준희는 잔뜩 인상을 쓰고 있는 아버지를 보고 이번에도 실패했다는 것을 깨달았다. 그 역시 언제 잠들었는지 기억이 나지 않았다. 멀리 보이던 등대의 시선이 감겼다. 등대는 밤새 무슨 일이 있었는지 못 본 척 시치미를 떼고 있었다. 비늘을 모두 벗은 백어는 바다로 돌아가지 않았다. 황덕재는 저 백어가 누구를 따라가려고 하는지 알아차렸다. 저 백어가 처음 본 남자는 준희였다. 곤란했다. 백어가 바다로 떠나야 백어의 비늘을 가져갈 수 있다. 시간을 더 지체하면 백어의 비늘은 모두 녹아버린다. 웅덩이 곁에 떨어진 백어의 비늘은 곧 사라질 것이기에 없는 것이다. 없는 것을 줍는 것은 훔치는 것이 아니다.

"아버지, 그냥 백어를 데려가요. 백어의 비늘은 계속 자라는 거잖아요. 백어만 있으면 어떻게든 얻을 방법이 생길 거예요."

"데려간다 해도 어차피 저 백어로부터는 백어의 비늘

을 하나밖에 얻을 수 없어. 그 하나 때문에 위험을 자초하고 싶진 않다. 버리고 가자."

추위로 얼어붙은 황덕재의 얼굴은 지난밤의 모든 수고가 헛된 것이 되어버린 탓에 절망으로 잔뜩 움츠려 있었다. 백어석 때문이 아니라도 준희는 저만을 바라보는 하얀 얼굴을 뿌리칠 수가 없었다.

"저렇게 떨고 있는데요?"

"동정하지 마라. 그렇게 약하고 순하지 않다. 언젠가 우리를 죽일 수도 있어. 돌변하면 너는 감당할 수 없단 말이다. 사람이 아니야."

그러나 준희는 백어만을 바라보고 있었다. 뭐라고 설득해도, 아무리 손을 잡아끌어도 아들은 한 걸음도 떼지 않으려 했다. 황덕재는 아들이 백어에게 홀렸음을 깨달았다. 웅덩이 가까이 가지 말라고 그렇게 일렀는데, 끝까지 내가 자리를 지켰어야 했는데. 후회해봐야 소용없었다.

"알았다. 데려가자."

"정말요?"

그제야 준희는 황덕재를 돌아보았다.

"근데 배에 어떻게 태우죠? 들어올 땐 두 사람이었는데 나갈 때 세 사람이 될 수는 없잖아요."

"월척을 낚은 것으로 꾸며봐야지."

"속아줄까요?"

"제 눈으로 보지 못하면 의심스러워도 알 수 없는 거야. 그리고 그 의심을 잠재울 만한 보상을 해주면 돼."

"근데 이번엔 한 마리뿐이네요."

"한 마리도 없을 때도 있었다. 몇 마리가 됐든 우린 백어석만 건지면 돼. 그런데 이번엔 완전히 실패했어."

백어가 천천히 그들의 소리를 흉내 내었다.

한…… 마…… 리…….

백어의 이름은 그렇게 한마리가 되었다.

*

용보는 준희의 본가를 방문하는 것도 처음이었다. 시내를 빠져나와 30여 분쯤 달려 도착한 그곳은 사방이 숲으로 둘러싸여 고적했다. 숲을 포함해 근방이 모두 사유지였다. 본가에는 준희의 조모와 고모가 함께 살고 있었다. 준희의 어머니는 집안을 돌볼 시간이 없었다. 그녀는 남편이 죽은 후 사업체를 물려받은 아들을 조력하기 위해 거의 해외에 머물렀다. 그래서 자식들을 모두 혼인시키고 혼자 사는 고모가 본가로 들어와 어머니를 살폈다. 급작스러운 방문이라 고모는 집에 있지 않았다. 집안일을 봐주는 아주머니가 오랜만에 방문한 준희를 반갑게 맞았다.

아흔을 넘긴 준희의 조모 이명옥은 시력은 거의 잃었으나 청력은 그럭저럭해서 귀에 대고 큰 소리로 말하면 어느 정도 알아들었다. 소파에 몸을 묻은 자그마한 몸집의 노인은 구겨놓은 종이 인형처럼 보였다. 그녀는 한쪽 머리를 등받이 쿠션에 기댄 채 창가에 놓여 있는 화초를 향해 멍하니 시선을 놓고 있었다. 눈이 멀었으니 화초를 보고 있는 것은 아니었다.

"저 왔어요."

준희는 조모의 마른 손을 잡으며 귀에 대고 큰 소리로 말했다. 노인은 반가워하며 제 손을 잡은 손자의 손을 더 듬었다.

"준희 왔구나."

"친구랑 같이 왔어요."

"이용보라고 합니다."

노인은 대꾸하지 않았다.

"할머니, 한마리, 기억나요?"

준희는 조모의 귀에 대고 다시 큰 소리로 물었다. 노인의 쭈글쭈글한 눈꺼풀이 꿈쩍였다. 화초를 향한 채 미동도 없던 시선이 한마리라는 말에 움직였다. 노인은 고개를 끄덕였다.

"그럼, 그럼. 백어 한 마리, 기억나지."

틀니 덕에 발음이 무너지지 않고 비교적 제대로 들렸다. 할머니들은 모든 오래된 이야기들에 대해 잘 안다. 하지만 절반은 잘못된 소문을 주워들은 것이거나 과장되어 내려온 것이다. 준희의 말도 믿지 못할 지경인데 하물며 백 살에 가까운 노인의 기억을 어찌 믿을 수 있단 말인가. 이 노인이 진짜 백어를 본 것인지 아니면 들은 것을 본 것에 끼워 맞췄는지 알 수 없는 것이다.

"그게 이 늙은 머릿속에 귀신처럼 들러붙어 있거든. 죽어서도 사라지지 않을 기억이야."

초점 없는 노인의 시선이 용보를 찾아 멈췄다. 용보는 등골이 오싹해졌다. 이 집 사람들에게는 뭔가 혈연으로 통하는 비밀스러움이 있었다. 좀 전까지 흐릿했던 노인의 눈동자는 기이하리만큼 새까맣고 빛이 났다. 아무것도 볼 수 없는 그 시선이 용보를 보고 있었다. 용보는 괜스레 무서운 생각이 들어 그 시선을 피했다. 준희가 말했다.

"다른 기억들은 다 흐릿한데 유독 그 기억만 생생하셔. 할머니, 내 친구한테 한마리 이야기 좀 해주세요."

노인은 목의 실밥이 다 떨어져 나간 인형처럼 고개를 끄덕끄덕하며 말했다.

"그래, 한마리, 우리 준희가 처음 그렇게 불렀지. 할머니, 백어 한 마리를 데려왔어요. 그렇게 한 마리가 백어의 이름이 되어버렸어. 그때가 우리 준희 열세 살 때였지. 1995년 동짓날이 하루 지나고서였어. 그날 아주 추웠지. 바람도 크게 불었고."

노인의 입가에 하얀 침이 고였다. 용보는 노인의 입에서 정확한 연도와 날짜까지 나오자 소름이 끼쳤다.

"하얗고 예뻤어. 머리카락은 미역처럼 구불거렸고 눈동자는 깊은 바다 빛깔이었지. 피부에는 소금기가 남아 있어 거칠었고. 몇 살이냐고 물었더니 손가락 열 개를 모두 들어 보였어. 열 살이라는 뜻은 아니었을 거야. 내가 하는 말을 알아듣지 못했으니까."

용보는 그제야 자신이 알고 있는 마리의 나이와 생년월일이 전부 조작이라는 것을 깨달았다. 이들도 마리의 진짜 나이를 모르는 것이다.

"나는 걱정이 되기 시작했어. 우리 집 남자들이 평생 백어를 쫓았음에도 모두 바다가 아니라 이부자리에서 숨을 거둘 수 있었던 것은 백어를 멀리했기 때문이야. 그런데 백어가 내 아들과 손자를 따라 집으로 들어왔어. 백어에게 홀리지 않고는 있을 수 없는 일이지. 이전에도 그런 일이 있었어. 백어를 가까이에서 보았던 사내들이 죄다 홀려서……."

그때 갑자기 준희가 노인의 손을 꼭 쥐었다. 노인은 말을 멈췄다. 용보는 준희가 고의로 노인의 말을 막았다는 것을 알지 못했다. 준희는 용보에게 말했다.

"할머니는 백어가 아버지와 나 중에서 누구 손을 잡을지 걱정하셨지만 사실 마리가 제일 처음 본 건 나였어. 백어는 대개 처음 본 남자를 따라가는 습성이 있지."

"그래서 마리가 원래 네 여자인 것처럼 말하는 거군."

용보는 빈정거리듯 말했다.

"이전엔 그런 식으로 말한 적이 없었다는 거 너도 알 거야."

"지금은 더더욱 그런 식으로 말하면 안 되지."

"아니, 분명히 말하는데 너희 관계는 끝났어. 그러니까 지금은 그렇게 말할 권리가 내게 있지."

"야."

"아가, 얘들아. 친구끼리 싸우면 못쓴다."

그새 졸음이 쏟아지는 듯 눈이 반쯤 감긴 노인이 중얼거렸다.

"아뇨, 싸우는 거 아니에요. 우리 목소리가 좀 커요."

준희는 노인의 어깨를 토닥이며 용보에게 그만하라는 눈짓을 보냈다. 용보는 어쩔 수 없이 울분을 눌렀다. 준희는 슬금슬금 잠이 들려는 노인을 살피며 목소리를 낮춰 말했다.

“백어가 뭍으로 나오는 것은 인간이 되기 위해서야. 뭐 애초에 인간이 된다는 건 말이 안 되는 소리고, 말하자면 인간으로 살려는 거지. 그러려면 장치가 필요해.”

“장치?”

“자신에 대한 기억을 상대의 영혼에 담아서 내세까지 끌고 가려는 거랄까. 영혼은 환생을 의미하는 거니까. 다음 생으로 이어지는 인연을 만들려는 거지. 그 증표로 백어는 남자에게 제 운명이 담긴 비늘을 줘. 그 비늘은 남자의 운명을 바꿔주지. 백어의 운명과 연결됐으니까.”

“마리를 만나서 내 운명이 바뀐 거라고? 원래 내 운명은 어땠어야 했는데?”

준희의 시선에 조소가 어렸다.

“너도 인정하잖아. 카페 아프리카에서부터 너의 행운이 시작됐다는 것을. 마리와 함께 있는 어느 순간 넌 문득 생각했을 거야. 그게 바로 네가 꿈꾸고 바라던 일이라는 것을.”

용보는 가슴이 서늘해졌다. 마치 여태 준희가 마리와 함께 그의 인생을 살았던 것처럼 여겨졌다.

“그게 전부 네가 잘나서 이룬 건 줄 알았어? 네가 어떤 놈인지는 네가 더 잘 알잖아. 행운이 불운으로 바뀐 지금 네가 어떤 상태인지 봐."

용보의 얼굴이 구겨졌다.

"앞서 그랬던 모든 남자들처럼 너 역시 이제 죽게 생겼지. 그래서 그 약속을 지킬 자신이 없다면, 백어의 소금 비늘을 탐내지 않을 자신이 없다면 절대 백어의 손을 잡아선 안 돼."

"그래서 넌 그 손을 뿌리쳤단 말이군. 결국 네가 나한테 준 그 운은 예외 없는 것이었고."

"세상에 예외 없는 건 없어. 난 딱히 운이 필요하지 않았고 네 말대로 그저 자신이 없었을 뿐이야. 하지만 넌 운을 원했고 그 운을 지키기 위해 약속을 지킬 수도 있었지."

"날 과대평가했군. 아무도 못 했던 걸 나라고 별수 있었겠어."

"그건 누구도 장담할 수 없어. 난 너에게 기회를 줬을 뿐이야."

"왜 처음부터 사실대로 이야기하지 않았어? 나한테도 선택권을 줬어야지."

"이야기했으면 믿었겠어? 일이 터진 지금도 내 말을 믿지 않는데. 설사 그때 내 말을 믿었어도 넌 마리를 선택했을 거야."

용보는 할 말이 없었다. 도대체 이 이야기를 어디까지 믿어야 하나. 머릿속이 복잡했다. 모든 사실은 이야기로 남는다. 이야기가 오래되면 함축과 상징으로 오그라들어 결국 아는 이만 아는 암호가 되어버린다. 머리와 꼬리가 다 떨어지고 어디서부터가 진실이고 어디서부터가 허구인지 전혀 알 수 없게 되는 것이다. 용보는 마리의 스케치북에서 인어와 영혼에 관한 글을 읽었던 기억이 났다. 하지만 그건 동화의 뒷이야기였고 이젠 어떤 내용인지 전혀 생각나지 않았다. 앞으로도 알 수 없을 것이다. 마리는 자기 이야기를 태워버리고 세상에서 사라졌다.

"그래서 넌 여기서 내내 마리와 지냈던 거야?"

"아니, 두어 주 후에 아버지는 마리를 서울로 데려갔어. 이후 난 강제 유학을 떠났다가 귀국했다가 다시 출국당하기를 몇 번이나 반복했지. 아버지는 내가 마리와 함께 있는 것을 허락하지 않았어. 참을 수 없게 된 나는 어머니를 등에 업고 울면서 아버지에게 빌었지. 제발 한국에 있게 해달라고. 열여섯 살 어린 아들의 눈물이 통한 건지 결국 서울엔 절대 가지 않는다는 조건으로 남을 수 있게 됐지."

"그래서 네가 대학을 지방으로 오게 된 거로군."

"이후 난 아버지의 눈을 피해 틈만 나면 서울로 가서

마리를 찾아다녔어. 나중에 알고 보니 완전히 아버지의 손에 놀아난 거였지만."

"놀아나다니?"

"서울로 데려갔다 해놓고 아버지는 마리를 아무도 모르는 벽지 어촌에 뒀어. 바다로 도망치지 못하게 하려면 당연히 바닷가는 아닐 거라고 여겼던 내가 멍청했지. 아버진 차라리 마리가 바다로 돌아가길 바랐던 거야."

강두영이 말했던 마리의 부자 후원자가 준희의 아버지였군.

"화가 났지만 그때쯤엔 이해할 수 있겠더라고. 시간이 지나고 평정을 찾은 후 난 다시 유학을 떠났지."

용보는 그제야 깨달았다. 준희의 아버지에게 서울이든 지방이든 아들의 학교는 중요하지 않았다. 그는 오직 아들의 머리가 차가워지기를 기다리고 있었던 것이다.

열세 살의 그날 이후 다시 19년이 지나고 황덕재는 아들 없이 홀로 백어도로 갔다. 데려갔어도 준희는 예전 같지 않았을 것이다. 어린 시절의 미칠 것 같던 심정을 짓누르고 인내하면서 준희는 아버지의 바람대로 냉혹한 이성으로 무장한 어른이 되었다. 그해 백어는 한 마리도 나타나지 않았다. 황덕재는 그 이듬해 심장마비로 죽었다. 아버지가 죽은 후에도 준희는 마리를 찾지 않았다.

그저 아버지의 뒤를 이은 후원자로만 남았을 뿐. 하지만 이제 상황이 바뀌었다.

용보는 머리가 지끈거리고 가슴이 답답해졌다. 마리가 백어라면 그가 늘 의문스러워했던 모든 것들이 설명된다. 마리에게 왜 제대로 된 과거의 기억이 없는지, 마리가 왜 죽어 유령이 된 뱃사람처럼 바다와 별에 대해 말할 수 있었는지, 마리가 왜 자신의 감정을 책에 나오는 문장으로 처리해야만 했는지, 그리고 또…….

꾸벅꾸벅 졸던 노인이 잠들었다. 준희는 발걸음 소리를 죽이며 용보를 데리고 서재로 갔다.

*

해가 넘어가고 사위는 어둑해졌다. 순하는 툇마루에 걸터앉아 얼어붙은 손가락으로 머리카락을 쑤셔댔다. 발목에 커다란 쇳덩이를 달고 바다 밑바닥으로 끌려 내려가는 기분이었다. 그는 가책을 느꼈다. 순주 누나가 그를 볼 때마다 힘들어하는 이유를 이제 알 것 같았다. 순하는 안방으로 들어가 불을 켜고 방 한가운데 어색하게 놓여 있는 반닫이를 치웠다. 그 아래 가려져 있던 거뭇한 얼룩이 드러났다.

"어머니……."

오랫동안 불러보지 못한 그 단어를 입 밖으로 내뱉는 순간 사무치는 그리움과 함께 원망 어린 한탄이 쏟아졌다.

"차라리 나를 죽이지 그랬어요. 어머니의 소금 비늘을 가져간 건 난데…… 걔들이 무슨 잘못을 저질렀다고."

하지만 그는 소금 도둑이 아니었다. 그건 그의 어머니가 스스로 쥐여준 것이었다.

"나 이제 어떡해요? 대체 왜……."

순하는 고인 눈물을 훔쳤다. 닦아내도 눈물이 자꾸 흘러내려 뺨을 적셨다. 그는 그대로 주저앉아 흐느꼈다. 아버지가 백어석을 훔치지 않았더라면 우리 가족은 아무 일 없이 살 수 있었을까. 하지만 어머니는 이미 그 전에 아버지 때문에 죽어가고 있었다. 그렇다고 해도 어머니가 아버지를 죽이려 했던 사실은 없어지지 않는다. 살인을 저지른 것은 아버지였지만 어머니도 얼마든지 살인자가 될 수 있었다.

중산과 동일이 백어석을 훔쳤을까. 이장하려고 백어도에 갔던 그날 그가 모르는 사이에 그랬을지도 모른다. 그 무덤은 애초에 열지 말았어야 했다.

어머니가 남긴 검은 핏자국 위로 불빛이 고였다. 순하

는 심장이 울렁거렸다. 거기 손을 대자 온기가 전해졌다. 순하는 반짝이는 얼룩 위에 뺨을 대고 누웠다. 북받치는 슬픔이 서서히 가라앉으며 고요가 찾아들었다. 끔찍한 상처가 할퀴고 지나갔지만 그럼에도 이곳은 여전히 그를 품어주는 따뜻하고 아늑한 집이었다. 그의 모든 것을 기억하고 그가 기억하는 모든 것이 배어 있는 곳. 시간의 파도가 밀려들었다가 이윽고 잠잠해졌다가 또다시 파도 끝에 그를 띄워 올려 세상으로 내보내는 중심이었다.

수년간 비워놓은 집이었지만 언제 돌아와도 아침에 나갔던 집처럼 느껴졌다. 장씨 아저씨 덕이다. 순하는 그에게 집을 봐달라고 부탁한 적이 없었다. 하지만 장곡도는 언제든 집으로 돌아와도 환영한다는 무언의 흔적을 남기려고 애를 썼다. 그렇게 그를 애정하면서 왜 동일과 중산의 죽음을 알려주지 않았을까. 그렇게 그를 애정하기 때문에 차마 말할 수 없었던 거겠지.

"순하야."

밖에서 문을 두드리는 소리와 함께 칠현의 목소리가 들렸다. 순하는 몸을 일으켰다. 반닫이를 다시 끌어다 어머니의 흔적을 가렸다. 안의 기척이 들리자 칠현이 말했다.

"들어간다."

"어."

대답이 끝나기 무섭게 방문이 벌컥 열리며 칠현이 들어섰다.

"아직 너 내려올 때 아닌데 불이 켜져 있길래 지나는 길에 들러봤어."

칠현이 거친 숨소리를 연이어 뱉어냈다. 지나는 길에 들러본 게 아니라 불빛을 보자마자 허겁지겁 달려온 것이다. 그는 순하를 흘끔 보더니 물었다.

"울었냐?"

"왜 말 안 했어?"

"벌써 어디서 들었구나."

"동일이 형수님 만났어."

"그게…… 장씨 아저씨가 말하지 말라고 해서. 너 맘 상한다고. 나중에 아저씨가 직접 말할 거라고 했어."

"사람들 말이……."

"그딴 건 신경 쓰지 마. 아무도 네 잘못이라고 생각하지 않아. 사실 네 잘못도 아니고. 잘못이야 걔들이 했지."

"무슨 말이야?"

칠현은 턱을 만지작거리며 잠시 머뭇거리더니 말했다.

"동일은 확실하지 않은데 중산은 소금 비늘을 가지고 있었어."

"뭐?"

"너한테서 두 개를 훔쳤다고 하더라. 나한테 하나 줬는데 겁이 나서 버렸어."

설마 했는데 역시 그랬어. 순하의 가슴이 꽉 막혀들었다. 그에게서 없어진 두 개가 중산에게 가 있는 줄 몰랐다. 어디 흘린 게 아니었다. 진작 알았더라면 중산의 죽음을 막을 수 있었을까. 중산이 쉽게 내놓지 않았을 테지만 아마 가능했을 것이다. 칠현이 지금 무사한 걸 보면. 괜스레 코끝이 시큰거렸다.

"동일도 어디서 훔쳤을 거야. 둘 다 손에 큰 상처가 있었어. 마치 소금 비늘에 베인 것처럼 말이야."

"미안하다."

"왜 네가 사과를 해? 네가 그런 게 아니잖아."

"다 내 잘못이야."

"그렇게 따지면 마을 어른들 잘못이지. 우린 그날 거기 가지 말았어야 했어. 네 어머니의 무덤만 열지 않았더라면 아무도 몰랐을 일이야. 그리고 넌 처음부터 이장을 반대했고. 걱정 마. 여기서 더 나쁜 일은 생기지 않을 거야. 우리 중에 더는 소금 비늘을 가진 사람은 없으니까."

"내가 가지고 있어."

"넌 상관없어. 훔친 게 아니니까."

소금 도둑을 향한 백어의 본능은 죽어서도 계속될 만

큼 질긴 것이다. 그러니 그들이 남긴 소금 비늘에 붙어서 저주라 불리는 것이겠지. 소금 비늘이 만들어내는 환영에 홀려 자신을 죽이고 누군가를 죽이고. 이 비극은 어디서 시작된 걸까. 그 누구도 끝내 풀어낼 수 없을 것이다.

"대체 어머니는 왜 내게 그걸 준 걸까."

"어머니 마음이지. 널 불행하게 만든 게 미안해서 이제라도 어떻게든 행운을 주고 싶었던 거야. 근데 그걸 동일과 중산이 가로챘지. 자기들 것이 아닌데 덥석 욕심을 낸 거야."

누군가의 지극히 개인적인 의도로 내 운명이 간섭받는 것은 늘 있어왔던 일이다. 이를 극복하는 것은 오롯이 자신의 몫이다. 남은 백어석을 어떻게 할지 생각해봐야 했다. 이걸 계속 가지고 있다가 또 누군가가 훔쳐간다면 다시 오리무중의 살인이 벌어질 것이다.

"근데 어쩐 일로 일찍 내려왔어? 걔들 일은 내려와서 알았을 테니 그 일로 어머니께 따지러 온 건 아닐 테고."

"중요한 일을 부탁받았어."

"무슨 일인데?"

"어떤 여자를 돕는 일이야."

"어떤 여자?"

"어, 그게……."

"알았어. 여자란 말이지."

칠현이 의미심장한 표정으로 고개를 끄덕였다.

순하는 걱정스러웠다. 마리는 언젠가 그의 어머니와 같은 운명에 놓일 것이다. 그리고 그게 꼭 지금인 것 같았다. 다시 살인을 하거나 살해당하거나. 그녀는 집으로 돌아가겠다고 했다. 그와 같은 태생의 작은 아이를 데리고. 그는 그녀의 진짜 집이 어디인지 안다. 그녀는 말했다. 나는 또 죽일 거예요. 그녀는 두려워하고 있었다. 이번엔 살인을 막을 수도 있지 않을까. 어쩌면 아무도 죽지 않을 수 있다.

진실의 수는 사백아흔……

준희는 고서 더미 중에서 한 권을 뽑아 들고 펼치더니 용보에게 내밀었다.

"읽어봐."

"이게 뭔데?"

앞표지를 보니 '관람지(覽觀誌)'*라고 쓰여 있었다. 제목은 대강 읽었지만 온통 한문으로 되어 있는 지면의 내용을 이해하는 것은 무리였다.

"너, 이런 것도 읽을 수 있냐?"

준희는 사방에 산재해 있는 고서들을 가리켰다.

* 조선 철종 때 북인계 출신의 강청전이 쓴 자연 관찰 박물지.

"집에 이런 게 잔뜩 있으면 어떻게든 읽게 돼."

"너라서 가능한 거겠지."

"누구라도 가능하지. 알고자 하는 것이 거기 있다는 것을 알면 말이야."

준희는 용보의 손에서 책을 받아들고 글자들을 손가락으로 짚어가며 해석해주었다.

"염린은 바다가 만드는 세 가지 보주 중 하나이다. 셋 중에서 가장 귀한 것이 염린이다. 이는 교어의 존재가 희귀하기 때문이다."

"염린이 뭔데?"

"염린이 백어석이야. 백어석에 대한 진실이 거의 알려져 있지 않은 이유는 옛날에는 다른 명칭으로 불렸기 때문이지. 염린에 대한 기록은 『어수전기명담(於水傳奇明談)』*에도 나와. 그 책의 저자인 박언주가 정조 때 사람이니까 그때까지도 실재했다는 뜻이 되지."

"여기, 염린등이라고 있는데?"

용보는 빼곡한 한자들 사이에서 발견한 글자를 가리켰다.

"말 그대로 염린으로 만든 등이야."

* 실학파 출신 박언주의 저작으로 수중 생물 그리고 강이나 바다에서 일어난 기이한 사고 등에 대해 미신적 성격을 버리고 과학적 관점으로 기술했다.

"백어석으로는 소금 등을 만들면 안 된다면서?"

"맞아, 그 근거를 바로 이 고사에서도 찾을 수 있지. 여기 관람지에 기록된 염린등의 이야기는 『어수전기명담』에 실린 이야기의 일부야. 평안도 어느 관아에 스스로 빛을 발하는 신비로운 소금 등이 진상되었다. 그런데 이후로 관아에서 죽은 사람을 보았다는 목격자가 생겨나기 시작했다. 그래서 소금 등을 위험한 주물로 여겨 태웠다. 뭐 그런 내용이야. 박언주가 북학파 출신인 것을 감안한다면."

"북학파? 그런 걸 아직 기억하냐? 난 다 까먹었는데."

"그들은 상공업과 기술혁신, 체험과 문제 해결을 중시했어. 그러니까 박언주는 절대 상상으로 이야기를 만들어 쓰는 인물이 아니란 거야."

도대체 준희는 백어석에 대해 어디까지 파고든 것일까. 용보는 그가 알고 있는 지식이 그저 놀라울 따름이었다.

"궁금한 게 있는데, 마리의 스케치북에 이런 구절이 있었어. 인어의 흰 비늘이 붉은 석양의 빛을 발할 때 정신을 똑바로 차리고 보아라. 오래전에 죽은 그림자들이 돌아와 너의 진실을 알려줄 것이다. 그리고 진실의 수가 사백아흔 어쩌고 하고 쓰여 있었는데, 그게 무슨 소리야?"

"사백아흔 다음 수가 뭐야?"

용보는 준희의 얼굴에서 일순 설렘을 본 것 같았다.

"사백아흔까지만 써놨던데. 더 쓸 자리가 없어서 그런 것 같지는 않아. 일부러 비워놓은 것처럼 끊겨 있었거든. 어쩌면 뒷장에 연결되는 문장이 있었을지도 몰라. 근데 그땐 내가 관심이 없어서 그냥 덮어버렸어."

이번엔 준희의 얼굴에 분명한 낙담이 서렸다.

"그 스케치북 내가 좀 볼 수 있을까?"

"없어. 마리가 태워버렸어."

준희는 고통을 참는 듯 낮은 신음을 삼켰다. 그런 게 있었으면 진작 보여달라고 했을 테지만 그런 게 있을 줄 어찌 알았겠는가. 그가 봤어야 했다. 그러니까 애초에 그가 마리의 곁을 지켰어야 했던 것이다. 저 멍청한 놈은 보고도 그게 뭔지 모르고 결국 놓쳐버리지 않았나.

"그 스케치북에서 또 뭘 봤어?"

용보는 스케치북에 그려진 흉측한 인어들에 대해 말해주었다. 준희는 입을 꾹 다문 채 들었다. 그의 얼굴이 점점 더 심각해졌다.

"무슨 문제 있어?"

"아냐."

"아닌 것 같지 않은데. 뭔데?"

"넌 몰라도 돼. 너와는 상관없어."

"야, 너 이런 식으로 나오면……."

"네가 진짜 알아야 하는 건 그런 게 아니라고."

용보는 울컥 올라오는 화를 눌렀다. 그래, 내가 지금 알고 싶은 건 따로 있으니까.

"그 고서에 있는 이야기도 그렇고, 내가 마리의 고등학교 때 친구인 강두영 씨에게 들은 이야기도 그렇고 모두 백어석의 빛과 함께 죽은 사람을 목격했다고 하는데……."

"잠깐만, 강두영 씨에게서 들은 이야기부터 해봐."

"이 자식이 진짜, 계속 저 알고 싶은 것만 우선이지. 나한테서 정보를 얻고 싶으면 너도 내 질문에 대답을 하라고."

"내 대답을 듣고 싶으면 내가 알고 싶은 것부터 이야기해."

어찌해도 준희가 갑이었다. 어쩔 수 없이 용보는 강두영이 해준 이야기를 모두 꺼내놨다.

"다 말했으니까 너도 말해줘. 죽은 사람을 봤다는 그 이야기들, 혹시 마리의 스케치북에 쓰여 있는 죽은 그림자 어쩌고 하는 구절과 무슨 상관이 있어? 대체 그 진실의 수라는 게 뭐야? 죽은 그림자가 알려준다는 진실은 또 뭐고?"

질문을 줄줄이 늘어놓고 용보는 조금 염려했다. 준희가

또 넌 몰라도 돼, 하고 입을 다물면 이번엔 그도 가만있지 않을 작정이었다. 하지만 준희는 순순히 말해주었다.

"그 숫자는 염린등을 완성하는 숫자야. 그 숫자가 갖춰진 염린등의 빛은 단순한 환상을 보여주는 것이 아니라 죽은 사람을 불러온다고 하지."

"그 죽은 사람이 어떤 진실을 알려주는데?"

"그걸 알려면 완성된 염린등이 있어야 해."

"하지만 강두영 씨는 염린등 없이 죽은 친구를 봤어. 그 친구가 말한 진실은 같이 가자였고. 그게 뭐야?"

"글쎄, 그때 강두영 씨에게는 염린등 대신 마리가 있었지. 마리가 바다에서 나올 때 붉은색 물고기 같았다고 했잖아. 어쩌면 마리가 염린등의 역할을 했을 수도 있어."

"그 죽은 친구는 목이 잘린 채 아궁이 속에서 새까맣게 탄 시신으로 발견됐대. 근데 마리의 스케치북에 그려진 아궁이 속에는 백어가 있었어. 왜 그렇게 그린 걸까?"

"백어석을 훔치는 것은 백어를 죽이는 짓이니까. 동시에 마리는 그림을 통해 자신을 벌한 거야. 비록 그림이지만 스스로를 태워 죽여야 할 만큼 제가 저지른 살인에 대해 고통받고 있다는 거지."

"정말 마리가 죽였다고?"

"마리가 백어가 아니라고 믿는다면 마리가 죽인 게 아

니지, 안 그래?"

무감각한 어조로 반문하는 준희를 보면서 용보는 기이한 공포를 느꼈다. 오래된 집의 오래된 서재는 오래 묵은 먼지와 종이 냄새로 음침함을 더했고 밖에서는 숲을 지나는 바람 소리가 폭풍처럼 드셌다. 용보는 세상과 고립된 채 바다 위에 뜬 방주 안에 홀로 앉아 있는 것 같은 기분이 들었다. 방주가 어딘가에 도착하면 그는 문을 열고 나가야 한다. 문 뒤에 그가 감당할 수 없는 것이 도사렸다. 그는 두려움 때문에 몸이 으슬으슬 떨렸다.

"이제 사실을 인정하고 물러나. 가서 네 목숨 보존하라고."

"오직 네 말만 믿고 말이지?"

용보는 여전히 인정할 수 없었다. 그가 느끼는 감정과 상관없이 이건 너무 비현실적이었다. 여기서 물러나는 건 허깨비에 놀라 지레 도망치는 것과 다르지 않았다. 준희는 돌처럼 굳은 얼굴로 말했다.

"넌 지금 내가 생각해둔 것보다 더 많은 이야기를 하도록 만들고 있어. 어디까지 말해줘야 네가 납득하고 물러날지 이젠 나도 모르겠다."

"전부, 전부 다 말해."

"조선 인종 때, 남해 동화촌에 사는 심석대라는 사람이 살해당했어. 아주 예리한 날로 목이 반쯤 잘렸지. 그런데 살인 도구가 발견되지 않았어. 어떤 살인 도구를 썼는지 도무지 가늠이 되지 않는 와중에 심석대의 아내인 어녀가 자백했지. 심석대의 아내는 본래 이름이 없었는데 이웃 사람들은 그녀가 말이 어눌하고 헤엄을 잘 친다고 하여 어녀라고 불렀어. 어녀는 살인 도구에 대해서는 끝까지 입을 다물었지."*

"그런 옛날이야기 말고 사실을 말해."

"팔구 년 전에 이와 아주 비슷한 사건이 있었어. 이번엔 남편이 아내의 목을 베었지. 아주 예리한 날로. 역시 살인 도구는 발견되지 않았어. 남편은 자기가 죽였다고 시인했지. 그러나 살인 도구에 대해서는 입을 다물었어. 어때? 아직도 이전의 기록들이 후손을 향한 광활한 사기극이라고 생각해?"

용보는 침을 꿀꺽 삼켰다. 뭐라 대답해야 할지 알 수 없었다. 마음 한편으로는 여전히 반신반의하고 있었지만 그의 심저에서 서서히 올라오고 있는 공포감마저 무시할 수는 없었다.

* 안교의 『파수록(破睡錄)』에 실린 이야기. 억울함을 없게 한다는 의미의 법의학서인 『무원록(無冤錄)』과 같은 취지로 조선 인종 때 전라감영의 판관으로 있던 안교 개인이 저작한 기록이다.

심장이 거짓에 반응할 리 없지 않은가. 이제 와서, 머릿속은 물론이고 뼛속까지 현실에 단단히 뿌리박은 이 나이에 몸이 먼저 알아채고 두려워한다. 뭔가 이성적으로 판단할 수 없는 진실이 있었다. 준희는 허튼소리를 하지 않았다. 그의 사고와 판단은 언제나 논리적이고 신중했다.

"내가 기록 신봉자는 아니지만, 뭍으로 올라와 사람으로서의 삶을 시작한 백어들의 일생이 행복하게 끝난 이야기는 아직 보지 못했어. 그건 뭍에서 그들의 삶이 모두 실패했다는 것을 말해. 그럼에도 그들은 다시 같은 과정을 시도하고 반복하지. 마리 역시 마찬가지고."

"그만."

용보는 더는 참지 못하고 밖으로 나왔다. 바람에 흔들리는 나무들이 밤하늘을 향해 기이한 소리를 내질렀다. 그는 벽 쪽에 붙어 서서 담뱃불을 붙이려고 애를 썼다. 손이 바들바들 떨렸다. 담배가 땅바닥에 떨어졌다. 그는 떨어진 담배를 짓밟았다. 화가 나서 견딜 수가 없었다.

뒤따라 나온 준희가 말했다.

"내가 너에게 겁을 주고 있다는 거 알아. 하지만 난 최선을 다하고 있어. 다시 한번 말하지만 그냥 다 잊어버리고 새로 시작해. 마리를 만나기 전으로 돌아가라고."

"그게 말이 돼? 그럼 섬은? 내 딸은?"

"섬도 잊어."

준희는 잔인하리만치 단호했다. 그것은 자신뿐 아니라 자신과 함께했던 모든 것을 잃게 될 거란 마리의 말과 다르지 않았다. 용보는 무서웠다.

"싫어. 6년이야. 6년의 시간을 어떻게 없었던 것으로 지워? 마리도 그렇지만 어떻게 섬까지 없던 걸로 하냐고. 네가 자식이 없어서 그런 말이 쉽게 나오나 본데."

"쉽게 말하는 거 아니야."

"됐어. 암만 그래도 마리가 설마 날 죽이겠어?"

"이미 사람을 죽인 적이 있어. 너한텐 다르게 나올 것 같아?"

"나는 남편이잖아. 섬의 아빠라고."

"그게 뭐? 친구든 남편이든 제 소금에 손을 대면 백어에게는 소금 도둑일 뿐이야."

"날 죽이지 않으려고 떠난 거라면서? 그런 마음이면……."

"다음에도 또 봐줄 거란 생각은 버려."

"그걸 네가 어떻게 알아?"

준희는 완전히 질린 표정으로 용보를 노려보았다.

"멍청한 새끼, 잘 들어. 내가 물러섰던 건 아버지의 말을 잘 듣는 착한 아들이어서가 아니야. 내가 죽는 것이었다면 나도 감당할 수 있었어. 하지만 반대의 입장이라면 어쩔래? 그래도 지금처럼 고집을 부릴 수 있을까?"

"그게 무슨 말이야?"

"사람은 죽을 위기에 처하면 상대를 죽이고서라도 살아남으려 하지. 마리가 널 죽이려 들면 넌 어떻게 나올 것 같아? 가만히 누워서 마리가 널 죽이는 것을 받아들일 거야?"

"무슨 바보 같은 소리야? 설득을 해야지."

"고래를 설득할 수 있을 거라고 생각해?"

"뭐?"

"그럼 그냥 네가 죽고 말래?"

"미쳤어?"

"어떤 것도 네 생각대로 되지 않을 거야. 난 마리가 널 죽이는 것도 네가 마리를 죽이는 것도 원하지 않아. 그러니까 제발 그냥 서울로 돌아가. 가서 아무 일도 없었다는 듯 살아. 너라도 말이야. 나는 이미 발을 담갔고 너처럼 뺄 수 있는 상황이 아니야. 나한테 백어는 숙명 같은 거라고."

믿을 수도 믿지 않을 수도 없는 상황에서 용보는 몽땅 속은 기분이었다. 현재는 모두 털리고 과거의 시간은 잘려 나가고 미래는 꽉 묶여버린.

"됐어. 그냥 경찰에 신고할래. 마리가 백어든 뭐든 그깟 소금 때문에 날 죽인다는 건 비약이야."

이제 용보는 마리가 백어라는 것에 더는 의혹을 품을 여력이 없었다. 진실을 듣기 위해서라도 그는 마리를 만나야 했다.

"고래를 설득할 수 있겠냐고? 고래는 머리가 좋아. 그러니까 난 설득할 수 있어. 고래는……."

용보가 갑자기 말을 멈췄다.

"왜 그래?"

"아냐, 아무것도."

방금 용보의 머릿속에서 내내 놓치고 있던 중요한 단서 하나가 잡혔다. 마리의 피아노는 지금 어디 있지? 오는 내내 준희와 피아노에 대해 이야기했는데 왜 진작 피아노 생각을 못 했을까. 악기의 울림이 백어의 영역을 드러내는 것이라면 그 피아노가 있는 곳에 마리가 있지 않을까. 해림간 관리사무소 여직원으로부터 열쇠를 받아 아파트 안을 확인했을 때 피아노는 없었다. 그렇다면 마리가 해림간을 나갈 때 가져간 것이다. 피아노는 마리가 혼자 들고 나갈 수 없는 물건이다. 피아노를 옮기려면 용역 업체를 이용해야 한다. 그 용역 업체에 틀림없이 주소가 남아 있을 것이다. 됐다. 찾았어!

*

용보는 새벽 3시가 넘어서야 집에 도착했다. 적어도 아침 9시는 되어야 해림간 관리사무소 측과 통화할 수 있을 것이다. 샤워를 하고 누웠지만 잠이 오지 않았다. 거실로 나가 텔레비전을 켰다.

흘러가는 화면을 보며 아침을 기다릴 작정이었지만 저도 모르게 까무룩 잠이 들었다. 깨어보니 10시가 넘었다. 그는 허겁지겁 해림간 관리사무소로 전화를 했다.

"피아노요? 무슨 피아노요?"

아름은 단박에 용보의 목소리를 기억해냈다.

"9동 603호에 피아노가 있었거든요. 이사 나갈 때 피아노를 가져가려면 용역 업체를 불러야 하잖아요."

"제 기억엔 용역 업체가 들어오지 않았어요."

"그쪽 기억엔 관심 없어요. 603호 나가던 날 전후로 외부 차량 출입 기록 확인해봐요."

"없는데요."

"찾아보고 말하는 거예요?"

"네. 지금 보고 있어요. 1월 12일에 피아노 대리점 차량이 들어온 기록뿐이에요."

"일부러 누락시킨 거 아니에요? 혹 피아노에 대해서 비밀로 해달라고 부탁받았어요?"

"무슨 말씀을 하시는 건지 모르겠네요."

아름은 난처한 어조로 말했다. 수화기를 붙잡고 있어봐야 답이 없다는 것을 깨달은 용보는 일단 전화를 끊고 해림간 근처의 모든 이삿짐센터와 용역 업체, 피아노 대리점과 개인 용달까지 죄다 수소문해서 알아보았지만 아무런 단서도 찾아내지 못했다. 혹 누구 아는 이웃에게 맡기거나 팔았을까? 암만 생각해봐도 그건 아니었다. 마리에게 가장 필요한 것이라고 했다. 그러니 무조건 가져갔을 것이다. 쉽게 풀릴 줄 알았는데 어째 더 꼬여버렸다. 상황이 이렇게 되니 물어볼 데라곤 또 준희밖에 없었다.

"왜?"

"피……."

젠장, 용보는 입을 다물었다. 조급한 마음에 전화를 하긴 했는데 말을 꺼내자니 뭔가 손해 보는 기분이었다.

"뭐라고?"

전화기 저편에서 준희가 물었다.

"왜 말을 하다 말아? 피 뭐?"

"피곤하지 않아? 어제 장시간 운전했잖아."

"네가 했잖아. 네가 피곤해야지."

"나, 피곤하라고 운전시켰냐?"

"내려갈 때는 내가 운전했다."

"어디냐?"

"회사."

"그래, 수고해라."

용보는 전화를 끊었다. 아무래도 해림간으로 내려가 직접 확인해보는 것이 좋을 듯했다. 피아노가 제 발로 걸어서 나갔을 리는 없을 테니 반드시 옮긴 자가 있을 것이다. 그는 전화기 뒤에서 건성으로 대답하는 사무직 사람들의 생태를 잘 안다. 그래, 어디 내 얼굴 보고도 그렇게 나 몰라라 할 수 있는지 두고 보자.

용보는 해림간 단지 입구에 들어섰다. 흰 철책 문의 페인트칠이 벗겨져 바람에 나풀거렸다. 그것은 마치 작고 흰 나비들의 무수한 날갯짓처럼 보였다. 용보는 그 광경이 너무 예뻐서 잠시 걸음을 멈춘 채 감상에 빠졌다. 수년 전부터 재개발 이야기가 오가는 낡은 단지는 흉물스럽기는커녕 비밀의 정원처럼 곳곳에서 환상적인 장면을 연출했다.

정문 경비실을 지나 구부러진 오른쪽 길로 들어섰다.

사철나무와 도장나무로 줄을 선 화단이 나타났다. 관리사무소는 그 길로 쭉 가야 했지만 그는 또 한 번 걸음을 멈췄다. 왼편 건물 옆쪽에 있는 또 다른 건물의 유리창마다 푸른 물빛이 어른거렸다. 아마 그 건물들 앞쪽에 있는 수영장의 물빛이 반사되어 그리 보이는 것이리라. 하지만 곧 다시 생각났다. 작년에 관리사무소 측에서 깜빡하는 바람에 수영장의 물을 그대로 방치했다가 그만 꽁꽁 얼어붙어 겨우내 단지 아이들의 스케이트장이 되었다고 했다.

날씨가 조금씩 풀리면서 얼음이 군데군데 녹아 위험해지자 관리사무소 측에서는 출입 금지 표지판을 세우고 물을 비울 기회만 기다렸다. 지난번 내려왔을 때 수영장의 물을 빼는 것을 보았다. 그러니 저건 수영장의 물빛이 아니다. 도료의 색이 햇빛에 반사된 것이겠지. 그러나 막상 가까이 가보니 바닥을 드러낸 수영장은 마른 나뭇잎들과 흙이 뒹굴어 빛을 받고 내놓을 수 있는 상태가 아니었다. 그는 주위를 둘러보았다.

유리창마다 푸른 물빛을 뿌리는 건물의 맞은편 나무들 사이로 반짝이는 빛이 어른거렸다. 그는 그 빛을 따라 화단을 가로질러 나무들이 우거진 안쪽으로 들어섰다. 그의 눈이 휘둥그레졌다. 거기 숨겨진 비밀의 바다가 있었다. 먼바다에서 이쪽을 바라보는 여자와 이쪽에서 그 여자를 바라보는 남자의 뒷모습. 마리의 그림이었다. 낡은 건물의 오래된 유리창에 비친 그 푸른 벽화는 진줏빛을 품은 채 겨울나무 가지들 뒤로 숨어 있었다.

벽화 속 남자의 구불거리는 장발이 바람에 흔들렸다. 그림이 움직이는 것은 백어석의 빛이 가진 효과였다. 그 빛은 언제나 멈춰 있는 화폭에 바람을 불러오고 그 바람은 물살을 흔들어 갇힌 세상을 살아나게 했다. 용보는 눈을 끔벅이며 몇 걸음 다가섰다.

등을 돌리고 있던 벽화 속의 남자가 기척을 느끼고 돌아보았다. 그제야 용보의 눈에 남자가 현실로 도드라져 나왔다. 남자는 그림이 아니었다. 하지만 그림이 발하는 빛은 여전히 남자를 감싸고 있었다. 남자가 몇 걸음 앞으로 나섰다. 그제야 남자를 둘러싸고 있던 빛이 순식간에 물러났다. 남자가 말했다.

"꼭 보물찾기 같죠? 좀 쉬운 보물찾기요."

"예?"

"나무들 사이로 반짝이는 빛들을 보고 여기까지 들어오신 게 아니었습니까?"

"아, 그랬죠."

"암만해도 이 빛들은 감춰지질 않으니까요."

"감춰두고 혼자만 보고 싶었나 봐요."

"그럴 리가요. 그냥 마리 씨와 제가 버린 기억의 일부가 담겨 있어 저한텐 가끔 열어보는 추억의 상자 같단 생각이 들어서요."

남자가 마리의 이름을 입에 올렸다. 뭐야, 이놈은? 게다가 버린 기억은 뭐고 추억의 상자는 또 뭔 소리야? 용보는 의혹에 가득차서 물었다.

"마리를 알아요?"

"네. 마리 씨의 남편분이시죠?"

"난 또 어떻게 알아요?"

"관리사무소에서 잠깐 뵈었습니다."

그러고 보니 남자의 낯이 익었다. 그래, 기억났다. 그때 관리사무소에서 그를 보고 있던 설비기사. 작업복을 벗고 있으니 마치 허물을 벗고 둔갑한 것처럼 전혀 다른 사람 같았다. 젊고 빛이 나는 남자. 용보는 그에게서 이유 없는 시샘을 느꼈다.

"기억나네요."

용보는 마지못해 고개를 끄덕였다.

"아파트 주민들과 다 그렇게 통성명하면서 지내요? 그렇다고 해도 마리가 그렇게 붙임성 있는 타입은 아닌데?"

"603호에 시설 문제가 좀 잦았거든요. 그래서 어쩌다

보니 그리됐습니다."

"네, 뭐 그렇게 됐군요."

용보의 끄덕이는 고갯짓과 어조에 노골적으로 불편한 기색이 드러났다.

"근데 버린 기억이니 추억의 상자니 하는 건 무슨 소리예요?"

"아, 그건 바다에 대한 이야깁니다. 제 고향이 바다거든요. 그래서 마리 씨가 이 벽화를 그릴 때 제가 천 분의 일쯤 도울 수 있었죠. 여기, 이 부분요."

남자는 곶 너머에서 빛나는 바다의 한 귀퉁이를 가리켰다. 거기에서만 바다로 눈이 내리고 있었다. 그런데 자세히 보니 눈이 아니라 작고 삐뚤삐뚤한 마리의 글자였다.

이 위에서의 운명은 눈동자가 마주치는 순간 결정되는 것이 아니라 상황이 결정하는 것임을 알았어요. 나는 저 아래에서 배웠던 게 더 좋았어요. 물, 주름, 바위, 조개…… 돌아가고 싶어요. 숨이 막혀요.

바다의 수압에 비하면 공기의 압력은 솜사탕처럼 가벼워요. 당신을 짓누르는 건 허무와 먼지이지요.

“여기 마지막 두 문장은 마리의 글씨체가 아니네요.”

“네, 알아보시는군요. 제가 쓴 겁니다. 마리 씨가 제게도 뭔가 써보라고 해서요.”

남자는 멋쩍게 웃었다. 용보는 함께 웃어줄 수 없었다. 불쾌했다. 그는 지금 눈앞에 있는 이 남자가 작년 어느 비 오는 날, 버스 정류장에서 이유 없이 그의 눈을 거슬리게 했던 그 남자와 동일 인물임을 알지 못했다. 거기까지 거슬러 올라가기에는 기억의 끈이 너무 가늘고 희미했다. 사람의 인연은 미래의 것만큼 과거의 것도 모호하다. 스쳐지나가는 모든 것의 의미를 집어내는 것은 무리다. 사람은 세상 모든 존재들을 잇고 있는 섬세한 섭리에 대해 거의 알지 못한다.

용보는 관리사무소에서 한마리의 남편이라고 말한 이후부터 이 남자가 내내 그를 주시하고 있었던 것만 기억해냈다. 그러니까 그때 그는 마리의 남편이라는 이유로 이 남자에게 관찰당하고 있었다. 뭐지? 마리에게 혹 딴 마음이라도 품었던 걸까. 그래서 호기심과 견제의 대상으로 날 바라본 것이었을까. 근데 이 남자 이름이 뭐였더라. 관리사무소를 나오면서 남자의 추레한 낡은 작업복 왼쪽 가슴에 기계수로 놓인 이름을 언뜻 보았다. 그래, 최순하.

마리는 늘 혼자 작업했다. 마리는 다른 사람이 자기 그림에 손대는 것을 싫어했다. 때문에 센터에서 제안하는 협동 작업에는 한 번도 참가한 적이 없었다. 그런데 이 남자가 자기 그림에 붓질하는 것은 내버려뒀단 말이지. 가만, 이 남자가 마리의 작업을 도왔다면 혹 백어석에 대해서도 알고 있지 않을까. 용보는 궁금했지만 선뜻 물어볼 수가 없었다.

"납득이 가질 않네요. 마리는 한 번도 다른 사람에게 자신의 화폭을 내준 적이 없어요."

"몰랐어요. 그렇다면 진짜 영광인데요."

순하의 깊고 까만 눈동자에 순수한 기쁨이 어렸다. 하지만 그는 곧 용보가 품은 불온한 의심을 읽고 수습에 들어갔다.

"이 벽화가 마리 씨의 이름을 걸고 세상에 나갈 작품이었다면 전 손댈 수 없었을 거예요."

"그래서 이 벽화는 마리와 당신만의 은밀하고 사적인 공유물이다?"

드디어 용보가 삐딱선을 타며 감정을 드러냈다.

"아뇨, 이건 그냥 바다를 고향으로 가진 이들에게 그리운 기억을 전해주는 매개체 같은……."

"매개체?"

용보가 그의 말을 잘랐다.

"그러니까 둘이서 이 그림을 그리면서 공감이나 교감 같은 걸 나눴다는 거죠? 그거 제 입장에서 되게 기분 나쁘게 들리는 거 알아요?"

어떻게 설명해도 계속 꼬인다는 것을 깨달은 순하가 말했다.

"그럼 과자 봉지로 할게요."

"과자 봉지요?"

"네, 어릴 때 친구랑 나눠 먹던 과자요. 어른이 된 후에 그 과자 봉지를 보고 아, 우리 어릴 때 저런 거 먹었지, 하고 향수에 젖는 거요. 아 참, 그 물건, 마리 씨가 저한테 맡기고 갔어요."

순하는 화제를 바꿨다. 단박에 효과가 있었다.

"무슨 물건요?"

백어석이구나 싶어 용보는 얼른 되물으며 짜증을 냈다.

"그런 게 있으면 진작 말해줬어야죠. 제가 관리사무소에서 마리에 대해 묻고 있을 때 바로 옆에서 듣고 있었잖아요."

"그땐 그 물건의 행방에 대해 묻지 않으셨어요."

"됐어요. 무슨 물건인지나 말해요."

답답해진 용보의 언성이 높아졌다. 순하는 차분한 어

조로 대답했다.

"피아노요."

응? 백어석이 아니라 피아노라고? 바짝 흥분했던 용보는 맥이 풀리면서 헛웃음이 났다. 나도 참 웃기는 놈이다. 피아노를 찾으러 와놓고 막상 그 물건이라니까 앞뒤 없이 백어석이라고 단정해버리다니. 하긴 백어석을 저놈에게 줬을 리가 없지.

"그때는 피아노에 대해 기억조차 못 하셨습니다. 그렇죠? 그런데 지금은 마리 씨의 피아노를 찾고 계시지요?"

"당신이 마리의 피아노를 옮겼어요?"

그렇군. 여기 설비팀 차량이라서 경비실에 따로 출입기록이 없었던 거야. 순하가 선뜻 입을 열지 않자 용보는 다그쳤다.

"뭐예요? 마리가 나한테 비밀로 하라고 했어요?"

"꼭 그런 건 아닙니다만……."

먼저 순하는 피아노를 옮긴 후에야 사실을 전해야 했다. 또 용보가 묻기 전에는 굳이 따로 연락을 해서 말할 필요가 없었다. 그러므로 비밀로 남긴 것은 아니었다. 다만 조건이 있었을 뿐.

*

마리가 해림간을 떠났던 바로 그날 저녁, 아름은 9동 603호의 실소유주인 자발적 환경예술센터의 재단 직원으로부터 전화를 받았다.

"한마리 씨께서 거기 두고 간 피아노를 저희 측에 부탁하셨습니다. 저희가 내려가서 직접 처리하는 것이 도리인 줄은 압니다만, 피아노만 내가는 일이라 그쪽에서 좀 도와주실 수 없을까요. 죄송합니다. 운반비와 수고비 모두 이쪽에서 부담합니다. 그러니 꼭 좀 부탁드립니다. 수고롭겠지만 알려드리는 주소지로 그 피아노를 좀 보내주십시오."

그리고 받아 적은 주소지가 하도 희한해서 아름은 잠시 어리둥절했다.

"주소지가 좀 이상한데요?"

"저희도 자세한 것은 잘 모릅니다. 아마 한마리 씨께 뭔가 개인적인 사정이 있는 것 같습니다."

"아, 네."

궁금했지만 개인적인 사정을 꼬치꼬치 물어볼 입장은 아닌지라 아름은 그냥 대답했다.

"저, 그리고 혹시 나중에라도 한마리 씨의 남편분이 찾아와 피아노의 행방을 물으면 저희 측 이야기는 빼고 알려드린 주소지와 피아노가 있는 곳에서 기다리겠다는 말만 전해드리면 됩니다. 단, 그 말을 전하는 것은 반드시 피아노를 처리한 뒤라야 합니다. 한마리 씨가 시간이 좀 필요하다고 했거든요."

"네? 무슨 시간이 필요한 건데요?"

주제넘은 질문이었지만 아름은 저도 모르게 불쑥 묻고 말았다. 괜스레 심장이 두근거렸다. 그 주소지에서 기다린다는 건 누가 봐도 죽음을 암시하는 뉘앙스였다.

"그건 대답해드릴 수 없습니다."

저쪽에서 더는 입을 열지 않고 침묵하자 아름은 조심스레 물었다.

"저기, 이 주소지, 괜찮은 거죠?"

"네, 괜찮습니다. 잘 부탁드립니다."

센터는 한마리와 오래 같이 일해서 그녀에 대해 잘 안다. 그러니 센터 측에서 괜찮다면 괜찮은 것이다. 그리 생각하고 나니 아름은 한시름 놓았다.

아름은 9동 603호에서 완전히 새것과 다름없는 크림색 피아노를 보고 다소 충격을 받았다. 대체 한마리에게 어떤 희한한 사정이 있기에 이런 미친 짓을 시키나 싶었다. 어쩌면 일종의 퍼포먼스 같은 것일지도 모르지. 그럼

촬영도 하나. 어쨌거나 정말 이상한 사람이다. 그림은 멋진데. 뭐 원래 하던 짓인가 보지. 그러니까 센터도 그 화가가 시키는 대로 일을 처리하는 것이리라.

아름의 부탁으로 순하가 피아노를 처리한 후에 용보가 피아노에 대해 전화로 물어왔다. 이러저러하다고 설명을 해야 했는데 아름은 일부러 모른 척했다. 그녀는 매번 불쾌하게 나오는 용보를 한 번쯤은 골탕 먹이고 싶었다. 하지만 곧 후환이 두려워졌다. 아름은 전화를 끊고 순하에게 도움을 구했다.

"어쩌죠? 지금 당장 달려올 기세인데…… 이제 와서 난 말 못 해요. 그 사람 좀 무서워요."

"제가 할게요. 그 사람 오면 저한테 알려줘요."

그러기 전에 용보가 먼저 순하를 찾아낸 것이다.

*

"마리 씨가 그쪽에게 피아노가 있는 곳에서 기다리겠다는 말을 남겼습니다."

용보는 이상하다는 생각이 들었다. 준희의 말과 다른 말이었다. 마리는 그를 죽이기 않기 위해 떠난 거라고 했다. 한데 지금 저 남자는 마리가 그에게 피아노가 있는 곳에서 만나자는 말을 남겼다고 한다. 저 남자의 말이 사실이라면 마리의 마음이 바뀐 것이다. 살리는 것에서 죽이는 것으로. 물론 마리가 백어라는 전제하에서.

"피아노는 어디 있는데요?"

"그게 좀 멀리 있습니다."

순하는 주머니에서 주소지가 적힌 메모를 꺼내 용보에게 건넸다. 용보의 눈썹이 일그러졌다.

"이게 뭔 소리야? 여기 진짜 바다 한복판이에요?"

"맞습니다. 마리 씨가 부탁하신 장소가 제 고향에서 멀지 않은 곳이라 제가 맡아 처리했습니다."

"대체 어쩌자는 건지 모르겠네…… 저기요."

용보는 순하가 마음에 들지 않았지만 방법이 없었다.

"직접 운반하셨다니 여기까지 안내 좀 해주시죠. 수고비는 쳐드릴 테니."

순하는 내키지 않는 표정이었다.

"돈 드린다고요."

"꼭 가셔야겠습니까?"

"무슨 뜻이에요? 오라잖아요."

"그렇기는 한데, 거기가 누굴 만날 장소로 적합한 곳이 아니라서요. 꽤 위험한 곳이거든요."

"그래서 오지 말라는 뜻이라고요?"

"죄송합니다. 제가 그렇다 아니다라고 대답할 수 있는 문제는 아닌 것 같습니다."

용보는 헛갈렸다. 다시 만나면 마리는 그를 죽일 거라고 했다. 그러니까 다시는 보지 않겠다는 뜻으로 그런 황당한 곳으로 오라고 한 것이라면 가봐야 소용없다. 근데 그럴 거면 처음부터 주소지 같은 건 남기지 않는 편이 깔끔하다. 그렇다면 이 주소지에는 필시 이유가 있는 건데. 아무래도 거기 뭔가 있기는 있는 것 같았다.

"일단 가봐야겠어요. 언제 시간 괜찮아요?"

"전화번호 알려주세요. 제 비번 날 조정하고 나서 연락드리겠습니다."

용보가 제 휴대전화를 내밀었다. 순하는 자신의 전화번호를 누르면서 재차 물었다.

"정말 괜찮겠어요?"

"뭐가요?"

순하는 머뭇거리더니 고개를 저었다.

"아니에요."

"그럴 거면 처음부터 티를 내지 말던가. 그냥 해요. 대체 무슨 말을 하고 싶은 건데요?"

"그러니까, 이 벽화 말이에요. 백어의 비늘로 그린 것이죠. 혹 백어석에 대해서 아세요?"

용보는 설마 했는데 역시나 싶었다. 그렇잖아도 혹시나 하는 마음에 순하에게 확인하려던 참이었다.

"당신은 어떻게 알아요?"

"예전에 본 적이 있어요. 백어의 비늘은 알고 보면 아주 위험한 겁니다."

"그래서요?"

"조심해야 합니다."

"그렇다고 마누라가 부르는데 가보지 않을 수는 없잖아요."

물론 그 마누라가 백어라면 가지 않는 편이 낫다. 저 남자가 설마 그런 의미로 경계의 말을 하는 것은 아니겠지? 용보는 궁금했지만 묻지 않았다. 그는 저 남자와 마리에 대한 이야기를 나누고 싶지 않았다.

순하는 별 대꾸 없이 고개를 끄덕였다. 그가 가지 않기를 바랐다. 그래야 살 수 있는 기회를 갖게 될 테니까. 하지만 그의 말대로 아내가 부르는데 가지 않을 수는 없었다. 더구나 사라진 아내를 찾고 있는 남편의 입장에서는. 순하 역시 이상하다는 생각을 하고 있었다. 아무도 죽이지 않으려고 떠난 줄 알았다. 영원히 찾지 못하도록 그녀의 고래까지 바다에 묻었다. 그래놓고 왜 그를 불러들이는 말을 남겼을까. 굳이 그 장소로. 혹시 그녀의 마음이 바뀌었을까. 아니면 뭔가 남은 다른 이유가 있는 걸까. 순하에게는 용보의 선택을 막을 권리가 없었다. 하지만 이번엔 손놓고 있지 않으리라. 아버지가 어머니를 죽이고 백어석의 환영이 동일과 중산을 죽인 그런 일이 또다시 벌어지도록 절대 그냥 놔두지 않을 작정이었다.

용보는 기분이 상한 채 그 자리를 떠났다. 그는 집으로 돌아오는 내내 생각했다. 그를 죽이지 않으려고 잠적한 마리가 그에게 만날 장소를 남겼다. 그는 이 모순된 상황에 대해 준희에게 묻고 싶었다. 하지만 그는 준희의 대답을 이미 알고 있었다. 가지 마. 가면 넌 죽어. 그는 가야 했다. 게다가 이 단서는 마리가 그에게 남긴 것이지 준희에게 남긴 것이 아니다. 그는 거기서 단순한 위안을 얻었다. 그래, 마리가 보고 싶어 하는 건 준희가 아니라 나야. 그러니까 준희에게는 말할 필요 없지.

단고바위 형제들

2월의 바닷바람은 선뜩했다. 용보는 소름이 돋았다. 날씨 때문이라기보다는 이미 잔뜩 들어둔 백어 이야기로 심난해져 있던 탓이었다. 뭍에서 그 이야기는 그저 이야기에 지나지 않았다. 그러나 바다는 그 이야기가 벌어졌던 현장이었다. 바다와 대면한 용보는 기어이 이야기의 실체 속으로 들어서고야 말았다는 것을 실감했다.

별어마을에 당도한 용보는 마중 나와 있던 순하를 만났다. 해림간에서 마리의 벽화를 바라보던 그때처럼 순하는 해가 지는 항구의 풍경에 녹아 있었다. 찰나였으나 용보는 순하가 다른 세상에서 건너온 것 같은 인상을 받았다. 그는 분명한 이쪽보다는 모호한 저쪽에, 소란스러운 뭍보다는 적막한 바다에 어울렸다. 갈매기들이 끼룩거리며 다가와 그들의 머리 위를 한참이나 맴돌더니 돌연 불길한 냄새라도 맡은 듯 먼 곳으로 날아가버렸다.

용보는 낡은 작업복을 벗어던진 순하에게서 균형이 잘 잡힌 수컷 우두머리의 위압적 기세를 느꼈다. 구불거리는 장발의 곱슬머리를 아무렇게나 질끈 묶은 순하의 어깨는 수영 선수처럼 크고 단단했다. 다소 살집이 있긴 했지만 나름 봐줄 만한 체격이라고 자부했던 용보는 괜스레 주눅이 들었다. 그는 순하를 인정하지 않기로 했다. 바다가 고향이라 그런 거지. 아무래도 바다에 익숙한 자이니 거기 어울리는 것뿐이야. 도시에서는 틀림없이 내가 저 자식보다 나아 보여.

순하는 정식으로 인사했다.

"최순하라고 합니다."

"몇 살이지?"

용보는 순하에게 다짜고짜 말을 놓았지만 순하는 따지지 않았다. 따졌어도 용보는 말을 놓을 작정이었다. 서열 정리가 필요했다. 마리 때문이었다. 순하가 어떤 각오로 그와 마리 사이에 끼어들었는지 전혀 알지 못하는 용보로서는 순하의 의도가 의심스러울 수밖에 없었다.

순하는 언제나 비극적 결말을 맞는 백어의 저주를 이

번엔 꼭 막고 싶었다. 그는 마리를, 혹은 용보를 지켜줄 사람이었다. 하지만 용보는 마리의 그림에 손을 대고 교감을 이야기하는 그가 아니꼽기만 했다. 상대는 이미 그의 속내를 알아챈 듯 한 수 접은 얼굴로 순순히 대답했다.

"스물여덟입니다."

"내가 아홉 살 위니까 말 놔도 되겠네. 근데 말이야, 당신도 홀린 것 같아."

"네?"

순하는 의아한 표정으로 용보를 보았다. 용보도 순하를 쳐다보았다. 맑고 순한 눈동자. 깨끗하고 담백한 그 눈동자 속에는 올곧은 푸른 기운이 있었다. 정말 볼수록 마리와 닮았다. 그래서 더 기분이 나빴다. 어쨌든 홀린 눈은 아니었다. 하지만…….

"그렇지 않고서야 당신마저 이런 미친 짓을 할 리가 없잖아. 운반비와 수고비를 받았다 해도 피아노를 여기까지 실어 오는 게 보통 일이야? 거기다 그 피아노를 배에 싣고 또 바다로 나가야 하잖아. 그냥 운반비와 수고비는 챙기고 피아노는 어디 다른 데 팔아버려도 될 것을. 어차피 확인할 길도 없는데 말이야. 혹 진짜 그렇게 처리한 건 아니야?"

순하는 미간을 찌푸렸다.

"그쪽 혹시 사기꾼입니까? 어떻게 그렇게 아무렇지도 않게 상대의 믿음을 저버릴 수가 있지요?"

뭐? 용보는 순하의 거침없는 물음에 살짝 수치심이 들었다.

"아니, 내 말은 이를테면 그렇다는 거지 누가 내가 그렇게 한대? 사람 말을 어떻게 그렇게 곧이곧대로 들어? 내 말은 사람들 대부분은 그런 마음을 먹는다고, 아니 먹을 수 있다고. 그리고 난 그쪽이 아니야. 내 이름은 이용보야."

순하는 용보의 이름이 뭐든 간에 관심 없다는 얼굴로 말했다.

"그쪽이 잘못 안 겁니다. 사람들 대부분은 그런 마음을 먹지 않아요."

"그럼 사람들 대부분이 그런 마음을 먹는다고 여기는 내가 나쁜 놈이네."

"저는 그쪽이 어떤 사람인지 생각해본 적 없어요. 그리고 전 제가 도울 수 있는 일이라 여겼기에 최선을 다한 겁니다. 죽어가고 있었거든요. 어떻게든 다시 살려내고 싶었어요."

"뭐가 죽어가? 피아노가?"

용보의 머릿속에서 지난해 함박눈이 내리던 날, 마리

의 피아노가, 그 검고 커다란 고래가 죽은 듯 실려 나가던 장면이 불현듯 떠올랐다.

"백어요."

"무슨 소리야?"

"마리 씨가 남긴 마지막 그림 보셨죠?"

"보기야 했지."

"가장 깊은 곳에 백어들의 무덤이 있었어요."

"알아."

"거기 무엇이 숨겨져 있는지 보셨어요?"

용보는 얼른 기억나지 않았다. 사실 그렇게 자세히 보지 않았다. 대강 눈으로 훑었을 뿐이었다. 어둠과 흰 뼈와 백어석과 또 무엇이 있었더라?

"거기 죽은 백어들의 뼈와 남겨진 소금 비늘 사이에 아직 죽지 않은 백어 한 마리가 있었어요. 그 백어의 머리 위쪽 먼 수면 위에서는 커다란 고래가 다가오고 있었지요. 하지만 그 고래는 고래가 아니라 피아노였어요."

피아노라고? 그럼 그때 이미 이런 짓거리를 할 작정이었던 건가. 대체 어쩌자는 건지 모르겠네.

"피아노는 점점 가라앉아요. 수초 사이로 빠져든 피아노의 건반들이 흔들리며 아름다운 기포가 생겨요. 죽어가던 백어가 피아노 소리에 눈을 떠요. 공기 대신 물을 매개로 한 소리가 진동을 통해 백어에게 들리는 겁니다. 소리는 흐름을 통해 백어의 몸으로 전해져요. 그렇게 다시 생명을 얻는 거죠. 마리 씨가 무사히 집으로 돌아가기를 바랍니다. 그럼 아무도 죽지 않아도 되니까요."

용보는 숨이 턱 막혔다. 그는 하마터면 순하의 멱살을 잡을 뻔했다.

"너, 뭘 알고 있는 거야?"

"마리 씨가 백어라는 것을 알아요."

"빗대서 하는 말이야?"

"아뇨, 마리 씨는 백어예요."

"그러니까 그 사실을 순전히 그림을 통해서 알았다는 거야?"

"마리 씨를 처음 본 순간 알았어요."

"어떻게? 어떻게 알아?"

용보는 순하의 말을 믿을 수 없었다.

"그냥 알았어요."

"이전에 백어를 본 적이 있어?"

"네, 하지만 그땐 몰랐어요. 지나고 나서 알았죠."

"언제 봤는데?"

"오래전에요. 일단 오늘은 제 집으로 가요. 배는 내일 새벽에 출발할 수 있도록 부탁해놨어요."

*

아직 어둑한 새벽, 순하는 용보를 데리고 항구로 나갔다. 크고 작은 어선들이 해풍을 따라 조금씩 흔들렸고 그 사이로 일찌감치 불빛을 드러낸 10톤급 어선 한 척이 있었다. 그쪽으로 걸어가는 순하의 뒷모습을 보며 용보는 답답했다. 그의 집에서 백어에 대한 이야기를 더 들을 수 있을 줄 알았다. 하지만 저 미련한 촌놈은 이부자리만 내주고 외출했다가 새벽에 돌아와 그를 깨웠다. 볼일이 있었다고 했지만 알 게 뭔가, 일부러 자리를 피한 건지.

"장씨 아저씨!"

순하가 소리쳐 부르자 누군가와 이야기를 하고 있던 늙수그레한 남자가 손을 흔들었다. 예순은 족히 넘었고 어쩌면 일흔을 넘었을 성도 싶었다. 햇볕에 그을리고 바닷바람에 살이 트기는 했으나 혈색이 좋은 사내였다. 장씨와 이야기를 하고 있던 남자가 돌아보았다. 어? 용보는 당황했다. 준희였다. 저 자식이 왜 여기 있지? 장곡도는 순하의 어깨를 치며 반가워했다.

"왔구나. 이쪽이 그 손님이시고?"

준희에게 눈짓하던 용보가 재빨리 장곡도를 향해 인사를 했다.

"잘 부탁드립니다."

"마찬가지요."

투박하게 대꾸한 후 장곡도는 준희를 향해 말했다.

"이쪽은 최순하라고 내 친구의 아들놈이고, 저쪽은 순하가 모셔온 손님이오. 좀 전에 말했다시피 이 배는 저쪽 손님하고 선약이 되어 있소. 하지만 뭐 방향이 같으니 일단 갑시다."

"고맙습니다."

장곡도의 뒤를 따라 준희가 배에 오르려 하자 용보는 그 앞을 가로막으며 물었다.

"잠깐만, 어떻게 된 거야? 여긴 어떻게 알고 온 거냐고?"

"두 분 서로 아세요?"

순하가 묻자 용보는 재수 없다는 표정으로 준희를 힐끗거리며 말했다.

"그냥 좀 알아. 잠깐만 기다려줘. 둘이서 할 이야기가 있어."

"그럼 저 먼저 들어가 있을 테니 말씀 끝나면 오세요."

순하가 자리를 비켜주자 용보는 목소리를 낮춰 준희에게 물었다.

"너, 뭐야? 내 뒤를 밟았어?"

"아니."

"그럼 해림간 관리사무소 여직원한테 무슨 소리 들은 거야?"

"그 여자가 너한테 뭐라고 했어?"

"아냐, 됐어. 그럼 센터 쪽이야?"

"무슨 소릴 하는 거야?"

"그쪽도 아닌 모양이군. 그럼 대체 여길 어떻게 알고 온 거야?"

"너한테 일일이 설명하기 싫어."

"뭔데? 말해. 나한테 뭘 숨기고 있는 거야?"

"그런 거 없어. 이건 그냥 직감 같은 거야."

"웃기고 있네, 그게 뭐야?"

"이를테면 낙타 어미의 본능 같은 것이지. 카라반은 사막에서 길을 잃어버렸을 때를 대비해 낙타 새끼를 죽여서 묻어. 모래에 묻혀 아무 표식도 남지 않는 망망한 사막 한가운데에서도 어미는 자기 새끼가 묻힌 자리를 기억하거든."

"무슨 말이 그 따위야?"

"난 이곳 바다의 어느 바위섬에서 마리를 처음 만났어."

"백어도 말이지."

"백어도에 대해 아는구나."

"네가 바위섬이라고 하니까 지금 생각난 거야. 예전에

뉴스에서 언뜻 들었거든. 백어에 대해 온갖 이야길 늘어놓으면서 왜 백어도 이야긴 쏙 빼놨지? 나 여기 올 생각 못 하게 하려고? 그래놓고 너 혼자 거기 가려고?”

“너도 내게 피아노에 대해 말하지 않고 혼자 여기 왔잖아.”

“젠장, 피아노 이야긴 어디서 들었어?”

“좀 전에 선장이 그러더군. 마누라가 피아노를 바다에 빠뜨렸다며 어느 얼뜨기가 거기까지 데려다 달라고 했다던데.”

“너하고는 상관없는 일이야.”

“그 피아노, 내가 마리에게 사준 거야.”

“그게 뭐가 중요해. 마리는 네가 아니라 내게 말을 남겼어. 피아노가 있는 곳에서 만나자고 한 건 네가 아니라 나라고. 그러니까 넌 빠져.”

준희의 눈빛이 달라졌다.

“마리가 너에게 만나자는 말을 남겼어?”

“그래.”

준희의 반응이 심각해지자 용보의 끓어오르던 부아도 주춤해졌다.

“그런 얼굴 하지 마. 이상하다는 거 나도 아니까.”

“알면서 굳이 왜 가려는 건데? 가지 마. 어쩌면 넌 최악의 결과를 보게 될 수도 있어."

"그래봐야 죽기밖에 더 하겠어. 갈 거야."

"죽어도 고집을 꺾지 않겠단 말이지. 좋아, 그럼 나도 같이 가. 백어의 습성에 대해 나만큼 잘 아는 사람은 없으니까. 내가 하는 말 무슨 뜻인지 알 거야."

용보가 거절하고 여기서 준희와 헤어진다면 준희는 다른 배를 구해 애초에 가려고 했던 백어도로 갈 것이다. 거길 왜 가려는 거지? 그는 준희의 꿍꿍이를 알 수 없어 찜찜했다. 용보는 결국 준희와 함께 배에 올랐다. 그의 눈밖에서 준희가 뭘 하는지 알 수 없어 전전긍긍하느니 차라리 같이 있는 편이 낫지 싶었다.

*

배가 출발하자마자 선수에 서 있던 사람들 중 용보의 모자만 이때다, 하고 기회를 엿보던 참새처럼 바람에 날아가버렸다.

"하여간 뭐든 운이 없어."

용보는 투덜거렸다. 준희는 퍼가 가득 달린 패딩 점퍼의 후드를 덮어쓰고 있었고 순하는 모자를 쓰지 않은 채 맞바람을 견디고 있었다. 아니, 견딘다기보다는 내맡기는 쪽이었다. 찬 바람을 계속 맞고 있자니 용보는 머리가 꽝꽝 얼어 깨질 것처럼 아팠다. 그는 장곡도가 있는 조타실로 들어갔다. 바람이 없으니 살 것 같았다. 배는 물살을 가르고 섬과 섬 사이를 누비며 한참을 달렸다. 길게 드러누운 곶이 먼 곳에서 꿈틀댔다. 용보가 말했다.

"섬이 정말 많네요."

어슴푸레한 수평선에 시선을 주고 있던 장곡도가 대답했다.

"2010년을 기준으로 우리나라 섬의 숫자가 3358개라고 들었소. 그중 유인도는 482개뿐이고 나머지는 모두 무인도라던가. 물론 새로운 섬이 계속 발견되고 있기 때문에 지금은 섬의 숫자가 더 늘었을 거요. 재미있는 건 말이오, 없었던 섬이 새로 생기는 게 아니라 모두 원래 있던 섬이라는 거요. 꼭 단고바위 형제들처럼 해수면 아래 숨어 있다가 어느 날 스윽 하고 고개를 내밀어 숫자를 하나 더 보태는 식이지."

"단고바위 형제요?"

"그런 이름의 몹쓸 바위들이 있소. 여태 숱하게 사람을 잡아먹었지. 그게 가만히 물에 잠겨 있다가 배가 지나가면 슬그머니 다가와서 갑자기 쾅, 하고 들이받소. 거긴 해로도 좁고 물살도 센 곳이라 웬만하면 다들 돌아가는 길을 택하오."

때맞춰 배가 출렁거렸다. 용보는 아까부터 계속 속이 울렁거리던 참이었다. 멀미 때문이었다. 점점 참기 힘들어졌다. 그는 헛구역질을 하며 아무거나 손에 잡히는 대로 매달렸다. 장곡도는 비틀거리는 그를 보고 웃었다.

"이건 그냥 파도요."

"혹 이 배가 그 단고바위 형제들인가 뭔가 하는 것들 근처를 지나갈 예정인가요?"

"손님이 데려다 달라는 곳으로 가려면 거길 지나가야만 하오. 곧 보게 될 거요."

"선장님은 그쪽 길엔 베테랑이신 거죠?"

용보의 창백한 낯빛을 보며 장곡도가 말했다.

"걱정하지 마시오. 이 배가 그쪽 길을 아주 잘 다녔소. 이 배의 원래 주인이었던 순하 아버지 덕에 나도 제대로 요령을 갖췄으니."

"그럼 선장님만 믿어요."

"날씨만 변덕을 부리지 않으면 별일 없을 거요."

그때 준희가 시퍼렇게 언 얼굴로 조타실 문을 열고 안으로 들어섰다.

"바람이 엄청나네요. 근데 순하 씨는 눈도 꿈쩍 안 해요. 커피 있어요?"

준희가 두리번거리며 따뜻한 것을 찾자 장곡도가 말했다.

"거기, 오른쪽 선반 아래에 보면 있소. 알아서들 타 드시오."

"나도 줘."

용보가 말했다. 준희가 커피 물을 끓이는 사이 해가 떠오르기 시작했다. 그때 순하가 조타실 문을 열었다. 그의 등 뒤로 붉은 햇살이 하늘 가득 퍼져나갔다. 그 모습이 붉은 공작새의 날개를 단 듯 화려하고 찬란했다. 웬만해서는 동요하지 않는 준희의 입매가 씰룩거렸다. 용보는 그도 지금 자신과 같은 기분임을 알아차렸다. 최순하. 그냥 보면 아무것도 아닌 놈인데 풍경과 어우러지면 묘하게 다른 느낌이란 말이지. 순하는 코를 훌쩍이며 물었다.

"커피 물이 제 것까지 될까요?"

"네, 충분해요. 그렇잖아도 부르려던 참이었어요."

준희가 커피 네 잔을 모두 돌린 후 장곡도에게 물었다.

"피아노를 빠뜨린 장소에 따로 표식을 띄워두진 않았을 텐데 제대로 찾아갈 수 있겠어요?"

"그거야 뭍사람들 눈이고."

장곡도는 대답할 가치도 없다는 듯 눈에 힘을 주었다.

세 시간 이상 달린 배는 점점 더 복잡한 바위 숲 사이로 들어갔다. 우리나라에 이런 곳이 있었나. 이렇게 은밀한 바닷길을 대체 물고기가 아니면 어떻게 알 수 있단 말인가. 용보는 그저 놀라울 따름이었다. 그때 장곡도가 왼편을 가리키며 말했다.

"저기 저것이 단고바위 형제들이오."

*

처음에 용보는 바위가 아니라 사람의 머리인 줄 착각했다. 사람이 머리만 내민 채 물에 떠 있는 것처럼 보였기 때문에 누군가 물에 빠진 게 아닌가 여겨질 정도였다. 거리가 좁혀지자 용보는 흠칫 놀라 숨을 들이켰다. 착각이 아니라 정말 사람의 얼굴이었다. 주름이 가득한 이마. 절규하듯 크게 벌어진 채 굳어버린 입. 뭔가 끔찍한 것을 대면하고 놀란 듯 부릅뜬 눈. 하나같이 극심한 공포에 절은 표정이었지만 저렇게 생긴 사람을 찾으라면 틀림없이 찾을 수 있을 만큼 생생하고 구체적인 얼굴이었다.

"완전 사람 얼굴인데요?"

"그렇게 보일 수도 있소. 바위가 시신의 얼굴을 흉내 냈거나 시신의 영혼이 바위에 달라붙었거나 뭐 그랬을 테니."

"섬뜩한데요."

"더 섬뜩한 건 여기서 사람이 하나 죽을 때마다 단고바위가 하나씩 늘어난다는 거요. 그리고 새로 고개를 내미는 바위는 기이하게도 죽은 놈의 얼굴을 그대로 빼다 박았지. 간혹 제 얼굴을 타고 앉은 원혼을 봤다는 사람도 있었소."

"설마요?"

"물살이 언제나 안으로만 맴돌아 빠져나올 수 없으니 그게 한이 되어 그런 게지. 뭐 그렇게 단고바위 형제들이 꽉 잡아주고 있어 시신을 잃어버리지 않고 찾을 수 있는 거긴 하지만. 어쨌든 조심해야 하오. 단고바위 형제들 손에 걸려들면 이 배도 남아나지 않을 테니."

용보의 등줄기를 타고 한기가 꿈틀거렸다. 대개는 누군가의 말을 통해 들은 바가 있어 선입견 때문에 사물이 그리 보이는 경우가 태반이다. 그런데 그는 장곡도의 말을 듣기 전에 이미 저 바위들을 사람의 얼굴로 보았다. 갑자기 순하가 바위 하나를 가리키며 중얼거렸다.

"중산이?"

"그래, 중산이다. 알아보겠냐?"

장곡도와 순하가 바라보고 있는 얼굴은 젊디젊은 청년이었다. 하지만 마지막에 무엇을 보았는지, 어떤 고통을 느꼈는지 알고 싶지 않을 정도로 참혹한 표정을 하고 있었다.

"그러니까 암만 배를 잘 다뤄도 소용없어. 백어가 불러내면 말이지."

백어가 불러내면? 용보는 방금 장곡도가 한 말에 의문이 생겼지만 지금은 그 둘의 대화에 끼어들면 안 될 것 같아서 잠자코 있었다. 순하가 말했다.

"칠현이 말이 뉴스에 사고 소식이 나왔다던데 그 이후로 사람들이 혹 관심을 가지던가요?"

뉴스에 대한 말이 나오자 용보는 곧 기억해냈다. 그때 죽은 자가 저 사람이었구나.

"아직은. 다행이지. 근데 칠현이 말이 중산이 네게서 그것을 훔쳤다고 하더라. 중산이 죽기 전에 칠현에게도 하나 줬다는데 내가 버리게 했다. 너한테 돌려주라고 하지 못해 미안하다. 그땐 빨리 없애버려야 한다는 생각에 그리 시켰다."

"괜찮아요."

용보의 궁금증이 점점 더 커졌다. 죽은 중산이라는 사람이 순하에게서 그것을 훔쳤고, 장씨 아저씨가 서둘러 그것을 버리게 했다. 아무래도 그것이 백어석인 것 같았다. 장곡도와 순하의 대화는 거기서 멈췄지만 용보는 어쩐지 선뜻 물어볼 엄두가 나지 않았다. 용보는 슬그머니 준희를 보았다. 준희는 벽에 기대앉은 채 눈을 감고 있었다. 팔짱을 끼고 고개를 꼿꼿이 세우고 있는 것이 조는 품새는 아니었다. 저들의 이야기를 들었지만 모른 척하고 있는 것이다.

"그런데."

장곡도가 용보를 돌아보았다.

"예?"

"그쪽 마누라는 왜 이런 곳에 그 비싼 물건을 빠뜨리게 한 거요? 내가 그 미친 짓을 하느라 관절이 다 나갈 뻔했소. 피아노라는 것도 태어나 처음 보지만 그렇게 무거운 놈도 처음이었소. 그냥 팔아버리면 돈이라도 될 것을 대체 왜 그랬소?"

"저도 몰라요. 저야말로 왜 그랬는지 묻고 싶어요."

"뭐 남의 가정사야 내 알 바 아니지만, 이제 와 솔직하게 말하면 기왕에 바다에 빠뜨릴 거 내가 가로채서 팔아먹을까도 생각했었소."

"아저씨!"

순하가 단호한 어조로 나무라듯 그를 불렀다.

"아니 뭐, 생각만 그렇게 했단 말이지."

용보는 거 보란 듯 순하를 힐끔 쳐다보았다. 하지만 순하는 용보와 나눴던 대화 따위는 잊어버린 듯 실망한 눈빛으로 장곡도에게 물었다.

"만약 그날 제가 따라나서지 않았으면 어쩔 생각이셨어요?"

"그런 눈으로 보지 마라. 네가 따라나서지 않았어도 내가 사람 사서 버렸다. 사람이니 그리 마음을 먹을 수도 있지만 사람이니 그 마음을 실행에 옮기지 않은 것이다. 그리고 지금 와서 솔직하게 지나간 속내도 고백하고 말이다."

준희가 눈을 뜨며 물었다.

"피아노가 아직 그 자리에 있을까요?"

"있을 거요. 피아노 같은 건 해류를 따라 흘러가지 않소. 난파선처럼 그냥 거기에 콕 박혀 있지. 혹 다시 건질 생각이라면 말리겠소. 만만치 않은 작업이오. 돈도 많이 들 테고."

"그럴 생각 없어요. 피아노는 물을 먹으면 완전히 못쓰게 돼요. 본래 습기에 아주 민감한 악기거든요. 근데 백어도는 얼마나 남았죠?"

"거의 다 왔소. 저기 보이는 것이 백어도요."

장곡도가 시선으로 가리켰다. 용보는 그곳을 보았다. 네 시간 넘게 달려 나타난 바다 저편에 까만 돌섬이 불쑥 솟아 있었다. 마치 여자가 주먹 쥔 손처럼 생겼다. 복싱이나 무술을 하지 않는 대개의 여자들은 주먹을 쥐어보라 하면 구부린 검지의 관절이 툭 튀어나온다. 손가락들이 구부러진 아래쪽으로 파도가 다급하게 들이쳤다가 물러나기를 반복했다. 멀어 보였다. 바다에서의 거리는 눈으로 보는 것보다 멀다. 그러니 보이는 것보다 훨씬 더 멀리 있는 것이다.

"내려드려?"

장곡도가 준희에게 물었다.

"아뇨, 그냥 피아노가 있는 곳으로 가요. 저보단 이 친구가 더 급하니까요."

"그럼 돌아올 때 들르지. 순하, 너도 그때 잠깐 들여다보고 가."

"글쎄요."

순하는 머뭇거렸다.

"어차피 기일 다 됐잖아."

"기일?"

용보의 의아한 시선에 순하는 순순히 대답했다.

"백어도에 제 어머니 무덤이 있어요."

"무덤을 이상한 곳에 썼네. 꽤 가팔라 보이는데, 게다가 흙도 없고."

"돌무덤도 나름 좋은 점이 있소. 벌초에 크게 신경 쓸 게 없거든. 다만 저런 곳에 있다 보니 자주 찾아보기 어렵다는 것이 흠인데 다른 무덤들도 일 년에 두어 번 이상은 찾지 않으니 그렇게 따지면 또 딱히 단점이라고 할 수도 없지. 뭐 어쨌든 고인의 유언이었으니까."

용보는 장곡도의 말에 고개를 끄덕이며 순하에게 물었다.

"아들이 아직 젊은데 어머니가 일찍 돌아가셨네. 지병이 있으셨나?"

"살해됐어요. 범인은 아버지고요."

용보는 식겁한 얼굴로 말했다.

"아, 미안, 고의는 아니었어."

"괜찮아요."

장곡도가 나무라듯 순하에게 말했다.

"너도 참 별소릴 다 한다."

"사실인데요, 뭘."

"참, 어쩌다 그런 일이, 나도 정심이 그렇게 갈지 몰랐다. 생각해보면 동수도 안됐고 정심이도 안됐고 순주도 그렇고 순하 너도 그렇고……."

장곡도는 한숨을 푹푹 내쉬었다.

"그래도 순하야, 네 아버지를 너무 원망하지는 마라.

어디서부터 잘못됐는지는 모르겠다만 네 아버지, 처음부터 그렇게 나쁜 인간은 아니었다. 살다 보니 좀 변한 거지. 네 아버지가 얼마나 부지런했는데. 아니면 이 배를 어떻게 장만했겠냐. 근데 네 어머니 만난 이후로는 무슨 바람이 들었는지 완전히 손을 놨어. 네 어머니가 물질을 워낙 잘해서 먹고사는 거야 걱정 없었다만."

그는 또 한 번 긴 한숨을 내쉬었다.

"둘이 그럭저럭 잘 살 수 있었는데 뭐가 잘못되어 틀어졌는지 모르겠다. 상황이 그 지경이 된 걸 보면 틀림없이 우리가 모르는 사정이 있었을 거야."

"전 알아요. 백어석 때문이에요."

순하가 말했다. 장곡도는 당황하며 외지인들의 눈치를 살폈다.

"순하야, 그 이야긴."

"이 배, 아버지가 장만한 거 아니에요."

"뭐?"

장곡도는 몹시 충격받은 얼굴로 순하를 보았다. 그는 깨달았다. 이장하던 날, 그들이 본 모든 것이 진실이었다는 것을. 그는 악몽을 떨쳐버리려는 듯 고개를 흔들었다. 그래, 그렇게 되는 이야기였군. 동수가 정심과 살림을 차리고 바로 이 배를 샀지. 조금 수상쩍기는 했어. 그 주머니 속사정을 내가 다 아는데, 내 주머니나 동수 주머니나 다를 게 없었는데. 그래도 믿었어. 앞서 착실하게 일한 것이 있으니 그동안 나보다 많이 모았나 보다 여겼지. 근데 그게 아니라……. 장곡도는 몸서리쳤다.

“아저씨 말씀대로 그럭저럭 살 수 있었어요. 하지만 아버지는 어머니의 백어석에 손을 댔죠. 백어석을 훔치면 백어가 모든 호의를 거둬들이고 죽인다고 했어요. 어머니는 아버지를 죽이려고 했어요. 그래서 아버지는 어쩔 수 없이 어머니를 죽이고 살인자가 된 거예요.”

“어머니가 백어였어요?”

준희는 담담하게 물었다. 그로서는 놀랄 일도 아니었다. 하지만 장곡도는 정신이 번쩍 들었다.

“순하야, 그만해라. 손님들 오해하시겠다.”

“아저씨, 이 손님들은 경계하지 않으셔도 돼요. 이분들은 백어에 대해 알아요. 피아노를 버려달라고 부탁한 마리 씨가 어머니와 같았어요.”

“너, 지금 뭐라고 했냐? 그럼…….”

장곡도의 시선이 용보를 향했다.

“그쪽이 백어와 살림을 차렸소?”

용보는 뭐라 대꾸해야 할지 몰라 머뭇거렸다.

“아까 그 피아노가 있는 곳에서 만나니 어쩌니 했지?

그 말인즉슨 그 피아노가 있는 곳에 백어가 있다는 소리잖아. 이거 환장하겠구먼!"

장곡도는 순하에게 버럭 화를 냈다.

"왜 진작 이야기하지 않았냐?"

"그럼 아저씨는 배를 움직이지 않으려고 했을 테니까요."

"너 미쳤냐? 이제 어쩔 거냐?"

"죄송해요."

용보는 장곡도의 걱정을 이해할 수 없었다. 백어를 만나면 죽는 것은 자신이다. 저들은 아무런 상관도 없는 사람들이다. 그런데 왜 저렇게 사색이 되어서 난리지?

준희가 말했다.

"그 살인 도구, 순하 씨가 없애버렸죠?"

순하는 고개를 끄덕였다.

"그 살인 도구가 뭔데?"

용보가 물었다.

"백어석."

준희가 말했다. 용보는 가슴이 뜨끔해졌다.

"순하 씨, 혹시 지금 백어석 갖고 있어요?"

"네?"

준희의 질문이 너무도 자연스러워 순하는 잠깐 어리둥

절했다.

“아까 선장님 말씀이 죽은 친구가 순하 씨에게서 훔쳤다고 해서 물어보는 겁니다.”

“가지고 있긴 한데.”

“제일 큰 걸로 하나만 보여줄래요? 기왕 이렇게 된 거 제 친구한테 한 번 더 제대로 경고하려고요.”

순하는 가지고 있던 백어석 중 제일 큰 것을 하나 꺼냈다. 준희는 그 백어석을 보자마자 감탄했다. 여태 그가 본 백어석 중에서 가장 크고 아름답고 제대로 모양을 갖춘 것이었다. 그는 용보에게 말했다.

“잘 봐. 민물에 닿은 적이 없는 백어석은 모두 날이 잘 서 있기 때문에 가장자리가 칼날처럼 예리하지. 아무리 작은 백어석이라도 출혈로 죽을 수 있을 만큼 깊이 베일 수 있어. 그런데 이 정도 크기면 거의 도끼날이야. 하지만 이 살인 도구는 민물에서는 흔적도 없이 녹아버리지.”

용보는 보는 것만으로도 제 살이 베이는 느낌이 들어 오금이 저렸다.

“지금이라도 늦지 않았어.”

“여기까지 와서 돌아가자고? 아니, 갈 거야.”

“둘 중 하나는 죽는다고.”

준희는 설득을 포기하지 않았고 용보는 계속 고집을 부

렸다.

“아닐 수도 있어요.”

순하가 말했다.

“무슨 소립니까?”

준희가 물었다.

“우리가 막을 수 있지 않을까요.”

준희는 어이가 없다는 듯 표정이 풀렸다. 희미한 웃음이 지나갔다.

“저도 처음엔 반대했는데 제가 용보 씨 입장이라도 똑같이 했을 것 같아요. 그런 메시지를 남긴 것엔 분명 이유가 있을 거예요.”

순하가 제 편을 들자 용보는 기분이 묘해졌다. 준희는 차분하고 냉엄하게 말했다.

“그래요, 이유가 있죠. 백어는 원래 그런 식으로 미끼를 남겨둬요. 그 미끼를 물고 말고는 분명 선택할 수 있어요. 근데 어리석게도 죽자고 물려고 하잖아요. 우리가 막을 수 있을 거라고요? 이 선택조차 말리지 못해 여기까지 왔는데 그게 가능할 거라고 봐요?”

“그래도 다시 만나고 싶으니까요. 죽을지라도요.”

순하는 말했다. 그는 용보를 보았다. 아내와 아이를 잃어버린 남자는 울 것 같은 표정이었다. 동시에 배신감과 억울함으로 분노하고 있었다. 뭐가 그렇게 약이 오르지? 백어석에 손만 대지 않았더라면 모두 지킬 수 있었잖아. 자업자득이다. 그럼에도 저자는 여전히 뭐가 뭔지 모르겠다는 눈으로 방황하고 있다. 그는 아직 아무것도 믿고 있지 않다. 그러니 죽을 각오도 되어 있지 않다. 그래, 어쩌면 가능하지 않을 수도 있지.

순하는 혼란스러워졌다. 그러니까 살인을 막겠다는 마음보다는 그녀를 다시 만나고 싶은 마음인 건가. 그녀는 아주 잠시 그의 앞에 나타났다가 사라졌다. 아쉬웠다. 물어볼 게 아주 많았는데 아무것도 묻지 못했다. 지금도 물어볼 게 많은데 뭘 물어야 할지 모르겠다. 그럼에도 궁금하고 또 궁금했다. 그녀의 못다 한 이야기를 듣고 싶었다.

제물

용보는 멀미 때문에 토하느라 진이 빠졌다. 혼자 튀는 행동을 하고 있자니 좀 창피한 기분이 들었다. 장곡도와 최순하는 그렇다 쳐도 준희마저 멀쩡하니 저만 유독 형편없는 놈이 된 것 같았다. 배는 백어도를 지나 30여 분을 더 남쪽으로 내려갔다. 갑자기 장애물 코스에라도 접어든 듯 사방에서 바위들이 이쪽에서 나타났다가 저쪽에서 나타나며 정신없게 했다.

"뭡니까?"

용보의 물음에 장곡도는 말했다.

"저건 귀신바위라 불리는데 아차, 싶은 순간에 앞을 가로막소. 좌우로 움직이는 것처럼 보이지만 실은 조수에 따라 물살이 번갈아 오르락내리락하기 때문이오. 이 구간에는 저런 놈들이 수도 없이 버티고 있소."

장곡도는 유연하게 그곳을 빠져나갔다. 그러곤 점차 배의 속도를 줄이더니 엔진을 껐다.

"여기요. 바로 이 자리에 빠뜨렸소."

용보는 망망대해를 둘러보며 물었다.

"정말 여기가 맞아요? 그냥 아무 데나 대놓고 여기라고 하는 거 아니에요?"

"여기 맞소."

"그러니까 여기가 여긴지 어떻게 아느냐고요."

"아니라고 우기는 근거는 뭐요?"

"아무것도 없잖아요."

"그럼 뭐가 있을 거라고 생각한 거요? 피아노가 둥둥 떠 있을 거라고 생각했소?"

그건 아니지만 그래도 뭐라도 있을 거라 생각했다. 용보는 더 할 말이 없었다. 그는 화가 났고 억울했고 무엇보다 신체가 느끼는 불편함에 괴로웠다. 그는 말을 할 때마다 좀 전에 쏟아낸 시큼한 토사물의 냄새를 느꼈다. 다시 구토증이 밀려들었다. 용보는 허겁지겁 밖으로 뛰쳐나가 난간에 몸을 기댄 채 바다에 대고 토하기 시작했다.

"괜찮아요?"

순하가 그의 등 뒤로 다가와 물었다. 용보는 돌덩이 같은 머리를 억지로 쳐들고 그를 돌아보았다.

"안 괜찮으면 어쩔 건데?"

용보는 그에게 화풀이하고 싶은 것을 간신히 참았다. 순하의 시선이 멀리 바다로 향했다. 그가 말했다.

"여기가 맞아요. 그리고……."

"그리고 뭐?"

"피아노 소리가 들려요."

"지금 놀리는 거야?"

"아뇨, 그쪽도 들을 수 있을 거예요."

순하가 양손을 소라처럼 오므려 귀에 가져다 대자 용보도 덩달아 흉내를 내며 들어보려 했다. 엔진 소리가 꺼진 바다는 적막에 빠졌다. 그러고 있자니 어디선가 똥! 하고 피아노 건반 두드리는 소리가 들린 듯했다. 용보는 그것이 착각이라는 것을 안다. 순하의 암시에 빠져 환청이 들린 것이다. 피아노가 있는 곳에서 만나자고 하지 않았나. 피아노는 저 바다 밑에 있다. 피아노가 있는 곳은 용보가 갈 수 없는 곳이다. 오라고 해서 왔는데 이 이상은 갈 수 없다. 대체 어떻게 해야 마리를 만날 수 있지? 설마 나보고 바다에 뛰어들란 소리는 아니겠지?

"방금 들었어요?"

순하가 물었다. 젠장, 왜 그러는 거야? 용보는 오싹해졌다. 햇볕조차 차갑게 느껴지는 서슬 푸른 바다. 고요함을 헤치고 어딘가로 향하는 바람과 물결이 있었다. 용보는 물결이 흐르는 소리는 들을 수 있을 것 같다는 생각이 들었다. 하지만 피아노 소리는 들리지 않았다. 장곡도와 준희가 조타실을 나와 두 사람에게 다가왔다.

"좀 괜찮아졌어?"

준희가 물었다.

"별로."

용보는 몸을 일으켜 세웠다. 어지러웠다. 그는 빈정거리는 투로 말했다.

"순하 씨는 피아노 소리가 들린댄다. 준희, 너도 들어봐라. 그 낙타 어미의 본능 덕에 들릴지도 모르니까."

"난 들리지 않아. 하지만 순하 씨의 청력은 우리보다 나을 테니 어쩌면 들릴 수도 있지."

그렇지, 저 자식의 어머니가 백어라고 했지. 그럼 우리 섬도 저 자식처럼 귀가 밝겠구나. 아, 용보는 문득 깨달았다. 그래서 섬이 소리에 예민했던 건가. 진작 알았더라면 텔레비전 소리를 줄여줬을 텐데. 아무것도 모르고 화만 냈어. 용보는 후회했다. 그는 그때 자신이 왜 그런 행동과 말을 했는지 알 수 없었다. 그냥 미쳤었나 보다.

준희가 말했다.

"물속에 머리를 넣고라도 들어봐야지 않겠어?"

"미쳤냐? 그런다고 들려? 왜? 내가 물속에 머리 박으면 이때다 하고 밀어서 바다에 처넣어버리려고?"

"내 말은 어떻게든 피아노 소리를 따라가야 마리를 만날 수 있지 않겠느냐는 거야."

"언제는 죽기 싫으면 도망가라며? 다 잊고 새 출발 하라며? 근데 왜 지금은 내 등을 떠미는데?"

준희는 질렸다는 듯 고개를 저으며 말했다.

"그럼 돌아가자. 지금이라도 늦지 않았으니까."

"싫어."

"도대체 어쩌자는 거야?"

"몰라. 어쨌든 난 마리를 봐야겠어. 그러니까 물속에 머리 처박으라는 거 말고 내가 어떻게 해야 하는지 좀 알려줘. 넌 백어에 대해 모르는 게 없잖아."

준희는 용보의 말에 대꾸하는 대신 순하에게 물었다.

"어느 정도 깊이에 가라앉았을까요?"

"글쎄요, 이 아래 깊고 좁은 틈이 있어요. 단구요. 깊이가 19킬로미터에서 수백 킬로미터에 이르지요. 운이 좋다면 피아노는 19킬로미터 언저리에 박혀 있을 거고 아니면 아직도 떨어지는 중일 거예요."

장곡도가 용보에게 말했다.

"아까 어떻게 여긴지 아느냐고 물었지. 마누라와 만나기로 한 장소가 어딘지 말해보시오."

"피아노를 빠뜨린 장소요."

"나는 피아노를 '바다 한복판에서 술래잡기하는 아이들 사이를 지나 벌어진 상처'에 빠뜨렸소."

그래, 순하가 준 주소지에 그렇게 적혀 있었다. 용보는 그제야 깨달았다. 술래잡기하는 아이들은 귀신바위들이고 벌어진 상처는 단구를 말한다는 것을.

순하가 말했다.

"여전히 의심이 든다면 지난번 여기 왔을 때 경위도 좌표를 확인해보시면 돼요."

장곡도가 물었다.

"확인시켜줘?"

용보는 창백해진 얼굴로 중얼거렸다.

"됐어요."

"젠장, 그 정도 깊이라면 훈련받은 잠수부도 내려갈 수 없는 곳이잖아. 피아노가 있는 곳이 그런 터진 봉지 같은 곳이라면 애초에 마리는 나와 만날 생각이 없단 거고."

"터진 봉지가 아니어도 무리이긴 마찬가지지."

준희가 말했다.

“그러니까 어쩌라는 거냐고?”

“여기 있는 모두에게 도끼눈을 떠봐야 소용없어. 우린 여기서 위로도 아래로도 갈 수 없어. 그러니까 여기가 약속 장소야. 그저 기다리는 것 말고는 할 수 있는 게 없다고.”

장곡도는 준희의 말에 동의했다.

“맞소. 이제 여기서 어떻게 할 것인지는 손님들이 알아서 하시구려. 그사이에 난 들어가서 눈 좀 붙일 테니까. 해 지기 전에 출발할 거요.”

*

용보는 완전히 지쳐버렸다. 피아노는 저 깊은 바다 밑에 잠겨 있었고 그들 눈에는 보이지 않았다. 온몸에 소금 비늘을 뒤집어쓴 기괴한 모습의 마리가 어두운 물속에서 피아노를 뚱뚱 누르며 소리를 내고 있는 장면은 상상조차 하기 싫었다. 그런데 순하는 피아노 소리가 들린다고 말했다. 그건 마리가 여기 있다는 뜻이었다. 순하는 뱃전에 앉아 손바닥만 한 수첩에 뭔가를 그리고 있었다. 용보가 슬그머니 다가가 들여다보니 피아노였다. 협곡의 좁은 틈 사이에 끼어버린 검은 고래. 마치 눈으로 저 아래에 있는 피아노를 보며 그리고 있는 것처럼 느껴졌다. 문득 마리의 스케치북 생각이 났다. 용보는 자기도 모르게 순하의 손에서 수첩을 낚아채어 앞장으로 넘겼다. 마리의 그림처럼 노골적으로 인어가 등장하는 그림은 없었다. 다만 두 다리로 물을 번갈아 차며 수면을 향해 올라가는 젊은 여자의 그림이 하나 있었다.

"제 어머니예요."

"네가 본 백어는 이런 모습이었어?"

"네. 이 광경을 볼 때마다 언제나 눈이 부셨어요."

"직접 본 거다? 근데 이 각도로 보려면 네가 어머니 아래에 있어야 하잖아."

"아래에 있었어요."

용보는 뭔가 더 물어보려다가 그만뒀다. 그는 순하가 보통 사람과 어떤 다른 면을 지니고 있는지 궁금했다. 하지만 모르는 쪽을 택했다. 그것이 무엇이든 인정하고 받아들이는 것이 쉽지 않을 것을 깨달았기 때문이다. 수첩의 그림들은 대부분 별어마을과 항구 뒷골목, 새벽 시장과 해림간의 풍경이었다. 그리고 어린 남자아이 둘과 그 아이들을 닮은 또 다른 젊은 여자가 있었다.

"누나와 조카들이에요."

겨울 한낮의 햇빛이 그림에 내려와 잠시 머물렀다. 그

림은 꿈쩍도 하지 않았다. 백어석의 빛은 그림을 움직였다. 마치 무의식 속에 잠겨 있던 꿈이 헤엄을 치며 현실로 빠져나오려는 것처럼. 하지만 순하의 그림에는 백어석의 빛이 없었다. 용보는 수첩을 돌려주며 말했다.

"그냥 사진을 찍지. 요즘엔 죄다 휴대전화로 찍어서 남기잖아."

용보는 재능에 대한 이해가 없었다. 그리하여 태생적 재능의 표현은 곧 제 영혼의 위안이 되는 것임을 알지 못했다.

"그냥 그리는 것을 좋아해요. 그래서……."

순하는 멋쩍게 웃었다.

"어릴 때부터 보이는 빈틈마다 죄다 그림을 그려 넣었어요. 미친놈 소리 엄청 들었는데 그래도 다들 제 그림을 좋아했어요. 아버지만 빼고요."

"그렇게 그리는 게 좋으면 그림을 전공하지 그랬어? 아버지가 반대했나?"

"뭐 그런 이유도 있고요. 막상 종이에 제가 보는 것을 담자니 좀 좁아 보였어요."

그래서 마리도 거리로 나가 길바닥과 담장에 그림을 그렸던 걸까.

"그럼 그 코딱지만 한 수첩엔 다 들어가고?"

"음, 이건요, 설명하기 꽤 어려운데요. 뭐랄까, 소리를 담아두는 쪽이에요."

"소리는 그리는 게 아니라 녹음을 해야지."

용보가 불평하듯 대꾸하자 옆에서 듣고 있던 준희가 피식 웃었다. 마치 비웃음처럼 들렸다.

"넌 뭘 알고 웃는 거야? 왜 내 말이 틀렸어?"

"발끈하지 좀 마. 틀렸다고 한 적 없어. 웃는 것도 너한테 허락받아야 해?"

용보의 불퉁한 어조에도 준희는 별로 기분 상한 기색 없이 말했다.

"좋은 걸 보면 누구든 웃게 돼. 난 그냥 그림이 좋아서 웃은 거야. 그래서요? 순하 씨는 그림에 소리를 어떻게 담아두는데요?"

순하가 말했다.

"보고 있으면 들려요. 그 순간이 고스란히 살아나 움직이죠. 소리와 함께요. 저한텐 이 그림들이 저를 들여다보는 고인 물 같은 거예요. 수면이 흔들릴 때마다 소리가 전해져요. 그 소리가 나를 흔들고 나는 그 속에서 나를 볼 수 있어요."

"도대체 뭔 소리야?"

용보는 꼭 마리와 이야기하고 있는 것 같은 기분이 들

었다. 한편으로는 마리와 함께했던 지난날의 일상으로 돌아간 것 같아 마음이 따스해졌고, 또 한편으로는 마리에 대한 그의 기억을 다른 남자에게 빼앗긴 것 같은 상실감을 느꼈다.

"마리 씨도 자신이 그린 그림을 통해 스스로를 바라봤을 거예요. 일종의 거울 같은 거죠. 옛사람들이 말하기를 고인 물에 영혼이 담겨 있다고 했어요. 고인 물을 관조하는 동안 영혼을 꺼내 볼 수 있는 거죠. 자신의 영혼이 얼마나 자랐는지 말이죠."

용보는 뭐가 뭔지 알 수 없어졌다. 순하는 마리와 너무도 닮았다. 같은 물고기의 피가 흐르고 있어서일까. 집단을 이루는 어떤 생물들은 꿈도 같은 꿈을 꾸고 생각도 공유한다고 하던데. 대체 이자는 마리에 대해 어디까지 느낄 수 있는 걸까. 갑자기 용보는 두려워졌다. 그가 마리에 대해 안다고 여긴 건 대체 마리의 무엇이었을까. 여태 그는 무엇으로 마리와 소통하고, 무엇을 통해 마리를 알고 있다고 여겼던 걸까. 그저 마리가 늘 곁에 있어 익숙했던 것을 아는 것이라고 착각했던 것은 아니었을까. 아무것도 하지 않고 있는 사이 해는 기울었다.

*

오후 4시가 조금 넘은 시각, 내처 자던 장곡도가 조타실에서 고개만 내민 채 소리쳤다.

"그만 돌아갑시다."

"이대로 그냥 돌아간다고?"

용보는 준희의 의견을 물어보듯 쳐다보았다. 준희도 이번만큼은 딱히 방법이 없는 듯 고개를 저었다. 차라리 이쯤에서 끝나 다행이라고 생각하는지도 모른다. 하지만 이렇게 돌아가면 또 어디서 마리를 찾을 수 있지? 이럴 거면 왜 여기로 오라고 한 건데? 그렇다고 여기서 계속 버티고 있을 수도 없었다.

차고 축축한 바닷바람이 갑판을 맴돌았다. 햇빛이 스러지면서 비린 물 냄새가 한층 짙어졌다. 숨 쉴 때 공기에서는 짭짤한 맛이 났다. 바람과 추위를 피해 모두 조타실 안으로 들어갔다. 배는 통통거리더니 곧 출발했다. 수평선 너머로 지는 해가 장관이었다. 물은 온통 금빛을 뿌리며 주홍색으로 타올랐다. 하늘 바로 뒤에 다른 세계가 다가와 있는 것 같았다. 붉은빛이 잿빛으로 뒤바뀌며 어둠이 내리기 시작하자 모든 것이 현실로 돌아왔다. 밤이 빠른 속도로 배를 쫓았다.

한 시간쯤 지났을 때 장곡도의 표정이 오묘해졌다. 그는 불안함을 감추려는 듯 입술을 단단히 맞문 채 신중한 시선으로 주변을 살폈다. 용보가 준희를 툭 치며 작게 속삭였다.

"무슨 문제가 생긴 것 같지 않아?"

"응, 계속 같은 곳을 맴돌고 있어. 저 바위들 기억나지?"

"그래, 술래잡기하는 아이들, 귀신바위."

"내 생각엔 지금쯤이면 백어도 근처를 지나고 있어야 해."

순하가 장곡도에게 다가가 물었다.

"제가 좀 봐드려요? 기계에 이상이 생겼을 수도 있어요."

장곡도는 손을 내저으며 말했다.

"배는 보일러나 수도관과는 달라."

"방향 기기에 문제가 생긴 것 같은데요. 계속 같은 자리를 맴돌고 있어요. 분명 귀신바위군을 빠져나왔는데 또다시 귀신바위군이잖아요."

"그래, 잘 봤다. 근데 거기서 이상한 점 못 느꼈냐? 배가 계속 귀신바위군을 빠져나가고만 있다는 거야. 난 그쪽으로 되돌아 들어간 적이 전혀 없는데 말이지."

장곡도의 말은 나머지 사람들의 등줄기를 서늘하게 만들었다.

"무슨 말씀이세요?"

용보는 순하의 표정이 심상치 않다는 것을 눈치챘다.

"그러니까 방향 기기의 문제가 아니야."

"아저씨!"

"걱정 마, 내가 알아서 해. 바다에서 반백 년이 넘는 세월을 보냈어. 뭍의 삶과는 비교도 할 수 없을 만큼 위험한 고비를 숱하게 넘겼지. 뭍에서라면 너에게 도와달라고 했겠지만 여기선 내가 너보다 나아."

"대체 무슨 일이에요?"

용보가 더 참지 못하고 물었다. 장곡도는 돌아보며 말했다.

"신경 쓸 거 없소. 별일 아니오. 순하야, 손님들 모시고 나가 있어라. 여기 있으면 괜히 불안해지니까."

"하지만 말씀 다 들었거든요."

"괜찮다니까 그러네. 순하야, 얼른!"

일단 순하는 장곡도가 시키는 대로 용보와 준희를 데리고 조타실 밖으로 나왔다. 바람이 찼다. 옷깃을 여미는 그들에게 순하는 모포를 하나씩 건넸다. 용보는 투덜거리며 말했다.

"전문가가 괜찮다는데 난 왜 괜찮다는 생각이 들지 않을까?"

셋은 조타실 밖에서 불안한 얼굴로 장곡도를 지켜보았다. 30여 분을 혼자 더 끙끙거리던 장곡도는 기어이 졌다는 듯 엔진을 끄고 밖으로 나왔다. 순하가 물었다.

"왜요?"

"연료라도 아껴야겠어."

"무슨 소리예요? 별일 아니라면서요?"

용보는 극도로 예민해졌다.

"바다란 게 원래 비위를 맞추기가 쉽지 않소."

장곡도는 아까와는 달리 다소 긴장한 얼굴이었다.

"일단 뜨거운 커피나 한 잔씩 합시다. 저기 등대의 불빛이 보이니 길을 잃을 염려는 없소. 저것만 바라보고 가면 뭍이니 말이오."

용보는 장곡도가 가리키는 방향을 보았다. 그가 등대의 불빛이라고 하니 그런가 보다 하지 사실 콕 찍어놓은 저 희미한 점이 등대의 불빛인지 아닌지 알 게 뭔가.

그러나 준희는 저 등대의 불빛을 똑똑히 기억했다. 그는 아버지와 백어도로 향하던 그 캄캄했던 밤을 떠올렸다. 세월이 지났음에도 암흑천지 속에서 깜빡이며 빛나던 저 흐릿한 불빛만은 여전히 그의 기억 속에 선명하게 박혀 있었다. 짙은 구름 뒤로 별도 달도 숨어버린 그믐밤의 어둠 속에서 유일하게 존재하던 빛. 그때도 저 빛은 지금처럼 아득히 먼 곳에 있었다. 그래서 은하수 너머의 별처럼 살아서는 도달할 수 없는 곳처럼 느껴졌다.

백어도에 도착한 후 박이순의 배가 그들만 남겨두고 섬을 떠나자 준희는 두려워졌다. 내일 아침에 배가 우릴 데리러 오지 않으면? 혹은 무사히 배를 탔지만 배가 유령선처럼 백어도 주변의 바다를 벗어나지 못하면? 그럼 아버지와 난 영원히 배의 지박령이 되어 죽어도 죽은 줄 깨닫지 못하고 그저 저 등대의 빛만 찾아 떠도는 신세가 될 테지. 온갖 생각이 맴돌았다. 하지만 그런 일은 일어나지 않았다. 아침 해가 뜨자 박이순의 배는 돌아왔고 그들은 찬란한 햇살과 함께 다시 땅을 밟았다. 그러니 걱정하지 말자.

장곡도가 말했다.

"괜찮을 거요. 폭풍이 들이닥치지만 않으면 넘어갈 수 있소. 아니, 폭풍이 들이닥쳐도 넘어가오."

"책임질 수 있어요?"

용보는 불안했다. 그는 확실한 약속을 받고 싶었다. 그런데 그걸 안달복달 원하는 사람은 자기뿐인 것 같았다. 자신의 심약함에 그는 자존심이 상했다.

"나는 최선을 다해 이 배와 당신들의 안전을 책임질 거요. 하지만 만약 내 힘으로도 어쩔 수 없는 일이 벌어진다면 그땐 하늘에 맡겨야지."

"그렇게 말씀하시면 안 되죠."

용보는 얼굴을 있는 대로 구기며 따지듯 말했다.

"얼굴 펴시오. 그런 일은 그렇게 쉽게 일어나지 않으니 너무 걱정할 거 없소."

다들 조타실 안으로 들어갔다. 준희는 커피를 끓였다. 커피를 마시고 나자 상황은 더 나빠졌다. 장곡도가 다시 시동을 걸자 배는 앞으로 조금 나아가는가 싶더니 이내 제자리에서 천천히 원을 그리며 맴돌기 시작했다. 그러더니 급기야 엔진이 저절로 꺼지고 전기도 나가버렸다. 정박등과 장등, 선수등과 선미등 어느 하나 멀쩡한 것이 없었다. 조타실의 기계들은 멈췄고 구조 신호는 먹통이었다. 나침반은 뱅글뱅글 돌았고 배와 함께 온 세상도 뱅글뱅글 돌았다. 하늘과 바다가 뒤집어지고 그 경계가 흩어졌다.

용보는 미친 듯이 토악질을 해댔다. 시큼한 냄새를 풍기는 미지근한 갈색 액체가 그의 점퍼를 흥건하게 적셨다. 제자리를 맴돌던 배가 갑자기 크게 출렁이더니 제멋대로 흘러가기 시작했다. 속도가 점점 빨라지면서 배가 롤러코스터마냥 아찔하게 흔들렸다. 용보는 중심을 잡지 못한 채 헛발질을 하며 사방으로 손을 휘저었다. 그러다가 배가 급작스럽게 한쪽으로 기우는 순간 선반 모서리에 왼쪽 어깨를 심하게 부딪히며 바닥으로 나동그라졌다.

장곡도는 이미 기능을 상실해버린 키를 잡고 있었고 순하는 배의 기울기를 따라 스스로 몸을 가눴다. 출입문 가까이 있던 준희는 문손잡이를 잡은 채 양발을 바닥에 단단히 붙이고 이를 지지대 삼아 버텼다. 한참이나 물살을 따라가던 배가 이윽고 멈췄다. 자석에 붙여놓은 것처럼 꼼짝 않고 있는 배 주변으로 강한 물살의 흐름이 공기를 울렸다. 장곡도는 키를 놓고 완전히 캄캄해진 밖을 내다보며 중얼거렸다.

"아무래도 귀신바위군 한복판으로 들어온 것 같구먼."

*

귀신바위들이 도사린 바다는 물의 흐름이 빠른 곳이다. 하지만 배는 잔잔한 연못 위에 떠 있는 종이배처럼 고요히 멈춰 있었다. 설명이 불가능한 현상이었다. 완전히 경직된 분위기 속에서 네 사람 모두 잠시 말을 잊었다. 기묘한 공포가 슬금슬금 고개를 내밀기 시작했다. 장곡도가 먼저 조타실 밖으로 나갔다. 다른 사람들도 그의 뒤를 따라 나갔다.

"설마 했는데……."

선수로 나간 장곡도가 어깨를 흠칫 떨며 욕지거리를 내뱉었다. 그는 동요하고 있었다. 배가 왜 이런 상황에 처했는지 알고 있는 것이다. 그들의 안전을 책임지겠다던 선장이 흔들리자 겁에 질린 용보가 조심스레 물었다.

"왜 그래요? 대체 뭐가 잘못된 거죠?"

"배가 내 손을 완전히 놨소. 그러니 이제 내 능력 밖의 일이라는 거요. 백어가 피아노가 있는 곳에서 만나자는 말을 남겼다 했지. 아직 그 약속이 지켜지지 않았소. 그래서 백어가 이 배를 잡고 있는 거요."

"설마요?"

등골이 오싹했지만 용보는 그런 미신 같은 소릴 전적으로 믿을 수 없었다.

"그럴지도 몰라."

준희가 말했다.

"무슨 말도 안 되는 소리야? 약속을 지키려고 여기까지 온 거잖아. 나만 빼고 다들 마리를 백어라고 철석같이 믿는데 솔직히 난 아직도 모르겠어. 그래서 그냥 돌아가야 하는 내 마음이 더 찜찜하다고. 누구보다 내 마누라의 정체를 제대로 알고 싶은 건 나야. 근데 뭐 더 어떻게 할 방법이 없잖아. 대체 내가 어떻게 해야 하는데?"

용보는 억울한 눈으로 다른 사람들을 보았다.

"몰라. 그래도 네가 어떻게든 해야 하지. 솔직히 여기까지 왔으니 이제 피할 수 없겠다고 여겼는데 아무 일도 일어나지 않아 좀 이상하긴 했어."

준희는 감정이 배제된 어조로 침착하게 말했다.

"그러니까 사실은 무슨 일이 일어나길 바랐던 거로군. 역시 그게 네 진심이었어. 마리와 내가 서로 죽고 죽이는 상황, 아니 넌 마리가 날 죽이기를 바라겠지."

용보의 빈정거림에 준희는 짜증을 참는 듯 한쪽 눈썹이 올라갔다.

"기억하는지 모르겠는데 난 최선을 다해 널 설득했고 경고했어. 순하 씨도 처음엔 말렸다고 했지. 네가 고집을 부린 거야. 우린 네가 걱정돼서 따라나선 거고. 아무 일도 일어나지 않아 이상하다는 것이 무슨 일이 일어나기를 바란다는 뜻은 아니야."

"하지만 넌 나만 없으면 마리를 가질 수 있잖아."

"것도 내 생각일 뿐이야. 마리가 날 원하지 않을 수도 있어."

순하는 두 사람을 번갈아 보았다. 용보는 얼굴이 붉어졌다. 이 무슨 막장 드라마도 아니고.

"그만하자."

준희는 흐트러진 머리를 쓸며 고개를 돌렸다. 용보도 원하는 바였다. 미간을 찌푸린 채 그들의 대화를 듣던 장곡도가 말했다.

"여기서 누가 죽기를 바라는 사람은 없소. 하지만 내내 마음에 걸리긴 했지. 그럼에도 중간에 배를 돌리지 않았던 건 어쩌면 별일 없이 넘어갈 수도 있지 않을까 기대했기 때문이오. 솔직히 처음부터 백어 이야기를 했으면 아무리 순하의 부탁이었다 해도 난 당신들을 태우지 않았을 거요. 하지만 배는 멈췄고 일은 벌어졌으니 이제 벗어날 방법을 강구하는 수밖에 없소."

장곡도의 시선이 용보에게로 향했다.

"이런 말 하고 싶지 않지만 백어가 원하는 것을 내줘야 하오. 백어의 남자, 이 배의 제물이 될 사람 말이오."

제물이라는 말을 내뱉으면서 장곡도의 얼굴은 급격한 두려움에 휩싸였다. 이제 선주로서 선장으로서 더는 강한 척 속일 수 없게 된 것이다. 거칠고 대범한 듯 보이지만 의외로 금기와 미신에 약한 것이 또 이들 뱃사람이었다.

"무슨 그런 말도 안 되는 소리를."

용보는 딱딱해진 분위기 속에서 어색한 웃음을 드러내며 장곡도의 말을 농담으로 일축하려 했다. 아무도 웃지 않았다. 모두 진지한 눈으로 그를 보고 있었다. 등줄기를 타고 한기가 뻗치며 뒤통수가 쭈뼛했다. 그는 신변의 위험을 느꼈다. 여차하면 장곡도가 그를 바다로 밀어낼 수도 있지 않을까 하는 의구심마저 들었다.

"왜 말이 안 되오? 말이 안 된다면서 그쪽은 그 말이 안 되는 말을 따라 여기까지 왔소. 그건 죽을 각오를 했다는 뜻 아니오?"

아니다. 그저 진실을 알고 싶었다. 용보는 여기까지 오면서 자신이 죽을 수도 있다는 생각을 단 한순간도 해본 적이 없었다. 그런데 이젠 죽을 수도 있겠다는 생각이 들었다. 마리가 아니라 장곡도의 손에. 그는 겁에 질렸다.

"아저씨, 그만해요."

순하는 장곡도의 말을 막으려 했다. 그러나 장곡도는 자신의 생각을 굽히지 않았다.

"우리가 사는 땅도 잘 모르는 판에 하물며 바다에서 벌어지는 일이오. 우리의 의지보다 바다가 위에 있단 소리요. 미신이라고 해도 좋소. 이건 백어가 원하는 거요. 알겠소? 빌어먹을."

"아뇨, 아니에요. 그런 건 없어요."

용보의 목소리가 떨렸다.

"이런 한심한 뭍 인간 같으니. 우리는 옛사람들의 이야기를 버리지 않소. 그 멍청한 이야기들이 여태 남아 우리의 발목을 잡고 있는 것은 백 개 중 한 개는 진실이었기 때문이오. 말해보시오. 그쪽 마누라가 백어요, 아니요?"

"이봐요, 무슨 그따위 질문을……."

"쉿, 잠깐만요. 소리가 들려요."

순하가 손가락을 입으로 가져갔다. 그 순간 약속이나 한 듯 모두 입을 다물고 귀를 기울였다. 사람의 말소리가 사라진 바다는 완전히 다른 세상이었다. 강렬한 물살 소리가 정신을 칭칭 동여맸다. 소리는 깊은 동굴 속에서 휘돌아 치는 낮은 비명 같았다. 먼 곳에서 천둥을 두른 커다란 뱀이 다가오는 것처럼 차갑고 오싹한 기운이 공기를 압박하며 위협했다. 장곡도가 말했다.

"급류 소리야."

"아뇨, 다른 소리가 있어요. 들려요, 제 귀에는 들려요."

"무슨 소리?"

"피아노 소리요."

그 순간 장곡도의 뺨이 파르르 떨리는 것을 용보는 보았다. 장곡도는 침을 꿀꺽 삼키며 중얼거렸다.

"난 들리지 않지만 순하 네가 들린다면 들리는 거야."

용보의 귀에도 피아노 소리 같은 것은 들리지 않았다. 하지만 그도 장곡도처럼 순하의 말을 믿을 수밖에 없었다. 순하에게는 사람과 백어의 귀가 모두 있기 때문이다.

어두운 밤, 저 바다 깊은 곳에서 급류 소리와 뒤엉켜 들려오는 피아노의 선율. 상상만 해도 용보는 오금이 저렸다. 그의 내면에 공포가 꾸역꾸역 쌓여갔다.

준희가 말했다.

"순하 씨가 듣고 있는 그 피아노 소리, 누가 내고 있는 걸까요?"

순하는 대답하지 않았다. 때문에 쓸데없이 상상력만 보태졌다. 용보는 가슴이 선뜩했다. 살을 부비며 6년을 함께 살았던 아내가 하얀 괴물이 되어 그의 발밑으로 돌아온 것이 믿기지 않았다. 갑자기 물속에서 뭔가 배 밑바닥을 퉁 치고 지나갔다. 종이처럼 미동 없이 떠 있던 배가 기우뚱 움직였다. 먹물처럼 보이는 캄캄한 물살 아래로 일순 불그레한 빛이 번뜩였다. 모두가 다투어 난간 밖으로 머리를 디밀고 들여다보았지만 빛은 순식간에 사라졌다. 그때 문득 고개를 든 준희가 사방을 둘러보더니 말했다.

"등대의 불빛이 사라졌어요."

"어쩌면 방금 배가 흔들리면서 한 바퀴 돌았을지도 모르오."

아무도 배가 도는 것을 느끼지 못했다. 그럼에도 그들은 반대편으로 돌아가 등대의 불빛을 찾았다. 검은 안개라도 내린 듯 등대의 불빛은 어디로 숨었는지 보이지 않았다. 이정표를 잃은 배는 이제 방향을 상실한 채 완전한 어둠 속에 버려졌다. 나쁜 징조였다. 준희는 눈을 감았다. 아버지와 배를 타고 백어도를 향해 출발한 시각은 저녁 7시쯤이었다. 동짓달이었으므로 이미 해는 져서 어두웠고 그믐밤이라 사방은 칠흑처럼 캄캄해 아무것도 보이는 것이 없었다.

이튿날 아침 배를 타고 뭍으로 돌아오는 내내 그는 잠에 곯아떨어져 있었다. 그래서 백어도를 오가는 동안 그가 기억하고 있는 풍경이라곤 어둠과 꿈뿐이었다. 그런데도 가끔 눈을 감으면 백어도 가는 길의 정경이 생생하게 떠올랐다. 그가 보지 못한 기억을 되살려주는 것은 비밀 골방에서 조금씩 완성되어가고 있던 염린등의 빛이었다. 날카로운 빛은 그의 뇌 속에 스며들어 오래전에 보았지만 어둠에 가로막혀 기억할 수 없었던 풍광을 다시 비추며 그 장막을 걷어냈다.

준희는 눈을 뜨고 순하에게 물었다.

"백어석을 얼마나 가지고 있어요?"

"왜요?"

"전기가 나갔으니 그것의 빛이라도 빌려야죠. 어찌 될지 모르니 휴대전화 배터리는 아껴둡시다."

장곡도가 조타실을 뒤져 양초 하나를 꺼내놨지만 그것이 밝히는 반경은 너무도 좁았다. 랜턴도 하나뿐이었다. 순하는 가지고 있던 백어석 일곱 개를 모두 내놓았다. 준희는 용보를 보았다.

"넌 없어?"

"없어."

용보의 주머니 속에는 마지막으로 훔쳤던 백어석 하나가 있었지만 내놓고 싶지 않았다.

"순하 씨, 백어석을 세 개씩 모아서 선수와 선미에 걸고 조타실에도 하나 두세요. 그리 밝지는 않지만 없는 것보다는 나으니까요."

장곡도는 불안한 듯 말했다.

"좋은 생각이 아니오. 그것들이 백어를 불러들일 거요."

"어차피 백어에게 잡혀 있잖아요. 달라질 건 없어요."

*

찬 바람이 강하게 몰아치면서 파도가 일었지만 배는 여전히 꼼짝도 하지 않았다. 그 기이한 현상에 그들은 추운 감각마저 잊어버린 채 두려움에 휩싸였다. 그들은 어둠을 등진 채 선수등 자리에 매달린 백어석의 붉은빛 아래 모였다. 준희가 물었다.

"만약 우리가 끝까지 제물을 내놓지 않으면 어떻게 될까요?"

용보는 그를 노려보았다. 굳이 제물이라는 말을 쓸 필요가 있나. 하지만 제물 대신 그의 이름이 나오면 더 끔찍하게 들릴 것을 깨달았다. 장곡도는 처음에 내보였던 자신감을 모두 상실한 채 말했다.

"백어도와 단고바위 형제들, 그리고 귀신바위군까지 모두 백어의 영역이오. 1947년 2월 11일 단고바위 형제들로부터 그리 멀지 않은 곳에서 조업하던 영광호에서 원인 모를 불이 났소. 사람들이 발견했을 때 영광호는 시커멓게 타서 뼈대만 남은 채 단고바위 형제들에게 잡혀 있었지. 영광호에는 모두 여섯 명이 타고 있었는데 생존자는 단 한 사람도 없었소. 그런데 말이오."

장곡도가 용보를 힐끔 쳐다보았다. 용보는 긴장한 나머지 입천장이 바짝 말라붙었다. 또 무슨 말을 하려는 거야? 지극히 못마땅했지만 말릴 도리는 없었다.

"새로 올라온 단고바위는 하나뿐이었소. 그게 누구의 얼굴인지 사람들은 금방 알아봤지. 물론 영광호에 타고 있던 선원들 중 하나였소. 백어의 손을 잡아봤다고 만날 떠벌리고 다니던 자였지. 그가 백어 이야기를 꺼낼 때마다 다들 놀렸소. 네가 잡은 건 백어의 손이 아니라 미역이다. 까맣게 탄 그놈의 손이 깊게 베여 있었소. 마치 칼날을 쥐고 있었던 것처럼."

"동일이와 중산이 죽었을 때와 같군요."

순하는 의미심장한 눈길로 장곡도를 보았다. 장곡도는 마지못해 고개를 끄덕였다.

"백어석을 쥐었던 흔적이라는 겁니까?"

준희가 물었다.

"아마도. 그자가 어디서 백어석을 얻었는지는 모르겠지만 백어가 준 것은 아닐 거요. 하면 훔친 거지. 그는 불운을 매단 채 배에 올랐고 덕분에 다른 동료들까지 모두 죽음으로 몰아넣었소. 그날 밤 그 배에서 무슨 일이 벌어졌는지는 아무도 모르오. 어쩌면 지금 우리가 겪고 있는 것과 비슷한 일이 있었을 수도 있소. 나는 가끔 생각한다오. 만약 그날 밤 그자가 자신을 희생시켰더라면, 어쩌면 다른 사람들은 살지 않았을까 하고 말이오."

"그걸 누가 장담할 수 있어요? 그런 식으로 저를 몰아붙이면 곤란하죠."

용보는 불쾌함을 드러냈다.

"그쪽은 틀림없이 백어석을 훔쳤소, 아니오?"

"그게…… 훔쳤다기보다는……."

용보가 우물거리자 장곡도는 확신하고 못을 박았다.

"역시 훔쳤군. 그럼 그쪽이 죽어야 우리가 살길이 열리오. 나는 그렇게 믿소."

"그래서 지금 저보고 바다에 뛰어들어 죽으라는 소리예요?"

용보가 버럭 화를 내자 장곡도는 움찔했다. 그는 심란한 얼굴로 말했다.

"모르겠소. 나도 내가 지금 무슨 말을 하고 있는 건지 모르겠다고. 하지만 이 상황에서 내가 생각해낼 수 있는 해결 방법은 딱 그것뿐이오."

용보는 난처해졌다. 폐쇄된 공간에서 극단의 공포에 몰리면 무슨 일이 벌어질지 아무도 장담할 수 없다. 그가 봤던 공포 영화는 모두 이를 버텨내지 못해 이성을 놓치고 아수라장이 됐다. 준희처럼 냉정한 놈도, 순하처럼 순해빠진 놈도, 최소한의 양심을 가진 선장도 이런 상황에서는 어떻게 변할지 모르는 것이다. 일단 흥분하면 안 돼. 용보는 침착하게 장곡도를 설득하려고 했다.

"선장님 말씀은 그야말로 절 여기서 강제 수장시키겠다는 소리와 다름없어요. 그건 살인이라고요. 생각을 너무 한쪽으로만 몰아가지 말고 차분하게 다시 생각해보죠. 뭔가 방법이 있을 거예요."

"없을 거요."

장곡도는 일말의 여지도 없이 잘라 말했다.

"배에는 이상이 없소. 배의 문제가 아니란 소리요. 옛날에는 이보다 더 나쁜 상황에서도 뭍으로 돌아갔소. 이곳의 암초와 미로는 항해의 장애물인 동시에 길을 잃으면 수표 역할도 해주기 때문이오. 솔직히 꼭 그런 것들이 없어도 우리에겐 직감이란 게 있소. 그러니까 뭍에서는 바다 냄새를, 바다에서는 뭍 냄새를 맡을 수 있단 말이오. 하지만 이건 백어가 잡고 있는 거요. 백어가 놔주지 않으면 도리가 없소."

용보의 얼굴이 일그러졌다. 준희의 시선이 그를 보고 있었다. 젠장, 표정 관리를 해야 하는데. 준희에게만은 겁먹은 것처럼 보이기 싫었다. 순하가 말했다.

"아뇨, 있을 거예요. 다 잘될 테니 걱정 말아요."

입에 발린 소리 집어치워. 순간 용보는 소리칠 뻔했다. 그는 다 괜찮을 거라는 순하의 위로가 역겨웠다. 그가 봐도 뾰족한 수는 없었다. 차라리 준희처럼 입을 다물고 있든가. 뭐라고 말해도 어차피 니들은 한통속이잖아. 하지만 한 사람이라도 그렇게 말해주는 것이 또 얼마나 다행인지. 순하는 조타실 문을 열며 모두를 향해 말했다.

"다들 그만 들어가요. 바람이 차요. 아저씨도요. 그러다 몸 상하시겠어요."

"그 전에 죽을 거야."

장곡도는 절망적인 한숨을 내쉬며 마지못해 순하의 뒤를 따라 들어갔다. 용보는 장곡도와 같은 공간에 있고 싶지 않았다.

"담배 한 대 피우고 갈 테니 먼저 들어가."

용보가 선미 쪽으로 걸음을 옮기며 준희에게 말했다. 따라오지 말라는 뜻이었다.

"이거 가지고 가."

준희는 용보를 불러 세우며 모포를 던졌다. 바람 때문에 모포가 왼쪽으로 치우쳐 날아오자 용보는 반사적으로 왼손을 들어 잡으려 했다. 그 순간 왼쪽 어깨에 찌르는 듯한 고통이 엄습했다. 그는 저도 모르게 신음을 내지르며 어깨를 부여잡았다. 모포가 바닥에 툭 떨어졌다. 준희가 다가서며 물었다.

"왜 그래? 어깨 다쳤어?"

"아까 배 흔들릴 때 선반 모서리에 부딪혔어."

"골절된 거 아냐?"

"괜찮아. 참을 만해."

용보는 오른손으로 모포를 주워 준희에게 돌려주며 말했다.

"이딴 거 필요 없어. 내 점퍼도 제법 좋은 거야."

준희는 어이없다는 듯 피식 웃더니 모포를 펼쳐 제가 둘러쓰곤 조타실 안으로 들어가버렸다.

차갑고 무서운 밤

담뱃불을 붙일 수가 없었다. 라이터에 불이 올라오지 않았다. 여기선 어떤 빛과 불도 허락하지 않겠다는 초자연적 존재의 의지에 용보는 기어이 굴복하고 말았다. 찬바람 때문인지 울고 싶어서인지 눈이 시렸다. 비록 순하가 위로의 말을 뱉었다고는 해도 제물이란 말을 부정하지는 않았다. 용보는 두려웠다. 정말 내가 죽어야 이곳을 빠져나갈 수 있는 것일까. 이 상태가 지속되면 결국 인내심이 소진된 후, 생존에 대한 욕망으로 합의한 저들이 나를 바다에 던져버릴 것이다. 아니다. 장곡도는 몰라도 순하와 준희는 절대 그럴 리가 없다. 아니다. 이제 그는 아무것도 장담할 수 없었다.

고물 왼쪽에서부터 스멀스멀 다가오는 습한 바다 안개가 그의 머릿속을 수수께끼 속으로 밀어넣었다. 그는 점점 더 깊은 절망으로 빠져들었다. 배 밑바닥에 착 달라붙어 꿈틀대는 징그러운 죽음의 촉수들이 물을 뚝뚝 흘리며 금방이라도 그를 찾아 난간을 넘어올 것 같았다. 쓸데없는 상상 때문에 그는 다시 구토증을 느끼며 바다 쪽으로 고개를 내밀었다. 어디선가 밥 냄새가 나는 것 같았다. 마리가 끓여주던 미역국. 섬이 먹던 짭짤한 감자 칩. 그는 문득 집으로 돌아온 것 같은 기분에 사로잡혔다. 마리와 섬이 있는 집. 창자가 꼬이고 식도가 통째로 튀어나올 것 같은 와중에 그는 자기도 모르게 미소를 지었다. 그러나 이내 비릿한 악취를 맡은 그는 눈살을 찌푸리며 토하기 시작했다. 위는 진작 비웠다. 남은 내용물은 아무것도 없었다. 지금 게워내고 있는 것은 가책일지도 몰랐다. 이걸 모두 게워내면 마리와 섬은 나를 용서해줄까.

"섬아, 아빠가 잘못했다."

용보는 중얼거렸다.

"마리야, 미안하다."

두 사람에게는 한 번도 하지 못했던 말이 이제야 꾸역꾸역 튀어나온다. 그 말에 대꾸라도 하듯 바다 밑에서 기이한 소리가 울렸다. 마리의 대답인가. 그는 자조 섞인

웃음을 흘렸다. 그러다가 불현듯 생각났다. 언젠가 이런 소릴 들었던 것 같은데. 그러니까 그때……. 그는 광화문에서 정구가 가져다 놓은 새 차에 마리와 처음 함께 탔던 기억을 떠올렸다. 그는 마리를 조수석에 앉혀놓고 시동을 걸었다. 엔진 소리가 들렸다. 잠깐만, 이 소리가 어디서 나는 거지? 배의 엔진이 정상으로 돌아왔나? 그때 선미등 아래에서 붉은빛을 발하는 백어석이 눈에 들어왔다. 그는 정신이 퍼뜩 들었다. 엔진 소리는 환청이었다. 그는 극심한 공포에 사로잡혔다. 예민해진 그의 청각이 사방 모든 소리를 향해 귀를 기울였다.

암초 주변을 도는 소용돌이들이 우는 소리를 냈다. 마치 물고기들의 무덤이 바로 그 아래 있어 다 같이 입을 모아 곡을 하는 것 같았다. 수십만 년 동안 차갑고 깊은 물 밑에서 제자리를 맴돌던 묵은 소리들이 물꼬를 튼 회오리처럼 치솟아올랐다. 공기를 흔들며 전해지는 묵직한 돌과 물의 진동이 용보의 뼛속까지 배어들었다. 그 울림은 그가 뱃속 깊은 곳에 애써 가라앉혀두었던 또 다른 모호한 공포를 자극했다. 정체불명의 것에 대한 두려움. 보이지 않는 것에 대한 압박감.

공허한 소리가 온 세상을 덮었다. 소금기 가득한 축축한 안개가 그의 머리카락과 옷을 붙들고 점점 더 무겁게 늘어졌다. 사방에서 그를 놔주지 않겠다고 덤벼들었다. 그럴수록 그의 저항은 커졌다. 내가 꼭 죽어야 할 이유는 없어. 이 배가 돌아가지 않으면 수색이 시작될 거고 만약 이 배가 끝까지 이 자리에서 꼼짝 않고 붙박이가 되겠다면 우린 구조선에 옮겨 타면 그만이야. 그러니까 버티면 다 살 수 있다고. 하지만 그건 그의 생각이었다. 그가 혼자 여기 나와 있는 동안 나머지 사람들은 이미 그를 어떻게 하기 위해 모의를 꾸미고 있을지도 몰랐다. 그가 살기 위해 필사적인 만큼 저들도 그럴 것이다.

갑자기 불안해진 그는 조타실 쪽으로 다가갔다. 안에서 무슨 말이 오가는지 들어보려고 했지만 조용했다. 창을 통해 불그레한 백어석의 빛만이 은밀하게 새어 나올 뿐 아무 기척도 없었다. 조타실 문이 벌컥 열렸다. 순하가 뱃전으로 나와 난간에 기대앉았다. 이제 조타실 안에는 장곡도와 준희만 남아 있다. 일단 셋이 모여 있지 않은 것을 확인한 용보는 다시 선미 쪽으로 돌아가 담배를 꺼내 입에 물었다. 이번엔 기어이 불을 붙일 테다. 어디 누가 이기나 해보자.

"앗, 뜨거!"

눈앞으로 커다란 불꽃이 번쩍 튀어 올랐다. 이번엔 너무나 쉽게 라이터의 불이 한 번에 켜졌다. 뭐야, 이거? 그는 의심했다. 어이없는 웃음이 쏟아졌다.

"마지막 가는 길에 한 대 피우고 가라, 뭐 그런 뜻인가. 웃기고 있네."

맵고 쓰고 그윽한 맛을 깊게 빨아들여 속을 든든히 채운 후 다시 내뱉는 순간 무슨 소리가 들렸다. 배꼬리 아래쪽이었다. 뭐지? 물결이 부딪친 건가? 소리는 일정한 간격을 두고 지속적으로 들려왔다. 선미등 아래 달아둔 세 개의 백어석이 내는 빛은 배꼬리 바로 아래 수면까지는 닿지 못했다. 용보는 담배를 끄고 휴대전화를 꺼내 조명등을 켰다. 그는 난간 밖으로 몸을 기울여 휴대전화의 조명등 빛을 소리가 나는 쪽에 대고 이리저리 비춰보았다.

길쭉하고 불그레한 뭔가가 수면 위로 뻗어 나와 배를 찰싹찰싹 때리고 있었다. 가슴이 쿵쿵 뛰었다. 고개를 좀 더 수그려 들여다본 순간 그는 너무 놀라 휴대전화를 떨어뜨릴 뻔했다. 그건 손이었다. 배를 때리고 있는 게 아니라 배의 어딘가를 잡기 위해 더듬는 동작을 반복하는 중이었다. 붉은 비늘로 뒤덮인 기형의 그 손은 징그럽기 짝이 없었다. 용보는 숨을 삼켰다. 그러니까 정말로 백어가 배를 잡고 있었다. 그리고 이제 그 백어가 손을 뻗어 이 배 위로 기어오르려 한다. 그렇다면 저 손은 마리의 손일까? 머릿속이 혼란스러웠다. 그는 몸을 일으키며 한 걸음 뒤로 물러섰다. 온몸이 사시나무처럼 떨렸다. 어떡하지? 두려움과 함께 궁금증이 일었다.

이제 곧 수면 밖으로 머리를 드러낼 백어의 얼굴을 확인하고픈 마음과 이 자리에서 달아나고픈 마음이 서로 밀쳐대며 다투기 시작했다. 일단 다른 사람들에게 알려야 해. 백어가 나타났다고, 백어가……. 그러나 그는 여전히 멍청한 얼굴로 그 자리에 선 채 시간만 흘려보냈다. 아무것도 할 수가 없었다.

찰싹, 찰싹. 젖은 손이 계속 배를 두드렸다. 마치 내 손을 좀 잡아달라고 하는 것처럼. 용보는 겁에 질렸다. 한 걸음만 옮기면, 아니 손가락 하나라도 까딱하면 금방이라도 백어가, 여자의 얼굴을 한 그 물고기가, 온통 불그레한 빛을 뿌리는 저 소금 비늘 괴물이 펄쩍 뛰어올라와 순식간에 그를 덮칠 것만 같았다.

끼이익 끼이익. 배꼬리 아래쪽 보이지 않는 곳에서 그가 들어본 적 있는 소리가 울렸다. 그는 기겁을 했다. 기어이 백어가 물 밖으로 머리를 내민 것이다. 미치겠네. 제발, 누구라도 저 소리를 들었으면 이쪽으로 와줘. 살을 에는 찬 바람 속에서 식은땀이 등골을 타고 흘러내렸다. 조타실에 가려져 보이지 않지만 순하가 뱃전에 나와 있다. 틀림없이 이 소리를 들었을 텐데 왜 가만있는 거지?

그는 순하의 이름을 부르고 싶었지만 입이 떨어지질 않았다.

순하보다 백어가 먼저 들을 것이다. 그 외침이 백어를 자극할 수도 있다. 그의 목구멍에서 숨이 제대로 넘어가질 못하고 가르랑거렸다. 그는 공포 때문에 질식하기 일보직전이었다. 그때 누군가 뒤에서 용보의 어깨를 툭 쳤다. 헉, 용보는 짧은 신음을 삼키며 자지러지듯 몸을 떨었다. 덕분에 간신히 마비 상태에서 벗어나 고개를 돌릴 수 있었다. 준희였다. 준희는 머리부터 발끝까지 흠뻑 젖어 있었다. 몰골이 왜 그러냐고 묻고 싶었지만 입이 붙은 용보는 간신히 손가락으로 가리키는 것이 전부였다. 준희가 먼저 알아듣고 말했다.

"실수로 바닷물을 좀 뒤집어썼어. 근데 넌 왜 그러고 있어?"

"백어가, 백어가……."

얼른 말이 나오질 않아 그는 준희를 가리켰던 손가락을 배꼬리 쪽으로 돌렸다.

"백어가 저 밑에서 올라오려고 해. 백어가 날 찾아왔어."

겨우 말이 트인 용보는 꽉 잠긴 목소리로 숨을 몰아쉬며 허덕거렸다.

"어떡해, 어떡하냐고!"

"겁먹지 말고 정신 차려. 네가 아니라 날 찾아온 거야. 아니, 내게 돌아온 거야."

준희가 말했다.

"무슨 소리야? 그럴 리가 없잖아."

"마리가 처음 본 남자는 나야. 마리에게 그 이름을 준 것도 나고. 마리는 나를 따라 뭍으로 건너왔어."

"뭐야, 또 그 이야기야? 네가 뭐라고 하든 내가 마리의 남편이야. 백어석을 훔친 것도 나고."

"그래, 백어석을 훔친 건 너야. 그러니까 불운은 네 것이지. 네가 죽어야 해."

"뭐라고?"

"네가 죽어야 내가 마리를 얻을 수 있다고. 마리가 원한 남자는 처음부터 나였어. 그래서 피아노를 사준 거야."

준희는 승자의 웃음을 드러냈다. 용보는 등줄기가 당겼다. 웃고 있는 준희의 젖은 얼굴이 어둠 속에서 백어석의 불그레한 빛을 받아 번들거렸다.

"무슨 말이야?"

"마리를 다시 찾고 널 죽이려면 피아노가 필요했거든."

"그러니까 날 죽이려는 게 마리가 아니라 너라는 거야?"

"네 입으로도 그렇게 말했잖아. 사실 그 말 들었을 때 좀 뜨끔하긴 했어."

"그건 내가 그냥 화가 나서 한 말이잖아. 기억 안 나? 넌 나한테 여기 오면 안 된다고 했어. 말렸다고."

"그랬지. 그래야만 했고. 네가 피아노를 팔아버리는 바람에 난 마리의 손에 새 미끼를 쥐여줘야만 했어. 백어에게 홀리면 백어가 드리운 미끼를 반드시 물게 되어 있지. 때문에 넌 내가 그렇게 말렸음에도 악착같이 그 미끼를 물겠다고 덤벼든 거야."

"일부러 그랬다는 거야?"

"내가 말리면 말릴수록 미끼를 물겠다는 너의 욕망은 더욱 질척해질 수밖에 없거든. 마리 역시 널 다시 보면 본능이 발동할 거고."

"이게 전부 네가 꾸민 짓이라고?"

"그래, 널 여기까지 오게 하기 위해서 내가 센터 직원으로 가장하고 마리의 부탁을 사칭해 피아노를 여기 빠뜨리게 했지. 마리는 그 피아노를 마음에 들어 하지 않았어. 그래서 그냥 두고 갔지."

"처음부터 날 죽일 생각이었구나."

"마리가 미끼를 버린 건 널 살리겠다는 뜻이니까. 그러니 내가 나설 수밖에."

준희는 순순히 인정했다. 용보의 심장이 벌렁벌렁 뛰었다. 용보는 준희에 대해 안일하게 생각했던 자신이 한

심했다. 준희가 얼마나 치밀한 놈인데, 그런 놈이 제가 사준 피아노를 간과했을 리 없지. 그 피아노는 처음부터 준희의 계획이었던 것이다.

"속았다는 생각 할 필요 없어. 마리를 찾게 해달라고 매달린 건 너야. 내가 이렇게 하지 않았어도 어차피 넌 계속 마리를 찾으러 다녔을 테니 그럼 결국 이 자리에 서게 됐을 거야. 내 의도나 과정은 중요하지 않아. 다시 한번 말해두는데 난 분명 네가 죽을 거라고 미리 경고했어. 이건 네 선택의 결과야."

"그럼 피아노가 있는 곳에서 보자고 했던 그 말도 네가 남긴 거야?"

"이야기란 게 원래 그런 거지. 기왕에 시작된 이야기니 재미나게 살을 붙여서 끝을 봐야 하지 않겠어?"

용보는 지금 준희가 하고 있는 이야기가 백어 이야기보다 더 괴상하게 들렸다.

"대체 왜 이렇게까지 하는 건데?"

"그야 백어석 때문이지. 너도 백어석에 눈이 뒤집혀봐서 잘 알잖아."

"난 그냥……."

"시답잖은 변명 할 생각 하지 마."

"어쩔 수 없었어."

"그렇겠지. 나라도 그랬을 테니까."

"이해한다는 거야?"

"그게 중요해? 그럼 넌 내 입장을 이해해줄래? 난 정말 간절히 마리를 원했어. 아버지는 반대했지. 백어와 관계를 맺은 남자들은 모두 살해됐거나 살인자가 됐으니까. 하나같이 백어석의 유혹을 벗어나지 못했거든. 대신 아버지는 내게 다른 묘수를 알려주셨지. 물론 시간이 좀 걸리는 방법이긴 했지만 난 얼마든지 기다릴 각오가 되어 있었어."

"그 묘수란 게 나를 두고 하는 말이야?"

"그래, 네가 죽으면 내가 백어를 갖게 돼. 말하자면 넌 일종의 희생말 같은 거지."

용보는 뭐가 어떻게 된 이야긴지 머릿속으로 정리해 보려고 했지만 되레 감정만 꼬였다. 그가 알던 마리가 아니어서 마리를 둘러싼 이야기들을 믿지 못했었는데, 이제 준희마저 그가 알던 친구가 아닌 얼굴로 믿을 수 없는 이야기들을 쏟아냈다.

"모든 백어의 첫 살인은 거의 무감정하게 이루어지지. 하지만 백어는 영리해서 뭐든 빨리 배워. 인간의 감정까지도. 이 세계에서 살인이 어떤 것인지 깨달은 백어가 후회를 알게 되면 그때부턴 망설이게 돼. 마리는 이미 한

번 살인을 저질렀어. 그 덕에 네가 이렇게까지 목숨을 부지할 수 있게 된 거지."

"내가 빨리 안 죽어서 꽤 안달이 났었구나."

"너라면 그랬겠지. 난 인내심이 있는 편이라서."

준희는 재밌는 듯 입꼬리를 끌어올리며 웃어 보였다. 하지만 그 눈에는 아무런 감정도 담겨 있지 않았다.

"그렇다 해도 살인의 주기가 길어질 뿐 죽자고 달려드는 소금 도둑을 계속 봐주지는 않아."

"넌 무섭지 않아? 소금 도둑이 되지 않을 자신이 없어 내게 마리를 보낸 거라며."

"널 죽이면 다음 살인까지는 더 긴 시간이 필요하지. 그때쯤이면 내가 누릴 건 다 누려봤을 거야. 소금 비늘은 그동안 네가 열심히 훔쳐다 준 덕에 꽤 가지고 있고, 거기에 마리도 내게 하나 더 보태줄 거고. 내게 필요한 소금 비늘은 딱 그 정도면 돼. 난 너처럼 소금 비늘을 끝도 없이 탐낼 만큼 무능력한 빈털터리가 아니거든."

파도 한 점 일렁이지 않는 바다는 그림처럼 고요했다. 모든 게 현실이 아닌 것 같았다. 그렇지, 이게 현실일 리가 없잖아. 용보는 이 꿈에서 깨어나려는 듯 제 머리를 툭툭 치고 제 살을 꼬집었다. 깨지 않는다. 이건 현실이었다.

"나도 너만큼 쥐고 태어났으면 그러지 않았어."

"양심 없는 새끼. 쥐여준 것도 지키지 못한 주제에 여전히 욕심만 많아서. 네가 우리 아버지 아들로 태어났으면 내 회사는 진작 먼지가 됐을 것 같은데."

"뭐라고?"

"아직도 남이 하니까 너도 할 수 있을 거라고 생각해? 이도 저도 없으면 인내심이라도 발휘했어야지."

"너 말이면 다야?"

"기다려. 말로만 끝낼 생각 없으니까. 억울해할 거 없어. 아버진 내게 잘 기억해두라고 말씀하셨지. 미끼가 없으면 희생양을 쓸 수 없다. 그러니 어떤 미끼를 쓸지 잘 봐둬라. 희생양에 대해 동정할 것 없다. 그건 그 사람의 선택이다. 넌 오히려 기회를 준 것이다. 만약 희생양으로 고른 자가 끝까지 행운을 지켜낸다면 그땐 네가 기회를 잃게 될 테니까."

용보는 기가 막혔다.

"넌 몰랐겠지만 난 지금까지 마리를 두고 너와 도박을 벌이고 있었던 거야. 그리고 이제 내가 이겼어. 그러니까 넌 지금 죽어야 해."

"너 돌았구나."

"태어난 이후로 지금보다 더 정신이 맑은 적은 없었어."

준희는 한 걸음 다가서더니 용보의 왼쪽 어깨를 움켜

잡았다. 용보는 비명을 내질렀다. 너무 아파서 몸이 구부러졌다. 준희는 용보를 그대로 밀어붙였다. 뭐 어찌해볼 사이도 없이 순식간에 용보는 바다로 떨어졌다. 물이 얼음처럼 차가워 용보는 몸이 산산조각이 나는 줄 알았다. 왼쪽 어깨를 움직이는 것이 너무도 고통스러웠지만 필사적으로 허우적거리며 수면 밖으로 머리를 내밀었다. 눈 코 입으로 짠물을 쏟아내며 용보는 살려달라고 외쳤다. 준희는 갑판에 서서 그를 내려다보며 놀리듯 말했다.

"너, 수영 좀 한다면서."

그래, 좀 하지. 하지만 난 지금 어깨를 다쳤어. 게다가 수영을 암만 잘해도 캄캄한 겨울 밤바다 한가운데잖아. 금방 체온이 떨어질 거야. 정말 날 죽일 셈이야?

"나한테 백어석을 팔고 받은 돈으로 별거 다 하면서 놀았던데. 주식도 하고, 사업가 흉내 내면서 고급 술집도 제법 드나들었더군."

용보는 소름이 끼쳤다. 동시에 창피하고 부끄러웠다. 그럼에도 그에게 손을 내밀 수밖에 없었다.

"살려줘."

"그럴 수 없는 입장이라고 여태 설명했잖아."

준희는 한 치의 흐트러짐 없이 냉정하고 차분한 어조로 곤란함을 표했다.

"준희야, 우리…… 친구잖아."

"친구라서 네게 행운을 줬던 거야. 일이 이렇게 된 건 네 탓이라고. 도박이라고 해도 거래는 정확해야지. 난 네가 훔쳐온 백어석들도 매번 후한 값을 쳐주었어."

그래야 너한테 불운이 튀지 않으니까. 너 살자고 내가 훔친 백어석에 값을 쳐주고도 더 주었지. 그런 줄도 모르고. 용보는 후회했다.

"제발, 준희야, 살려줘!"

용보는 간절함으로는 준희의 마음을 돌릴 수 없음을 깨달았다. 준희는 차가운 눈으로 그가 죽기만을 기다리고 있었다. 왼쪽 어깨를 제대로 쓸 수 없어 몸이 자꾸 기울었다. 자칫 방심할 때마다 물살이 그를 가차 없이 밀어냈다. 그림처럼 고요했던 바다는 제 안으로 먹이가 떨어지자 돌변했다. 다급해진 용보는 주머니에서 그에게 남은 유일한 백어석을 꺼내 내밀었다.

"이걸 너한테 팔게. 날 살리는 값이야."

어둠 속에서 용보가 쥐고 있는 커다란 백어석이 오묘한 붉은빛을 머금은 채 준희의 시선을 홀렸다. 준희는 난간 밖으로 몸을 기울여 손을 뻗었다. 그래, 먹힐 줄 알았어. 준희의 마음을 움직일 유일한 수단은 백어석뿐이었다. 하지만 그것조차도 준희의 계획 속에 있었다는 것을 용보는 알지 못했다. 용보가 가진 마지막 백어석이었다. 그걸 갖자고 목숨을 버릴 수는 없었다. 용보는 준희가 제 손을 잡아주기를 기다렸다. 하지만 준희는 용보의 손에서 백어석만을 낚아채듯 가져갔다.

"잘 가라."

"뭐?"

"이 백어석에 대한 대가는 네 장례비를 후하게 치르는 것으로 하지."

준희는 돌아섰다.

"야, 황준희! 준희야, 그러지 마. 제발, 살려줘!"

용보는 소리치고 또 소리쳤다. 배는 꿈쩍하지 않았지만 물살은 드셌다. 그는 어떻게든 배에 매달려보려고 애를 썼지만 왼쪽 어깨의 통증 때문에 쉽지 않았다. 점점 기운이 빠졌다.

"순하 씨! 선장님!"

고래고래 외쳤지만 아무도 내다보지 않았다. 팔다리가 무거워지면서 머리가 물속으로 잠겼다. 바다 깊은 곳에서 천천히, 아주 천천히 그를 잡아당기는 힘이 느껴졌다. 그는 저항하고 싶었지만 마음뿐이었다. 어느새 그는 점점 배에서 멀어졌다.

아득하고 어두운 저 바다 아래에서 작고 희미한 붉은

빛이 그를 향해 서서히 다가왔다. 빛 무리는 점점 커지면서 곧 그 모습을 드러냈다. 온몸이 불그레한 빛에 휩싸인 벌거벗은 여인이 그의 주변을 물고기처럼 헤엄치며 맴돌았다. 단단하고 날카로운 비늘이 가득 자란 팔다리는 지느러미처럼 유연하게 물살을 갈랐다. 해초처럼 흔들리는 머리칼 사이로 수많은 빛이 부서지고 생겨났다.

마리? 너야? 그 얼굴을 확인하려는 듯 용보의 시선이 멈추는 순간, 그녀의 입이 상어의 아가리처럼 쩍 벌어졌다. 날카로운 흰 이빨들이 보였다. 기이하리만치 커다랗게 벌어진 목구멍 안쪽은 깊고 어두웠다. 그는 소스라치며 생각했다. 저 아가리에 내 머리가 물리면 난 저 괴물의 캄캄한 배 속을 들여다보며 죽어가겠지. 그 전에 익사한다면 머리가 물리는 고통은 피할 수 있을 텐데. 두 가지 고통을 모두 겪는 건 너무 잔인하잖아. 아가리가 그의 머리를 담는 순간 그는 눈을 질끈 감았다. 그는 오직 하나만을 바랐다. 찰나의 고통을 느낄 새도 없이 숨통이 끊어지기만을. 머리뼈를 부수는 고통은 없었다. 소망이 이루어졌나? 그럼 난 죽은 건가? 그는 슬그머니 눈을 떴다.

뺨과 이마, 관자놀이에 불그레한 빛의 소금 비늘이 잔뜩 자라나 있는 여자의 얼굴이 그를 빤히 보고 있었다. 그 얼굴은 작고 갸름하고 어여뻤다. 하지만 마리의 얼굴인지는 알 수 없었다. 암만 제대로 보려고 해도 그 얼굴의 윤곽은 붉은색으로 물들인 양초가 녹아 흐르듯 자꾸만 어두운 물속으로 흩어졌다. 백어가 속삭였다.

'너 때문이야, 너 때문이야.'

그는 들리는 목소리를 부정했다. 이건 환청이야. 나는 물에 빠졌고 죽어가는 중이고 어쩌면 이미 죽었을 수도 있지만 어쨌든 여긴 물속이라서 소리를 들을 수 없어. 그는 고개를 저었다. 그의 고갯짓에 따라 물살이 퍼져나갔다. 백어가 그 물살의 움직임을 따라 조금 물러서더니 손을 내밀었다. 잘 벼린 칼날 같은 비늘들이 손가락 끝에서부터 손등과 팔을 뒤덮으며 자라나 있었다. 백어의 입이 붕어처럼 끔뻑끔뻑 움직였다. 용보의 귀에 다시 목소리가 들려왔다.

'나와 가자, 나와 가자.'

그는 다시 고개를 저었다. 울고 싶었지만 물속에서는 어떻게 울어야 하는지 알 수 없었다.

'싫어. 난 죽고 싶지 않아! 그러지 말고 우리 다시 뭍에서 잘해보자. 다시는 네 비늘에 손대지 않을게.'

그건 용보의 진심이 아니었다. 다시 잘할 수 있을 것 같지 않았다. 더구나 저 흉측한 생물이 마리라면.

'나와 가자, 나와 가자.'

'싫어, 싫다고!'

용보는 미친 듯이 저항하며 허우적거렸다.

*

돌아서서 두어 걸음 만에 준희는 멈춰 섰다. 소리치며 살려달라던 용보의 목소리는 점점 멀어지더니 더는 들리지 않았다. 그는 그제야 돌아보았다. 캄캄한 바다에는 아무것도 보이지 않았다. 그는 자신의 잘못이 아니라고 생각했다. 선택은 용보가 했다. 그는 용보를 위해 할 수 있는 모든 말을 다 해주었다. 이 자리도 용보가 원했다. 그가 억지로 끌고 온 것이 아니라 제 발로 찾아왔다. 오히려 그가 용보를 따라왔다. 도박이라고 했지만 그는 정당함을 잃고 싶지 않았다. 다만 마지막에 그가 고백한 진실은 용보에게 잔인하게 들렸을지도 모르겠다. 그러나 영문을 모른 채 죽는 것만큼 억울한 일은 없으니 그 또한 의무였다.

그는 아버지와 조부의 말을 따르지 않을 수 없었다. 그들뿐 아니라 그들의 조상들은 모두 현명했다. 그 덕에 지금까지 무사히 백어석을 얻을 수 있었다. 또한 차가운 바다가 아닌 따뜻한 이부자리에서 평온한 죽음을 맞았다. 그렇지 않았다면 박중산이나 최동수 그리고 그 이전에 백어석에 손을 댄 남자들처럼 소금 비늘에 목이 베여 살해됐거나 반대로 백어를 살해하고 미쳐버렸거나 또는 바다로 불려 나가 온전치 못한 시신으로 돌아왔을 것이다. 혹은 죽은 육신조차도 영원히 뭍으로 돌아오지 못했거나.

이제 백어석들을 회수할 차례였다. 염린등을 완성시키는 백어석의 숫자는 사백아흔으로 시작했다. 그러니까 사백아흔 개에서 사백아흔아홉 개 사이에 있는 것이다. 준희에게는 이미 사백아흔한 개의 백어석이 있었다. 거기에 순하가 가진 일곱 개와 용보의 것까지 합치면 모두 사백아흔아홉 개가 된다. 사백아흔두 개부터 사백아흔아홉 개 사이의 숫자를 모두 시험해볼 수 있는 것이다. 순하가 백어석을 가졌다고 말했을 때부터 이미 준희의 머릿속에서는 계산이 끝났다.

준희는 먼저 선미등 아래 달린 세 개의 백어석을 챙겼다. 불그레한 백어석의 빛이 사라지자 배꼬리 쪽은 완전히 어둠에 휩싸였다. 그는 그 어둠에서 빠져나와 조타실 문 앞에 섰다. 아까 순하가 뱃전에 나와 있는 것을 보았다. 하지만 지금은 어디 있는지 보이지 않았다. 조타실 문을 가만히 열고 안을 들여다보았다. 그가 몰고 들어온 바람에 양초의 불빛이 흔들렸다. 실내를 물들인 백어석의 불그레한 빛과 양초의 희미한 불빛이 한 공간에서 분명한 경계를 그었다. 조타실 안에는 아무도 없었다. 손바닥만 한 배 안에서 최순하와 장곡도. 두 사람의 존재가 아예 보이지 않는 것이 이상했지만 일단 거기 있는 백어석부터 서둘러 챙겼다. 그러곤 그 자리에 자신의 명함과 백지수표 한 장을 놔뒀다. 순하가 가졌던 일곱 개의 백어석에 대한 대가는 부르는 대로 치를 것이다. 이제 선수등의 것만 챙기면 된다.

그가 조타실을 나오자마자 갑자기 촛불이 훅 꺼져버렸다. 대범한 준희였지만 그 순간만큼은 그도 머리끝이 쭈뼛거렸다. 바람 때문일 것이다. 그는 서둘러 먹물 같은 어둠에서 발을 뺀 후 선수 쪽으로 걸음을 옮겼다. 주변을 맴도는 급류의 울림을 타고 어디선가 흥얼거리는 소리가 들려왔다. 장곡도인가 싶었지만 목소리가 달랐다. 훨씬 더 거칠고 가늘었다. 최순하도 아니다. 이 배에는 그와 두 사람 말고는 없었다. 그렇다면 환청이다.

그나저나 최순하와 장곡도는 어디에 있는 것일까? 준희가 조타실로 들어섰을 때 최순하와 장곡도가 반대편 뱃전에 나와 있었다면 그는 그들을 볼 수 없다. 하지만 그들은 거기서 준희가 용보를 물에 빠뜨린 것을 보았을

지도 모른다. 혹 그것 때문에 저들이 겁을 먹고 숨어 있는 것이라 해도 상관없었다. 그가 한 짓이 살인이라면 저들은 방조한 죄가 있었다. 용보가 살려달라고 소리쳤을 때 그들 중 누구도 나서지 않았다. 솔직히 장곡도는 용보를 제물이라고까지 부르지 않았던가. 어쩌면 바라는 바였을지도 모르고. 저들이 백어석의 빛에 홀려 아무것도 보지 못했을 가능성도 있었다. 백어석의 빛은 종종 한 공간에 경계를 긋고 현실이 아닌 또 다른 풍경을 드러냈다. 그러므로 그들이 지금 백어석의 환영에 홀려 있다면 준희가 그들을 보지 못하듯 그들 역시 그를 보지 못하고 있을 것이다.

준희는 서둘러 선수 쪽으로 움직였다. 뒤쪽에서 들려오는 흥얼거림은 끊어졌다가 이어지기를 반복하며 계속 그의 귀를 괴롭혔다. 바람 냄새가 점점 더 비릿해졌다. 꼼짝 않던 배가 출렁였다. 그는 중심을 잃고 잠시 비틀거렸으나 곧 다시 바로 섰다. 머리 위에서 불그레한 백어석 세 개가 빛을 발하고 있었다. 준희는 귀한 열매를 따듯 소중히 그것을 내려 다른 백어석들과 함께 손수건에 싸서 주머니에 넣었다. 배가 다시 출렁였다. 이제 슬슬 백어가 배를 놓아줄 모양이었다. 백어석의 빛이 모두 사라졌으니 서둘러 장곡도를 찾아야 했다. 아니면 백어에게서 풀려난 배는 그대로 급류에 말려 바위에 처박힐 테니.

"선장님, 어디 있어요?"

그는 어둠을 더듬으며 선미 쪽으로 되돌아갔다. 아까부터 지속적으로 들리던 모호한 흥얼거림이 점점 더 또렷해졌다. 백어석의 빛이 모두 그의 주머니 속으로 사라졌으니 환청도 없어져야 했다. 그런데 오히려 그 가사가 또박또박 들려오니 이상하기 짝이 없었다. 여덟 개의 백어석을 모두 손에 넣었지만 지금 그에게는 완성된 염린등이 없었다. 미완성의 염린등은 서재의 비밀 골방 안에서 그를 기다리고 있었다. 하지만 지금 그가 듣고 있는 가사는 틀림없이 완성된 염린등을 통해 들었다고 전해지는 것이었다.

> 나는 명수(暝水)에서 왔느니라. 그곳에서 어떤 이는 등불이 되고 어떤 이는 그림자가 되었지. 그리하여 나는 처음과 끝을 모두 보았노라. 또한 한 세상을 모두 보았노라.

그 가사는 광해군이 유배지에 남긴 것이었다. 쫓겨났으나 왕이 남긴 글이라 누군가 옮겨 기록해두었고 그 기록은 다시 황씨들이 수집해 갔다. 이 문구는 훗날 왕에서 유배자가 된 폐주의 처지와 잘 부합되어 허망한 권력과

부질없는 인생에 대해 말하는 것으로 곧잘 해석되었다. 하지만 황씨들은 이 문구에 담긴 뜻을 다르게 보았다.

누군가 배꼬리의 난간에 걸터앉아 바다를 바라보며 오래된 가사를 읊고 있었다. 가늘고 여위었다. 젖은 머리칼이 머리통에 딱 달라붙어 있는 것이 언뜻 나무인형처럼 보였다. 노랫소리가 멈췄다. 젖은 머리가 천천히 돌아보며 그의 이름을 불렀다.

"준희야."

아버지? 준희는 소스라치게 놀랐다. 미라처럼 바짝 마른 아버지의 얼굴은 너무 변해 있어 얼른 알아보기 어려울 정도였다. 아버지는 퀭하게 뚫린 공허하고 처연한 눈으로 준희를 물끄러미 바라보며 말했다.

"나는 명수에서 왔다. 그곳이 얼마나 추운지 너는 모를 게다. 이제 처음부터 끝까지 모두 알게 되었다. 하지만 아직은 말할 곳이 없으니 네가 나와 함께 가줘야겠다. 가자, 어서 나와 가자."

아버지는 난간 위로 올라서더니 손짓했다. 깡마른 팔다리의 구부러진 모양새가 어딘가 부자연스러웠다. 바닷속에서 방금 기어 올라온 듯 젖은 머리와 옷에서는 물이 뚝뚝 떨어졌다. 아버지는 죽었어. 준희는 냉정하게 생각했다. 저건 환영이야, 백어석의 환영! 인어의 흰 비늘이 붉은 석양의 빛을 발할 때, 정신을 똑바로 차리고 보라고 했다. 오래전에 죽은 그림자들이 돌아와 너의 진실을 알려줄 것이라고. 하지만 그 죽은 그림자는 진실의 수로 완성된 염린등의 빛 아래에서만 돌아오는 것이다. 그러므로 지금 그가 보고 있는 죽은 아버지는 진실을 말해줄 그림자가 아니었다. 『황씨염상파록』에는 염린의 빛을 만드는 수에 대한 또 다른 기록이 있었다.

> 염린이 세 개가 모이면 짝이 된다. 하지만 온전한 빛이 아니다. 온전하지 않은 빛에는 진실과 거짓이 뒤섞여 있다.

짝이 된다는 말은 어떻게 보면 완성과 비슷한 의미였다. 그리고 이 기록은 온전한 짝이 아닌 완성을 흉내 낸 부작용에 대한 설명이다. 진실의 수로 만들어진 염린등은 죽은 그림자를 불러내 그 빛을 보는 자에게 진실을 말해준다. 하지만 세 개의 백어석이 짝을 이뤄내는 빛은 진실과 거짓이 뒤섞여 있다. 그러므로 지금 불려 온 저 죽은 자는 진실과 거짓을 동시에 둘러쓴 그림자였다.

준희는 백어석의 환영에 속지 않을 자신이 있었다. 그는 숱하게 백어석의 환영을 겪었다. 그가 언제나 백어석 하나를 몸에 지니고 다니는 이유는 그 때문이었다. 배에

오르기 전부터 그는 백어석의 환영을 이용해 순하와 장곡도의 눈을 속일 작정이었다. 만약 그들이 용보의 죽음을 목격한다 해도 어차피 환영일 테니 끝까지 진실을 가릴 수 없다.

그런데 순하가 마음에 걸렸다. 백어의 눈과 귀를 갖고 있는 그는 필시 환영에 속지 않을 것이다. 게다가 그에게는 백어석이 일곱 개나 있었다. 그래서 준희는 그 백어석을 세 개씩 묶어 매달게 한 것이다. 진실과 거짓이 뒤섞인다면 백어가 아닌 이상 순하 역시 이를 구분해내야 한다. 물론 준희에게도 위험한 일이었다. 하지만 그가 거짓을 믿는 실수만 하지 않는다면 이보다 나은 방법은 없었다.

그래, 나는 속지 않아. 저건 아버지가 아니야. 아버지일 수가 없지. 진실의 수가 불러온 아버지의 죽은 그림자라면 물에 젖은 옷차림을 하고 계실 리가 없거든. 아버지는 침대에서 돌아가셨어. 그런데 아버지의 탈을 쓴 저 죽은 그림자는 익사한 사람처럼 머리부터 발끝까지 젖어 있잖아. 준희는 생각했다.

백어의 비늘을 훔친 자들은 익사하거나 목이 잘렸다. 그래서 황씨들은 백어의 비늘을 제 손으로 훔치는 어리석음을 저지르지 않았다. 수백 년간 그들에게 후환이 없었던 것은 언제나 남의 손을 빌려 얻었기 때문이었다. 그들은 백어의 불운을 겪은 적이 없었다.

"당신은 아버지가 아니야. 백어석의 빛이 둔갑한 것이지."

"얘야, 백어석의 빛은 모두 사라졌다. 이미 네 주머니로 들어가지 않았느냐."

아버지는 난간에서 내려오는가 싶더니 순식간에 준희의 앞으로 미끄러지듯 다가와 손을 덥석 잡았다.

"아비와 함께 가자."

아버지의 젖은 손이 살아생전처럼 따뜻했다. 준희는 그 손을 뿌리칠 수가 없었다. 그는 혼란스러웠다. 아버지의 말대로 세 개가 짝이 된 백어석의 빛은 이미 사라졌다. 게다가 진실과 거짓이 뒤섞여 있다 했으니 어쩌면 그가 보고 있는 것이 진실일 수도 있지 않을까.

"정말 아버지예요?"

"오냐."

"근데 왜 아버지의 몸이 물에 빠져 죽은 사람처럼 젖어 있어요? 아버지는 제가 아는 사실과 달라요."

"그건 내가 너에게 잘못 알려주었기 때문이다. 지금이라도 늦지 않았다. 정신을 차리고 내 말을 들어라. 구하려면 말이야."

"예?"

"지금 구하지 않으면 기회가 없단 말이다. 어서! 어서 서둘러라!"

*

순하는 까무룩 졸다가 깼다. 장곡도가 보이지 않았다. 잠결에 이상한 소릴 들은 것 같았다. 살려달라고 외치는 소리. 뭔가가 배 밑바닥을 찰싹찰싹 때리는 소리. 꿈이었을까. 사방은 칠흑처럼 어두웠고 양초는 꺼져 있었다. 백어석의 불그레한 빛도 사라졌다. 어떻게 된 걸까.

"아저씨?"

그는 조타실 문을 열고 밖으로 나왔다. 거센 바닷바람이 덮쳐들었다. 배가 심하게 출렁였다. 암만 불러도 누구 하나 대답하는 이가 없었다. 배는 유령선처럼 텅 비어 있었다. 그는 자신이 잠든 사이에 무슨 일이 일어났음을 직감했다. 선수를 둘러본 후 다시 선미 쪽으로 돌아가려는데 누군가 팬티 바람으로 뱃전에 서서 젖은 몸을 털고 있는 것이 보였다. 좀 전에 배가 흔들릴 때 물에 빠졌던 건가? 어두운 데다가 등을 돌리고 있어 누군지 제대로 알아볼 수는 없었지만 아마 용보와 준희 중 하나일 거라고 생각하며 다가가 물었다.

"괜찮아요? 무슨 일이에요? 다른 사람들은 어디 있죠?"

그가 순하를 돌아보았다. 순하는 흠칫 놀랐다. 뭔가 크게 잘못됐다는 것을 깨달았다. 순하는 엄중한 목소리로 말했다.

"돌아가! 다시 바다로 돌아가! 여긴 네가 있을 곳이 아니야."

그러자 그는 오히려 순하를 향해 한 걸음 다가서며 의아한 얼굴로 물었다.

"왜 그래? 나 중산이야."

"넌 죽었어. 죽은 사람이야."

"무슨 소리야? 내가 죽었다니? 봐."

움푹 팬 자신의 뺨을 젖은 손으로 어루만지며 중산은 고개를 저었다.

"보라고. 난 안 죽었어. 난 여기 있어."

"네가 여기 어떻게 와 있는지 기억해?"

"글쎄?"

중산은 고개를 갸웃거렸다.

"많은 일이 있었어. 그래서……."

"그래서 기억 못 하는 게 아니야. 넌 죽었어. 바로 이 바다에서 죽었다고."

"그럴 리가 없어. 순하 네가 잘못 안 거야. 난 내가 여기까지 어떻게 왔는지 똑똑히 기억해."

"거짓말하지 마. 방금까지 넌 기억하지 못했어. 넌 죽었고 시신도 발견됐단 말이야."

"시신의 훼손이 심했지?"

"그래."

"특히 얼굴이 말이지."

"응."

"바로 그거야, 그래서 착각한 거야. 내가 아니라고. 봐, 난 여기 이렇게 멀쩡하게 살아 있어."

"내가 듣기론 네 어머니가 직접 확인하셨다고 했어. 그날 네가 입었던 스웨터와 점퍼와 양말과 신발까지. 넌 죽었어."

"아니라니까. 내 꼴을 봐. 난 옷을 잃어버렸어. 그러니까 어떤 죽은 놈이 내 옷을 주워 입고 나인 척 너희에게 돌아간 거야. 제발 날 봐, 순하야."

순하는 고개를 저었다.

"옷차림이 전부는 아니었겠지. 그것 말고도 너라는 것을 증명할 수 있는 건 많아. 그리고 나는…… 단고바위 형제들 속에서 널 봤어."

"그래, 단고바위……."

중산은 핏기 없는 앙상한 얼굴로 덜덜 떨며 말했다.

"단고바위 형제들이 있는 곳에서 내내 구조를 기다렸어. 멀리 돌아가는 배들을 향해 살려달라고 목이 터져라 외쳤지만 아무도 듣지 못했지. 그런데 장씨 아저씨의 배가 지나가더라고. 미친 듯 헤엄쳐서 간신히 당도한 거야. 순하야, 먹을 것 좀 줘. 배가 고파 죽을 것 같아."

중산이 손을 내밀었다. 시퍼렇게 얼어붙은 오른 손목이 반쯤 잘려 나가 있었다.

"손은 왜 그래?"

"아, 이거."

중산은 부끄러운 듯 그 손을 뒤로 감췄다. 순하는 더 묻지 않았다. 혹시나 했던 마음도 버렸다. 아무것도 없는 단고바위에서 몇 달을 버티며 살아남을 수는 없다. 중산은 죽었다. 하지만 죽은 친구에게 더는 잔인해질 수 없었다. 순하는 자신의 점퍼를 벗어 오들오들 떨고 있는 친구의 젖은 어깨에 걸쳐주며 말했다.

"들어가자. 뭔가 먹을 게 있는지 찾아볼게."

"아냐, 그럴 시간이 없어. 다시 가야 해."

"배고프다면서?"

"이제 괜찮아."

"그래도 여기까지 어렵게 왔잖아."

"안 돼. 지금 가야 해."

중산은 초조한 듯 자꾸만 어두운 바다 쪽으로 흘끔흘끔 시선을 돌렸다.

"어디로 갈 건데?"

"집에 가야지."

"그래, 나랑 같이 집으로 가자."

육신은 진작 집으로 돌아왔는데 영혼은 아직 바다를 떠도는 친구가 너무도 안쓰러워서 순하는 마음이 아팠다.

"그 집이 아니야."

"그 집이 아니라니?"

"이젠 여기가 내 집이야. 옛날 집엔 다시 갈 수 없게 되었어. 아, 너한테 전해달라고 하더라. 피아노가 있는 곳에서 만나자고, 거기서 널 기다리고 있겠다고."

"뭐?"

그건 마리 씨가 남편에게 남긴 말이 아닌가. 중산이 차가운 손으로 순하를 밀어내며 다시 뱃전으로 다가섰다. 순하는 중산의 뺨에 흐르는 것이 바닷물인지 눈물인지 알 수 없었다.

"너한테 미안한 짓을 하고 가서 계속 마음에 걸렸어. 그래서 진실을 알려주러 온 거야."

중산은 둘러쓰고 있던 순하의 점퍼를 끌어내려 잠시 제

얼굴을 묻었다. 그러곤 다시 순하에게 돌려주며 말했다.

"따뜻하다."

순하는 애써 아무렇지도 않은 얼굴로 점퍼를 받으며 말했다.

"그렇게 보온성이 좋은 옷은 아니야. 싸구려거든."

"그래도 햇빛 냄새가 나."

"저기 중산아, 피아노가 있는 곳에서 만나자는 그 말, 누가 전해달라고 했어?"

중산은 고개를 저으며 바다를 가리켰다.

"아무도. 그건 그냥 이곳을 떠도는 말이야. 고래의 소리가 내 귀에 들렸고 난 내가 들은 그 소리를 너에게 말해줘야 한다는 것을 알았지."

그때 순하의 귀에 희미한 피아노 소리가 들렸다. 오직 그의 귀에만 들리는 피아노 소리. 마리의 고래가 그를 부르고 있었다. 어쩌면? 어쩌면 피아노가 있는 곳에서 만나자고 했던 그 말은 마리가 남편에게 남긴 말이 아닐지도 모른다는 생각이 들었다. 처음부터 이상하긴 했다. 용보를 살리기 위해 필사적으로 도망친 그녀가 아닌가. 미끼가 용보를 불러들이려면 그의 귀에 피아노 소리가 들려야 했다. 그 소리에 홀려 스스로 바다에 뛰어들거나 혹은 환영 속에서 백어의 비늘에 목이 베이거나. 하지만 용보는 아무 소리도 듣지 못했다. 이 미끼는 그녀가 던진 게 아니야. 이 배를 잡고 있는 것도 그녀가 아니고. 이 모든 건…….

중산이 차고 어두운 바다로 몸을 던졌다. 순하는 불그레한 빛이 수면 아래로 빠르게 멀어지는 것을 멍하니 바라보며 중얼거렸다.

"이 모든 건 백어의 비늘이 만든 환영이야. 마리 씨는 그의 희생을 바라지 않지만 환영은 다르지……."

그는 방금 그가 보고 들은 것들 중 어느 것이 진실이고 거짓인지 알았다.

*

용보는 물을 토해내며 정신을 차렸다. 죽음에서 간신히 벗어났다는 것을 깨달았다. 그는 오들오들 떨며 고개를 들었다. 까만 하늘에 박힌 별들이 금방이라도 깨진 유리 조각처럼 후드득 떨어져 그의 목에 꽂힐 것 같아 눈을 질끈 감았다. 바다 밑으로 가라앉으며 마지막 죽음을 삼키고 있을 때 필름이 풀리듯 생전의 모든 순간이 머릿속을 스쳐지나갔다. 거기에 마리와의 기억은 단 한 장면도 없었다. 죽을 고비를 넘기는 대가로 마리와의 기억을 통째로 지불한 것 같았다.

용보는 씁쓸한 기분으로 몸을 일으켰다. 그는 배를 향해 헤엄쳐 가지 않았다. 자력으로 배에 기어오르지도 않았다. 배는 이미 그가 어찌할 수 없을 만큼 멀어졌다. 그는 배가 있는 쪽이 아니라 백어들의 무덤이 있는 저 바다 밑바닥으로 끌려 들어가는 중이었다. 그런데 누군가의 손이 그를 덥석 잡아 위로 당겼다.

기침 소리가 들렸다. 바로 옆에서 준희가 몸을 숙인 채 가쁜 숨을 뱉어냈다. 용보는 그의 멱살을 잡았다.

"너 이 새끼, 죽여버릴 거야."

"왜 그래, 기껏 구해줬더니?"

"웃기지 마, 네가 날 바다로 밀었어. 네가 날 죽이려 했다고. 난 아직 네가 한 말을 모두 기억해."

"무슨 헛소리야? 너 때문에 나까지 죽다 살아났는데."

"뭐?"

"내가 널 바닷속에서 끄집어냈다고."

그러고 보니 준희 역시 폭삭 젖었다. 아니다. 그가 물에 빠지기 전에 준희는 이미 젖어 있었다.

"날 죽으라고 바다에 던진 게 넌데 무슨 헛소리야."

"누굴 살인자 취급을 해? 정신 차려!"

준희는 제 멱살을 잡은 용보의 손을 뿌리치려 했다. 용보는 준희가 자신에게서 달아나려 한다고 여겼다. 그때 준희의 시선이 용보의 눈을 피해 다른 곳으로 움직였다. 용보는 씨근거리며 말했다.

"왜? 한 짓이 있어서 내 눈을 똑바로 못 보겠냐?"

"그게 아냐. 놔, 어서!"

"못 놔. 널 지금 당장 저 바닷속에 처넣고 말 거야. 나한테 했던 짓 그대로 돌려줄 거라고."

"나중에 처넣든가 말든가 해. 지금은 이럴 때가 아니야. 이봐요, 순하 씨, 지금 뭐 하려는 거예요?"

그제야 용보는 준희의 시선이 향해 있는 곳으로 고개를 돌렸다. 용보는 그때 그 광경을 결코 잊을 수 없었다. 장곡도가 들고 있는 랜턴의 불빛이 순하를 비췄다. 순하는 등을 꼿꼿하게 세운 채 장발의 헝클어진 곱슬머리를 날리며 뱃전의 난간 위에 서서 바다를 내려다보고 있었다.

"위험해요. 내려와요!"

준희가 소리쳤다. 그는 용보를 노려보며 다그쳤다.

"뭐 해? 이거 놓으라고."

"어? 어."

준희의 멱살을 잡은 용보의 손이 스르르 풀렸다. 준희는 순하를 향해 신중하게 한 걸음 다가섰다. 장곡도는 감히 다가서지도 못한 채 사색이 된 얼굴로 달래듯 말했다.

"순하야, 너 미쳤냐? 제발, 그러지 말고 얼른 내려와."

갑자기 배가 요동치기 시작했다. 용보는 뭔가 잡을 것을 찾아 허우적거렸다. 순하는 금방이라도 중심을 잃고 바다로 떨어질 것처럼 위태로워 보였다.

"미안해요, 아저씨. 제가 여기 남을게요. 다 같이 죽을 순 없잖아요."

"뭔 소리야? 왜 네가?"

"이 환영을 깰 수 있는 방법은 이것뿐이에요. 괜찮아요. 아무도 죽지 않을 수 있어요. 그게 마리 씨가 원하는 거예요. 가끔 집에 돌아가보고 싶었는데, 이제 가보려고요."

"아니, 잠깐만요."

집이라니? 무슨 집? 용보가 뭐라 말할 사이도 없이 순하는 바다로 뛰어들었다. 어둠이 순식간에 그를 삼켜버렸다.

"순하야!"

놀란 장곡도가 소리쳐 부르며 달려갔으나 순하는 무거운 바윗돌처럼 다시 떠오르지 않았다. 어쩌면 그대로 마리의 피아노가 있는 곳까지 곧장 떨어지고 있는 것일지도 몰랐다. 그 순간 갑자기 선체가 부르르 떨더니 엔진 소리가 웅 하고 터져 나왔다. 동시에 조타실의 전기가 돌아왔다. 배에 불이 환하게 밝혀지고 기기들이 정상적으로 작동하기 시작했다. 그러나 아무도 기쁜 얼굴이 아니었다.

"순하 씨!"

준희가 바다에 대고 그의 이름을 몇 번이고 불렀으나 무심한 바람 소리뿐이었다. 용보는 머뭇거리며 일어섰다. 그는 순하가 떨어진 뱃전을 향해 천천히 걸음을 옮겼다. 다리가 부들부들 떨렸다. 장곡도는 그대로 주저앉은 채 넋을 놓고 있었다. 멀리 어둠 속에서 먼지처럼 보이는 희미한 빛 한 점이 등장했다. 등대의 불빛이 돌아왔다.

집으로

“바다에서 시신은 피아노처럼 가만히 있지 않습니다. 단고바위 형제들이라면 잡아줬을 수도 있겠지만 아무튼 사고 지점 주변은 조수 차가 크고 급류 지역이라 시신이 어디까지 밀려갔을지 알 수 없어요. 최선을 다하겠지만 지금으로선 꼭 찾아낼 수 있다고 장담하기 어렵습니다.”

수색에 나선 해경이 그리 낙관적이지 않는 상황을 알렸다. 용보는 순하의 집에 계속 머물며 새로운 소식을 기다렸다. 장곡도는 주인도 없는 집에 사람을 들일 수는 없다며 용보를 제 집으로 데려가려 했다. 하지만 용보는 별어마을에 내려온 첫날 이미 순하의 집에서 여장을 풀었다는 이유로 거절했다.

장곡도는 조타실에서 준희가 남겼던 백지수표를 발견하고 물었다.

“이게 뭐요?”

“제가 순하 씨에게 큰 빚을 졌어요.”

“그렇게 따지자면 우리 모두 큰 빚을 졌소.”

그 백지수표가 순하의 백어석 일곱 개의 값인지 모르는 장곡도는 고개를 저었다. 순하의 백어석 일곱 개는 배가 움직이기 시작했을 때 이미 사라졌다. 그는 백어가 가져갔다고 믿었다.

“순하 씨가 돌아올 수 있을까요?”

“그러길 바라오만, 모르겠소.”

“가지고 계시다가 순하 씨가 무사히 돌아오면 전해주세요. 만약 순하 씨에게 무슨 일이 생긴다면 선장님이 대신 순하 씨를 위해 써주시면 됩니다.”

“그럼 댁이 갖고 있다가 나중에 순하가 돌아오면 직접 전해주든가 아니면 순하를 위해 써주면 되겠소.”

“그건 어렵겠어요. 제가 순하 씨와 거래한 게 있어서 사업상 이게 제 손에 있으면 곤란하거든요.”

“순하와 무슨 거래를 했소? 난 처음 듣는 소린데?”

“제 회사 일로 몇 가지 제안을 했죠. 순하 씨가 긍정적으로 받아들였습니다.”

“긍정적이라, 난 그 애가 어부가 되길 바랐지만 아무래도 그건 틀린 것 같고, 지금보다 더 좋은 직장이 있다면 것도 나쁘진 않겠지.”

“그러니 선장님이 순하 씨의 대리인 자격으로 일단 보관해주세요. 믿고 부탁드리는 겁니다.”

“글쎄, 내가 믿을 만한 사람이긴 하지만…….”

“계약금입니다. 순하 씨의 돈입니다.”

“알겠소.”

무슨 계약금을 백지수표로 주나 싶었지만 그건 돈이 얼마나 들든 무조건 순하를 원한다는 뜻이다. 순하가 썩 마음에 들었나 보다. 왜 아니겠는가. 세상에 우리 순하만큼 잘생기고 착하고 좋은 놈은 없지. 동수에게는 과분한 아들이었다. 한데 이리되었으니. 정심이, 아니 그 백어가 결국 아들까지 데려갔구나 싶었다. 장곡도는 일단 수표를 받아 넣었다. 순하가 돌아올 가망은 별로 없어 보였다. 하지만 그는 일말의 희망을 버리지 않았다. 그러므로 그의 거절로 순하가 좋은 기회를 놓치면 곤란했다.

준희는 배가 뭍에 닿자마자 바로 서울로 올라갔다. 매정한 자식! 용보는 여전히 헛갈렸다.

“네가 정말 나를 구했어? 죽이려고 했잖아?”

“사람 죽이는 게 그렇게 쉬워?”

"사실만 말해."

"그건 네가 판단해야지. 본 대로 믿어."

"그게 무슨 소리야?"

"염린의 빛은 환영을 만들어. 세 개의 백어석이 모이면 그 빛에는 진실과 거짓이 뒤섞이지. 그 빛이 지난밤에 죽은 그림자를 돌아오게 했어. 난 아버지를 봤지. 어젯밤에 나도 너 못지않게 환영에 시달렸단 말이야."

"그러니까 네가 날 바다에 빠뜨린 게 환영이라고?"

"그 환영에는 진실과 거짓이 섞여 있다고."

"그럼 네가 민 건 거짓이고 내가 바다로 떨어진 것만 사실이라는 거야?"

"중요한 건 지금 넌 살아 있다는 거야. 그리고 내가 널 구했고."

"정말 날 죽이려 한 적이 없었어?"

"모르겠어. 백어석의 빛에 홀리면 무슨 짓이든 할 수 있지."

"그러니까 넌 어젯밤에 네가 한 일에 대해 제대로 기억하지 못한다는 거야?"

"기억한다 해도 어디까지가 사실인지 모른단 뜻이야. 그건 너도 마찬가지일 텐데?"

준희의 말대로 용보의 기억 역시 뒤죽박죽이었다. 용

보는 그가 보고 겪은 환영 중에서 사실과 거짓을 구분해 낼 수 없었다.

"좋아, 그럼 네가 했던 이야기들은?"

"내가 무슨 이야길 했는데?"

"백어석을 갖기 위해 날 이용했다고 했어. 묘수를 둘 희생말로 날 선택했다고 말했지."

"글쎄, 내가 뭐라고 했든 네가 백어석을 훔치지 않고 마리와의 약속을 잘 지켰더라면 우리가 지금 여기서 이러고 있겠어? 너의 행운이 뒤집어져 불운이 된 건 네 선택이야. 그 선택에 내 운명도 달려 있었지."

"날 엿 먹였어. 아무도 백어석의 유혹에서 벗어나지 못했다는 걸 넌 알고 있었잖아. 그런데도……."

"난 네가 늘 바라던 것을 줬을 뿐이야."

"어차피 실패할 거라고 생각했잖아."

"꼭 그런 건 아니야. 반드시 그래줘야 한다고 바라기는 했지만."

용보는 준희에게서 눈곱만큼의 미안함도 읽을 수 없었다. 준희는 냉정하게 대응했고 용보는 마음이 복잡해졌다. 이 모든 일이 결국 백어석을 훔친 자신의 탓으로 빚어진 일이라 해도 준희의 고의성은 여전히 남아 있었기 때문이다. 용보는 그에 대한 앙금을 털어낼 수 없었다. 그는 말했다.

"우리 이제 다시 보지 말자."

"다시 볼 일 없을 거야."

"내 백어석은 돌려줘."

"곤란한데."

"무슨 뜻이야?"

"그 백어석을 돌려받는 것은 불운을 돌려받는 거야."

"어째서?"

"네 목숨을 살려준 값이니까. 거저 가져갈 수 없다는 거지. 방법은 내게서 다시 되사가는 것뿐인데 너, 그럴 만한 돈 있어? 뭐 있다 해도 난 다시 팔 생각이 없어."

용보는 불운도 원하지 않았고 돈도 없었다. 화가 난 용보는 준희에게 욕지거리를 퍼부었다. 준희는 전혀 동요하지 않은 채 잠잠히 듣기만 했다. 용보가 그렇게 한바탕 울분을 쏟아내자 준희는 말했다.

"이제 속이 좀 후련해졌어? 그럼 난 가볼게."

그렇게 용보는 준희와 헤어졌다.

용보는 창밖으로 시선을 돌렸다. 멀리 수평선 위로 달빛이 희게 반짝였다. 온 세상을 향해 열려 있는 대양. 뭍보다 더 큰 세계가 거기 있었다. 갑자기 그는 삶의 끝자락에 도달한 기분이 들었다. 바람이 무언의 선언을 했다.

여기서 끝! 더 나아갈 길 없음. 그래놓고 자기 혼자 가버렸다.

죽은 사람의 집에 혼자 남은 용보는 죽은 사람의 주전자로 차를 끓이고 죽은 사람이 눕던 바닥에서 새우잠을 잤다. 죽은 사람의 냉장고에서 물을 꺼내 마시고 죽은 사람의 냄비로 라면을 끓여 먹었다. 죽은 사람! 용보는 순하를 죽은 사람이라고 불렀다. 어쩌면 순하의 운명이 그의 운명이 될 수도 있었다. 그랬다면 용보는 정말 죽었을 것이다. 하지만 순하는 바다에 뛰어들며 말했다. 아무도 죽지 않을 수 있다고, 그게 마리가 원하는 거라고.

닷새가 지났다. 순하가 살아 돌아올 확률은 없었다. 순하의 아버지는 감옥에 있다고 했다. 곧 아들의 죽음을 알려야 할 것이다. 그의 아버지는 정신이 오락가락한다고 했다. 제 손으로 아내를 죽인 탓이다. 이제 아들도 잃었으니 그 아버지의 정신은 차라리 지금처럼 온전치 않은 쪽이 낫겠다.

용보는 굳게 닫혀 있는 안방 문을 물끄러미 쳐다보았다. 미닫이문이라 잠겨 있지는 않았지만 금기의 구역처럼 꺼려졌다. 용보가 이곳에 내려왔던 날 밤, 순하는 자기 방을 내줬다. 그가 안방에서 잘 건가 싶었지만 외출했고 새벽에 돌아왔다. 그때까지도 안방 문은 한 번도 열리지 않았다. 용보는 조심스럽게 방문을 열었다. 순하의 아버지가 어머니를 죽일 때 이 미닫이문은 활짝 열려 있었고 순하는 제 방에 있었다. 닫아둔 문으로 상처 입은 시간과 경계를 두고 한편으로는 기억이 빠져나가지 않도록 가둬둔 것이다.

방 한가운데 낡은 반닫이가 어중간하게 자리를 차지하고 있었다. 방바닥에 흠집이 생기는 것을 막으려고 했는지 그 아래에는 이불을 깔아뒀다. 안방이라고 해도 장롱과 이런저런 세간들이 꽉 차 있어 그리 넓지 않았다. 왜 여기에 반닫이를 끌어다 둔 거지? 용보는 호기심이 일었다. 반닫이를 치우고 이불을 들어올렸다. 거뭇하게 말라붙은 엄청난 양의 핏자국을 보는 순간 그는 고개를 돌렸다. 배 속이 들끓으면서 구역질이 올라왔다.

살인 현장이었다. 죽어도 잊을 수 없는 기억이 봉해진 자리. 순하의 허물없는 눈동자가 떠올랐다. 아무도 죽지 않기를 바란다고 했던 그 말은 절실한 진심이었다. 만약 이와 같은 일이 그와 마리 사이에 벌어진다면 섬이 그 모든 것을 지켜보게 될 것이다. 둘 중 하나가 죽고 나머지 하나는 살인자가 될 테지. 섬은 부모를 모두 잃게 된다. 마리가 떠난 것은 그를 용서해서가 아니라 섬을 위해서라는 것을 깨달았다.

휴대전화가 울렸다. 장곡도였다. 용보는 허겁지겁 옷을 주워 입고 죽은 사람의 집을 나섰다. 바람이 차가웠다. 그는 서둘러 항구로 내려갔다. 하늘은 잔뜩 흐렸고 뒤틀어진 파도가 곧장 뭍을 향해 달려들었다. 용보는 해경과 함께 배에서 내리는 장곡도를 발견하고 조급한 마음으로 달려갔다.

"찾았어요?"

장곡도는 고개를 저었다.

"백어도 근처에서 순하의 옷을 발견한 것이 전부요. 바지랑 셔츠랑 스웨터랑 세상에, 양말에 신발까지……. 진짜 사람이 엎드려 있는 것처럼 떠 있었소. 딱 시신인 줄 알았지. 그렇게 입었던 채로 고이 벗어놨는데 어째 점퍼만 보이지 않는 건지 것도 희한하고…… 하여간 그놈이 암만 어릴 때부터 바다에서 잔뼈가 굵었어도, 암만 잠수를 고래처럼 오래 한다 해도 이번엔 틀렸소. 불쌍한 놈!"

"그래도 시신을 발견하지 못했으니 아직은 죽은 거라고 할 수 없어요."

용보의 말은 위로가 아니라 의혹이었다.

"바다에서는 죽어도 시신을 발견하지 못하는 경우가 종종 있소. 거기가 더 넓은 무덤을 가지고 있단 말이오."

"하지만 순하 씨는 백……."

"이보시오."

장곡도가 눈으로 금지의 신호를 보냈다. 백어 이야기는 꺼내지 마시오! 장곡도가 말했다.

"기다릴 만큼 기다렸으니 그쪽은 이제 그만 서울로 올라가보시오. 새로 소식이 들어오면 내 연락하겠소. 그럼 나중에 또 봅시다."

"아뇨, 그래도……."

"그쪽이 할 일은 아무것도 없소."

장곡도는 손사래를 치며 용보에게서 등을 돌리고 저만치 걸어갔다. 경비선이 들어올 때부터 그들을 지켜보고 있던 칠현이 그제야 눈치를 보며 슬금슬금 장곡도를 따라갔다.

"훔친 거죠? 그게, 제 엄마가 준 게 아닌 거죠, 그렇죠? 아저씨, 그래서……."

장곡도가 걸음을 멈추고 칠현을 홱 돌아보았다. 칠현은 움찔하며 한 걸음 물러섰다. 장곡도는 나지막한 어조로 경고했다.

"시끄러워, 너도 죽고 싶지 않으면 입 다물어. 특히 백어도에서 우리가 봤던 것은 네가 무덤에 들어갈 때까지 비밀이야. 물론 네 자식들과 그 자식들에게도. 백어 이야기는 묻어. 아니면 다음엔 호기심 많은 외지인들이 백어의 무덤을 파헤치려 들 테니까. 그럼 그 저주는 고스란히 우리한테 떨어질 거고."

장곡도가 너무도 무서운 표정을 짓고 있어 칠현은 한 마디도 대꾸하지 못했다.

"난 죽을 뻔했어. 순하가 아니었으면 살아 돌아올 수 없었을 거야. 순하가 자기를 내주고 우리를 백어의 손에서 벗어나게 해준 거라고. 난 백어석을 훔친 적이 없어. 그런데도 엮였지. 무슨 말인지 알겠냐? 그러니까 너도 조심해."

장곡도는 다시 돌아서서 걸음을 옮겼다. 칠현은 잠깐 머뭇거렸으나 곧 큰 숨을 들이마신 후 서둘러 장곡도의 뒤를 따라갔다. 하지만 다리에 힘이 풀렸는지 몇 걸음 가지 못해 한쪽 슬리퍼가 벗겨졌다. 뭐가 잘못된 거지? 훔친 게 아니라면 대체 왜 순하에게 이런 일이 생긴 건데? 칠현은 벗겨진 슬리퍼를 허겁지겁 손에 주워 들고 절뚝거리며 다시 장곡도를 따라갔다.

용보는 장곡도가 멀어지는 것을 무기력하게 바라보며 생각했다. 그는 살아 있어, 그는 틀림없이 살아 있어. 제 입으로 그랬잖아. 환영을 깰 수 있는 방법은 그것뿐이라고. 아무도 죽지 않을 수 있다고. 용보는 순하가 마지막에 남긴 말을 씹고 또 씹어보았다. 마리는 집으로 돌아가고 싶다고 말했다. 순하는 가끔 집에 돌아가보고 싶었는데 이제 가보려 한다고 말했다. 그러니까 그 둘은 집으로 간 것이다. 마리는 자기 집으로 돌아갔고 순하는 마리의 집을 방문한다. 마리의 피아노가 있고 섬도 그곳에 있겠지. 그럼 나는 이제 영영 마리와 섬을 다시 만날 수 없는 건가. 용보의 마음속 깊은 곳에서부터 분노와 서러움과 시샘이 차올랐다. 그는 이제 이곳에 없는 그들에게 화가 났다. 나를 버렸어. 마리와 섬이 나를 버리고 가버렸어. 그는 울기 시작했다.

*

준희는 아쉬웠다. 최순하, 엉뚱한 놈이 미끼를 무는 바람에 마리를 영영 잃어버렸다. 그래도 마리에게서 얻을 마지막 소금 비늘 하나를 용보로부터 얻었으니 되었다. 준희는 가져온 백어석 여덟 개를 모두 꺼내 탁자 위에 올려놓았다. 그는 조심스레 백어석을 집어 들고 켜켜이 피어난 불그레한 꽃봉오리의 열린 자리에 꽃잎을 얹듯 하나씩 메워나갔다.

사백아흔두 개, 사백아흔세 개.

그는 눈을 끔뻑이며 잠시 백어석의 불그레한 빛에 빨

려들었다. 이어 또 한 개의 백어석이 꽃잎이 되었다.

사백아흔네 개.

염린등의 불그레한 빛이 갑자기 사방으로 뻗으며 큰 폭으로 울렁였다. 일순 어디선가 비릿한 물 냄새가 풍겨오자 준희는 자리에서 벌떡 일어섰다. 심장이 쿵쿵 뛰었다. 뱃전을 흔들었던 그 바람이 돌아오고 있었다. 이어 익숙한 흥얼거림이 들려왔다. 기나긴 시간의 통로를 지나며 바람과 함께 닳아버린 옛 곡조. 바다 밑을 맴도는 소용돌이의 울림. 배 위로 기어오르려는 백어의 필사적이고 간절한 몸짓.

골방의 천장에 별이 떴다. 피아노가 가라앉은 그 바다의 배에서 본 정경이 생생하게 눈앞에 떠올랐다. 무중력 상태에서 몸이 떠오르는 것처럼 발밑이 아득해졌다. 몸 안의 액체가 모두 기체로 화해버린 것 같았다. 염린등의 환영 속에서 그에게 진실을 말해줄 죽은 그림자가 모습을 드러냈다. 누군지 단박에 알아볼 수 있었다.

"아버지?!"

등을 돌리고 있던 여윈 머리통이 그때처럼 천천히 준희를 향해 돌아보았다. 아버지의 앙상한 뺨이 일그러지며 삐뚤어진 입이 말했다.

"그건 내가 너에게 잘못 알려주었기 때문이다. 지금이

라도 늦지 않았다. 정신을 차리고 내 말을 들어라. 구하려면 말이야."

"예?"

"지금 구하지 않으면 기회가 없단 말이다. 어서! 어서 서둘러라!"

"구했어요. 여긴 이제 그 배가 아니에요. 전 아버지의 골방으로 돌아왔어요."

"어서, 더 늦기 전에 구하란 말이다."

"구했다니까요."

준희는 뭔가 이상하다는 것을 깨달았다. 구했다고 대답했는데도 아버지는 계속 구하라는 말만 반복했다. 그런데 지금 이 대화는 배에서 그가 본 환영의 마지막 장면에서 주고받았던 말이다. 그러니까 배에서 백어석의 환영이 사라진 지점부터 지금 다시 백어석의 환영이 이어지고 있는 것이다.

발밑이 흔들렸다. 어디선가 바람이 새어들었다. 준희는 주위를 둘러보았다. 멀리 한 톨의 먼지처럼 희미하게 깜빡이는 등대의 불빛이 보였다. 골방이 아니다? 어느새 그는 선미 갑판에 서 있었다. 백어석의 환영이 준희를 그날 밤의 배 안으로 다시 데려갔다. 장소가 달라지면서 눈앞에 있던 염린등도 사라졌다. 준희는 다급하게 염린등을 찾았지만 어디에도 보이지 않았다. 그는 난처한 상황에 빠졌다는 것을 깨달았다. 백어석의 환영을 사라지게 할 방법이 없어진 것이다. 그러나 그는 당황하지 않았다. 답은 아버지가 알고 있을 것이다.

"아버지가 말씀하신 대로 용보를 구했어요. 이제 다음은 어떻게 되는 거죠? 전해지는 구절대로라면 아버지는 죽은 그림자이니 이제부터 저에게 진실을 말해줘야 해요."

아버지는 고개를 들었다. 뼈에 가죽만 뒤집어쓴 듯 삐쩍 말라버린 아버지의 얼굴은 생전의 절반 크기로 줄어 있어 기이하게 보였다. 아버지는 여전히 젖은 옷을 입고 있었다. 아버지의 젖은 머리카락과 옷에서 짠물이 뚝뚝 떨어졌다. 준희는 의심이 들었다. 아버지의 젖은 모습이 진실이라면 그는 여태 아버지의 죽음에 대해 잘못 알고 있는 것이다.

"내가 틀렸다."

"뭐라고요?"

"희생양 같은 건 없어."

"무슨 말씀이세요?"

"염린이 가진 진실의 숫자를 맞추지 마라. 그 숫자는 우리를 영원히 홀리게 하는 숫자다. 그러니 절대 염린등을 완성시키면 안 된다. 지금 너를 구하지 않으면 기회가 없으니 어서! 어서 서둘러라!"

그러니까 구하라는 대상이 용보가 아니라 나였어? 준희는 뒷목이 뻐근해졌다. 그렇다면 그 진실의 수는 백어가 우리를 함정에 빠뜨리려고 흘린 수였다는 말인가. 호기심 많은 인간들을 자기들의 세계로 끌어들이는 수. 그 수를 알아맞혀봐. 그럼 그 수에 갇힌 죽은 그림자들이 돌아와서 네가 처한 진실을 알려줄 거야. 그런 뜻인가. 하지만 뭔가 이상한데?

아버지가 말했다.

"더 늦기 전에 너를 구해라."

"아뇨, 그 말씀은 진실이 될 수 없어요. 염린등은 제가 완성시켰어요. 아버지는 완성된 염린등의 빛을 본 적이 없다고요. 그런데 어떻게 염린의 빛에 갇힐 수가 있어요?"

"백어들이 명수(冥水)로 가는 길에 노자로 던져주기 때문이다. 그래서 염린등은 언제나 미완성으로 전해졌다."

"예? 노자라면?"

혹시나 하는 마음에 준희는 자신의 주머니로 손을 가져갔다. 카디건 주머니와 바지 주머니가 불룩했다. 게다가 옷은 그가 모르는 사이에 이미 흠뻑 젖어 있었다. 언제 젖었을까? 준희는 불길한 마음을 누르며 바지 주머니 속으로 손을 집어넣었다. 예리한 백어석의 날이 손가락을 스쳤다. 아픈지도 모른 채 그는 주머니를 털어냈다. 크고 작은 백어석 열댓 개가 쏟아져 나왔다.

그는 아버지를 보았다. 아버지의 텅 빈 눈이 크게 벌어졌다. 그 눈동자에 불그레한 염린등의 빛이 담겨 있었다. 그의 주머니에 든 백어석의 숫자만큼 염린등의 숫자가 빠져 있을 것은 자명한 일이었다. 그는 반사적으로 등대의 불빛을 찾았다. 등대의 불빛이 불그레했다. 그제야 깨달았다. 그건 등대의 불빛이 아니라 염린등의 불빛이었다.

"기어이 구하지 못했으니 가자, 나와 같이 가자."

아버지가 손을 내밀었다. 준희는 뒤로 물러섰다. 배가 출렁였다. 침착하자. 모두 염린등의 환영일 뿐이야. 내가 원래 있던 곳은 배가 아니라 골방이었어. 그는 지금 보고 있는 광경을 지워버리려고 했다. 그러나 이미 눈에 들어온 것이 머릿속을 꽉 채워버렸다. 생각이 달려가는 것을 멈출 수가 없었다. 아버지가 말했다.

"내가 아니면 이제 너는 어디도 아닌 곳을 헤매게 될 것이다. 함께 있자. 더는 길을 잃지 않도록 도와주마. 같이 가자."

아버지의 축축한 손이 준희의 팔을 잡았다. 아들을 놓지 않으려는 아버지의 구부러진 손가락이 갈고리처럼 단단히 얽혀들었다. 그는 아버지의 손을 뿌리치며 말했다.

"같이 갈 수 없어요. 놔주세요."

"같이 가자."

다른 목소리가 아버지의 뒤에서 들려왔다. 아버지의 그림자가 벌어지면서 조부의 모습이 보였다. 죽은 그림자가 돌아와 너의 진실을 알려준다는 말의 의미를 완전히 깨닫는 순간이었다. 준희는 백어가 잡아먹는다는 것이 무슨 뜻인지 이제 알았다. 비록 그 몸은 침대에서 편히 죽었으나 영혼은 백어석의 빛에 진작 먹혀버린 것이다.

그는 등대의 불빛이 있는 곳을 보았다. 답은 거기 있었다. 염린등의 빛이 사라지면 환영은 끝난다. 저 등대의 불빛은 골방의 염린등이 뿌리는 빛이다. 그러므로 저것이 출구다. 좋아, 일단 저 빛이 있는 곳까지 가보자. 가서 저 빛을 덮으면 이 환영도 사라질 거야.

그러나 그가 배를 다룰 줄 모른다는 사실보다, 또 배의 엔진과 전기가 모두 나간 상태라는 것보다 더 심각한 최악의 문제가 있었다. 그는 아버지와 조부가 모두 골방에서 심장발작을 일으켰고 병원으로 옮겨졌으며 의식이 없는 상태로 한동안 버티다가 잠자듯 죽었다는 사실을 떠올렸다. 만약 그에게도 같은 일이 벌어진다면? 그러면 그 역시 아버지나 조부처럼 염린등의 빛에 홀린 채로 죽어 끝도 시간도 없는 이 세계에 갇혀 떠돌게 된다. 그리하여 훗날 누군가 염린등의 비늘 하나를 뜯어 햇빛이나 달빛에 비춰 보면 그때서야 그를 발견해낼 것이다. 빛나는 작은 소금 조각에 갇힌 어느 초라한 인간의 영혼을.

*

현관문 벨 소리가 들렸다. 용보는 달려나가 허겁지겁 문을 열었다. 눈앞에 있는 사람을 보고 그는 그만 울음을 터뜨렸다. 다시는 놓치지 않겠다는 생각으로 두려움도 잊은 채 그 손을 덥석 잡으며 매달렸다.

"돌아왔구나. 다행이다. 어디 갔었어? 내가 얼마나 찾았는데, 마리야, 마리야!"

용보는 이전에 한 번도 제대로 불러주지 않았던 마리의 이름을 몇 번이고 불러댔다.

"내 이름은 마리가 아니야. 그건 개수를 세는 양사일 뿐이지."

"그래, 그럼 뭐라고 부를까?"

"내 이름은 말이야……."

마리가 자신의 이름을 말해주었다. 그러나 용보의 귀에는 아무 소리도 들리지 않았다. 갑자기 머리를 물속에 처박은 것처럼 그저 먹먹하기만 했다.

"뭐라고?"

마리는 붕어처럼 계속 입을 뻐끔거렸다.

"안 들려."

마리는 손가락으로 허공에 뭔가를 그렸다. 둘 사이의 공기가 물살처럼 흐르며 움직였다. 용보는 마리가 보여주는 것이 무엇인지 알아볼 수 없었다.

"그게 뭐야?"

"내 이름이야."

마리의 목소리가 아득해지면서 용보는 숨이 쉬어지지 않았다. 온통 물이었다. 수압이 그의 몸을 짓눌렀다. 살려줘! 용보는 버둥거리며 마리를 잡고 늘어졌다.

"그래도 여전히 살고 싶구나. 그래, 넌 그렇게 계속 살아. 가쁜 숨을 몰아쉬면서."

그의 손에서 마리는 한 줌 빛줄기가 되어 빠져나갔다.

"가지 마!"

용보는 팔을 휘저으며 마리를 따라가려 했다. 그의 몸짓에 따라 물살이 그를 밀었다가 당겼다가 다시 놓았다. 마리의 모습이 점점 멀어졌다. 이제 마리 대신 저 앞에 불그레한 빛을 뿌리는 커다란 백어 한 마리가 물결을 바람 삼아 걸어간다. 백어는 곧 허리를 유연하게 젖히더니 헤엄을 치기 시작했다. 백어는 엄청난 수압을 견디기 위해 생겨난 단단한 소금 비늘을 뿔처럼 세우고 어두운 바닷속으로 긴 빛의 여운을 남기며 사라졌다. 잠에서 깨어난 용보는 짓누르는 어둠을 밀어내고 자리에서 일어났다. 그는 영원한 이별을 예감했다. 눈물이 줄줄 쏟아졌다.

방금 죽음에서 벗어난 그는 이제 죽음보다 더 적막하고 외로운 방에 혼자 남았다. 깊은 바닷속에 백어의 무덤이 있다면 꼭 이와 같으리라. 아니, 그는 이미 그 무덤을 보았다. 그는 이전에 그랬던 것처럼 앞으로도 보통 사람의 뻔뻔한 삶을 계속 살아나갈 것이다. 보통 사람에게 걸었던 마리의 소망은 모든 백어들이 그랬던 것처럼 물거품이 되었다. 그는 살아남았으나 가진 것을 모두 잃었다. 남은 기억이 보물이 될지 형벌이 될지는 그에게 달렸다.

그는 다시 자리에 누워 잠을 청했다. 마리와 섬의 뒷모습이 어렴풋이 보인다. 두 사람 곁에 낯익은 뒷모습이 하나 더 있다. 장발의 곱슬머리가 부드럽게 흩날리고 어깨가 떡 벌어진 남자. 최순하. 그의 순박한 미소와 처연한 눈빛이 떠오른다. 심연을 홀로 유유자적하는 고래 같은 남자. 한마리와 최순하가 섬의 손을 양쪽에서 잡고 석양빛으로 물든 바다를 향해 걸어간다. 그들의 모습이 빛 속으로 녹아들며 사라진다. 마리와 섬이 날 버리고 떠난다. 가지 마. 용보는 그들의 뒤를 쫓아가려고 버둥거리다가 다시 잠에서 깼다. 한때 의심의 여지없던 현실이 이젠 꿈에 지나지 않았다. 머릿속이 멍했다.

그나저나 마리가 없으니 이제 이 집은 유지할 수가 없다. 혼자 살 만한 곳을 찾아봐야겠다. 차라리 마리가 날 죽여버리는 쪽이 나았을지도 모르겠다. 그럼 아무것도 기억하지 못하고 마음 편히 공기가 되었을 텐데. 아니다. 공기가 되어도 여전히 기억한다고 했다.

인어공주는 공기와 이야기를 나눠. 그건 자신을 타자와 구분해 인식하고 있다는 뜻이야. 물론 자신이 누군지도 여전히 기억하고 있고. 그렇게 조곤조곤 이야기하던 마리의 목소리가 들리는 것 같다.

용보는 후회했다. 그러지 말았어야 했다. 마리의 스케치북에도 그런 문구가 있었다. 그는 마리의 스케치북에 있던 이야기가 떠올랐다. 마리가 무엇을 후회하는지 깨달았다. 또 무엇을 후회하지 않으려고 하는지도. 그래서 마리는 뭍에서의 삶이 공기가 되어 허무로 끝나는 것을 마다하지 않고 떠났다. 그저 소망하는 바가 미래가 되기를 바라며 그렇게 가버렸다.

섬은 그 스케치북에 적힌 글자를 알고 싶어 했다. 섬은 본능적으로 알았던 것이다. 그 이야기가 엄마의 이야기면서 또한 자신의 이야기라는 것을. 섬은 이제 그 이야기를 전부 알고 있겠지. 하지만 그는 여전히 모른다. 마리는 진실이 담긴 스케치북을 내밀었지만 그는 덮어버렸다.

들끓던 욕망과 공포에 떨던 기억은 사라지고 그리움만 남았다. 스스로 죽을 용기도 없는 놈을 살게 하는 것보다 더 지독한 고문은 없다. 상실감을 견디기 힘들 때면 그는 한강에 풍덩 빠져 죽고 싶다는 생각이 들곤 했다. 그때마다 단고바위 형제들 사이로 자신의 얼굴이 고개를 내미는 꿈을 꾸었다.

그 꿈에서 깨어날 때마다 그는 살아 있음에 안도했다. 거기서 차가운 파도에 끝없이 얻어맞으며 영원히 깨어나지 못할 꿈을 꾸느니 아프더라도 꿈에서 깨어날 수 있는 현실을 택하는 쪽이 덜 무서웠기 때문이다. 이리 살겠다고 버둥거리는 자신이 한심했다. 하지만 목숨이 붙어 있으니 어쩌겠는가. 살아야지.

작가의 말

말이 전하는 온기와 상처, 말이 가진 무게, 약속의 소중함, 행운과 불운을 향한 선택, 그 밖의 이런저런 입장에서 다양한 생각을 할 수 있는 이야기를 쓰고 싶었습니다.

한마리는 인간이 아닙니다. 처음부터 끝까지 인간이 되고 싶었던 물고기입니다. 혹은 물고기 대신 다른 어떤 것으로 대신할 수 있습니다.

용보는 보통 사람입니다. 욕망에 무너지고 실수를 반복하며 적당히 가책을 느끼고 남 탓과 자기 합리화로 스스로를 보호하려는 아주 인간적인 인물입니다. 그저 미안하다는 말을 절대 하지 않는다는 단점이 있을 뿐이죠.

단점 없는 인간은 없으니까요.

소금 비늘을 향한 용보의 욕망은 물질입니다. 물질을 갖춘 준희의 욕망은 지적 호기심입니다. 순하의 욕망은 자신의 정체성을 찾아 진실에 닿는 겁니다. 용보의 자랑인 고운 손은 운을 좇고 순하의 거친 손은 성실함을 살아냅니다.

소금 비늘은 물질적으로는 한 생명의 피와 살과 땀이며 정신적으로는 남겨진 꿈이자 자아입니다. 이는 자신의 정체성을 간직한 채 낯선 세상에서 생존할 수 있는 수단이기도 합니다.

말하자면 그것은 베지 말아야 하는 나무 같은 것이고 한 세계가 숨을 쉴 수 있는 숲 같은 것입니다. 하지만 인간은 언제나 그것을 지켜내는 것이 잘되지 않습니다.

보이는 것과 보이지 않는 세계는 연결되어 있고, 너와 너의 세계를 파괴하는 것은 곧 나와 나의 세계를 파괴하는 것이 됩니다. 인간은 되돌릴 수 없는 상황에서 후회를 합니다. 때론 후회할 것을 알면서 후회할 일을 선택하기도 하지요.

그렇게 백어와 인간은 각자 선택에 대한 대가를 치러 가며 다음을 기약하고 더 나은, 그러나 결코 끝나지 않을 결말을 향해 나아갑니다. 저도 여러분도.

2020년 가을, 조선희

소금 비늘

초판 1쇄 인쇄일 2020년 9월 28일
초판 1쇄 발행일 2020년 10월 12일

지은이 조선희
펴낸이 정은영
편집 안태운 김정은 정사라
마케팅 이재욱 최금순 오세미 김하은
제작 홍동근

펴낸곳 (주)자음과모음
출판등록 2001년 11월 28일 제2001-000259호
주소 04047 서울시 마포구 양화로6길 49
전화 편집부 (02)324-2347, 경영지원부 (02)325-6047
팩스 편집부 (02)324-2348, 경영지원부 (02)2648-1311
이메일 munhak@jamobook.com

ISBN 978-89-544-4525-2 (03810)

이 도서의 국립중앙도서관 출판시도서목록(CIP)은 서지정보유통지원시스템 홈페이지
(http://seoji.nl.go.kr)와 국가자료공동목록시스템(http://www.nl.go.kr/kolisnet)에서
이용하실 수 있습니다.(CIP제어번호: CIP2020040825)